奋勉

蔡文华/著

四川文艺出版社

图书在版编目（CIP）数据

奋勉 / 蔡文华著 . -- 成都 : 四川文艺出版社 ,2021.11
ISBN 978-7-5411-6082-0

Ⅰ . ①奋… Ⅱ . ①蔡… Ⅲ . ①长篇小说 - 中国 - 当代
Ⅳ . ① I247.5

中国版本图书馆 CIP 数据核字（2021）第 130952 号

FEN MIAN
奋勉
蔡文华 著

出 品 人　张庆宁
责任编辑　朱　兰　蔡　曦
封面设计　严春燕
版式设计　史小燕
责任校对　文　雯
责任印制　喻　辉

出版发行　四川文艺出版社（成都市槐树街 2 号）
网　　址　www.scwys.com
电　　话　028-86259287（发行部）　028-86259303（编辑部）
传　　真　028-86259306

邮购地址　成都市槐树街 2 号四川文艺出版社邮购部　610031
印　　刷　四川机投印务有限公司
成品尺寸　169mm × 239mm　开　本　16 开
印　　张　20.5　字　数　330 千
版　　次　2021 年 11 月第一版　印　次　2021 年 11 月第一次印刷
书　　号　ISBN 978-7-5411-6082-0
定　　价　56.00 元

谨以本书献给

20世纪80年代以来奋战在农村基层的招聘干部

目录
CONTENTS

第二章……
出　道

第三章……

出　彩

第四章……

出局

第五章……

出名

楔子……

出事

笔记本是个客观存在和绝难篡改或复制的海量素材库，储藏和保管着不同年代大大小小的动听和难听的故事。如若一页一页展开，主人的喜怒哀乐，悲欢离合，酸甜苦辣，福祸冷暖，便会一丝不挂地铺陈在眼前。

○、人在家中坐，祸从天上落

炎炎夏季，热得执着、贪婪，天穹像巨大的蒸笼扣在瞿义乡野及其所属县域之上，恣意喷发出滚烫火辣气流，烤晒渴望甘霖的人们，并横行昼夜且贯穿始终。暌违的和风细雨终究不见登门。郝强在煎熬中几乎天天盼，时时望，然而晴天霹雳，等来的处理结果是祸从天降，胜似这恶毒天气般残酷无情，连还手的机会也没有。他被组织“双开”：开除党籍，开除公职。桌上的台历翻至2002年夏末一天，错误事实为一笔不多不少的、模糊不清的该拿或不该拿的钱。他对扫地出门，决不屈服。辩护的理由虽有些勉强，但也拿得上桌面拉改锯。无外乎即使不该拿这个钱，看在多年流血流汗的分上，也错不至出局，误不至玩完。

失望、绝望，无情、绝情，叹气、怄气……听到坏消息，用这些词汇来描绘郝强的状态再合适不过了。埋怨组织的不公，抱怨别人的阴险，哀怨自己的贪欲，事已至此，就是搬出祖宗八代、神鬼大仙，改变眼前这一现实那都是骗人的话。

县纪委监察局来瞿义乡宣布对郝强的处分决定，当着乡党委、政府班子成员和乡机关全体干部职工、村干部宣布，确实是一件让郝强颜面丢尽，抬不起头的丑事。虽然他没有看见会场上人们对他是如何的眼神，但是那千姿百态的表情是可以想见的。看人遭难，落井下石的人，永远是存在的，尽管是少数。他没有去参加这个会议，只是在会前纪委监察局的人找他谈了一次话，提前告知他组织的决定，问他还有什么想法时，他说都到这个时候了，我再有想法也是没有办法的事，唯一也是最后一次向组织提出请求，不参加这个处分宣布大会了。纪委监察局的人自然应允，表示可以理解。

五味杂陈，垂头丧气……郝强的心情难以名状。回到办公室，独自收拾东西，熟悉的地方将不属于他，等不到天黑便会易主。这可是他第二次出任瞿义乡党委书记，仅仅一年时间后，政治上不幸“罹难”，落到打包走人的下场。

瞿义乡，属瞿义区，瞿义区为县辖区。2001年行政区划调整，撤区并乡，瞿义区不复存在，瞿义乡由原来的副科级（1997年以前为股级）升格为科级，直接受县辖制。郝强重回瞿义乡当党委书记也就是因为这个原因。

为什么直到这时才来收摊摊，早干吗去了？只因为之前还心存一丝侥幸，郝强认为他没有功劳也有苦劳，组织最多给他一个轻处分，大不了一个党内严重警告，或者留党察看，不至于这样赶尽杀绝。只要是轻处分，退而求其次，不当党委书记，就当一般干部，他的工作他的饭碗还是可以保住的。没有了名，至少还有点利在。看来郝强把火候看老了，好食材注定做成难咽的菜。过于乐观，过于自信，过于轻视，对自己所犯错误认识有偏差，等到处分决定下来，郝强刹那间傻了眼。傻傻地举起手来，投降吧，现在到了不得不说再见，不得不滚蛋的时候了。

一边收拾，一边掉泪，脆弱是任何人遭遇劫难时的必然反应，即使号称硬汉也抵挡不住如金刚钻般尖锐的穿刺。看到自己这多年像存钱一样积攒下来的一摞摞各式各样的笔记本，叠起近似人高，或许多重因素刺激，郝强的手突然像帕金森症状不由自主颤抖。如果不是在办公室而是私人空间或深山老林，郝强至少可以放声呜呜哭泣。而此处只能让泪水长留眼眶打转，仅少量浸出，多数让它凝结为眵。此时此刻，唯有哭才能止痛。可惜成人的哭，为压抑、收敛、闷声式的抽泣，不敢大肆渲染，比不得小孩可以肆无忌惮，旁若无人地放声大哭。而大人仅坐一旁笑笑而已。

郝强有做笔记的习惯和爱好，无论是工作上的大小事情、好坏结局，还是生活中的所思所想、所盼所愿，事无巨细，日记不辍。即便头天因故漏记，也会次日补上。这无意之中帮忙促成他留下了进入社会，生活在农村基层日夜奋斗最原始最珍贵的历史记载。

第一章……

出发

拿起最早的笔记本，一个像小学生作业本大小的牛皮纸封面上，赫然写着“1984年”五个美术字。笔记本显老，竖翻而不是侧翻。打开内页，纸张发黄，触碰有些许易碎、潮湿的感觉，字迹清晰可见。事实证明那时还不时兴假冒，钢笔墨水品质过硬。翻看笔记本，不禁让落泊人忆起如烟往事，似关闭多日的档案室敞开时，一股夹杂着陈腐、刺鼻、霉变的味道扑面而来。

一、高考落榜

瞿义乡溶水村，地处四川盆地偏东，大巴山脚下，一个既有山又有水的地方。村名的来历，大概与山水共生共融密不可分。传说曾有堪舆大师路过，驻扎七日，山上坝下河边，满山遍野跑，足迹不放过村子的每个角落。最后说此处乃宝地，必出人物。但若干年也未见谁有福分占了这样的风水，保佑子子孙孙升官发财、洪福齐天。因为众多大红大紫的人，并未出自溶水村就是例证。

天赐大幸于郝强，1967年春末，他出生在这个村落。他的家背靠一座座起伏不断的山丘，门前是一座中型水库。可谓风水宝地。小时候的事情他记不住，访问村里其他人也未必想得起，其实没有意义，反正又不是名人，不必搜肠刮肚编故事糊弄人。1983年7月，火热的季节里，考生郝强，光荣地参加举国上下关注的高考。尽管读的是农村普通中学，初中高中别无二致，学制超级短，各两年，学制要缩短嘛，早出人才快出人才，但他毫无自卑感，反而出奇地笃定自信和自大，因为他在学校成绩名列前茅，矮子中的高个。他有这个底气，还怕谁？虽然于他来说是坐井观天，不知道外面的世界是啥样，但是他有这个必胜的信心也就不奇怪，无知者无畏。而重点中学读三年，更保险的是师资强，学生基础好，好老师好学生都被抽调到重点中学办集中班，锦上添花，好到一堆，谁能敌。那个年代大学招生人数少，能考上大学的人是凤毛麟角，普通中学能考上大学的更是梳子梳篦子篦，祖坟搭稀泥巴开了裂。有堪舆大师预言附身的溶水青年郝强就以这种当时没有人会多想，也不能多想的普通学生身份，走上高考战场，与重点中学的学生同场竞技。结果早就注定，片甲不留。道理就是这样明显、简单，别不信，普通学校的九年（不足“十年寒窗”期：小学五年，初中两年，高中两年）速成虚功比不过重点学校十一年（超出“十年寒窗”期：小学五年，初中三年，高中三年）的扎实功力，趴下是正常的，意欲这样的奇迹出现的概率近乎为零。一个没有系统、完整接受过中学教育的郝强，怎么会获取考上大学的成绩？除非是天才，自学能力超群，那是人中极品，少数中的个别。显然他不是。但郝强天生有股不怕输的性格，没考上，心不甘，在家不出门，生闷气，痛苦了好一阵子。他提出想去复读，但父母的想法与他背道而驰，早就希望他放下笔杆拿上锄杆。

父亲郝才亮阐明观点说：“郝强，我看你也不是读书的材料，别去复习了，没用的，我们是农村人，不如先学点手艺，哪里都用得上。书不能当饭吃，文不得武不得。”母亲何会兰也在旁边帮腔：“郝强，你爸说得没错，读了个高中差不多了，家里还有你弟弟、妹妹在上学，你再去读书我们也没有这个能力支持你。”父母没有文化，一生务农。他们对郝强只是尽到做父母的责任，考不考得上大学，没有太多的关注和企盼，更没有太强的渴求和目的。考得上就去读，算你八字好，考不上也不会怄酸气，反正祖上也无读书人。父母都说了，毫无疑问郝强缺乏自救能力，便死了读书跳龙门这条心。

默念一条耳熟能详的毛主席语录，“下定决心，不怕牺牲，排除万难，去争取胜利”。郝强的心思一下从想读书跳转到读社会大学频道上，甘当农民，照样活人。

丢掉捏惯了的笔杆子，郝强毅然拿起镰把子跟随郝才亮、何会兰出工。小学四年级学生郝雄弟弟、小学一年级学生郝青竹妹妹正值放暑假，也嘻嘻哈哈、蹦蹦跳跳一块去参加劳动。也好，体验农村生活，写作文的素材不用愁了。体力活是年龄老嫩的试金石，郝弟弟、郝妹妹两个未成年人只是做做样子，当当帮手，重活做不了，更多是跟着好玩。但一家人男女老少集体出门劳动，倒还其乐融融。平素各忙各的，难得有这样以农活的名义团聚在广袤大地同劳动共欢乐。农村实行家庭联产承包责任制，包干到户、包产到户，他们家有承包地约10亩，因为是浅丘地区，田少地多，田仅占4亩多，不到一半。8月中旬后的农村，正是收割稻谷的时节，到处可见忙碌的人们。金灿灿的稻田卷起层层金色波浪，微风吹拂，起伏荡漾。四溢的稻香覆盖田园、农舍，吸进农人胸膛，闭目品味，芬芳舒心，慢慢呼出，余味绵长。

今天郝才亮就是率领一家人去承包田收稻子。

全劳力、顶梁柱郝才亮自然而然承担起扛拌桶的任务，一个技巧加体力的活。一辈子搞农业，他倒是有经验，先将拌桶的口朝下，叫郝强和何会兰一边一人用手抬起，他双腿微弯，钻进拌桶将两只手撑住拌桶两边边板，用头和背抵住桶底，身子用力向上一挺，就站立起来。他在前边走，郝强和母亲、弟妹带上围席、搭谷架、箩筐在后面紧跟。到了田边，郝才亮放下拌桶。嘴里喘着粗气，呼进呼出的声音像拉风箱呜呜作响，就在喘息间也不忘来一句国骂才安逸：“妈哟，久了没背，还有点重呢。”

郝才亮分派郝强和何会兰割稻谷，郝雄和郝青竹将稻谷传到拌桶旁边，递给郝才亮在拌桶上打谷。7岁发蒙，小学、初中、高中读完，满打满算，郝强眼下也仅仅是一个16岁，身高1米75的准青年。白面书生，以读书为主为乐，平素父母包办代替，百草未拈一根，农活看得多做得少，而今眼目下，农民生活即将成为家常便饭和未来职业，但开头确实有些够呛和为难。他学着郝才亮的样子，将裤脚边卷到膝盖处，光着脚板下到田里。田里的水已开缺放走，表面仍是湿漉漉的，一脚下去，踩出了不深不浅的脚印。何会兰下田毫不迟疑进入劳动状态，割了一手稻谷就放在左边，又割一手放在前一手上边，再割一手放上即为一把。重复前边动作左右放置，一根烟的工夫有了十来把。郝强旁边观察，也亦步亦趋，挥舞手臂开镰割谷。他缺经验，一手的大小不一，割两手算一把，或三手算一把，全凭感觉。郝才亮坐在一旁不急不躁抽烟，气歇均匀到差不多的时候，母子俩也割出了一片空处来。该他干活了。他把拌桶推进已割去稻谷的空处，扎好围席，放进搭谷架，上手开干了。割稻谷时，要自然分成小把的目的，是便于两个小学生一前一后传递给郝才亮在拌桶上打谷子。半个小时，郝才亮将打下来的谷子装进箩筐，担回自家院坝晾晒。每打到有一两挑谷子的时候，他就得停下来，从拌桶里将谷子掏出放进箩筐里，腾空拌桶，挑回院坝。

一家人分工合作，尽管全劳力不多，多数是“不合法”的童工，效率还将就，一个半小时收割了一块中等大小的田。但是郝强在割了20分钟时明显感觉不对劲，动作慢了下来。他腰弯久了，好像要断了似的，僵硬、酸胀，缺知觉，差点直不起来。落第的高中生没有资格说痛痒，干得了得干干不了也得干，已经是一个农民了，哪有背起手儿游四方之理。郝强强迫自己把腰伸直，换个站姿和动作，歇一歇，看一看远处，尽是挥汗如雨，满脸喜悦的农人。何会兰埋头割稻谷，郝强的伸腰扭脖甩手，她视而不见。

郝才亮见不得郝强站着不动手，有些不耐烦：“郝强，你娃儿才割好久，就偷懒了？这才开始，今后的日子就是这样。还不快点割，在田里就不要装斯文，慢腾腾的，看你不饿死才怪。”

郝强略带痛苦表情道：“爸，你让我先歇一下，我腰杆像要断了。你放心，我肯定不会偷懒。”

“郝才亮，你就让郝强歇一会儿，他才做农活，以后做一段时间就好了。”还是何会兰这个当母亲的体谅儿子。

郝才亮才不管那么多，他只看收割进度快不快。“歇一会儿？妈的，是哪个虫就钻哪个木头，当农民就要像当农民的样子，肩挑背磨，粗活重活，啥子都要做。你还以为这是在读书写字，文吊吊的。”

郝强实在不想听郝才亮在那里叽叽喳喳，他又弯下腰劳动。他想父母也是人，他们都能一辈子做农活，他比他们年轻，他们都能干，他也不会差到哪里去。他把腰痛不当痛，痛不死就加油干。一个劲地割，注意力完全集中到割稻谷上，稻谷突然不可爱了，稻谷像仇人，将气发泄到仇人身上，无比痛快。嘿，怪了，居然疼痛减轻了一半。任何事情，只要舍得一身剐，再大的事就不是事了。何况一个割稻谷这样的简单劳动，又不是砍头。

郝强感觉脚上有什么东西在蠕动，他顺势用手去摸了摸，软软的滑滑的，不像小虫子，轻易抹不掉。他低头一看，什么鬼东西，来得真是时候。原来是一条蚂蟥爬在脚肚子上，已经牢牢地吸了进去。郝强本能地去扯，可是越扯越长，根本扯不下来。何会兰看到郝强被咬了，就叫了声：“郝才亮，你快过来，帮郝强把蚂蟥弄掉。”

郝才亮听到何会兰的叫声，跑过来看了看，不屑道：“好大个事情，一条嘛，惊乍八怪的，扯了就是。”郝雄、郝青竹也跟着来看稀奇，男孩胆子大些，静静旁观，倒还没事。郝青竹是女孩，天生胆小，瞧见蚂蟥在郝强脚上舒服地卷来扭去，紧贴皮肤上，头皮发麻，啊啊地大声尖叫。郝才亮到底是农民大哥，对付这点小事经验绰绰有余。他就近摘下一片树叶，卷成锥形杯，从裤兜里摸出烟叶来，放水里浸湿，挤压烟叶把水滴进杯中，反复几次积到大半杯后，便以烟叶水淋蚂蟥身上，轻轻地拍打蚂蟥吸附的周围，待蚂蟥吸盘松开顺势一扯，蚂蟥便弄了出来。郝强的脚肚上血水顺着流了下来，但郝才亮顾不了他的痛痒，先处决蚂蟥，以绝后患。他捡起蚂蟥来到田边的路上，将蚂蟥放小石块上，用镰刀背一阵猛砸，可怜可恨的蚂蟥断成几段，但还在地上顽强地伸缩。

郝才亮去给蚂蟥收尸时，何会兰守在郝强身边，她命令郝强别动。她用力将蚂蟥咬伤处的污血挤了出来，然后又撕下一条围裙边，结结实实帮郝强捆好。何会兰喊郝强回家休息，下午再来，郝强笑了笑，摇摇头，表示不碍事，可以继续干活。他不想让郝才亮看到他懦弱、穷酸和小题大做。

忙完收拾蚂蟥的事，也像得到另一种形式的歇气，接着一家人又投入到收割稻谷的正事里。郝强没有因为被蚂蟥咬过而受影响，他照样埋头猛割，往死里割，丝毫没有要停下来的意思。人发狠很可怕。好在眼下的出气筒是无生命且无反抗能力的稻禾。一直割到中午，到了该吃午饭的时候了，郝才亮喊收工。郝强抬头直腰，长长地呼出一口闷气——当农民有什么恐怖的。没有要他的命，早上出来是咋样！现在还不是咋样，没见缺脚短手，脑残白痴。无外乎手打起了血泡，疼得钻心，下水更是加倍疼。但他忍住没有说出来，因为他只要说了，必然遭到郝才亮的无情奚落，会讽刺他连当个农民都不合格，那不是一个废人是什么，活着有啥子意思？看看，骂者有理，听者无言。

回到家，何会兰麻利地端出早上出门前提前煮好的稀饭、干饭，以及炬胡豆、四季豆，又把头顿吃剩的一盘回锅肉热了热，一家人的午餐犹如有魔术师助力三变两变摆上了桌。农村活计，看似简单，实则得有算计，忙里忙外，时间掰开用，做这事要想到那事，顾一头不管其他，到头来手忙脚乱。何会兰一向能干，天没亮趁一家人尚在熟睡之际起来，将一天的饭菜备好。反正伏天天气热，大家图凉快，吃饱为准。尤其是农忙季节，没有条件讲究，家家户户基本如此，除非请人打谷子，待客要多加一两个菜，另外啤酒、白酒管够。

烈日高悬头顶，温度成功攀上一天的最高。躺在屋檐下的狗张开大嘴伸出红红的舌头，哼哼哈气；屋外的植物打蔫，自己认栽将叶子怂成蛋卷。“好大的太阳哟，这外面硬是燃得起火。”郝才亮三碗饭塞进肚子，从头到脚都在流汗，连内裤也免不了湿淋淋。他瞭望外面，自言自语道：“先困会儿瞌睡，太阳打阴了再出去。”郝雄、郝青竹接到郝才亮的指令，一转眼就不见了，祖国的花朵躲进了卧室。何会兰轻松不了，她还要善后，把碗筷洗了，桌子擦干净，屋子拾掇整洁。农村妇女辛苦，半边天顶起就不能走开，一松脚便会塌下来，压垮无数个家庭。长哥当父，家中老大郝强，没有跟弟妹一样，碗筷一丢，跑到床上躺起。懂事的他，取顶草帽，抓起耙子到院坝，把晒着的谷子翻晒了一遍。他知道他不去做这些，何会兰就得经管。母亲太操劳了，还不到四十岁的人看起来像要满五十，整整比实际年龄老去十来岁。寒窗不存，书没读成，但自己体力像井里的泉水源源不断涌出用不完。减轻母亲负担，是他灵魂深处原始的夙愿。

这几天天公作美，尽是大太阳，打谷子的好天气。各家各户倾巢出动抢收。郝才亮当然不会闲着，催促全家起早摸黑、开足马力劳动，争取及早把稻谷收割完，不然遇上连续雨天，一年的辛劳就会随雨而去。前几年就吃过这样的亏，稻谷到了收割季节，天老爷像发了怒，只下雨就不让太阳出门，仅仅十来天的时间，到手的谷子还没收割，便在禾苗上全部发了芽，像准备让人拿去栽秧，农民们是叫天天不应，叫地地不灵。郝才亮是老庄稼人，深知天气对农民对农业的极端重要性，靠天吃饭，人胜不了天。说胜得了天的人，不过是些爱呼口号的人。天说变脸就变脸，不像人变脸前还会有个过程或者编个理由。

老天在上，她可以无所顾忌，为所欲为。农民与自然打交道，唯有摸索、掌握、利用其规律，看准好天气，死死抓住不放，农耕梦想才会高于天际，一年付出才会颗粒归仓。

平生第一次高强度干农活，心无旁骛收割，面对疼痛和疲惫的极限挑战，郝强的忍耐力和责任心格外优秀，没有一句报怨和一点任性，他觉得自己没有任何资本和理由可以挑衅郝才亮的经验和决定。农村有句俗语说得好：三岁牯牛十八汉，再不得力过了串。他16岁靠近18不远，已然是一个身强力壮的小男子汉，一个可以干重活的全劳动力，靠父母背太阳过山来供养自己的日子一去不复返，到了该出力流汗的时候了。脱掉学生装换上粗布衣服，痛苦、难受，但别无选择，自从知道高考成绩后，他对学生生活早已死心和不再留恋，以最大决心来忘却那段曾经寄予过希望的美好岁月，以最大努力来转变角色，当好一个合格农民。这做起来虽然撕心裂肺，但命运叫你低头你不能抬头。所以到了最后两天，他完全像一个熟练工，快速、精确地一镰刀下去，一手稻谷起来，随意一丢自成小捆。稻桩留得不高不低，恰如其分。几天的表现，毫无疑问证明他有成为一个种田能手的天资。自不必说，何会兰眼睛发亮，表扬儿子学得快，郝才亮也不时投过赞许的目光和表情。

郝强和父母、弟妹奋战数日终于把承包田的稻谷收割完。头两天收割的稻谷晒三天就干了，装进箩筐摆放在堂屋。郝强抓起一把捏了捏，沙沙声音传进耳朵，像打击乐敲击出统一节奏的声响。手松开，稻谷从指缝漏下，一如高山流水、断线珍珠哗哗滴落。后两天收回的稻谷已晒成半干，天黑前，郝强归集收拢，堆放院坝，塑料薄膜覆盖其上。如果天公继续保持热烈的心情，只需太阳再支持两天，今年的稻谷收割就可画上圆满句号，农民的脸就会像头上的蓝天晴空万里。

辛苦数天难得这样清闲的时刻，郝才亮亲自操心起当天的晚餐。除了天天必备的稀饭、干饭、炽胡豆、四季豆之类，他特意吩咐何会兰加了两个菜：青椒肉丝、炒鸡蛋，预祝今年丰收。郝才亮说："这几天大家累了，多吃点饭多吃点菜，喝点酒，先休整一下。隔两天就开始挖干田，为接下来的秋种作准备。"

郝青竹人小，也不懂农事，好奇地问："爸，才把谷子打完，你说还要挖干田，怎么这么多事情要做？”

郝才亮摸了摸她的头：“哎呀，你小娃娃晓得啥子，各人读你的书，这些是大人的事，你不要在那里发些怪问。”

“青竹是小孩，不懂问一下有啥子，你就在那里不耐烦，她不问你这个当老汉儿的她去问哪个？”何会兰听了郝才亮的话，出头给女儿打抱不平。

郝青竹嘟起嘴巴说：“就是，爸也太不喜欢我了嘛。”

“呃呃，我就说了这么一句，你两娘母在那里说个没完。好好，不跟你们说了。郝强、郝雄，你两个陪老汉喝点酒。”郝才亮说完，也不管这两弟兄同不同意，站起来就给两人各倒了一小杯。

郝强没有喝过酒，他不想扫郝才亮的兴，端起酒杯，就往嘴里倒，喝完才说：“爸，我干了。”

郝才亮不紧不慢说：“男人就是要喝点酒，才交得到朋友，不然要都没得哪个想跟你耍。你现在不读书了，更要学到起，今后才能闯社会。”

郝强没有接话，拿起酒瓶又给自己倒了一杯。

可郝雄这杯酒，犯难了：“爸，我喝不来，可不可以不喝？”

“可以。”何会兰抢过郝雄的酒杯，“郝才亮，郝雄才多大，你就叫他喝，这个酒喝下去会把他的嫩心子咬烂。”

“好好，郝雄不喝。有郝强陪我就行了。”郝才亮不与何会兰争执。

“郝强把这杯喝了就不能喝了，郝才亮你要喝自己看你恁么喝，都没得哪个管你，不要把你儿子喝醉了，就可以。”还是母亲心疼儿子。

郝才亮只是一时兴起，他怎么可能把郝强、郝雄灌醉。真把两弟兄喝趴下，他也没有好日子过，何会兰一罢工，他不饿几天肚皮才怪。

虽有母亲的爱护，但郝强初临酒池，不知深浅，两杯酒下肚，脸上挂出了彩旗，眼光迷离，脚下扑朔。昏头昏脑间，节奏加快的心跳，怦怦弹出不倔的意志告诫他，佯装没事，坚持到郝才亮酒喝完、饭吃饱才能离席。潜意识里生怕因他提前下席，何会兰会骂郝才亮劝他喝了酒，他不希望母亲与父亲吵架。他希望一家人和和睦睦，开开心心过日子。贫困家庭的孩子，各种捉襟见肘和穷苦磨难，教会他们从小察言观色、忍气吞声。

郝强简单洗了把脸，冲了下脚睡觉。他的床上郝雄早已吹噗打鼾。家里三个小孩，卧室就三间。郝青竹长成大姑娘了，女大避父，这学期起母亲把她从原本跟父母睡的一张床上分出来单独住一边，郝雄被迫让出房间给妹妹用，他去跟郝强搭伙，两弟兄共享一间。除了堂屋、灶屋（厨房）、猪圈、灰屋（生产用房），没有多余房间，对不起，两兄弟哥俩好吧，住一起不寂寞。郝强与郝雄睡的老式木架子床，也就是现在流行的实木家具，多少年前我们的老祖宗就用上了，潮流有周期，审美会疲劳，此话不假。这种床为简易结构，两长两短的床板和四个床脚靠榫卯相接而成，看似简单实则古人智慧传承。床的四角安装四个床柱，挂上麻布蚊帐，蚊子看着里面酣睡的人，嗡嗡叫得嘶哑也只能围着打旋旋。倒是大热天的，省去蚊虫的骚扰，人在里面热得汗水浑身冒，睡眠质量丝毫不影响安逸指数。第二天起来，竹席上是大大的人样子，就像背是印、汗是印泥，自己摁住席子盖了一个图章。

郝强和郝雄各睡一头，郝雄瞌睡大，发出的咯吱咯吱磨牙声像在梦中与人摔跤，几间屋都能听得见——少年不知愁滋味，郝雄可以做证。而郝强可能是喝了酒的缘故，或者是室内温度太高，或者是郝雄的响声太大，上床一直不能入睡，周身酸痛，四肢乏力，腰部的脊椎像折断了似的，手上的血泡破了后还在隐隐作痛，反正是浑身的不舒服。睡不着想心事。郝强自问，难道我就这样像父母当一辈子农民？重复他们的生活？如果真如此，心有不甘。但又没有任何可以改变这种状态的路子和办法，愁闷、彷徨、迷惘、期待、向往……不怨天不怨地，只怨自己不争气。假如自己今年高考有戏，现在会是一种什么情景呢？扁儿锄肯定丢掉了，商品粮一定吃上了。父母的嘴巴要笑瘫，弟妹会以他为榜样，全村会为他感到骄傲，那是何等的幸福和荣光。郝才亮不会要他去收割稻谷，害怕伤着他手上的细皮嫩肉。即便他争取要去，因为当作一次体验有不一样的心情，也不会觉得腰酸背疼，全身不爽。可是结果与愿望相背而行，他是一个悲哀的落榜生，逢人抬不起头来，不干农活还能干啥？这可能就是命，有人说命运掌握在自己手里，这不胡扯吗？命运无影无踪，望不见，触不着……胡思乱想，想着想着，倦怠、无聊，郝强迷迷糊糊地进入了梦乡。在梦里他像来到了江南水乡，烟雨蒙蒙。淅淅沥沥的小雨落在门前的芭蕉叶上，滴答滴答，像催眠曲悠扬明快。他立在小河边上一座吊脚楼的窗前，看到一对情侣相互依偎，打着一把花雨伞，慢慢走向河边戏水。突然，女孩失足滑落水中，男孩没抓住。他不假思索推门而出，不顾一切冲了出去。他想当回救美英雄。

“郝强、郝雄，下大雨了，快点起来，把院坝里的谷子帮到收回来。”郝才亮的呼喊声，听起来很焦急。郝强周身一紧爬了起来，惊得四处张望，梦不在了。

郝强恍恍惚惚跑出房间冲入院坝，借着屋内电灯罅漏的微弱光亮，他看见郝才亮、何会兰正拼命朝箩筐里撮昨晚堆在院坝的稻谷。他转身回屋提了一把铁铲返回谷堆旁，一刻不停地使劲挥铲，铲满一筐，就与郝才亮跑步式抬回堂屋里，倒在地上，拖出箩筐接着与天抢粮食。外面的忙碌声把郝雄、郝青竹也惊醒了出来，各自找工具来帮忙。全家动手，收回谷子的速度明显加快，但雨越下越大，屋外漆黑一团，院坝上已平地起水，一些谷子被冲走，工具根本挡不住，损失已成必然。慌里慌张收进屋里，大堆谷子像洗了个淋浴，人更是像才从水里捞出来，上下滴水。正在所有人发呆、犯愁时，先是闪电划破夜空，跟着一阵惊雷响起，像触了地，“咔嚓”“咔嚓”两声，刺得人的耳膜发疼，眼睛不敢睁。郝青竹吓得哇哇直叫，赶快扑进何会兰怀里。停电了，屋里一片黑暗。雷声雨声交织，夜色凝固、静止，一屋人就像冻结在咖啡冰糕里的果仁——黑不见人（仁）。郝才亮告诉大家不要怕不要慌不要乱动，他脚蹬手摸从里屋找出手电筒。一家人凭借微弱光亮换上干衣服。少年儿童先去睡觉。郝强与父母将谷子摊开透气后，重回床上等瞌睡虫来。

郝强平躺着，睁开眼睛，眼前是一抹黑，头脑却异常清醒。郝雄梦乡酣睡，又是鼾声大作。他真羡慕郝雄无忧无虑，头一挨枕头就能入眠。郝强强迫自己睡觉，他调整好睡姿，放空大脑，放松身体，屏蔽杂念，不想任何事情，即便天塌下来，他也不管，由高个子先顶着。就这样由半睡半醒到完全进入睡眠状态，如同一个练功之人思想安静、意念集中的入静状态。他没有了包袱，没有了欲望，一身轻松，轻如一阵风。

天蒙蒙亮，雨还在继续下，丧失了昨夜的狂暴、急骤，变得没有脾气很优雅。郝强起来时，郝才亮早就起床，他一直在担忧打湿的稻谷怎么办。郝才亮将堂屋的家具、杂物尽量移走，腾出更宽的地方让给湿渍渍的稻谷出口气。郝强过来协助，他摸了摸稻谷，不仅水分重，而且有些发烫。

“爸，这稻谷怎么还是热乎乎的？”郝强像个白痴。

郝才亮面无表情地说：“淋了雨，又不通风，遭捂到了。”

郝强傻瓜似的问：“那怎么办呢？”

“怎么办，只有凉办。如果这几天雨不停，还像这样下，这些谷子就可能生霉、发芽，最后连喂猪都要不得，人更吃不得，只有丢了，这季粮食就损失惨了。”郝才亮无可奈何地答道。

“那我们可以给它吹吹风嘛。”

“你去把电扇拿来试试。”

郝强把家中唯一的一把破电扇摆放在屋中间，插上电源，对着满屋稻谷。按下开关，没有反应，扇叶纹丝不动。

“妈的，昨晚上打雷停了电，估计是变压器又遭烧了。我们村的变压器前次被烧了，隔了半个月才修好。这个变压器经常坏，不晓得是啥子原因。这次烧了不知又要等好久才修得好。”郝才亮一旁骂骂咧咧。

电扇无用，靠人工。

郝强将郝雄、郝青竹吼起来，三兄妹一人一把篾巴扇，给稻谷扇风。郝强总想用他们的力量来让稻谷透透气，把水分蒸发出去。三人开始使劲扇个不停，像憋着一口气，啪啪挥舞，但坚持不到十分钟，郝青竹就告饶没有力气了，第二个败下阵的是郝雄。郝强扇到最后，也是累得手上无力，脚打颤颤。笨办法，小孩们做做游戏，好玩而已，根本使不灵。

连续下的绵绵雨，这可急煞了郝家人。电没有，电扇吹风等于摆设；用篾巴扇扇，那只是小娃儿搞起耍。唯一起点作用的是，郝才亮叫郝强隔不了一会儿用竹耙子去翻一遍，不间断，勤翻，还算是一种增加透气的土办法，但收效甚微。

郝强其时心里也很焦虑，这可是他们一家人全年的口粮，这季没抓住，吃饭要成问题。他不时抓把稻谷看几遍，比高考复习还认真。第三天早晨，又抓了一把稻谷观察，他惊呆了，有的变了颜色，金黄色变成了褐色，而且在谷粒的壳上长了浅绿绒毛。

“爸，快点来看，稻谷好像有问题了。”郝强很着急。

郝才亮蹲下捞起稻谷，看了看，闻了闻，并用门牙咬破一颗，剥掉谷壳，米粒有黑点。“完了完了，这稻谷烂了。”

郝才亮垂头丧气的样子，郝强也不知怎样去安慰他。

一家人白费功夫，最终没能抵挡住老天爷的威力和无情，这批稻谷因为淋得太透，又没得大太阳曝晒，发黑霉变，只有一丢了之。郝强看着父母辛辛苦苦地劳作，就因为几天持续下雨，将到手的粮食夺走一半，无比伤心。父母虽然没有哭泣，但看得出他们内心深处是万分沉重的，泪水似心中忧伤的暗流——靠天吃饭的日子，何时了？

雨以绵延不绝的坚韧下了五天，洪水奔腾，造成山村困厄。啥事干不了，郝强和父母趁此歇息，缓过劲来了。原就有计划挖干田，因为稻谷霉烂，更有紧迫感要把损失夺回来。眼下只有靠种小麦、秋玉米、秋菜了。见天气好起来，郝才亮急忙派活，何会兰、郝强跟着出工，留下郝雄、郝青竹待在家一边做暑假作业，一边负责煮饭。

一家之主的郝才亮，像一个小单位的头头，率先垂范，走在前面，干在前面，两个忠诚的下属紧跟其后，啥事照办。

途中，遇到了村支部书记徐德宽。“才亮，会兰，这么早就出来啦？”

“徐书记，没得办法，前几天下雨，我们稻谷没法晒，烂得不少，再不把秋季抓到，恐怕今年要挨饿。”郝才亮诉苦道。

“那倒是，前几天的天气太反常了，估计好多人都有你们这种情况。把干田赶快挖出来，栽种一季，问题就不大。”徐德宽说得很有道理，郝才亮也是这样思考的。刚把稻谷收割完，田里没有长出杂草，而且在收割稻谷前普遍开沟、留缺，放干了水，这个时候最适合翻挖，土壤干爽，不黏结，方便锄头利索地挖下去取出来。把干田办出来，到10月底11月初，便可播种小麦。小麦在南方属越冬植物，到次年4、5月份，到了收割小麦的季节，也就是农村通常说的大战“红五月”，农村中小学生还会放一周农忙假。小麦每亩最低产量可达400斤左右。小麦一收完，马上犁成水田，5月栽种水稻，以“早”制早，不栽6月秧。一块田一年栽种两季，季季出产，环环相扣接济到产新。栽小麦之外，匀出一点田来种秋玉米，或油菜、秋菜，也是一种增加粮食或收入的不错选择。

当然，在农村，人要勤快，不能懒惰。更要善于计划，每季生产周密安排，无缝衔接，压茬跟进。唯其如此，一个家庭粮食满仓，征购完成，收入可观，才会有积攒。

郝才亮持赞同意见："我就是你说的这个想法，秋粮损失夏粮补。"

"唉，才亮，跟你一路的这个帅小伙，是郝强吧？好久没见长高了，我差点认不出来了。"

"是嘛，越大越不懂事了，看到人都不晓得喊。"何会兰抢过徐德宽的话说道，"郝强，快叫舅舅。你又不是认不到，原来经常喊到的。"农村爱认亲戚，凡是沾亲带故的，都要依辈分叫。之所以何会兰要郝强叫徐德宽"舅舅"，实质上是因为何会兰的母亲姓徐，徐母娘家的晚辈正好与徐德宽的字辈相合，转弯抹角挂上了钩。

"郝强喊人噻。"郝才亮也在旁边鼓动。

郝强扯开嘴角笑笑，说："舅舅好。"

"好好，现在小孩硬是长得快，我还是去年看到过郝强的，这么年把时间，变化就很大。"徐德宽不无感叹，又拍拍郝强的肩膀，"那郝强你是毕业了，还是在读书呢？"

郝强的脸涨得通红："我毕业了。"

"毕业了，没有考起大学，现在回来当农民，跟我们一起做农活。"郝才亮哪管郝强感受，只管自己说得出。

郝强更加脸红脖子粗，这不是老子在揭儿子的短吗？郝强内心最脆弱的地方，他是最不愿意哪个又来提起这些伤心事。过去的事最好深埋窖藏，捞上来不腐便臭。

"考不起也没得啥子，好歹高中毕业，学到了文化，算是回乡知识青年。"徐德宽夸赞道。

"高中生？起啥子作用？"郝才亮又对郝强的伤口掐了一把。

"才亮，当着郝强的面话不能那么说，高中还是有作用的。"徐德宽可不像郝才亮那么想，他想的是如何发挥郝强这些回乡青年人才的作用，当支部书记是要比一般村民站得高些看得远些，"我们村高中毕业的人不多，要用起来，为全村老百姓服务。郝强，你有没有兴趣，我们村目前缺一个团支部书记，我看你比较合适。要不就来当这个团支部书记，锻炼锻炼。"

徐德宽的提议，像大热天下冰雹，来得实在是有些突然。郝才亮第一感觉是，找郝强去干这玩意？怕是曹操遇蒋干——倒了大霉。父亲眼中的郝强就是一个成不了器的弯木废材。母亲哪会这样看，虽然在她的见识中不知是好事还是坏事，但心里还是受用的。而郝强本人有些反应不及，他没有任何思想准备要去当一个村干部。“舅舅，这事我从来没有想过，我不晓得当不当得下来，让我想想再回答你。”

徐德宽笑哈哈地说：“郝强，年轻人干脆点，舅舅帮你做主了，先来当，试试得不得行再说，莫像一个女人犹犹豫豫，两天打不湿三天晒不干。另外你来了后，我还给你安排个兼职，到村煤厂当个出纳。”

所以呀，人要出门，千万别一天窝到家里，出门说不定撞个蚊子吃。“落榜生”在徐德宽有些武断的劝说下，意外地尝到了小鲜——换身马甲便是“村干部”。

二、走马上任村团支书

别看郝强眼前落魄，可是学生时代还是有拿得上台面的硬核经历。他是有两年多团龄的团员，初中毕业那年，刚跨入14周岁的门槛，老师安排他写了一份入团申请书，并填了一份志愿表，顺利地成为了一名光荣的共青团员。他们班为数不多的同学能够有此运气。因为至少要达到三个条件：年龄，符合入团的要求，也就是两年制初中生，只有上半年出生的人才够14周岁；成绩，在班上甚至年级须名列前茅，老师才欣赏你，同学才信服你；职务，最低也要担任班委委员，诸如学习委员、文娱委员之类，当然班长更好。郝强这些条件全部符合。他上半年出生，年龄够格；从上初中开始，成绩优秀，一直是班上前三名，全年级前五名；他进入初中不知何故，不经选举坐直通车被班主任老师指定当班长，这可能跟他在小学当班长有关。看不出来，小小年纪，郝强“从政经历丰富”，从小就表现出少年老成、稳重踏实、富有组织协调能力的天分。不仅如此，好运常在，郝强进入高中，同样民主选举为班长。奇怪不奇怪，郝强没有去争取，郝才亮也不可能去请客送礼（那时也不流行这套），偏就有人把他瞧上了，当班头好像非他莫属。人，你不相信命，命就不相信你。人家自带领导范。莫不是他家哪座祖坟埋在了堪舆大师说的风水宝地?

没想到，一个不经意的入团举动，验证了“机会是给有准备的人”这句话的无比正确性。茫然、无助、苦恼、忧伤……这些不受人喜欢的词汇可以按下暂停键了。团员身份救了他，给了他信心，让郝强当上了村团支部书记，他又找到了当干部的“感觉”。当然，世间应该多些徐德宽的伯乐慧眼与暗处识珠。

郝强去村上当干部，郝才亮没有表现出过于热心，不泼冷水已是积了口德。何会兰无话可说，郝家、何家历史上没有当官的，包括村干部，郝强当与否，已超出她的认知，给不出任何参谋意见。她只是跟郝才亮说，反正郝强在家除了做农活也找不到更好去处，去当当团支书也不妨碍啥子，大不了耽误点农活。就当他还在读书不在家那样，这么多年没有他打帮手，不照样把田土种出来了。郝强走马上任，没有人教，没有人点拨，不外乎他第一天到村办公室时，徐德宽给他讲了讲前任团支书是谁，做了些什么事，他无师自通，快速入戏，展示出先天良好的领导潜质。

郝强虽然心中无底，但摸清家底实属应该。他翻箱倒柜，找出村团员花名册和村民花名册，清理人数，分门别类统计出全村青少年情况。他看重的是村里在家务农的青年团员，这是他的工作对象和依托力量。那些没有在家的，绝大多数在各类中学读书或是少数外出务工，户籍在本村，但事实上这批人一年到头除了寒暑假或节假日回来晃一眼，平常人毛都难见一根。郝强理想的组织状态：要人人在，要影影来。

建立健全团的组织，是郝强着手抓的又一件大事。村团支部处于瘫痪状态，原来的团支部书记，女性，任职超龄和结婚生子，团的工作早已撒手不管。团组织像一盘散沙，青年团员找不到组织，一两年没有开展过团的活动。村党支部曾找过几个人来担任团支书，要么干两天不称职撤下，要么推托不愿意干。徐德宽正为团支部乏人发愁时，那天偶然间看到扛着锄头，略带沮丧但藏不住勃发英姿的郝强，眼睛顿时发亮，像发现了隐藏山水田园间的诸葛孔明，立即盯上了他。郝强当然不知村团支部此时的窘境和曾经的无奈，本像无头苍蝇，瞎蹦，蹦到哪算哪。世界上哪有那么多现成的路子和捡便宜的好事等到你去坐享其成？虽答应试试，等团支部书记任命文件出来，他才发现就是光杆司令一个，因为没有一个团支部委员，更没有团小组长。他有事无人可用，有计无人去施。雄心勃勃，进门当头一棒。郝强深知，任何工作要搞起来，必须找到三五个志同道合者。虽然他是本村人，团员花名册上的人他都熟悉，包括他们的家庭情况、性格特征、目前在做什么事。但要找到又热心，又乐意，更能胜任的人选也非易事。他对所有在家的团员，逐个作了分析、筛选，又逐个进行排除、否定，剩下几个人选，基本都是熟人，比如，经常在一起玩的初中同学盛小海、黄冬，小学同学张青万等等。任人唯亲好不好？不能一巴掌拍死，诸如缺人、机密工作、友情掩护等非常时期便有其特殊意义和实用价值。做通这几人的思想工作，团支部活动开展起来，便不愁逐步唤起新的力量加盟。就像停产的工厂重新冒了烟，工人有了希望就会吸引回来。

郝强是实干派，主意打定，开始“拉人入伙”的行动。中午抵达黄冬家，满身灰尘的黄冬刚从地里回来，拿下搭在肩上的汗帕，“啪啪”上下拍打，扬起的尘土变成一团灰雾，人包裹其中，“咯咯”咳嗽。郝强用手扇了扇，阻挡不住灰尘的无孔不入。“黄冬，轻点轻点，你这是不欢迎吗？”

“哪个敢不欢迎？不欢迎死得难看。”黄冬没停下来，继续拍。似乎不把自己打整干净，汗帕就会一直挥舞下去。

“你欢迎，灰尘不欢迎。”

“郝强，莫说那些搁不平的话。你中午来有啥子事吗？”都是同学，黄冬是实在人，直接对郝强开问。

“没有什么事，就是想找你来帮帮忙。”

“啥子忙？我一个贫下中农，有的是力气，其他就超出了我的能力范围。”

“我现在是村团支部书记了，但是没有人来与我一起做这个工作。我就想到了你，还有盛小海、张青万。我们一起把村里团的工作搞起来，我们青年人有朝气，但必须团结、齐心，才能为村里做贡献。”

“对不起，郝强，我不行，我既没有时间，也没有能力。你知道我家里的情况，我爷爷长年躺在床上，每天都要有人去给他翻身、送饭；我还有两个弟弟要读书。家里就靠我和父母做农活。再说我没有你文化高，写也写不出来啥子，说也说不出来啥子，恐怕搞不好团的工作。”黄冬打退堂鼓。

黄冬说出了这通理由，并且说得这么坚决，但郝强不想放弃，更不想第一个人的工作就这样难产。“黄冬，我们是不是同学？我从没有找过你帮忙，我一找你你就说这也困难那也困难。莫说那么多，是同学，是朋友，就是刀山火海，也要上。更何况团支部的工作不是全天候守在那里，而是有事就通知你来，没事你照样做你自己的事，耽误得了你多少时间？哪像你说得那么恼火。你不答应，我今天就不走了。”遇到耍横的，螃蟹也绕着行。

黄冬一看郝强的犟劲上来了，他了解郝强的执着性格。只要他蛮横起来，谁也不容易劝得住。“哎呀，郝强你也是，啥子不干你偏要去当这么个团支部书记，人家都不想当的，你去捡到当起有啥子意思。”

话软了，在松动了，郝强乘胜追击。“你莫说那么多，我当不当是我的事，你到底来不来？”

“好嘛好嘛，我来。这下对了嘛，你心里安逸了噻。”黄冬被逼上了梁山。

“这还差不多，同学一场，还叫不动你了。”郝强转忧为喜，嘴壳硬了起来，“从现在开始你就是团支部的人了，听从指挥。现在你要跟我一块去发动盛小海、张青万加入进来。”

“郝强，你叫人做事也太快了，我才答应你，你立即就使唤我当跟班。”

“嘿嘿，我们做事要讲效率。”郝强说完，拉起黄冬就出发，“别说空话了，我们找人去。”

有了黄冬这个同盟军，郝强像长出了翅膀，行走轻盈、急迫，一路上刮起一阵旋风，心头上的阴霾一扫而光。至少他不那么孤单了，有了摆龙门阵的人。

两人找到盛小海的时候，盛小海四仰八叉躺在竹凉板上睡午觉。郝强要去摇醒盛小海，黄冬在嘴边竖起食指，郝强噤声。黄冬掐了一节稻草，在盛小海的脚板底上扫了扫，盛小海脚缩了下，换了个姿势继续睡。黄冬又将稻草放在盛小海的鼻孔边，来回拖动，盛小海下意识拿手去揉鼻子，仍然没醒。郝强差点笑出声来，黄冬的食指再次竖立，示意肃静。弄不醒盛小海，黄冬干脆捏住盛小海的鼻子，“呜呜”“呜呜”，头摆动，被气憋胀，紧闭的嘴唇突然崩裂，“噗”像打屁一样，重重地放了一股气流出来，人也彻底醒了。

盛小海昏昏沉沉，正想发作，睁眼看到搞恶作剧的却是两张不速之客的熟脸和坏笑，只好把点燃的怒火熄灭，换成僵硬的微笑。“龟儿子，你两个什么时候来的？生拉活扯把老子搞醒。”

“你睡着了的时候。”黄冬一脸得意，“你倒安逸哟，只管睡你的觉，哪会管我们这些同学天干暑热顶着烈日来看你，你看你是用什么态度来迎接我们的。”

“你两个像小偷儿悄悄来，我睡着了是管不到你们噻。”盛小海翻了下白眼。

郝强站在一旁默不作声，总算轮到他说话：“盛小海你硬是享福，这农忙季节，还在拉伸午休，不晓得有好多人羡慕你。”

“唉，郝强你莫冤枉人，我可是上午去挖了干田回来，吃了饭，趁这个时候天气热休息下，一会儿太阳快落坡时，还要出去挖。不像你两个大忙季节，还有时间到处游手好闲，优哉游哉。”

“盛小海，这你就错了，我们是有公务的人，哪会闲得无事？我是陪尊敬的郝书记来找你有公干的。”黄冬不无俏皮地说道。

哎哟哟，盛小海发出惊叹，从凉椅上起来，围着转一圈，把郝强、黄冬上上下下、前前后后瞄了瞄，没有发现哪里跟平时不一样。咴咴吸口气，隔了半晌才问道：“你两个精神没有出毛病吧？什么公干？什么郝书记？搞没搞错？黄冬你现在怎么也学到打胡乱说？”

“盛小海，我跟你说，黄冬没有乱说，他说的是真的，只是他夸张了点。”郝强赶紧解释，“我现在回来当了村团支部书记，要找人把团组织建起来，黄冬被我拉了进来。我俩这会来就是要把你也拉进来，我们一起搞共青团工作。我们是同学，你没有意见吧？你应该支持。”

“是不是嘛，盛小海，我说我们来是公干，你还不信。这是郝书记的命令，你来也得来，不来把你手脚绑上也得来。”黄冬嬉皮笑脸，像个大干部，像个长者，拍了拍盛小海的肩膀。

“嘿，你两个都当上官了，我还不晓得，早晓得有这样的好事，你们应该宴请大家吃三天九顿。怪不得黄冬你个龟儿这么神气。”盛小海戏谑道。

“盛小海，郝强是书记才是官，我是他手下的兵。你来，也当个小干部，我们都做他的兵。”

“黄冬，你都当得来，我也当得来。”盛小海不示弱，发来的球接到，扬扬头，白了一眼黄冬。

“盛小海，你同意了，我代表村团支部正式欢迎你加入。”没费多少口舌，轻易吸收一人，郝强按捺住内心的喜悦，欲继续扩大战果，“既然加入了，我们事不宜迟，去探探张青万的口风，看他有没有这个意愿？”

“郝强，我才勉强答应你你就派工了，未免太着急了。这还要我陪你去找张青万，找了张青万又找哪个？你干脆一下说完，今天下午我们就找人找个痛快。”盛小海眼睛鼓起铜钱大。

郝强笑了笑，说：“除了张青万要找，暂时就没有了。”

“喂喂，郝强，盛小海说今天下午找人找个痛快，还真有点道理。一不做二不休，要找就一下找齐。”黄冬像找人找上了瘾。

盛小海激将，追问：“黄冬，为人要坦荡，要放屁就放痛快，别藏着掖着，还有哪些要找的人快说出来。”

“我看啦，就是算上张青万，我们四个人还不够。还应该找一个女团员进入团支部，便于开展革命工作，男女搭配，工作不累。”黄冬摇头摆尾，把郝强操心的事抢了过来。

盛小海撇嘴，故意附和道：“有道理，看不出你黄冬，姓黄姓对了。”

郝强倒不把两人的斗嘴当玩笑看，反而受到启发，拍了拍额头，恍然大悟，说：“我赞成黄冬的建议。但是谁合适呢？”

凡事多商量，群众的智慧派上用场，如滔滔江水，奔涌而出，一泻千里。

黄冬胸有成竹，“我们的女同学谢玉婉。”

郝强拉着黄冬、盛小海一下午的工夫，想找的人全部找齐，队伍由一壮大到五。之所以找起来比想象的顺利，“同学会”是重要原因。熟人熟事，知根知底，当然好说话。“草台班子”搭建起来，预示着村团支部组阁成功。郝强担任书记职务，由徐德宽“钦定”，其他人别想了。黄冬、盛小海、张青万、谢玉婉为委员，并兼任团支部下设的团小组组长。

团组织OK了，开张锣鼓如何敲？这有待郝强同志“运筹帷幄，决胜千里”。

三、接手村煤厂出纳

村团支部任职的报酬少得可怜，甚或叫打发叫花子，有就给点，无就话打发，基本上就是帮干忙尽义务。干农活是主业，收入也从这中间来。若要当成职业，势必有相对稳定的收入来源。不用担心，徐德宽有长远眼光，安排足够周全。他清楚光打感情牌能够管一阵子，时间长了让人“喝西北风”，无论何人都会受不了，最后被迫像鸡肋弃之。过去无人愿干的不堪和教训，徐德宽滋味备尝。痛有好处，可以从中知道原因和止痛的办法，防止复发。待遇能让郝强全职地安心地在村团支部工作，尽管他起初并没有这么想过。这就是为什么徐德宽当时找到郝强时就说，让他当团支部书记，并去村煤厂兼出纳的缘故。煤厂本与村团支部没有关系，有徐德宽从中施以影响和穿针引线，郝强的生活来源有了正正当当的合法出处。一个可爱可敬的农村党支部书记培养年轻人的无私和胸怀，不可谓不用心良苦。多年后，郝强不管风光与失落，他都把徐德宽当成一盏指路明灯和精神丰碑。

村煤厂厂长叫余友满，本村人，看着郝强长大的。双手拉着郝强，五秒不松，再腾出左手拍拍他的肩膀，口中热情地念叨，非常欢迎郝强，还不放心似的，重复一遍。农村人爱认亲戚，祖传下来的习俗，走到哪里适用哪里。余友满的老婆姓何，跟郝强的母亲何会兰不仅同姓，还同辈，这样郝强私下该叫余友满“大姨父”，公开场合喊“余厂长”。公私分明的叫法，余友满受之坦然。

老郑是煤厂原来的出纳，年龄大，有病，自己主动提出不当已有些时候了，村上没有找到合适的人，就一直叫他坚持。“知识青年”回村，不正不歪，不大不小，不早不迟，恰好顶上这个空缺。那天，郝强到煤厂上班，是徐德宽亲自带他。村支书把年轻人交给余友满时，特别叮嘱：“余厂长，郝强才高中毕业，有知识有文化，但是没有从事过出纳工作，要叫老郑多教教他，让他尽快上手。另外郝强是村团支部书记，共青团的工作也要做，有时要帮助做一些村‘两委’（村民委员会、村党支部委员会的简称）的工作，两边跑，你要多支持。比如请个假、报个账什么的，多担待点。”

余友满满口答应："这没有问题，出纳工作用不着郝强天天24小时在这里坐着，每天有个半天时间差不多。到了每个月发工资的那两天，倒是必须发完才能离开。"

徐德宽问郝强有什么不明白的，郝强说："我才从学校毕业，社会经验缺乏，出纳工作更是没摸过，要请余厂长和老郑多帮助，我一定认真学习，争取早点熟悉并接手这个工作。"

徐德宽像职业中介把人交脱后便忙其他事去了。余友满叫郝强与老郑见了个面。其实都是本村的，不用像两个陌生人相见，讲究礼数，正式介绍，反正彼此认得，不见也知，见面即熟。

老郑早就盼着这一天，说："这下对了，郝强来了，我可以交班了。"

"老郑，没有你说的那么简便和容易，你得把郝强这个徒弟教会了，才走得脱。"余友满交待任务。

"余厂长，我是要教会才走。这点道理我是懂的。"老郑主动担责，并亲热地鼓励接任者，"郝强，用不着担心，你要不了多久就会了。我们这么个小煤厂，出纳工作非常简单，凭你高中生，不用教，看看就晓得咋回事。"

"郑叔叔，你是会了当然简单，可我是生手，从未做过出纳工作，我担心整不整得灵醒还是问题。还要麻烦郑叔叔多教育、指点。"郝强在当出纳这个问题上尤为谦虚，而且持谨慎态度。因为他在来煤厂之前，郝才亮给他说了一席话，如打了一剂预防针，着实让他有些惊异和紧张。那天出门挖干田途遇徐德宽，徐德宽说想让郝强到村团支部和煤厂做事。回到家，郝才亮就提醒和敲打郝强："当团支部书记，你以为捡到了甜桃子，那是别人看不上的活，请你去就是聋子的耳朵、瞎子的眼睛。"反正挖苦加讽刺，哪个说起痛快就专挑哪个说，"特别是那个出纳，不是好差事，要仔细又仔细，钱数多数少，账做清做不清，都是大问题，稍不注意，你就容易当赔匠。先说清楚，我们这个家庭条件，你是晓得的，没有钱来给你赔要当（四川方言：损失）。"

老郑不断打气："郝强，你各人大胆工作，我把我会的都教给你，要不了两天你就做得来了。"

余友满一个交一个，见没有他多少事了，便说："老郑，我就把郝强先交给你了，你让他先熟悉一下，然后搞个移交，到时我来监交。"

“要得，我给郝强讲一下出纳的工作内容，让他有个大致了解，今天我就把工作移交了。”

“老郑，工作移交可以，但你还要带他几天。”余友满回头，叮嘱。

“那是肯定的，你不说我都要来带他，扶上马送一程。”

“好嘛，你两个好好交流。”余友满边说边到隔壁房间。

老郑搬张椅子让郝强坐下，摆出爷爷给孙子讲故事的架势。老郑的声音在煤厂财务室温情荡漾，且抑扬顿挫地进到郝强耳朵里——在企业里，出纳的工作就是：现金收付，包括保管好库存现金，以及有关印章；支票的管理与使用；根据收付凭证登记现金和银行存款日记账，日清月结，账上余额与库存现金和银行余额相符；办理往来结算，注意清算，不出现坏账；按工资计划，审核工资单据，发放工资并负责核算。郝强虽然很专心地看着老郑的嘴巴一张一合，但依然像听天书一样，闻所未闻，越听越找不到感觉。

老郑讲了一通“理论”，问：“郝强，听明白没有？”

郝强诚实地说：“没有，头一回听到这些。”

老郑安慰郝强：“没有关系，我原来才当出纳时也是这样，第一次听到这些名词、术语，脑壳都是大的。”

“郑叔叔，我恐怕学不会。”郝强自信心遇见严冬，瞬间结霜，不自觉地打摆子。

“郝强，不用着急也不用害怕，现在不讲空洞的东西，我们来看看实际操作。”老郑把账本、支票、印章、凭证等统统抱出来，一件一件地给郝强讲，手把手地教，郝强感受了一下“从理论到实践”的过程，有直观的实物，稍微好理解点，但仍然是像坐飞机，云里雾里，不知在哪里。老郑很有耐心，只要郝强没整明白，他又反复地讲解、演示，并叫郝强自己操作，搞了一上午不够，中午吃了饭不休息，接着教。热心人讲得口干舌燥，神魂颠倒，把自己搞晕菜，也舍不得停。实在过意不去，郝强主动说“可以了”，老郑才收嘴。

暂停教郝强了，老郑立即造“出纳工作移交表”，诸如账本多少本及余额多少，库存现金多少，使用过的支票和空白支票多少张，原始凭证多少，印章多少枚，财务室和档案柜钥匙多少把等等，一律列进表中。老郑把余友满和会计请到财务室，加上郝强共四人，集体见证移交。老郑先在“移交人”后签上自己的名字，当场点清移交表中所列项目对应的账本、票证、印鉴、现金等，郝强则在“接交人”栏签上名字，尽管心有忐忑，但他相信不会有人叫他睁眼跳岩。一个学徒而已，既无旧仇，又无新恨，何必呢？然后请余友满和会计签上“监交人”姓名。用不了五分钟，妥帖。出纳移交工作正式完毕，郝强从此时此刻起就是村煤厂郝出纳了。

办完移交，老郑没有抽身走人，照常到煤厂上班，他在履行承诺，连续数天坐在财务室。郝强办理出纳业务，他就在旁边守着，不时指导。师傅带徒弟，严格，细心，无保留。高中毕业生，农村的文化人，比一般人领悟能力和学习能力强。半个月口传心授加实操，老郑像带小孩走路可以放得开手了，关门弟子郝强顺利迎来单飞的日子。

老郑是一个负责的人，临走时，不忘师傅职责：“郝强，你不懂的，可以随时到家里来问。”

郝强频频点头，说了很多感谢的话，两人才不舍地分手。

郝强这十多二十天几乎都泡在煤厂，熟悉出纳工作，困难多但上心。郝强有股不干不染手、要干就干好的蛮劲。深入骨髓的韧性，绝非后天努力可以拥有和塑造。有了老郑的悉心调教和点拨，以及他本人的用心钻研和体悟，他总算对出纳工作有了一个基本的认识和掌握，至少没有老郑在旁边他也可以办理业务了，虽然动作慢一点。再摸索一段时间，完全上手是一定的。于是，有了些空余时间，郝强时不时在煤厂厂区转转。他对煤厂并不陌生，以前学校放寒暑假，他和其他小伙伴便会到煤厂捡渣煤，就是将工人挖出来嵌在渣石上的巴掌大的煤块敲落或从渣石中寻找夹杂其间的籽煤。煤厂的每个角落都清楚，当然那是学生记忆。而今作为煤厂的管理人员，再看煤厂，视角不同，认识和感悟也截然不同。原来死盯哪里有没有散落的煤炭，如有，蜂拥而上，激烈争抢。目下是看哪里有缺陷、毛病，以及看不惯的地方，报告厂部修修补补，消除隐患。

早晨，余友满下井例行检查，郝强像蚂蟥听不得水响，心痒痒想试一试：“余厂长，你下井可不可以把我带上？我从来没去过，我想去看一看井下长什么样子。”

余友满先惊后喜，说：“你是出纳，也是厂里的管理人员，该下去看看。

你现在不光是管好钱，更要去了解一下井下煤层结构，工人们的生活状态和工作状况。”

得到余友满的鼓励和赞同，郝强转身向别人借了一双水鞋换上，并把一个当天请了假没来上班的工人的矿灯提上。衣服顾不得换，因为没有衣服供他换，只当如此，不外乎出来时换洗。余友满带了两个安检员一道，一个安检员推了一辆运煤的竹矿车。这种矿车简陋、可怜，用二指宽的黄竹（慈竹）片编织的椭圆口筐子，放在一个距离地面20厘米左右高、长形窄间小四轮架子车上，无论从载货，还是材质、耐用性，与现在煤矿普遍使用的铁矿车比，一个天上一个地下。村上仅有这个条件，不因地制宜，因陋就简，能省则省，还能鸟枪换大炮，冒起五进一？各自耐烦点，走哪山唱哪山歌，将就着用吧。井下工人自嘲是吆黄竹篓篓的，“吃的是阳间饭，做的是阴间活”。余友满他们将所携带的瓦斯检测仪、榔头、铁镐等工具，放在矿车里。推车的安检员前边开道，余友满吩咐郝强走中间，他和另一名安检员殿后。

“郝强，第一次下井是什么感觉？”下穿井下平行约200米时，余友满关切地问。

“里面太黑了，眼睛长起像睁眼瞎，跟闭着眼并无多少区别。而且矿灯亮着也像电池临近耗尽似的。”郝强老老实实说出感受，“这里面的空气还有股鱼腥味，难闻，想吐。”

余友满爽朗笑道：“你是第一次进来，不适应，多来两回自然会习惯。说不一定还会喜欢上这洞里的日子，特别是热天这里头凉快得很。”

又深入了一段，余友满叫大家停一下，他从矿车里拿出榔头在木支护上敲了敲，听了听声音。“没得问题。”一个安检员说道。另一个也说：“还可以，有这么结实。”村煤厂是由村里自主投资投劳兴建，安全生产条件差强人意。支撑顶板、墙体若干重要部位，均使用木支护。尽管上级一再倡导金属支护，村煤厂手长衣短，太贵用不起，连朝那方面想的勇气都没人敢有。工人在井下作业出不出事，某种角度上说，就是看哪个八字大，菩萨供得高不高。这的确是在拿命换钱。

检查了支护，几个人又继续朝前走。走了一会儿，余友满鼻翼动了动，“呼呼”嗅了嗅。不对，好像有异味，马上停下，命令安检员用瓦斯检测仪检测一下瓦斯情况，还好检测结果正常。洞里暗无天日，分不清是黑还是煤，黑就是煤，煤就是黑。恐惧、紧张，像蛇爬满了郝强全身，轻易不敢抖落，生怕惹怒被反咬。他机械地跟随，内心的难受没法说出口。洞口不足人高，身子打不直，唯有弯腰才能行进。寂静中，间或的滴水声，嚓嚓的脚步声，增添了洞中的生趣。不时交流几句，人声混合，似加入欢快元素，寂静像小孩蹒跚学步般跑向深处。

仍然是一路走一路不忘检查，重点查看有无安全隐患。余友满四处瞅瞅，说："我们去看一下斜井掘进到什么样子了。"村煤厂开采有些年份了，平层的煤资源接近枯竭，厂里就考虑开采下山的煤，打斜井已有些时日。

朝前行进了约100多米，郝强闻到了一股味道，他便好奇地问道："余厂长，我怎么闻到了火药味，你们闻到没有？"

"这是我们的井下工人打斜井放了炮，烟味没排出去。"余友满传授经验。

郝强试探着说："味道都能闻得到，那不是快到斜井了？"

"当然，马上就到了。"余友满答道。

仅过几分钟，郝强仿佛听到了里面传来了声音，问道："余厂长，你听到有人说话没有？"

"你那是错觉，这是我们说话的声音反射。"余友满纠正郝强的说法。

"喂……喂……喂……"郝强拉长声音朝井里喊话，里面传来"喂……喂……喂……"回响，像是印证余友满的正确。

越靠近斜井，火药味道越大，而且烟雾浓烈得让人睁不开眼睛。呼吸有些难受，郝强不小心吸入肺部，咳嗽起来。他真不知道打斜井的工人是如何坚持下来的，如此恶劣的工作环境，不亚于硝烟弥漫的冲锋陷阵。

余友满也开始咳嗽，咳了一会，他强迫自己止咳，问："下面没有工人了吧？"

"没有人了，他们一般是早上进来放炮，放完就走，要到下午等烟雾散得差不多了，再来把震松了的渣石运出去。"一个安检员说。

"这烟雾太大了，就是下午这些工人转来也散不完。一会出去，你们去买一台鼓风机来吹，让空气流动快一些。"余友满作了安排，就喊撤退。

郝强憋忙了，急于出去透下气，一个急转身，哎哟一声，便蹲了下去。负伤是无疑的，头一阵晕眩，黑暗加剧头昏，下蹲也支撑不住身体的飘摇晃荡，不自觉地一屁股坐地上才停止天旋地转。郝强转身太快，身体转偏了，脑壳恰巧碰到了洞中一块齐人高尖利的石头上。他用手捂住，血从手指间流了出来。余友满拿矿灯一照，瞧见郝强左边的脸全是血水，半边红脸半边白脸，像个唱戏的角色，正派与反派人物的混合，不过是转转身而已。无意去取笑一个挂了彩的人，但郝强的模样不能不叫余友满联想。

“快扶郝强坐矿车出去，你们俩先走一个，留一个跟我一块。”余友满对两名安检员说。

先前推车进来的安检员说：“我来推郝强出去。”

这个安检员有力气，当三人把郝强扶进矿车后，他蹬起八字脚使出吃奶的力气往外推。仅仅20分钟，就出井口。他扶出郝强，郝强自己用手按着头部，走了半个小时的路，赶到村合作医疗队（1984年实行家庭联产承包责任制，1985年后逐渐改称村卫生室）。郝强伤到左耳上面，幸好伤在这里，今后疤痕藏在头发里，如无人故意捣乱根本发现不了，不影响观瞻，更不影响他找对象。医生先用剪刀给郝强把伤口周围的头发剪短，再清洗消毒，缝合6针，进行头部包扎，打破伤风针，完事。经医生千锤百炼的手“精心打扮”，郝强一出村合作医疗队，俨然是一个标准的伤病号了。

千万不要小瞧农村的土医生（通常叫“赤脚医生”），尽是包医百病的“全科医生”，什么病都能治、都可能治好。治不好，不能怪医生，医生的理由充分且由来已久：治得了病，治不了命。混乱的逻辑，不是一般人能够想明白的事。农村人命贱，有个伤风感冒、小伤小病，村医就近诊治，不需要跑县、区、乡医院，节约费用，节省时间。那时村医在农村受欢迎的程度不亚于大医院名医。

等到余友满赶过来时，郝强的手术已经做完。余友满问了下医生有无大碍，医生说问题不大，就是皮外伤。过后再来换两三次药，就差不多好了。

为保险起见，余友满还是给郝强放假：“郝强，你这里弄完，就回去休息几天再来上班。”

郝强感到内疚，后悔今天不该发神经，主动要求下井，可能屁事没有，本来就没有人安排他去。余友满这么一说，他反倒更加觉得不安：“余厂长，不用休息，我没有事。实在不好意思，是我不小心，整出这么一个事情，给大家添了麻烦。”

“还是先把伤养好为重。”余友满劝道。

郝强没有听从余友满的话，做完手术仍然坚持跟着回到煤厂继续上班。虽然形象换了个病样子，但总得见人。郝强大大方方，不在乎其他人的打探和讪笑。

只是晚上回到家里，郝才亮见到郝强这副模样，有了嘲讽的由头和素材，“哼哼，郝强，是从战场上下来，还是为了哪个女人跟谁打了架？”

“哪个打了架？”郝才亮说话舌头吊棒棒，郝强不吃这套，更不想解释，直接怼回去，“就是打了架也跟你没有关系，该我杀头也不牵绊到你。”

何会兰拉开郝才亮，走到郝强的身边：“让我看看。”边说边伸手去摸了摸郝强的头。

郝强直叫：“妈，别摸，把我摸痛了。”

何会兰不解地说：“你这是搞的啥子名堂？在煤厂当他妈个出纳，都是坐办公室的人，还兴负伤？”

郝强不想增加母亲的担忧，编个理由搪塞，尽量说轻松些：“妈，我没有打架，也没搞其他啥子，是我自己撞到了桌子角上，有个小口子，到村合作医疗队上了点药。”

“你把我们当三岁小孩，你脑壳上这么大块纱布包起，还小口子。”郝才亮不无讥讽，“我看你就在家里跟我们一起种庄稼多好，何必要去当那个出纳，有好大个意思。我就不信我们溶水村离开了你这个红萝卜办不成席？”

郝才亮这个话有点伤郝强的自尊，郝强立马进行反击：“成不成席跟你无关，今后我的事不要你管。”

“锤子，你以为哪个想管你那些破事。”郝才亮桌子一拍，眼睛圆瞪，一根手指指着郝强，“你今天别过分，不然老子的手发痒了正找不到擦痒的地方。”

“郝才亮，你想打人？”面对气势汹汹的人，郝强顾不到那么多，管他是谁，直呼其名，“你只要敢先动手，看谁今天吃亏？”

眼看父子俩起争执，快要出手打架，何会兰站在两人中间，隔开，当和事佬："郝才亮、郝强，我的先人老子，你们是仇人吗？见面就吵，每个人都少说两句，要不要得？"何会兰拉起郝才亮就进了厨房，"走，帮到我煮饭，别一天光吃现成的。"

四、外出学习取经

头部受了伤的郝强，起初两天，不时有人问，问得多了，无人再问。问的人不过是出于关心或窥视而好奇，让他好奇个够，也就无奇可好，自动无趣而去。轻伤算什么，郝强就当脸上长了颗青春痘，除了有点烦恼，以指甲轻松挤出而了之。该上班时上班，郝强像没有事似的。毕竟青春年少，身体恢复能力处于人生黄金期，中途去换了三次药，十天时间基本愈合，拆线。伤痕犹在，离完好如初还有些时日，但无大碍，更无损翩翩风度。

就在这时，乡团委书记成学思将带部分村团支书记到外地参观学习，郝强在名单之列，天黑前便得到了通知。

郝强按捺不住一夜半睡半醒的晕眩和兴奋，早早起来，站在院坝里望望天，云彩高挂，给天地间腾出了超级宽旷空间。猛吸一口负氧离子含量充足的空气，秤砣般重的脑袋一下清醒且轻松。一阵微风拂面，像训练有素的美女按摩师白嫩、丝滑的玉手拂过。吃过早餐，动身出发，心无旁骛赶路，脚下生风，像去赶考般急迫。8点前准时赶到了乡政府去跟大部队会合，集中出发。

郝强接任团的工作，全新的事业和课题，他急需学习别人的做法和经验，能外出取经是他求之不得的事。跟村支部书记徐德宽请假，他是第一次以出公差的事由进乡政府，但这不是他第一次进来，上中学时来过，因为有个同学的父亲是乡机关工作人员，这个同学时不时把郝强等人请到他家玩。那时没有把这里当成高不可攀的地方，反而觉得乡政府比不上学校宽敞、宏阔，纵横驰骋数百米而不受阻。而今天，心境变了，郝强猛然间觉出乡政府火柴盒外形的办公楼好威猛、庄严、独特，其实也不过四层楼而已。银灰底的外墙上镶嵌红色瓷砖拼成菱形图案，过道铁栏杆焊接出比奥运标志少两环的三环造型，尽管陈旧、破损，但像情人眼里出西施，美是美，丑也是美。乡政府院里已有十来个年轻人围成一圈，说说笑笑。中间站着像小干部模样的一个人热情地招手、清点人数，“溶水村的郝强到了没有？”郝强听到有人叫他，忙不迭地举手响应：“我是郝强，到。”“请到这边等候。”小干部打量一眼他，“你是郝强，名字听说了，人还是头一回见。”与郝强打过照面后，小干部张罗其他事去了。郝强听话地加入人群，望着小干部忙这忙那。

乡团委书记成学思年龄小，从外表看二十一二岁，他在乡政府院里恭候多时。郝强新任团支书，没见过乡团委书记，他站那里观察，凭直觉和连估带猜，知道谁是成学思了。趁那人忙碌的空当，郝强走近小干部，主动自报家门。成学思与他握了握手说：“郝强，你的名字我早就知道了，你们溶水村把你任团支部书记的请示报到乡团委，我们审批时对你已有了解。欢迎你加盟团干部队伍。”

“成书记，本该早点来给你汇报工作的，由于我还兼了村煤厂的出纳，我要去熟悉这块业务，一直走不开，你要多包涵。”

“没有什么，今天不就认识了吗？以后多联系。”

“你要多帮助我，我是新手，不懂团的工作。欢迎你方便的时候到我们溶水村来指导工作。”

“那是一定的。今天出去你们要用心学，比较我们与一些先进地方的差距，才晓得我们今后努力的重点和目标。”

成学思的眼睛不停地搜索学习考察的人群。人到齐，成学思中止与郝强的交谈，说：“各位，我们准备出发。出发前，我想说两句，一是这次我们要到全县共青团工作搞得好的村去学习，看看别人怎么搞工作的。今天我们将要去参观的点，都是团县委给我们推荐的，大家要珍惜这次机会。二是请大家遵守纪律，认真地看、听、想，回来结合本村实际，把团的工作提高到一个新的水平。大家能不能做到？”

青年人朝气蓬勃，干劲冲天，齐声高呼：“能……”拉长音，近20个“能”汇合如交响乐在院子里激昂响起，惊得树上的鸟儿腾空飞出。

成学思一声令下：“出发。”

乡团委包的一辆小客车，已停在乡政府大门口，一群来自村上、乡属企事业单位的团干部热热闹闹上了车，朝目的地也是第一个参观点——薪火乡红土村驶去。

年轻人的队伍坐上车，说话声、嬉笑声此起彼伏，似一股奔腾不息的洪流，一浪赶一浪。成学思用力重重地拍拍手，说：“各位，安静安静，我说下行程，我们今天首先要去参观的地方是薪火乡红土村，这个村的团办经济搞得好，值得大家学习。”

一个村团支书问：“成书记，我们要多长时间才能到达第一个参观点？”

“我也不太清楚，要问一下师傅。”成学思向师傅请教，“师傅，我们这里到薪火乡要坐多久的车？”

师傅盯住前方，回答干脆：“四十多分钟。”

村团支书出主意打发乘车的无趣：“还有这么久才能到目的地。成书记，我提议，不如我们来唱唱歌。”

“要得，哪个来起个音，大家一起来唱。”成学思赞同。

“我来。”一个女士举手，自告奋勇，根本不等成学思答不答应，说道，“我们来唱革命歌曲，就唱《弹起我心爱的土琵琶》。”

坐在前排的女生站起来，转身背靠座椅，落落大方看着众人，两手向斜上方伸出去作打拍子状，一比画，起音：“西边的太阳快要落山了……”女生身体前倾，头微微点了一下，后扬，“预备——起。”

一车人跟着女生的指挥齐声唱。

青年团员活跃、热情和不羁，毫无顾忌和难为情，全像正经场合的表演。此时在这种形同卡拉OK包房的流动车厢里，怒放的青春，浓情的荷尔蒙，正是自我放松、自我表现，尽情高歌、尽情燃放的好地方和好时机。女生看大家兴致高昂，指挥激情如一股洪流从高山奔腾而下，溅湿一车人的衣裳。女生在面前舞动，大胆、投入、奔放，郝强难免不将眼珠子转到女生方向，明目张胆地多看了两眼。他悄悄问别人女生是哪个单位的，旁边的人告诉他，她是瞿义乡中学的音乐老师，也是该校的团委书记，叫鞠南伊。今年从县中等师范学校毕业，才分配去的。郝强“哦”了一声，不无羡慕地说道，难怪这么大方，歌又唱得好。

一曲终了，鞠南伊问：“大家说，好不好听？”

众答：“好听。”

“还要不要再来一曲？”

“要。”夹杂着激动的声音在车厢里回响，像一阵热烈的火炮在燃放。

鞠南伊头发一甩，双臂用力一挥：“年轻的朋友们，今天来相会……走！”

一车青春力量，誓将热情进行到底。青年团员们，兴奋度一阵高过一阵，伴随着鞠南伊上下挥舞的节拍，引吭高歌。

……

鞠南伊热情高涨，指挥大家，一首接一首唱，不知疲倦的歌声中，时间被甩在车后，第一站到了。

红土村坐落在公路边，小客车就近就便靠边停下。成学思大着嗓门说：“大家少安毋躁，就在车上等候，我先下车去联系一下。”在今天出来以前，成学思已给将要去参观的乡分别打了电话。20世纪80年代的通信，落后程度不忍启齿，各种尴尬和窘境层出不穷。有人形容当时的情状，编了一个段子：交通靠走，通信靠吼，治安靠狗，娱乐靠手……摇把子电话，线路少得可怜，每通电话必须通过各邮电局（支局）的接线员接转，接线员心情好会跟你转过去转过来，遇到接线员当天与对象吵了架或失了恋什么的，那你就惨了。等吧，今天不通等明天，明天不通有后天，总有一天会通。没有耐心趁早死了打电话的心。成学思耗去整整四天时间跟要去的乡打电话联系，直到出发的前一天才把要打的电话打通。

成学思捧着瞿义乡党委开具的介绍信送上，中规中矩与红土村联络，说明来意，一老一少便跟着成学思来到车旁。成学思招呼大家下车，话一落句便有了鱼贯而出的生气，成学思在旁边介绍，与红土村党支部李书记和团支部孙书记，一一见过。然后，红土村的两位书记领着众人参观该村团支部领办的肉牛养殖基地。

肉牛基地距离下车点并不远，就在村办公室后面。步行10分钟便到了，走近一看，圈舍明显建成不久。圈里的牛正在吃食，乜斜了一眼闹哄哄的人群后，继续埋头填饱肚子，置远来的客人而不顾。

“各位同志，这是我们村团支部搞的团办经济肉牛基地，去年刚建成。”果然，如村党支部李书记所言，这是一个新建圈舍。郝强的猜测没有错。“具体情况，由团支部孙书记给大家介绍。”

孙书记嘴上刚长出绒毛，十七八岁的样子，但从外表看是一个精明、虎虎有生气的人。党支部书记让他说话，他没有缩手缩脚，而是侃侃而谈：“各位同行，欢迎大家来到红土村，来给我们传经送宝。我们这个肉牛基地，正如刚才李书记介绍的，是一个刚刚建成的基地。我们响应县乡团委的号召，在村党支部大力支持下创建的，算是村团支部工作的一个尝试。目前规模还比较小，仅有10头牛。我们打算，明年如果市场前景好，还要扩大养殖规模。”

郝强静静看着年轻书记的嘴上下翻飞，像听到金元宝碰撞的声音，动听、诱人。团支部创办经济实体，于郝强见所未见，闻所未闻，如醍醐灌顶，原来团组织不是单纯做团的工作，居然还有这种做法。胜读十年书，不是瞎扯和吹捧，是有眼前的实例。

成学思一探究竟，像是代参观者们发问：“孙书记，你们这个基地的投入是如何解决的？”

孙书记毫无保留地答道：“我已经说了，肉牛基地能建成，要感谢村党支部李书记的全力支持，他拿出了真金白银，给我们做试验。”

“其实呢，我们也没有给多少钱，只是给了点药引子钱，更多的是群众的支持。”李书记道出实情，“刚才忘了给大家说，我们这个村是传统肉牛、奶牛养殖村，几乎家家户户都干这事。所以，为了支持团支部的工作，我们村党支部出钱、出面，做群众工作，找了几个农户赞助小牛加分成的方式，就把这个事干起来了。”

郝强对红土村团支部养牛感兴趣，但又有不明白的地方，他大胆地提了两个问：“孙书记，我是瞿义乡溶水村团支部书记郝强，请问肉牛是活生生的动物，每天要吃东西，那谁来管它们的吃喝？卫生清扫等日常管护又由谁来做？”

“哦，郝书记的问题问到了关键。”孙书记眉毛上挑，推销起管理之道来，如数家珍，“最初我们创建时，就被这些问题困扰，不知如何下手。后来我们把团支委的人召集起来研究，大家出主意想办法，最后形成一致意见，成立养牛管理小组，团支部书记负总责，团支部委员分组负责督促检查。每个团小组推荐3名团员，组成6个组，每组养牛两个月，包括卫生清扫等一包在内，抽签决定序号，依次轮换。”

李书记补充道：“反正是年轻人的事，我们支持，但不包办，不插手，由他们自己去处理，这样他们才能在实际工作中得到锻炼。”

成学思不无感慨地说：“红土村团支部做得好，村党支部真是开明。”

正当成学思准备叫大家去往下一个参观点的时候，鞠南伊古灵精怪地来了一句：“孙书记，我有一个问题，你还没说这个牛养大了由哪个来杀呢？”

原以为鞠南伊会问一个正经的事，没想到她却问了这样一个幼稚、愚蠢的问题，令在场的所有人开心大笑。

成学思跟着幽默一回，说：“到时通知你来主刀。”

“那我可不敢，你们男生上。”鞠南伊一副小女生认真的样子。

哈哈哈，众人在欢笑声中前往合溪乡跃进村。一进村子，炊烟袅袅，鸡犬之声相闻。农村气息质朴且浓烈，出乎意料遇见了一个文明、安静、祥和的村落，沿途遍地是忙碌的庄稼人，偶遇行人都会礼貌地让路，像一幅烟雾徐舞、男耕女织的江南水乡实景画。

跃进村的团支部夏书记把成学思一行带到了一户农家：“蒋婆婆，吃了午饭没有？”

一进门，一老妪颤巍巍出来迎接：“夏娃（此夏娃非彼夏娃），你来啦。”

“我来了，今天我带客人来看你。”夏书记笑眯眯地回应。

蒋婆婆好奇：“那好啊。是哪里的稀客呀？”

“他们是瞿义乡的青年团员，专门来我们村指导青年志愿者工作的。这位是他们的带队领导成书记。”夏书记把站前边的成学思推到老人面前。

成学思乐呵呵地说：“婆婆，我们今天来不是指导，是学习你们村的青年志愿者工作的。你可不可以给我们说说，青年志愿者是怎么来帮助你的？”

蒋婆婆牙齿损坏，上嘴唇包住了下嘴唇，说话不透气带鼻音，但听得明白。“夏娃他们这些年轻人思想觉悟高啊，每半个月要来给我打扫一次卫生，给我洗头洗澡换洗衣服；我的田地是他们组织人种的；逢年过节就会送肉送油。我虽然没有儿女了，他们就像我的亲生儿女一样照看我。”

夏书记拉着老人的手，拍了拍，像婆孙俩。“是这样的，婆婆原来有一双儿女，很不幸前几年一个得病死了，一个出车祸死了，她老伴也因悲伤过度前年怄死了，现在就剩她一个人生活，过得很凄凉。像她这种孤寡老人在农村不少，我们团支部就决定组织青年志愿者来给他们做好事，解难事，实践证明很有必要。”

夏书记与老人家关系如此融洽、亲密，郝强首先是惊诧，如果不是亲眼见到，光凭口说谁都不会相信没有一丝血缘关系的人可以相处得像家人。名不虚传，合溪乡跃进村团的工作有特色，走出了一条志愿者工作的创新之路。郝强本是带着诚心而来学习，听得特别专心，想得也特别仔细，遇有不清楚的，必然会问：“夏书记，请问这些志愿者们乐意来吗？他们怎么处理好自己的事与做志愿者工作的关系？”

夏书记像早就预料到有人会提出这样的问题，胸有成竹地答道：“我们的志愿者是完全自愿的，团支部不强迫。我们只是倡议，青年人要多做善事好事，积德行善。他们很自觉很积极，我们这个组织不仅帮助这些孤寡老人，就是志愿者本人遇到了困难我们也互相帮助，志愿者有什么好事喜事大伙会去庆贺捧场，所以大家的集体主义观念、奉献精神很强。”还不放心，又特别强调，“志愿者工作，前提是自愿。”

告别了蒋婆婆，参观跃进村村委会办公场所，一个与小学校连在一块的地方。操场上一群人正排练节目，有老年人、中年人、青年人，练习的是打钱棍舞，一种传统的民间舞蹈，被他们改编。变化多端的队形，打跳翻滚的舞姿，令参观者们不得不驻足欣赏。他们见有人观看，热情被点燃，舞起来更卖力、更投入。

“喂喂，各位乡亲，这是来自瞿义乡的客人。”夏书记拍拍手，大声对着操场喊道，“大家别停，为欢迎我们尊贵的客人，你们把刚才打钱棍的节目完整地表演一遍，请来宾们提出宝贵意见。”

领队的人立马整队，音乐起，舞动钱棍，嚓嚓，嚓嚓。右手拿钱棍，空中转一圈，钱棍一头敲击一下肩，一头敲一下前臂；或者左臂来一下，右臂来一下；或者旋转一周，脚上碰一下，停顿，跳步……花样百出，动作组合灵活，完全取决于编舞者的想法和创意。

钱棍舞罢，夏书记又说给客人看一段舞龙。打钱棍的人本事了得，会的东西不少。放下钱棍，操起旁边的长龙。手拿龙珠的人在龙头前一挥，后面的龙身跟着穿插、腾跳、追逐、翻滚、扭动、摇摆、嬉戏，一派欢乐、喜庆、祈福的画面，顿时铺展在郝强他们一行人的面前。

村民的表演，走进了郝强的内心，似拧一把，撞快了他的心跳。他像看了一场在剧场也不能看到的精彩节目。虽生在农村，但这类震撼心灵，又备受老百姓喜欢的东西不常见。正想着呢，夏书记说话了："各位来宾，我们这支队伍，是村团支部牵头搞的文娱宣传队，老中青三结合，凡是有热情有爱好有艺术特长的人都可以参加进来。大家利用农闲时间，进行练习，到了节假日就在村上举行文艺汇报演出，请全体村民来观看。我们这是自娱自乐，老百姓欢迎这种喜闻乐见、自我参与的文化生活方式。"

"那你们这个活动给不给报酬？"成学思此时想排练钱从何来。

"不给，完全是义务性质。这更多的是老百姓的兴趣使然，就是一群志同道合者的聚会。"夏书记很自豪。

郝强一直狭隘地以为，共青团工作的对象就是青年团员。而跃进村老中青混合参与，让他大开眼界，茅塞顿开，原来共青团是不能排斥中老年人的，他们在其中必定有所作为。"那团支部在中间具体起什么作用？"郝强在思索团组织的位子。

"这个文娱宣传队是村党支部支持下成立的，我们团支部就是负责组织协调工作，招募队员，编排节目，安排演出，这些工作全是我们大包大揽，不用村党支部操心。当然经费还是需要党支部、村委会支持的。"夏书记实话实说，并不避讳。

郝强跟着问了另一个问题："夏书记，这种方式运行顺畅吗？"

"只要做到跟村党支部多报告，跟队员们多沟通，运行是没有问题的。反正这是群众不出钱只出力，群众自演自看的活动，何乐而不为？"夏书记说起来显得轻松，好像这不是个问题似的。

加庆乡大树村，成学思率队去的最后一个地方。一众人马径直来到村团支部活动室，也就是在村"两委"办公区域腾出的三间房子，供共青团使用。一间做团支委办公用，一间图书室，一间大一些的房子用来娱乐兼会议室。功能划分明晰，一目了然。看得出来，每间房屋进行了简单的装修，添置了必要的设施设备，相关制度上墙。一比较，郝强就感觉出差距，半间房的溶水村团支部办公室，多一两个人转身都困难，更别说开展活动了。

大树村团支部宁书记像个导游一边走一边介绍："我们团支部的标准化建设，是按照团县委的要求落实的。我们在硬件上下了些功夫，当然这是村党支部大力支持的结果。村党支部提供给我们三间房子，并投入资金进行改造，完全尊重青年团员的意愿和特点，做到既好看又好用，目的是凝聚全体青年团员的力量，为建设四个现代化做贡献。"后一句虽是大话，但人人当好螺丝钉也未必不是好事，只是作用大小不一罢了。

仅凭几间房的规模和陈设，成学思看了很震惊，郝强自觉汗颜，所有人仿佛找到了差距。谁都不会想到一个小小的村团支部可以建成这个样子，没参观前想象不出村团支部的阵地到底该长成个什么样子。试想大树村的青年团员在这里来感受团组织释放出的魅力和温暖，想不努力都不好意思。

从未参加过类似学习考察活动，"老油条"的陋习在郝强身上还看不到，比如走马观花，不屑一顾，大而化之，凑个人数……他是新油条都算不上。所以，他格外珍惜向别人取经的机会，一种强烈的责任感、使命感，促使他甘当小学生，真学深学。在宁书记说话的空当，他不禁问道："你们搞了标准化建设后，做没做过比较，青年团员来这里活动的人数是比过去多了还是少了？"

宁书记有些许骄傲，说："肯定是多了。这里是青年之家，团员之家，谁不喜欢这个家？"反问式的答复，倒还让提问者沉默。

娱乐、会议多功能室里，成学思看到有张乒乓球台，兴致陡增，拿起桌上的球拍，做了两个挥舞扣球的动作，说："哪个有这个爱好，我们玩一把。"

国球，在中国普及程度极高，大人小孩哪有不会的。团干部看见成学思手握球拍，纷纷围过来，饶有兴味等着观看高手过招。

郝强四下看看，主动请战："我来，成书记高抬贵手。"

"我也要来。"鞠南伊生怕把她搞掉了，也要参加。

成学思不拒绝任何响应者："都来，每人打五个球。"

"鞠书记你来，女士优先。"郝强主动退让。

鞠南伊当仁不让，给了郝强一张鬼脸，拿起球拍就上："感谢你的绅士风度。"

两人你来我往打了几个回合，成学思表现领导风度，把球拍递给郝强：“郝强，你来。”

“成书记你打，我们观战。”郝强摇手推辞。

成学思直接把拍子送到郝强手上：“大家都体验一下。”

“成书记，光喊人打，也不事先介绍下是谁。”鞠南伊噘嘴。

“哦，你们认识下。这是郝强，溶水村团支部书记。”成学思指了指郝强，又转头看着音乐老师，“鞠南伊，乡中学团委书记。这下认识了嘛。”

“鞠书记好，手下留情。”郝强朝女生点点头。

“啥子留情不留情咯，打乒乓球全凭本事，不兴讲人情。”鞠南伊并不给面子。

成学思直接打断两人说话：“啰啰唆唆，你们到底打还是不打？”

郝强不好再讲客套，接过球拍与鞠南伊交手。众目睽睽，众人等待，郝强也只象征性地打两下，就收拍止玩。这种场合更多的是体现一种礼节，助兴。真当比赛，必是傻瓜。

参观图书室，成学思拿起一本《中国青年》杂志，翻了翻，问：“宁书记，来这里看书的人多不多？”

“多。”

“主要是些什么人？”

“什么人都有，当然来得多的肯定是青少年。我们这个图书室，不仅是对青年团员开放，而且对本村所有村民开放，只要你愿意，都可以来看书。”看书是世间好事，何必分个三六九等。宁书记说的正是读书不设限制的诠释。

观念观念，共青团工作的范围不能局限在共青团本身，那会越走越窄。郝强在旁边听着，悟着，感慨系之。一个问题冒了出来：“宁书记，青年读者最喜欢哪类书籍？”

宁书记掰起手来数：“电影、文学、音乐，是很受大家喜欢的，比如电影方面的《大众电影》《银幕观众》《电影故事》，文学方面的《收获》《十月》《清明》《小说月报》杂志，音乐方面的《流行音乐》《音乐天地》《音乐生活》，以及一些音乐爱好者根据记谱整理的歌曲集、录音磁带，等等。”

“确实是这样，我们基本上都有这些共同的喜好。”郝强深表赞同。

成学思看参观得差不多了，便喊大家准备返程：“各位，我们今天的任务快结束了，准备返回。在返回前，我再啰唆两句，一是我们要对今天参观的地方，认真地学习消化，从中得到启示；二是要对照先进找差距，结合本地实际，下大决心，把我们的共青团工作提升到一个新的水平。”

参观中和参观后，郝强对共青团工作感悟深刻，有了全新的认识和体会。他出来这一趟绝对是大开眼界，大长见识，就像当年刘姥姥进到大观园，见着什么都好奇。因为过去没见过，再加上刚从事村上团的工作，无知限制了郝强的想象。他暗下决心，别人能的，他也能。溶水村的共青团工作需要打翻身仗。

五、一个月工资泡汤

出去学习了一天，郝强想，写一份学习考察报告给村党支部书记徐德宽，是必须的。他在家里凭记忆、思考，奋笔疾书，花了一天一夜时间，起草、修改、誊抄，管他叫不叫考察报告，或者合不合考察报告文体，总算弄出了一个材料。郑重其事交给了徐德宽，估计徐德宽也不会过分计较写的是什么文体的东西，只要他能看明白就万事大吉。在“报告”中，郝强先简略介绍了薪火乡红土村、合溪乡跃进村、加庆乡大树村共青团工作的基本情况、初步效果、主要做法，然后提出了溶水村共青团工作的建议。当然是有的放矢，不能照搬别人的模式。郝强是想通过纸质材料这种方式汇报工作，比口头汇报，更成熟更系统。当面不好说的话，无声的文字能够替他全面、充分地准确表达。

郝强交材料时，只给徐德宽说了声“徐书记你先看一下，我空了再来专门给你作一次汇报”。然后，他赶到煤厂。这两天他耽搁多，好多事等着他去处理。

余友满一见到郝强，便说：“你回来了？今天你到乡营业所去转笔账，厂里买了一点铁轨，对方等着我们付款。人家信任我们，先发了货。货前几天已经到了，货款千万不能再拖延。”

信誉就是在彼此交往中，通过一次次的诚信积攒起来的无形资产。郝强懂得这个浅显的道理，干脆利落接受任务。“好的，我马上去办。”

郝强急匆匆正开转账支票准备出发，这时进来五六个工人领工资。他外出学习前已发了部分人员，这几个人是当时在井下工作比较晚没有能赶上正式发工资的时间。“哎”一声按下急迫的心绪，手中的支票放回桌上，快速数钞票，打发拖后腿的工人。

门还未锁上，又来了两个人，看来今天怕是走不出门了。煤厂伙食团买了他们的菜，还打着赊账。两人把白纸收条递给他，上面有经办人的签名，有徐德宽同意支付的签字，这是必须给的钱。

郝强看了看收条，心里着急走。“我要到乡上去办事，你们明天再来。”收条退回去，补充一句，“我明天一定等你们。”

“这耽误得了你多长时间？叫我们等明天，明天你不来，我们又等后天。”一人嘀咕不乐意。

另一个人干脆把郝强拉住：“你办了再走，我们来了好几次了，见不到你的人。”

郝强还想坚持走人，那两人直接把财务室的门强行推开，要横了：“不给钱，今天你休想离开。”

郝强只好忍耐，开保险柜，取钱，付清。

办完这些，郝强不浪费分秒，赶紧出门，他怕又来人了，今天去乡上办事必然就搞不成。

煤厂到乡场镇需一个多小时的单边路程，郝强脚板不沾地赶到区营业所时，快到下班时间。他到营业所业务窗口，将支票递给工作人员，里边的人看了一眼又递了回来，“你这张支票要重填。”

“哪里没有搞对？”郝强不解地问。

“这上面不能涂改，你是不知道这些规定吗？还是才来从事这个工作？”里边的话咄咄逼人。

“你说对了，我既不懂这些规定，也是第一次来办理这种业务。”郝强知道是自己在填写支票时，被突然闯进来领工资的工人打扰，一不小心就将收款方“扬子江铁轨厂”中的“扬”字写错了，写成了“杨”，他顺势就将“杨”涂掉，改写为“扬”。问题肯定就出在这里。“同志，那你说现在该怎办呢？”

“我已给你说了重填，你没听到吗？”对方有些不耐烦。

撞到鬼哟，这么远来一趟，你就这样把老子理抹了。不这样又能怎样，这是制度规定。营业员办了，他走不脱有责任。问题是你自己搞出来的，只有你自己去买单。

“那你们下午什么时间下班？”尽管对方态度恶劣，郝强还是厚着脸皮问道。

“6点。”不友好的声音从窗口滚出。

郝强一看墙上的挂钟时针快指到中午12点，立马回去，再返回，三个多小时，下午4点前应该赶得转来。

顾不上吃午饭，郝强立即往回赶。一个小时十分钟他回到煤厂，遇到余友满，问：“郝强，你去办好转账啦？”

“没有，我填错了一个字，营业所的人说要不得，要重填，我这才赶回来。我再填写一张去办。”

“哦，是这么个情况。哎呀，老郑原来可能忘了告诉你个窍门，去营业所办业务有个经验，多带一张空白支票，并把印章也带上，如果有问题重新填写就行，可省去像你今天这样来回跑，少跑一趟空路。”

“余厂长你说得确实有道理，今后就照你说的方法去办。”郝强羞涩地答道。

“不是今后这样办，今天你就可以这样办。”

郝强现学现用，重填了一张支票，又多带一张空白支票备用，并背上印章，上气不接下气又出现在营业所时，不到下午4点，比预计的时间提前了30分钟。这次顺利，递进去的支票没再吐出来。

忙完，郝强感到肚子饿了。人就是这样，当集中精力办一件事时，会忘记饥饿，忘记困苦，心里只有一个念头：把事情尽快办结。一旦任务完成，人立即松弛下来，饥饿、疲倦随之而来。可见，人的毅力、精神是何等重要。

郝强进入一个小面馆，煮了三两面条，加了一份臊子，便是一顿午餐，也算是对自己辛劳的慰问。嗯，入口好香，从未有过的美味，像品尝到了一辈子未吃到的佳肴。

狼吞虎咽，面条连汤带水下肚，郝强伸了伸腰，打了一个饱嗝。没有休息，也无处休息，马不停蹄往回赶。

下午6点，出现在煤厂。郝强还要用三两面条转化的能量继续工作。今天的日记账不能再推迟，得做了，已经有四五天荒废，工作欠账显红字。账面完成，打开保险柜清理库存现金，与账面余额核对。呃，怪了，没有对上。他重新检查了一遍账面余额，确定无误后，再次清点现金，还是与账面余额对不上，账面余额始终比库存现金多23元——现金出错了。

郝强一下子傻眼了，这就是说他在哪个环节，多支付了23元钱出去，该他自己掏腰包才能补上缺口。他只想骂人，煤厂给他的月工资才25元钱，赔了损失，他只剩余2元钱，相当于他这个月就白工作，一个月的工资不见了。

这事既不能告诉余友满，更不能告诉徐德宽，不然会被认为他没有能力，这么一点小事就办不好，还能干啥，活该！打脱牙齿和血吞，认赔吧，有什么办法。

这还不是最让他头疼的，真正最让他不好交账的是郝才亮那里。因为他说过他在煤厂工作，每个月给家里交15元钱，一是作为生活费，二是支持弟妹读书。这下可好，眼看到手的钱飞了，拿什么去交呢？

借钱过日子不可能，贪污公款要犯法。

唯有实话实说，等着郝才亮的数落吧。果不其然，当郝强如实禀报工资赔了差池后，郝才亮不但没有安慰郝强，反而勾起了他讽刺人的无尽兴趣："你看，我早就跟你说了，当出纳要小心，弄得不好是赔耍当的。不听老人言，吃亏在眼前。你这次才赔一个月的工资，如果还这样粗心，你莫把裤子衣服赔了打个光屁股回来，那才丢了祖宗八辈人的脸。"

"郝才亮，你说话莫这样尖酸刻薄，要不要得？"何会兰还是护着郝强，"郝强才去当出纳，出点差错也正常，今后注意就是了，哪像你说起那么严重。你像不像个当老汉儿的？"

"我一说，你就帮到郝强。我断定他娃儿当不长久，趁早辞职。人要晓得自己的斤两，80斤的人，你偏要挑100斤，遭压死，该背时。"

何会兰生气地看了看郝才亮，转眼过来安抚儿子："郝强，莫听你老汉的，他也不是个好东西。你今后仔细点，就不得搞错了。"

郝强听着，任由父母说来说去，他不开腔。他打算说这事就已做好挨一顿训的各种准备，在他预料之中。训完了，该干啥还是照样干啥。量郝才亮也不能把他怎么样。人只要舍得一身剐，死猪不怕开水烫，其奈何哉？郝强采取的办法，够绝。

六、召开村团支委会

郝强当出纳交了学费，但没有挫伤他的锐气和斗志。他找到徐德宽，要当面汇报团支部工作，听取溶水村最高长官的“指示”。

“徐书记，我送给你的考察报告，你看了没有？”郝强开门见山。

“我看了，正想找你来。”徐德宽满眼是赞赏，“我看你去学习很用心，没有像有的人当个旅游者，跟着走一圈下来，当看花花世界，昏昏沉沉，什么情况没看清，什么经验没学到，什么感受没找着。”

“感谢徐书记的表扬。”徐德宽的肯定，弄得郝强有点不自在，“因为我是新人，在参观时比别人要仔细一些而已。更何况，你信任我，叫我当团支部书记，一个多月近两个月了，还没有实质举措，我怕辜负你的期望。我心里也着急呀，就想着一定要把自己参观的所感所悟，形成书面材料送你，由你定夺我们提出的村团支部工作计划。你定了，我们就来组织实施。”

“郝强，我没有看错你。你是一个有头脑有思想的人，虽然人年轻，但考虑事情是比较成熟的。”徐德宽又表扬一次郝强，“你提出的计划，我全部同意。譬如搞文娱体育活动，以丰富群众的文化生活、精神生活；搞团支部标准化建设，让广大青年团员找到回家的感觉；发展柑橘，也就是你们说的团办经济，既可让青年人在实践中得到锻炼，又可增加团支部的收入。你们大胆去搞就是了，我支持你们。”

大大超出郝强的意料，他提出的这些计划建议，在徐德宽那里会照单全收，一路绿灯。得到了徐德宽的首肯，村团支部眼下要做的就是如何落实下去，见到成效。

郝强特意乔装打扮了一番，用水打湿头发，对着镜子梳成偏分；换上一身干净的衣服，拍拍褶皱处，试图代替熨斗；将唯一的一双皮鞋擦亮，套在脚上，蹬蹬，洋盘得很。他这既不是去相亲，也不是去出席重大活动，而是村团支部书记正式履职，须穿正式点。这也只是郝强对自己的严格要求。昨天晚上通知了盛小海、黄冬、张青万、谢玉婉到村委会办公室，参加新组建的村团支委会议。

“今天召开村团支委第一次会议，通知你们来，主要是研究如何开展村团支部工作的问题。”郝强打开窗子说亮话，“前几天我随乡团委成学思书记带队的学习考察团，到了薪火乡红土村、合溪乡跃进村、加庆乡大树村现场参观，这三个村的团支部工作各有特色，名列全县前茅，给我的启发非常大。我写了一份考察报告给徐德宽书记，他非常认可我提出的计划建议。现在的任务是，我们要共同努力来做好具体工作。”

郝强一边说一边把他写的考察报告，交给与会者传看。他将报告中所列计划建议的具体实施方案讲述一遍，包括团支委的分工一揽子摆出来。讲得仔细、耐心，像给三岁小孩上课一般。

郝强提出的计划可谓呕心沥血之作，同样他也于此信心满满。满以为只要他讲完后所有人会无条件赞成，哪知盛小海给他泼来冷水，“郝强，你事前也不跟我们商量一下，就想一出是一出。你说的这些就是想当然的东西，在我们村能行得通吗？哪里去找那么多人来跟你卖力？这下倒好，你都跟村支书说好了，还叫我们说啥？”

“郝强，盛小海说的有道理。”黄冬跟着泼冷水：“你少布置点工作，我们还能来出点义务劳动。你搞这么多事情，那我们就没法来支持你了。你不要忘了我们本身是农民，我们还要种自己的责任田，做自己的事，要养活一大家人。光来搞团支部工作，到头来我们就只能空着肚子过日子了。”

“说白了，团支部的事就是农闲时候的事，不要当成主业。”张青万同样起哄。

谢玉婉笑了笑，火上浇油：“郝强，我说你也不要太认真了，团支部又管不到我们的饭碗，力所能及搞搞就行了。”

“郝强，你这下听到了嘛，不是我个人有意见，是大家都不赞同。”盛小海似乎有些得意，又有些不阴不阳。

郝强似被羞辱，火冒三丈：“盛小海，你别在那里说那么多，革命不是请客吃饭，你愿干则干，不干滚蛋。”没想到这几人像事前商量了似的，意见出奇地一致，这超出了郝强的想象。也让他的满腔热情，似烧红的铁板骤然放进冰水里，“吱”的一声，冒出一缕白烟，便冷飕飕的了。

盛小海更不相让，一拍桌子，以绝对压倒郝强声音的分贝加以还击：“滚蛋就滚蛋，我本来就不想搞你这个毫无意思的团支部的，是你死皮赖脸把我拖进来。郝强，你也要搞明白，你我都差不多，一样的挖泥垒土。你不要以为当了个团支部书记，不得了啦，就可以今天叫这个干这样，明天叫那个干那样，你凭啥子？我们又不靠你拿饭吃。你娃儿黄瓜才长蒂蒂，还早得很。”盛小海说完破门而出，根本不等郝强说话。

郝强被怒气冲冲的盛小海出门路过时不知是有意还是无意踩了一脚，一个白灰脚印落在铿亮的皮鞋上。

同学情，也是他妈个水家伙、水式货，说散就散，说歹就歹。

剩下的团支委们被眼前的突发情况搞得不知所措，彼此绿眉绿眼盯到，闭嘴噤声，谁也想象不出话没说几句整出这么大的声响。

黄冬站出来打圆场：“郝强，你别生气，是我的错，我不该跟着抬起吼。”

张青万、谢玉婉见势不妙，也赶紧认错。

郝强双手插进头发，来回搓了搓，规整的发型变得蓬乱。他放下手，长长地吸进一口气，又慢慢吐出来，宣布散会。无法开下去的会散了也好。

不欢而散，剩下郝强一个人，枯坐在那把年久失修摇摇晃晃的椅子上，像一个儿女不在身边异常孤独的留守老人，寂寥、清冷和无助。

今天撞到鬼了吗？遇到的人尽像是长了反骨，像吃了火药，张口便喷火。为什么自己突然火气这么大，而盛小海火气更大？是因为自己太过热情，太想改变团支部的现状，听不得反对声音，而忽视了团支部的实际，忽略了别人的感受。盛小海跟自己对着干，他也是有理由的，凭什么要听你郝强支使，要放下自己的事不做去做那么多额外工作，又不拿团支部一分钱，能来开会就已经对得起人了。但是去参观的红土村、跃进村、大树村是如何做到的呢？为什么如此多的青年团员参与进来，分文不取，无怨无悔，踊跃积极……

郝强头脑中跳出若干个为什么？像飘在天上的云朵，时卷时舒，捉摸不定，目不暇接。

人的工作是天底下最难做的工作，难在思想，一通百通，不通百痛。思想通了，别说一个单纯的团支部业务，再宏大的事业也能所向披靡，攀上高峰。

郝强在村委会办公室坐了半天，怄够了气，他没有打算就此投降，撒手不干，反而怄聪明了气明白了。他索性跑到村煤厂，处理了当天的出纳事务。在煤厂小食店买了一瓶白酒、两斤烧腊、半斤油炸花生米，天快黑的时候来到了盛小海的家。

盛小海还在地里干活，郝强不焦不躁在盛家门外随便找了块石头坐着等。约20分钟，盛小海和他父母回来了。郝强像什么都没有发生一样，老远就大声喊："小海，你回来了。"

盛小海先是愣了一下，他根本想不到会是郝强，上午才跟他吵了架，还在记仇。他装作没听到，不回应。

"小海，我是来找你喝酒的。"郝强把手中的东西提起来晃了晃。

盛小海仍然没有应声，他母亲说："小海，郝强叫你你恁个不答应一声。郝强，到屋里坐嘛。"

郝强也不管盛小海欢迎不欢迎，跟着进了屋里，还自作主张，跟盛母说："伯母，我到厨房拿几个碗，我在煤厂小食店带了菜来，我和小海今天晚上喝点酒耍。"

郝强跑进厨房拿出碗筷来，把烧腊、油炸花生米放进碗里，又打开白酒瓶，倒了半碗酒，热情说道："小海，你今天干活累了来喝点。"还反客为主，请上盛小海的父亲："盛叔叔，你也来整两口。"盛父说："我不喝你那个白酒，我泡得有药酒。"

郝强见盛小海还是一言不发，干脆走过去把他拉到了饭桌上。他把自己的碗与盛小海的碗碰了一下："我先干为敬。"

盛小海没有端碗，倒是坐饭桌旁边抽烟等夜饭的盛父有些看不过去了，他从郝强进门来就觉出两个年轻人之间发生了什么事，不然郝强不会专门来找盛小海喝酒。"小海，你把酒喝了，有天大的事也不是事了。"

郝强端着酒碗，看着对方："小海，今天的事错在我，我不该发那么大的脾气，我们把这碗酒喝了，不愉快的事一笔勾销，仍然是好同学，好朋友。"盛小海没有动，还在生气。

盛父不抽烟了，去倒了一碗药酒，也坐上桌子。“我来陪你们喝。小海，把酒喝了。做人要大气一点。我不管你们之间发生了什么不愉快，我只看到你们从小一块长大，要得那么好，有好大的事过不去。”

郝强放下酒碗，简要地把今天上午的事说了一遍。盛父听了，嘴一搭：“我还以为是争婆娘的事，就这么个事。小海，男人要像个男人，拿得起放得下。你看郝强主动来赔礼，不要给脸不要脸，莫小心眼了，喝酒。”

盛父把酒碗送到盛小海手里，他勉强接住。“我们三个碰一下，干一大口。”盛父带头喝了四分之一，郝强、盛小海比着盛父喝。

这时盛母煮的面条上桌，一人一碗。盛母加入，四方桌各围一方。

郝强用筷子挑松面条，说：“谢谢伯母，你看我来给你们添了麻烦。”

“郝强，你难得来。你来还自己带酒带菜来，你太客气了。” 盛母在厨房已听到饭桌上说的话，“小海，你要向郝强学习，啥子事都要大量些，千万莫记在心上。”

郝强难为情地说：“是我没做好，我性子太急了。盛小海他们几个一时接受起来有些困难。”

盛母劝解说：“小海，你们几个都是同学，今后要多支持郝强，他也才毕业回来，做点事不容易。”

盛父又把酒碗端起：“喝酒，过了今晚，疙瘩就搓散了。小海，你表个态，做不做得到？”

盛小海一仰脖子将碗中酒喝干净，憋了一天的气一下放空，胀气的肚子舒适多了，豪言壮语便出来了：“郝强，我给你赔不是，我对不起你，今天不该跟你争吵。今后，我听你的，叫干啥就干啥。”

郝强也把酒喝干，碗底朝天，一滴不落：“当着盛叔叔、伯母的面，我发誓，我和盛小海永远是好兄弟。”

郝强是喝到摇摇晃晃离开的。

星辰像天女散花，撒满无尽的天际，分外调皮、明亮，照耀黑夜的行路人，通往下一个驿站。

七、发展团办经济

经过一番波折，郝强总算带着一帮子人迈开了团办经济发展的步子。

徐德宽说话算话，他给团支部50亩集体荒地。这块荒地位于山脚，曾经是村里砖瓦窑取土的地方，后来页岩砖取代土烧砖，被空置下来。又因为多年取土导致土薄没人愿意要，长期荒芜，慢慢长出茂盛的杂灌、野草。这会儿团支部要用地，徐德宽同村“两委”的人一商量，其他的好田好土已承包下户，不便调整，就这个地方没人争，大大方方交给团支部去折腾好了。反正搞好搞坏不会有人说闲话。

郝强可不管这是什么地，只要村党支部肯给，他就要，不讲价钱，不讲条件。郝强携手团支委盛小海、黄冬、张青万、谢玉婉，以及逐步动员加入进来的一些青年团员，带上工具来开垦荒地。多年没有人在这里种过地，不仅杂草长得多，长得高，高过人头，而且还有些小杂灌也抢着生长出来，要使用这块地，绝非易事。

一群人先用弯刀砍，镰刀割，但进度慢得像脑梗后遗症病人走路，歪歪扭扭，磨磨蹭蹭，自己不晓得自己的可怜相，可旁人就把惨状瞧得一清二楚。而且干了一会儿，就有人喊受不了。郝强看着焦心、发急，如按照这个速度，十天半月连杂草、杂灌都清不完。

盛小海也发现这样干并非好主意：“郝强，这么整不是个办法，得想其他法子。”

“那有什么办法更快呢？”郝强也陷入苦闷无计。

盛小海一拍脑袋，计上心来：“哪个带了打火机的，一把火不就解决问题了吗？。”

张青万是抽烟的人，答道：“我有。”

盛小海接过张青万递过去的打火机，等不到郝强同意与否，利索地卷了一团干草作引火材料，点着，放进大片等待刈割的杂草丛中，刹那间杂草呼呼燃烧起来。间生杂草中、互为依偎的杂灌，像受到邻居的挑逗，撤掉隔火墙，挤进熊熊烈火中添柴加薪。火由一小团，慢慢扩大，火势变猛。一群年轻人停下手中的活，欣喜地看着火苗变成火浪、火海，像打了鸡血般亢奋，纷纷竖起大拇指称赞盛小海脑袋瓜灵。

火越燃越旺，烧过的地方，不断冒出丝丝青烟和热气，片草不留，是人工砍、割无法比拟的。所有人像看一场战斗故事片一样带劲，任凭火势蔓延、疯狂。

一阵风吹来，火势加速，燃烧的面积迅速扩宽。年轻人高呼，天助我也。但是，有火的时候，风是不请自来，不是一阵，而是一阵紧似一阵，越刮越狠，根本没有停下来的意思。火势呼啸作响，野草杂灌噼噼啪啪燃烧，已经超出所有人的想象。眼看火势快要燃到山脚，郝强和在场的人，才意识到糟糕，会把山烧起来。

“大家别站起看耍玩意了，快点灭火。”郝强急红了眼，鼓起喉咙吼道，并快速朝山脚跑去。

手中没有灭火工具，只好就地砍了些树枝打火。但是已经晚了，火在大风的助威下，烧进了山里。

郝强非常恐慌，大声说道：“黄冬，你快点回村里通知，叫人来增援。”

黄冬甩掉手中的树枝，不要命地往回跑。边跑边喊：“山烧起了，快去打火！”“山烧起了，快去打火！”……

村民们听到黄冬的喊叫声，放下手中的活计，互相通知，人叫人，约半个小时来了近百人。徐德宽也来了。火还在燃烧，郝强和一众青年团员打得精疲力竭，脸上全是黑灰，除了两只眼睛在动，已经分辨不出谁是谁来。

徐德宽把来灭火的人分成两组，一组继续正面打火，另一组全是精壮劳力，由他带队，绕道山上去砍隔离带。郝强也跟着去。

到了山上，徐德宽又把人分开，间隔三四米一个人一字排开，既方便彼此有个照应，又便于独自操作。逢树砍树，逢草砍草，不管何种植物砍彻底，砍到见泥土或者石头为止，目的就是不让火势越过隔离带。隔离带的作用显而易见，无论火势再大，燃到隔离带没有了可燃物质，便会自动停止。前提是砍出的隔离带具备隔离功能。

村里最强壮的一批人，本身身体好，在救火这种十分紧急的时刻，没有哪个人会舍不得力气，所以很快隔离带便有了雏形。郝强虽然累得要倒下，但这火是因他们而引起的，有些自责，依然咬紧牙关，不甘落后。可能是过于劳累，力量掌握不当，他手中的镰刀不听使唤，该砍草时却砍偏方向，砍在了手上。“哎哟”一声，尽管声音很小，但还是被紧挨着的徐德宽听到：“郝强，怎么啦？”“没有啥子，镰刀碰了一下。”郝强轻描淡写地说道，但手上流出的血瞒不过徐德宽的眼睛。“郝强，这里也快砍完，不需要你了。你快撤下去。”郝强还想坚持，被徐德宽赶下了山。

火终于灭了，山村像没事一样恢复往日的宁静。

郝强带着疲惫的黑花脸和捆绑白纱布的手回到家，如同战场上下来的伤兵。郝才亮虽然也参加了打火，但在现场，他不便发作，现在到了该迸发的时候了。“郝强，你一天尽干些好事，正做不做，豆腐放醋。不是差钱，就是烧山。”郝才亮看到郝强就来气，恨不得上去毛他两记老拳，“差钱倒好，各人悄悄赔了就算了，当吃个哑巴亏；这个烧山，是要坐牢的，晓不晓得？你把山烧了，树虽然还可以长出来，但造成的损失谁来承担？如果把哪个人烧伤、烧死了，人死不复生。那就够得到你娃儿吃八两三（四川方言：吃牢饭）。”

郝强默默听着，没有回应。

“郝强，我在跟你说话，你是聋子还是哑子？”郝才亮质问团支书儿子。

郝强声音似墨蚊子嗡嗡：“听到了。”

“听到了？！恁么不像平时那样大声说话，声音遭贼偷了？现在知道整出拐扯了。我跟你说，不是那个虫就不要去钻那个木头，我劝你趁早不要去搞啥子团支部工作，老老实实搞农业生产。只有那点贱命，就莫去享当官的福。”

郝强自知理亏，也只能听郝才亮在那里喋喋不休，他不想与父亲发生争执。错就错了，郝才亮说了也就说了，他又不会把他撕来吃了。如郝才亮真有这种极端行为，他也不会坐视他胡来。虽然是父子，但他也是人，人都是有个性的。

消停了几天，郝强又上心种柑橘的事。他把团支委的人召来，没有责怪任何人，包括擅自点火的盛小海，一如平安无事，只是布置下步该做哪些工作，一个字不提不愉快的事。“我们要感谢这把神奇的火，不然我们不知要干到哪天才能把这些野草野灌收拾完。杂草杂灌燃灰，算是提前打了底肥。”郝强自我解嘲，“现在好了，地上没有这些杂物，就该准备种树苗了。”

“郝强，你说怎么整，我们就怎么整。”盛小海知道郝强没有批评他，是给他面子，他现在急于将功补过。

郝强委派盛小海联系乡农技员，来指导柑橘挖坑、栽植、培土、浇水、施肥、防虫技术，他之前与乡团委书记成学思约定，今天要去县茶果站衔接柑橘种苗。

郝强把团支部工作安排后，便出发到乡上找成学思。他请成学思一块去，既是因为乡团委布置了团办经济工作，成学思理应支持；还有一个重要因素，县茶果站主持工作的副站长陈森是成学思的同学，三生当不了一熟。

两人搭乘十点半的客车，往城里赶，计划在上午下班前到达，办妥即返回。瞿义乡到县城的客车上、下午各两趟，赶过了就得老老实实等第二天。郝强和成学思坐的这趟车是高峰车次，没有一个空座。司机在起点站超过准载人数卖了二十来张站票，沿途也没闲着，不停收罗了一些频频招手欲上的乘客。客车的过道上、引擎盖，只要可以站或坐的地方都挤满了人，站着的人互相挤，挤爆的人与临过道的有座乘客贴得邦紧。客车突然刹车，有人发出“咦咦咦”的长音，无座的人整体朝前倾，倾斜到一定角度，弹回朝后倒，倒得差不多的时候再反弹回来，像海潮浪出去浪回来。隔不多久便会来一波，车里重复先前前倾后倒的姿势数次，又才回到安静、平稳状态。郝强旁边站着一个晕车的人，上车十分钟就开始呕吐，吐在过道上尽是早上吃进肚里尚未完全消化的短节面条。郝强站起来，给晕车人让坐，一样没有减轻症状，没有东西吐了，吐出的是黄胆水。一车人跟到遭罪。拥挤，可以克服，不就是熟人、生人贴紧，被迫亲热。难受的是车内的气味，呕吐物臭，屁臭，汗臭，狐臭，口臭，混合交融。郝强尽量少说话，捂住鼻子欺骗自己的嗅觉神经。

客车行驶了四十多分钟开不动了，车抛了锚。司机反复多次，试着打火，只听到“轰隆、轰隆”的声音，就不见车启动。司机从驾驶台回过身，抱歉地对车上的乘客们说道：“车坏了，等过路车吧，能走得了几个就走几个。不过，你们晓得过路车都是超员车，一趟带不了几个人走。我们绝大多数人只能等客运公司派的救援车来换乘，何时能来没准。”

郝强问了一个戴手表的人，时间已经是上午11点多钟，设想12点前到达看来不可能了。他与成学思商量，与其坐着等过路车和救援车，不如学乌龟只要不停地爬，就能爬到。

本来仅剩下不到十多分钟十公里的车程，步行却要两个小时左右。郝强和成学思沿着碎石公路边疾行，过路车辆刮起的灰尘，像烟雾般浓厚，能见度极低，微粒吹进眼里卡得难受，泪水汪汪流。两人急着赶路，抬起衣袖擦擦眼角继续朝前走，哪顾得了独自狂欢的尘土飞扬。

到达县城时，已近下午1点半，两人浑身像包皮蛋，衣服上，头发上，鞋子上，白蒙蒙一层灰，连眉毛、睫毛、胡子，也未能幸免，估计出演老年群众演员才会被故意化妆成这个邋遢模样。相视一笑，互相拍去灰尘。拍拍只能说好点，但钻进衣服经纬线里、粘住毛发的灰尘不用水洗万难掸掉。折腾一上午，肚子饿了。郝强跑去买了6个馒头，两瓶汽水，两人坐在街沿石上喝着汽水，啃着馒头，将就对付一顿。

县茶果站办公楼位于县城西边城乡结合部，一座两楼一底的房子，系70年代的建筑，砖混结构，外墙砖头裸露，朴素、陈旧。整座楼并不是茶果站独立拥有，两个兄弟单位种子站、蚕桑站同在楼里办公。办公楼旁边为集体宿舍。楼前有一块土坝，停了两辆拖拉机，和摆得整整齐齐的一排自行车（并非现在满大街的共享单车）。县茶果站下午两点半上班，郝强和成学思上午没赶上，下午又提前，见这阵无人上班，便在土坝紧挨自行车后的台阶上将随身斜挂肩头的黄布包取下当枕头，着地即入睡，累了不择地。成学思先睡着，郝强也跟着打呼噜。疲倦好睡觉，土坝上飘荡的鼾声，此起彼伏，悠扬婉转，这一觉辛苦如甜。郝强嘴角流出了梦口水，睡梦中不断变换身子的造型，先摆成“人”字形，然后又是“大”字形，嘴巴张开，随呼吸嘴唇不停地抖动。成学思的睡姿也差不多。不知睡了多久，东倒西歪的两人被人喊醒。

喊醒两人的人不是别人，正是他们要见的茶果站副站长陈森。陈森从家里来上班，看到躺在台阶上睡得正酣的像两个乞丐的人，很是好奇。他围着看了一圈，也没认出是何方大侠。直到他看到有个人的眉毛中有颗痣，陈森才认出这人是同学成学思。在读中专时，同学常拿成学思这颗痣说事，眉里藏珠，非富即贵。

“呃呃，别睡了。”陈森弯下身子摇了摇成学思的肩膀。

成学思被摇醒，睁眼看了看，一时还不知身在何处，茫然问道：“这是哪里？”

“哪里哪里，这是茶果站，你不是上午就要来找我吗？怎么现在才来？”陈森看到眼前的情形，哭笑不得。

“醒得了，不要睡了。再睡别人会笑话你了。”成学思回过神来，推了推郝强，“陈森，你是在城里，好日子过惯了不晓得别人的苦。我们是乡巴佬，搭个客车坏到路上，就只有走路来见你，这不迟到才怪。”

“好，快站起来，到里面说话。”陈森将两人引到办公室，倒上茶水，“成学思，你来就是说柑橘苗的事吧？”

“是嘛。这位我介绍一下，他是我们乡溶水村团支部书记郝强。他们村准备发展50亩柑橘，没有头钱，要你帮忙。”

“陈站长好，来给你添麻烦，说正事前我代表溶水村的青年团员先感谢你。”郝强不管成与不成，感谢话说到前头，“我们村穷，群众有发展经济的强烈愿望，更重要的是想让年轻人在其中得到锻炼和磨砺，我们只有托你的福，给我们大力支持才行。”

“支持没有问题，我们对你们这种水库库区村有水土保持项目支持，苗子免费赠送。但前两年有的地方领了苗木回去没有栽，等放干后不得不当引火柴烧了。简直没把种苗资源当回事。”陈森说到这些现象便来气，“现在我们要考核成活率，按5元／亩象征性收保证金，验收达到成活率就退还，没达到根据验收情况酌情扣减或没收保证金。”

“那我们村50亩，保证金多少？”郝强像个白痴发问，如此简单的算术题居然不会算。

陈森似乎很怀疑郝强的智商，冲口而出：“5元×50亩，不就是250元吗？”

郝强面露难色：“陈站长，原来不晓得你们这个新规定，保证金没得那么多。可不可以高抬贵手，少点？”

“那不行，这是主管部门农业局给我们规定的。”陈森公事公办。

成学思看不下去了，直问同学：“陈森，看在我的面子上，你我同学一场就不能让点步，适度折中？我从未给你找过麻烦，更何况这还是公对公的事，并非私事。”

“我已经说了，这是局里规定的，我给你们降了比例我就走不脱。”陈森说得也有道理。

郝强把荷包里的钱全掏出来，25元。这是他出发的时候跟余友满请示后，在煤厂借的30元钱，除去车费及午餐费等，剩下这点。成学思全身搜净，12元。两人的钱加起来零头都不够。

“凑不齐，你们回去把钱准备好再来，随时可以办。”陈森眼看两人就这点渣渣钱，根本办不了事。

“陈森，你也莫一本正经。跟你商量个办法，我们留5元备用，先交32元，其余的我用人格担保，后面来交。你可以给我们先办苗子供给手续，你信得过我这个同学吧。”

“可以，但你们半个月内要把保证金交完。这里我先给你们把手续办妥，近期就给你们供苗木。”

郝强只想把事情办妥，先答应下来再说下文，他抢在成学思说话前，麻起胆子说：“要得。我半个月把钱给你交齐，就是去偷去抢也要兑现今天的承诺。”

成学思看郝强这么有信心，也不便再说不字，只好说：“陈森，郝强这么有诚意，放心了吧。”

钱扯清楚了，事就好办了。

八、组织文娱活动

一天，徐德宽正在村办公室饶有兴致地阅读《人民日报》，郝强径直推门，他急着向徐德宽汇报与成学思去县茶果站协调柑橘苗的事。徐德宽脸上的笑肌向上提，但眼睛舍不得离开报纸上不知有什么吸引力那么强的文字，尽管郝强就在他面前叽里呱啦。郝强像放鞭炮般噼里啪啦说完，便不出声，默默地等待余德宽的意见。不要以为徐德宽没听，他是一心二用，看报的同时，已对郝强报告的事有了答案。“郝强，你来得正好，报纸上说中央从1982年开始连续几年出台有关‘三农’的一号文件，这是重视、关心我们基层农村的纲领性文件，你拿去好好学习领会，工作中注意抓结合。对了，你说种植柑橘，完全符合上级精神，更是贯彻落实的具体实践。”郝强等了半天，等到徐德宽递给他一份报纸。

“徐书记，我说的事，你还没答复要不要得。”郝强藏不住心里的急迫和期待。

徐德宽反问：“我不是回答你了吗？”

“你说的是大话，我要听到你的具体意见。”

“哦，好办。保证金要交，钱先由村煤厂垫支，以后在煤厂交给村里的管理费中扣减。”徐德宽爽快表态，并特别叮嘱郝强，“一旦苗木运回来后，科学栽种、管护，提高成活率就不会花冤枉钱。”村支书一席话，让郝强这两天悬得比头还高的心，可以放回原位了。因为当着陈森和成学思的面，海口好夸，但他晓得村集体经济囊中羞涩，害怕徐德宽否定，如这样那他就傻眼了，半个月要筹200多元钱，即便把他卖了，也未必值这个价钱。

柑橘苗的钱有了出处，郝强满面喜色正要退出，徐德宽却说起了另一件事：“郝强，你的事解决了，我还有事找你商量。”

“徐书记，有什么事你直接吩咐，我们来执行。”郝强听到“商量”两个字，第一感觉以为听错了，语音回放，徐德宽又确实是这样说的。郝强纳闷了，他有何德何能和资格可以跟徐德宽平起平坐。

“当然有事。我想今年我们村把文娱活动搞起来，丰富群众的文化生活，让群众过一个热热闹闹、既快乐又有意义的春节。你看可不可行？”

郝强脱口而出：“当然可行。村团支部曾给你有过建议，你不是同意了吗？”

徐德宽点点头，说：“年轻人就是不一样，不问困难，就敢接招。”

受到了鼓励，郝强比徐德宽还急：“什么时间开始？”

“还有两三个月就是春节了，要搞呢，必须从现在开始排练准备。你们团支部先拿个方案出来。”徐德宽正式交代任务。

“徐书记，我从来没搞过这种活动，没得经验。”郝强这时才晓得自己和团支部的能力不堪此任，后悔刚才说话凭热情而忽略了本事。

“哪个有经验？我们都是外行。不懂各自学嘛，搞过一回今后就对了。”徐德宽没把这当多大回事，放心地交给郝强去承担。

哼哼，已经不是“商量”了，是命令。郝强没有金刚钻，也要揽下这个瓷器活。

文娱活动，文娱活动，郝强反复念叨这个熟悉又犯难的词。在学校读书时偶尔看过，但没组织过更没演出过，拿到这个任务真有点哑巴吃黄连有苦说不出。郝强眼下是站起在想坐起在想睡起在想，脑壳想痛都在想。如何交卷？人一急脑洞大开，他终于想出了一个办法，求助乡团委书记成学思。成学思击鼓传花，把他引荐给乡文化站长。这算找对了人，在瞿义乡指导全乡文化生活的“专业人士”眼中，一个村搞点文娱活动，纯粹小菜一碟。站长稍微使出点职业技能便轻松地给郝强支了招，几句话说得他频频点头，正是听君一席话，胜读十年书。文艺工作者帮忙帮到底，不仅面授机宜，甚至热情滋润心田，把有小品、快板、歌曲的文艺书籍借了一些给郝强。何谓雪中送炭？郝强由此加深了对其深层含义的理解。

郝强得到高人真传、点拨，如打通了任督二脉，一下子开了窍。自己不行，用好行的人不就行了？团支委中平时爱唱跳有点文艺细胞的谢玉婉走上前台，她喜欢吹拉弹唱的父亲谢文明也被请出山。三个诸葛亮，开起了策划会。从早上开到下午，从头天开到第二天、第三天，断断续续，争争吵吵，溶水村春节文娱演出活动策划方案犹如胎儿从着床，到胚胎、成形，很快呼之欲出。主办单位自然是村党支部、村委会，承办单位当然就落在村团支部。快板、独唱、合唱、舞蹈、小品、民乐演奏、钱棍舞、舞龙舞狮、车幺妹……节目形式多样，凡是想得到又适合村民表演的一一列出。演员为本村农民。自娱自乐，请不起外面的明星，也没有必要。如若真请几个“外人”来，村民自办文艺演出就像现在篮球、足球赛聘请一些黑人、白人外援蹦跶在黄种人中，总有一种喧宾夺主、秧子被人踩稀的怪感。郝强与谢玉婉父女在找演员的问题上，虽然有过请人的讨论和犹豫，但思前想后，务实可行的做法是就地取材为上策。文艺爱好者，红白喜事吹拉弹唱、敲锣打鼓者，团支委成员及部分青年团员有兴趣参加者，均纳入潜在演员人选。方案中组织架构少不了，顾问徐德宽，总导演谢文明、副总导演谢玉婉，总协调郝强。

带着莫名的兴奋和一种邀功的急切，郝强奋笔疾书，耗去一天时间，将他们三人的策划方案，整理成文字，以最快的速度摆放在徐德宽简朴的办公桌上。徐德宽手捧策划方案，他不惊叹方案本身好不好，而是刮目相看郝强的执行能力和克服困难的创造力。好，非常好，徐德宽大笔一挥，在方案右上角龙飞凤舞写上了自创体的狂草“同意”。意犹未尽，在把方案交给郝强时，表示他也要参演两个角色，而且角色都事前选好了。他自告奋勇舞龙头，耍狮子。他说年轻的时候，干过这些事。

筹备就绪，徐德宽发号施令，趁现在是农闲时节，文娱活动的排练即刻启动。

第一天排练，得到通知的所有演员齐聚。排练场地选择在村“两委”办公所在地，在溶水村这是独一无二的好地方。平时训练，怕影响村小学的祖国花朵上课，村会议室和办公室贡献出来，一律改作训练场所。倒也好，闲着也闲着，而今派上用场皆大欢喜；周末小型节目则借用小学教室，大型节目直接放在小学操场上。排练前，照例召开会议。徐德宽讲了讲目的意义和注意事项后，便交给总导演谢文明主讲。他没有重复大道理，开口便把节目单拉了出来，旋即进行角色分配。单人表演的节目，好分，在做策划时已有了对象演员，这会儿只是宣布；集体节目，不费些口舌极难说得通俗易懂，尤其是没有任何演出经验纯粹是凭兴趣、想好玩来报名的人，说了半天都知其然不知其所以然。郝强被安排在一个小品里演一个仅有两句话的小角色，不图A角、B角，参与了就好，谢文明和谢玉婉都主张他在节目中亮个相就够了。他应该把更多的精力用在鞍前马后、协调周旋上，也不排除给“文艺工作者”们事务性服务，比如帮助抱衣服，提包包。角色分配完毕，谢文明调度人员各就位，开始第一次试练。

等演员到达指定的练习场所，没有预想到的问题即刻暴露。比如演小品的剧本不够，三五个人看一本；严重缺乏道具，舞龙的没有龙可舞，耍狮子的没有狮子可耍，打钱棍的没有钱棍可打，等等；导演分身乏术，每个节目都在焦急等待谢文明、谢玉婉的指导……谢文明各处穿梭，说得口干舌燥，喉咙发痒，声音嘶哑，还是无序、混乱，七嘴八舌，闹哄哄。

“徐书记、谢导演，要不这样，把人重新喊拢，我来说两句。”万事开头难，不反复倒腾无数个回合，好戏难成。对郝强的提议，徐德宽和谢文明互相看了看，点头。

“各位演员，大家安静一下。今天是排练第一天，准备工作不充分。道具没有、剧本不够，老师稀缺，但光吵吵嚷嚷也不会解决问题。我有个建议，道具狮子和龙等，我们马上进城去采购。剧本，就需要参加这个节目的演员自己动手，几个人各负责复写几段，然后就可拼凑出多份完整的副本。其他节目的演员也要自己想办法，能克服的困难，可以自行消化，不能事事指望村里和导演。”

谢文明持赞同意见：“大家听明白了吗？郝强说的这个办法好，我们分头进行。”

徐德宽补充：“革命有分工，大家莫想偷懒，每个人都有事情做。现在开始行动。”

郝强留下谢文明在村上组织排练，他则快马加鞭请上徐德宽一道直奔县城购买道具、用品。徐德宽掌管着村里的财务大权，郝强要办成事没有他给钞票万万不行。更重要的是徐德宽曾经舞过龙耍过狮子，有这方面的经验支撑购物的准确、好用与节省。

结伴进县城，正好遇上赶场天，挑箩筐的，背背篼的，提篮子的，打甩手的，高声吆喝的，沿街叫卖的……农村县城的典型景象如诗如画，律动在大地的一隅。嘈杂的街道里，满目拥挤的戴帽子的，裹头巾的，光着黑、白或黑白混杂毛发的脑壳，五颜六色，追波逐浪。人行走其中，似一条爬虫异常艰难地向前蠕动。郝强和徐德宽意欲加速快走，那种可能性无疑遇上了叫人止步等待的红灯。还好郝强这次进城，不光是为村里演出而来，还有一项事关诚信的任务，也就是兑现约定期内支付县茶果站的保证金，因为成学思的“人格”还抵押在那里，到了该兑现赎回的时候了。

郝强、徐德宽满街找寻，演出需要的狮子、龙始终无处寻觅。一打听有人告诉他们，在城郊的西南边，有个世代以制作狮子、龙为职业的家庭。两人问好具体地址，便奋力从城中往城外突围。身临其境，人挨人，人贴人的滋味品尝一回不想二回。稍不留神，一块走得好好的两人便被挤开，刹那间不见人影。活生生的例子就在眼前，这时徐德宽身边一个小孩子哭兮兮的，“我要找爸爸。”小脑袋直摇晃，哭得上气不接下气。原来他是跟父亲兴高采烈赶场，一不小心牵着父亲的手被人流硬生生地挤开。小孩子个子矮小，抬头根本看不到高高的人头，看到的尽是清一色的蓝布、黑布裤腿。大人找小孩同样费力，无论怎样呼叫，众人的喧哗像影剧院吸音墙吞噬单人声音于无影无踪。而靠眼睛寻人更是无能为力，根本无法发现被涌动的人潮淹没的小不点儿。徐德宽陪着小孩等了一会儿，不见小孩父亲找来，只好叫小孩别走，就在原地等父亲来找他，特别是不要跟认不到的人走。交代完，徐德宽又害怕郝强也跟他走散了，便拉住他的手继续朝城外挤。挤了一段路，汗冒了出来。郝强将另一只没有被徐德宽拉住的手伸进裤兜掏手帕出来擦汗。手抬到胸前，下意识地去捏了捏上衣里面内衬的荷包，嗯，没有感觉。再用力捏了一下，依然如此，才擦去的汗珠又冰凉地流了出来。郝强干脆停住脚步，解开一粒扣子伸手去摸荷包，空空荡荡。

郝强意识到情况不妙，钱长了翅膀。“徐叔，我的钱被扒手偷了。”这是他临走时，徐德宽提前给余友满说妥后，叫他从煤厂借的350元钱，218元用于交县茶果站保证金，余下的钱购物。

“全不在了？”徐德宽跟着一下紧张起来。

郝强把身上所有荷包都搜索了一遍，摇摇头：“一分不剩。”

无话可说，徐德宽拽上郝强转身往回挤，他要看看能不能在某个旮旯抓住扒手。

20世纪80年代的县城，两三平方公里规模，除去固定建筑物占去城市绝大部分面积，留给人的空间极为可怜。人称小县城，绝非轻视、污蔑、胡说。最热闹的地方也就那么几个地方，譬如拥堵不堪的汽车站，买进卖出的商铺、农贸市场，吹牛聊天的茶馆酒肆，熙熙攘攘的街道等。徐德宽和郝强回到经过了的买卖场所，也就是农副土特产品交易，五金、百货、日杂商店密集的地方，叫卖声、讨价声不绝于耳。人越多，拥挤、嘈杂的干扰越容易让人放下戒备，形成利于扒窃的天然环境，扒手出没、下手、得逞，再自然不过。徐德宽和郝强在稠密的人堆中，忘记了堵塞不堪的恼火，更忘记了汗臭屁臭的难闻，注意力转移到搜寻长着三只手的人。他们深信扒手一定还在，还在继续扩大战果。果不其然，一个穿着格子西装、大喇叭裤，甩尖子皮鞋，头发卷曲盖耳的小胡子，贴在一个妇女的身后，两根手指慢慢插进她的裤子侧兜，钱夹了出来，迅速转移给紧随其后的人。“二钳工”功夫何等了得。徐德宽没有任何退缩，一手抓住扒手，一手抓住帮手。“兄弟，把东西拿出来。”郝强虽然紧张、害怕，但追回钱的渴望让他长出了胆子，赶紧上前协助，扭住帮手，徐德宽腾出一只手来应付眼前的一切可能。

“啥子东西？”扒手明知故问。

“你拿了人家的钱还不承认？”徐德宽叫住妇人，“你看看你的钱在不在？”

妇人一摸，大哭起来：“哎呀，我的钱不在了，这恁么得了，这是我给我家婆婆买药的钱。”

“你找这两个人要，就是他们刚才把你的钱拿了，我亲眼看到的。”徐德宽指了指自己和郝强抓住的两人。这时赶场的人围了过来看闹热，七嘴八舌，指指点点。过街老鼠，人人喊打。有人说，成天不习好，打死这两个狗日的。有人说，把两个偷儿送到派出所关起来。

妇人也不是省油的灯，泼劲激发出来不得了，走上前问三不问四就给两个小偷一人一耳光：“把钱拿出来，这是我婆婆的救命钱，你们也敢偷，要不要良心？”

扒手在围观群众的注目下使眼色，帮手乖乖地把钱还给了妇人。“大哥，这下你该松手放我们走了吧。”

徐德宽目的还未达到：“不行，还有我们的钱也被偷了，拿出来才能走。”

“冤枉啊，我没有拿你的钱。”扒手直呼委屈。

“我的钱才在这里丢了的，不是你们偷的会是谁？”郝强说话也是硬邦邦。

“我们今天才开张第一笔生意，就被你们抓到了，我哪里会拿了你们的钱？”扒手似乎也有理。

“你不要说这些骗人的鬼话？快点老老实实拿出来。”郝强扭住帮手一点不敢大意，生怕他挣脱。

扒手辩解：“已经给你们说了，我们没有拿你们的钱，这里这么多小偷小摸的人，哪晓得是哪个干的。再不放手，我也不客气了。”

“那也是你的同伙。”徐德宽面对威胁，毫不胆怯，“你想干啥子？想打人？当了偷儿还有理？”

扒手失去耐心，不再理论，一拳击中徐德宽腹部："说没有拿你们的钱，你不信，老子毛你个老屁眼虫一拳总晓得是真的了。"

徐德宽没有防备，忍着疼痛，扑了上去，与扒手抱成一团："你龟儿子还敢打人，老子不信制伏不了你。"

郝强哪见得徐德宽挨打，岂肯放过小偷。他放开帮手，闪到扒手身后，用膝盖在他肛门处用力向上一顶，不偏不倚撞到了前边的睾丸，那人惨叫一声，双手捂住下身。郝强连续出击，蹬了一脚扒手的膝腕，扒手像瘫子跪在了地上。围着看稀奇的人，大呼过瘾。

狗急可以跳墙，人急可以生智。郝强本不会武功，但此时的神勇表现，不亚于练武之人的制敌招数。大概是急出来的瞎蒙和乱劈。

帮手趁三人混战，溜号了。扒手没有还手之力，告饶、求饶。

上下搜了一遍扒手，居然是空无一物，净身一人。扒手的话不能不信，可能今天做第一单便被抓了个正着。放人吧，扒手灰溜溜走了。徐德宽这才觉出腹部的痛来，肚子也跟着起哄，呱呱叫。

钱遭偷了，办事也就办黄了。

与小偷搏斗倒是痛快，然而想解决饥肠辘辘和返程车票，会不会现了瓜相？郝强已然身无分文，他无辜地看向徐德宽。幸好徐德宽无师自通，晓得鸡蛋不能装在一个篮子里，硬是从身上像变戏法般变出了10元钱。郝强顿时惊奇不已，拿着这张纸币翻来覆去看了数遍，与用放大镜检查一件文物是真迹还是赝品的一丝不苟没有区别。确定是真钱，郝强放下心来。有救了，两人吃了豆花饭，买张车票两手空空就回去了。

看来"牺牲"成学思的人格必定无疑。

九、排练总算正常

特意避开赶场日，选了一个冷场天，郝强、徐德宽没有被失窃赔本的经费困境和出师不利所吓倒，信心百倍再次进城完成前几天未竟的任务。出发前，郝强专门找到谢文明，列了一份文娱活动必须购置的物品清单，他要打有准备之仗，一次进城能买的争取买齐，少走弯路，少跑空路，少走回头路。

徐德宽指示郝强从村出纳处借了钱，即刻出发。汲取前次城里被偷的教训，他们第一件事便到县茶果站交纳柑橘苗保证金，将身上沉重的“大额资金”交到该去的安全处，让成学思的人格得到保证，才感到轻松、心安。后面的事情办起来就顺利多了。顺着前次进城探得的路线，一路顺畅来到城郊。道具狮子和龙，看准便下手。彩纸、红绸、胭脂、口红、眉笔、丝线……杂七杂八的物品，拿了些，不容喘口气往回赶。村里的人从早上到下午眼巴巴望着他们回来。

反反复复一周，文娱活动的各项准备总算有了眉目，集体节目也不再拖后脚，与小节目可以并行进入排练。周中、周末，村委会会议室、办公室、操场、教室一片繁忙，无处空置，演职员各就其位，按角色分配开始了一轮一轮的大排练。大家用心、卖力，各显其能，各露身手。一些村民闲暇也来偷瞄，多年未见到过的欢乐、喜庆场面回来了，农民欢欣鼓舞，拍手称快。

徐德宽没有食言，挑起了舞龙珠、耍狮子的艰巨任务。50岁的徐德宽，三十来年村干部的经历，能赢得德高望重的美誉，那是村民为他树的无字碑。无论是干农活，还是当干部，徐德宽是公认的一把好手。村民服他，信他。农村，藏龙卧虎，没有两把刷子，弄不了三板斧，下课便是最好去处。徐德宽俯下身子加入到文娱队伍中来，就像活动中的灵魂，附着在所有演员身上，人人成了大力神。

“走起。”徐德宽执龙珠，一声哨响，龙头、龙身、龙尾的人跟着摆动起来。但是有些别扭，有人朝东摆，有人朝西动，把一条龙扭得弯曲不成体统，难看闹心，而且相互之间拉拉扯扯，费力不好看。谢文明在舞动之前已教过一些舞龙要领，但是总有人脑子生锈，笨手笨脚，撑着一支龙爪，与他人配合不好，弄得彼此埋怨。徐德宽前边做动作，两眼睁起蛮大注视着龙珠，并观察着队形的变化，在龙嘴前一米左右舞动，且不停地旋转龙珠。他虽有经验舞得生动有趣，但后面的人不争气像白痴跟不上趟，他也只能摆摆头，不停讲技术，并重来。有好几次，他往前迈步，龙身的人却朝后猛拉，跳动配合极其野蛮、生硬，与他拉开一米远的距离，龙身竟毫无追逐龙珠之意，公然形成互不相干之势。谢文明站在旁边指导，大喊大叫，谁出错就叫停，反复分解动作，描述技巧，不断地重复练习。

“歇一会，整累了。”喘着粗气的徐德宽踉跄两步，提高嗓门喊停。几个回合下来，徐德宽脸上、额头浸出的汗水像早晨的露珠挂在屋檐口，密密麻麻，圆润欲滴。他用手轻轻擦拭，然后潇洒一挥，地上甩落一行水印。

“徐书记喝点茶。”郝强提着茶壶和杯子来到徐德宽身旁。他的主要工作就是为演员们服务，协调统筹，哪里需要他他就出现在哪里。他的演出任务极其简单、容易、轻省，登台即可完成，基本算是友情出镜——在一个叫《武大郎开烧饼店》的小品中客串一名店小二，两句台词五个字：“请进”“客来了”。他更多的精力放在人员调度上，一个不多一个不少，安排在合适位置，各得其所，各尽其能。为演出服好务，端茶送水，收拾衣物，鞍前马后，随叫随到。总协调的职责覆盖，无处不在。

徐德宽不客气，接过郝强送过来的杯子，牛饮式的咕噜咕噜不断线地喝进肚里。郝强又把茶壶提到其他人面前，让大家轮流喝。茶水进肚，人就感觉清凉，精神自然抖擞。人闲下来，闲话接踵而来。舞龙的一个人说：“最近我听到一个龙门阵，你们说怪不怪，说是有个人喂的一头母猪，生了一头长着人脸的猪崽。把猪的主人和助产的兽医吓了一大跳，不仅猪主人没见过，就是见多识广的兽医也自嘲少见。你们说这到底好不好？”

“你怕是瞎吹？哪里有你说的这些怪事？”有人不相信。

“我一个山上的亲戚亲口给我说的，哪里会有假？”那人抬出证人，“他还说，可能是有人作孽，干了母猪。”

“你尽管编，吹牛不犯法。”听众中一个人实在忍不住反讽。

郝强可不这样认为，他反而觉得是真的。“大千世界，没见过不等于不存在。比如无线电波，肉眼看不到，但它穿墙越壁，颇有能耐。猪生一个人脸崽，有啥子奇怪的，说不定哪天生个牛脸、羊脸、狗脸，也有可能。”

徐德宽也来了兴趣，加入吹聊斋的行列。“郝强的观点我赞同。我给你们讲一个稀奇事，醒下瞌睡。有一个妇女怀孕十月不见生的迹象，家人暗自嘀咕，送医院检查，并无反常。不放心，躺在医院观察。足足等够十一个月，婴儿呱呱落地。不哭不闹不拉，掰开小腿，有传宗接代的鸡鸡但没屙屎的屁眼。”

“那这个娃儿活下来没有？”与众人一样听得入迷的郝强，突然为新生儿的命运担忧，提了个所有人想知道答案的问题。

“胀死了，他在人世来了一天就走了。”徐德宽说的结果跟大家想象的一致，“有老年人说，这都是前世作了恶带了过，才会生出这样的怪胎。”

说了一阵无聊话，见不得人休息的谢文明拍拍手，呼喊大家排练。坐着的人立即站起来，拍了拍屁股上的灰尘，赶紧找到自己的位置，摆开阵形，等待龙珠舞动。徐德宽拿起龙珠，吹响哨声，吼了一声“走起”，后面的人跟着齐应“走起”，整条龙像一条活物摆动起来。这轮比前面初练效果显著，相互间配合有进步且顺手，数个人的散漫队伍在朝一个心灵通达的整体默契演进。徐德宽前面卖力耍龙珠，他的动作幅度逐步夸张、开阔、任性，舞出的花样推陈出新，形态万千。而且剪除正经八百，添加俏皮、嬉戏、滑稽元素，别有趣味。整个舞龙队伍慢慢进入顺畅、流利状态，一些复杂动作的加进，套路穿插，翻转跳腾，滚扭挥摇，无论内行或外行看来，都有些像模像样，像那么一回事。

郝强跟在谢文明后面，谢文明怎么指挥怎么说，他就在旁边默默记录。把总协调降格为一名场记，谢文明说的话就是师傅教徒弟的宝贵招数。谢文明掏心掏肺、苦口婆心地教，他不怕“教会徒弟，饿死师傅”。主业是种田，不靠这份手艺吃饭，他不在乎。郝强跟着跟着，跟出了感觉，谢文明到其他节目组指导或有事请假，他居然可以徒弟补位充师傅，东奔西走，像个复读机、二传手，依样画葫芦，当起了临时导演。调动、指挥舞龙队伍照练无误。

总导演像块唐僧肉，各节目组都想捉他去。上蹿下跳，各处穿梭。谢文明忙得脱了人形。郝强也没闲着，跟着跑前跑后，全天候服务，尽量做好后勤保障。

徐德宽放下村党支部书记的身段，身体力行，挥舞龙珠，令整个演出队伍备受鼓舞，所有人只要没有紧要事情，天天自觉坚持来排练，热情高涨，没有人无故缺席。尽管是排练，但村委会那是一片欢腾的小世界。乐器声、锣鼓声、歌唱声、说话声、跳动声，不绝于耳，仿佛这里有一个专职演出团队。

舞龙排练进展顺畅起来，总导演谢文明命人练习耍狮子。徐德宽技多手痒，回应总导演的调度，又干起了新行当。他手持绣球，逗引狮子追逐，另两人扮狮子，身段灵巧，套路多种多样，诸如睡眠、挖痒、惊醒、伸懒腰、长啸、抖毛、徐行、奔跑、捕食、打滚、争绣球、戏闹、登高山、跳涧水等。溶水村操场上，又增添了一支欢乐的队伍。

舞龙练习当然不能停下来，谢文明早就盘算好了，徐德宽走后留下的舞珠人，由“好学”的郝强去当替补、听用。舞龙、耍狮子两将就，两兼顾，两不误。

看事容易做事难。郝强是外行充当内行，他虽然天天在旁边观看，但要叫他上阵去操练，不是瞎子打狗乱舞才怪。谢文明手把手地教他，学起来依然吃力、费劲。他这个前阵还在旁边“动口不动手”吼得欢的生手，宛如只会讲理论的旱鸭子游泳教练，一不小心滚落水中只能吃水喊救命。好在他仅仅是一个顶替徐德宽舞龙珠的临时工。但郝强不想成为撞钟的和尚，仍然像正式演员一样拼起命练习，他要当一个合格的候补队员、板凳球员。就算大伙休整，郝强也不停歇，抓紧练习、揣摩。前后左右，摇动挥舞，龙珠上下翻飞，他眯着眼睛想动作，脚下移步、挪动，口中念念有词。“嘣”的一下，龙珠重重敲在了头上。不偏不倚，就碰在前段时间下井脑袋负伤后的缝合处，刚愈合的伤口，再遭撞击，虽没有流血，但却鼓起一个大包。他脑袋轰鸣、眩晕，差点站立不稳，晃荡两下，一个“不能给人添麻烦”的心声坚决叫停了身体的摇摆。极其努力而不称职的郝强，尽管想掩饰，但逃不出徐德宽的犀利目光。郝强被人强行送到村合作医疗队。村医也没做其他处理，抹了点酒精消消毒，让郝强回到操场。他要继续去当陪练，谢文明自己抢先拿起龙珠，总导演披挂上阵，没有了他的事。

谢文明手擎龙珠跟郝强说：“郝强，你别逞能了，头负了伤，先休养几天，再来。徐书记这几天练耍狮的时候，就我来顶到起。”徐德宽和在场的人也都劝他先休息。

听人劝，不再硬撑，郝强暂时“下岗”。

没有更好的去处，家是一个疗伤的狗窝。郝才亮与郝强像是上辈子有仇似的，时不时说几句挖苦讽刺话，这回又找到了洗刷他的由头。“郝强，说你脑壳长了包，你还不信，现在硬是长了个包，这回我没有冤枉你吧。”

一般这个时候，郝强是不会去搭郝才亮的话，他说他的，当没听到一样。骂的是风吹过，打的才是实在货。

郝才亮反正是说惯了的，心里想到什么就说什么，他才不管你接不接受得了："郝强，我说你也莫去跳什么舞，跳饿了还是要往家里跑。一群疯子在那里胡搞，你也跟到起疯，有你啥子事？离开了你就成不了席？你太把自己当回事了，你是哪把夜壶，也不屙泡尿照照？"

"郝才亮，我的事你管不着。"郝强被激怒了，忍无可忍，根本不把郝才亮当父亲看，直呼其名，"你不要太过分，过分了，莫说对不起你。"鼻子喷出粗气，手指弯曲咔咔响。

"哟哟哟，郝强，你娃儿翅膀长硬了不要人了！我说了你你还不安逸，你会打人，把我吃了？"郝才亮用挑衅的口吻大声放话，"我谅你也没有这个胆量。有本事你来摸摸我试试看，我不叫你爬起走，你不晓得哪个才是你老子。"郝才亮欺负人直白、露骨，毫不讲理。

郝强耳把子裹筒筒（四川方言：握拳头），捏得紧绷绷。"郝才亮，你嘴壳子硬，你今天是不相信儿子打老子的事情不可能发生吗？"如果不是"和事佬"何会兰从厨房赶出来及时，他早就扑上去给郝才亮两拳。"郝强，来帮妈烧火，莫去跟你那癫子老汉儿一般见识。他不是人，才说那些不是人的话。"何会兰拉着郝强走了。

郝才亮嘴上还是不饶人："有本事莫走噻，老子身上痒。"

一〇、柑橘苗到了

成学思接到县茶果站通知，柑橘苗准备好了，马上启运。他即刻托人带信至溶水村。

去接收苗子的光荣而艰巨的任务自然而然就落到了郝强头上。

清晨，屋外的世界依稀可见，几只早起的鸟儿间或叽喳，像在催促郝强出发。抑制住久盼而来的喜悦，伴随稀疏的鸟鸣，他翻身起床，吃早饭，昂首阔步赶往乡里。他必须在上午10点钟前到，因为成学思带信来说，县茶果站的苗木可能会在这个时间到。心里装事，走路异常专注，黑麻麻的路上他埋头看路不敢有任何分心和停留。走得早，路上几乎难得遇到行人。这条路，尽管他用脚步丈量过无数回，熟悉得闭着眼睛也知道哪里是弯道哪里是直路，哪里是坦途哪里是坎坷，但独自一人行走在晨雾笼罩的清冷天幕下难免不生胆怯和恐惧，特别是突然记起小时候听来的鬼故事，顿时毛骨悚然，自己吓自己，不觉惊出一身冷汗。汗水冰冷，打湿的衣衫贴在脊梁，背上像背着冰块一般沉甸甸、凉飕飕。没有手表，猜不出时间，只有顾头不顾尾埋头朝前走。好在郝强从小独立生活惯了，这些也算不了什么大困难。他在路途中，捡了一根木棍拿在手上，既便于走路有个支撑省力，也为自己壮壮胆，遇有不测，有个反击武器。

郝强赶到乡场，算早到，足足提前了半个小时。按照成学思的约定，他站在乡粮管所门口张望。不急不躁等了大约二十来分钟，成学思的身影缓缓出现在街头，似有稳操胜券、成竹在胸的淡定。乡干部对乡属企事业单位是熟悉的，成学思见郝强孤单地坐在街边一块石头上，一把拉起郝强进入乡粮管所办公室，按下他坐在一张吱呀叫唤的藤椅上。郝强走了一个小时的路，早就想找个地方喝口水歇口气，成学思一拉一按正合他的意。粮管所的人见是乡团委书记突然光临，虽然是不请自来，但仍忙不迭地表现出巨大热情，抹抹凳子上的灰让坐，泡上上好茶叶客客气气递到面前。

两人坐定，漫无边际开始聊天。

“最近村上团支部工作有什么新动作没有？”成学思随便发问。

郝强正式答道：“报告成书记，新动作倒说不上，但事情没少做。”

“哦，说来听听，做了些啥子事？”

“你带我们出去参观学习后，我把外地的一些好做法好经验给村党支部专门汇报，村支书徐德宽很支持我们，对我们提出的建议一一采纳。我们目前正排练春节文娱节目；团办经济这块，土地已落实，地也整出来，就等今天苗木一到就栽下去；还有就是阵地规范化建设，村上也给了我们几间办公室，目前正作简单设计。”

“郝强，不错嘛，看不出来带你出去学了一趟，还真的取到了真经。”成学思给郝强口头肯定，郝强听了就像小学生受到老师课堂表扬，喜眉笑眼。

等待是枯燥无味的人生片段，闲来无事，动动嘴也能加些趣味。两人是想到哪说到哪。说了十多分钟话，成学思抬腕看了一下手表：“已经过了10点了，应该要到了。我们到门口去等。”

郝强和成学思痴痴地张大眼睛朝着县城方向的公路望去，来往奔驰不息的车辆，不顾人们的心情，扬起的灰白尘土宛如滚滚浓烟翻卷扑腾。郝强把目光死死放在货车上，小车、客车不是他期待的目标。每一辆货车进入他的视线，他都会像空中盘旋的老鹰阴鸷地搜寻，以最快的速度和透视的眼力扫描，是否载了货，货是否长了枝丫。没有，那不是他想等的车，即刻放过，等候下辆。一辆辆车经过，没有看到一辆载有树枝的车，哪怕是装有早就没命的木材的车也不见影子。郝强迫不及待抬起成学思的手腕，从分针数到时针，他们在门口等了一个小时，要等的目标车就是迟迟不来。“成书记，县茶果站给你说是什么时候到？”

“说10点左右。这就怪了，难道是我听错了？”成学思也百思不得其解。

“但是现在已经过了10点，快到11点了，还没有来。”

“别急，我们耐心等到，肯定会来的。我同学陈森还是守信用的，他说了的话一定会算数的。”

两人又将目光穿过灰白的扬尘，死死盯住城里过来的方向。车辆断断续续、来来回回地经过，看不出有一辆车欲停下来的意思。望眼欲穿，又等了四十多分钟快到中午12点，他们要等的车还不知在哪里。这下不光是郝强有些着急，成学思心里也没谱了。成学思吩咐郝强在原地等到，他去粮管所打个电话问问。成学思拿着电话筒，急切地摇话把子，转接数个来回，跟陈森终于打通电话。对方告诉他，车早就出发了，是他专门到种苗场督阵装车看着车发动才离开，怎么可能现在还未到。成学思说，那我们现在怎么办？陈森也无法，他联系不上司机，只能让他们各自老老实实等，何时能到，谁也说不清。成学思灰心丧气走出粮管所，郝强不等成学思开口，就从他阴郁的面部，读出了结果。

已经过了吃午饭时间，成学思让郝强先到附近去吃点东西，他在这里等。然后轮换。郝强坚持自己等，请成学思先去犒劳肚皮。两人推辞了一番，还是团委书记优先。郝强懂事也懂感恩，自己分明就是一个村上的小团干，成学思是乡上的领导，要饿也只能饿自己，不能让乡干部饿着肚子，否则他会内疚一阵子。成学思去吃饭，郝强又把注意力塞回七窍，继续朝着城里来车的方向盯死看牢，他傻傻地望着来来去去的繁忙车流，看着看着眼睛便产生疲劳、呆滞，倒是浮想联翩接踵而来。此时往返不绝的车辆，如同熙熙攘攘的陌生人群，与己无关，木然无味。唯有此刻突然出现一个熟人，才会叫人产生些许亢奋和亲切。同样可以假设他要等的车“吱”一声停在面前，那将是何种情形，喜出望外？还是惊恐不已？辛弃疾老先生早就说了，“众里寻他千百度，蓦然回首，那人却在灯火阑珊处”。文人骚客笔下美妙绝伦的意境，何等惊诧和异想，郝强也只能是想想而已。直到成学思返回，替换郝强，也没有等到拉苗木的车现身。

郝强和成学思吃完饭依然像两个木桩桩站在粮管所门前，等了整整两个小时，还是等不来苗木车。他俩采取轮流等的办法，一人去粮管所里坐一会儿，另一个人在门口等，然后交换场地。中途成学思又给陈森打过一次电话，陈森说反正车子肯定是出发了的，至于中途有什么三长两短，他没有办法了解得到。还是让他们继续等。没有手机的年代真是不堪回首，哪像现在这么方便，就是你在天涯海角，随时摸出手机一拨就知道在哪里，干什么事。成学思和郝强轮流等了一阵子，感觉一个人站在那里太过单调，又变回两人同时等在粮管所门口，如此一来，并肩相守，至少有个说话摆龙门阵的对象。等人难受，等车也难受。等呀等，等得眼睛都望绿（四川方言：麻木），也没有见到想要见到的车子。成学思彻底泄气，郝强也由期望变成失望。尽管心中在默默念叨运苗车快快到来，但两人的脸上藏不住无望的微妙表情。

“郝强，现在都快到下午5点了，可能不会来了。”成学思看了一下手表，终于现出憋不住久等还生不出气的焦虑。

郝强尽管无法预知结果，但仍然没死心地说些安慰话：“我就不信，一个庞大的车子会在地球上消失？反正到天黑还有一个多小时，说不定一会儿就到了。成书记，我在这里等，你回去休息，你陪我已经一天了。于公于私你都做到了仁至义尽。”

“我还是在这里等吧，都等了这么长的时间，还在乎天黑天亮，我就不信等不到。”成学思有气无力中夹杂抱怨、疑惑。

“成书记，那辛苦你了。”

“我们再等一个小时仍不来，就撤。”

两人坚持死等。一天的话也说得差不多了，此时谁也不想唠叨什么，坐在门口的石梯上枯等。

过了二十分钟，一辆满载柑橘苗的货车凶悍高叫，呼啸而至，像个地痞流氓般霸道地停在了粮管所门前。成学思、郝强本已做好等不来的思想准备，这时却偏偏目标出现。心里莫名的滋味无法描述，本来见到苗木像见到摇钱树的欢呼雀跃，已然飘远。两人机械地本能地起身，跟从驾驶室下来的司机握了握手，纯粹是出于礼貌，连车子为什么晚到都懒得问。见到一身疲惫的司机，他们积攒一天的怒火无声无息湮没，像回了潮的鞭炮自然哑火。幸好司机自己解释才让成学思、郝强心里舒服一些："两位领导，对不起，没有准时到。因为我的车子走到半路就出故障，坏在路上，我只好搭过路车回城，请到修理工，从上午修到下午才修好。所以没得办法，就来晚了。"

"没得啥子，只要人安全，柑橘苗运到，就好了。"成学思到底是乡干部，对司机的解释表示理解。

"只要来了就好，这也是怨不得人的。"郝强原谅司机，并围着车子转一圈后，看出了新的问题，"成书记，这么一辆大车走我们村的机耕道行不通，道路没有那么宽，而且还不平，可能要换成拖拉机才使得灵。"郝强一边说一边将目光投射到车身上，确认自己的话具有无比正确性。

成学思上下观察，觉得郝强的担忧有道理，他转身到粮管所给乡农机站站长打电话，请他派两辆拖拉机来。成学思回头请粮管所的人，找了几个粮食搬运工来，将货车上的苗木转运到拖拉机上。这时天幕已经拉下，四周暗黑，成学思出于安全考虑，劝郝强先在乡场上找地方住下来，明天再回去，但郝强没有答应。他有他的心思，如果第二天回去，柑橘苗就得在露天坝里存放一夜，这可是村上花大价钱交了保证金的，万一被人偷了，损失谁赔得起。况且鲜活的苗木多放一天，失水易干，就增加危险一分。如不及时栽下，成活率必然大打折扣。郝强征询拖拉机司机走与不走的意见。司机说，我们经常走夜路，到溶水村这点路算不了大问题。有了司机肯定的回答，郝强心里也就踏实了，也契合了他的预想。

发动拖拉机，打开车灯，两根光柱吃力地刺进灰蒙蒙的夜色，蜿蜒狭长的道路摆在正前方。响起嗵嗵声音的拖拉机，像患有哮喘一般，咳喘厉害，但司机松开刹车似乎并不影响出发。郝强挤在第一辆拖拉机司机旁边，像一个押运员。机耕道，其实就是一条泥结碎石路，宽约三米，坑坑洼洼，被车轮长时间碾压过的地方，形成两条浅浅的长长的凹槽，类似交警画出的两条行车白线。凹处无草或长出稀薄的小草，与整条道路密实、矮小的草丛有着鲜明的差别，这倒无意之中帮助车辆夜间行驶。拖拉机，名符其实的拖拖拉拉的机器。夜行时缺点暴露无遗。比如，灯光黯淡，照射距离有限；速度缓慢，如同老年人动作怪异且极不协调地蛇行；人坐其上，颠簸厉害，一会儿左右摇晃，一会儿前后俯仰，一会儿上下抖动，感受不到何谓减震……坐一趟拖拉机没散架要感谢父母遗传了一副好身板。郝强坐了一阵，万般感慨涌上心头：除非万不得已，宁愿走路也不要选择抖死人的拖拉机。当然拖拉机虽然脾气好得慢条斯理，但只要在走，希望就在。郝强不得不在心里默念，朝前走，朝前走，千万别停，早晚会到达目的地。这一天折腾，郝强已是精疲力竭，此时紧挨司机旁边，像小时候坐在摇篮里，晃来晃去，居然睡着了。他梦见自己飞起来了，翱翔天空，自由自在，俯冲爬升，随心所欲。尤其自定速度飞越，想快则快想慢则慢。从未有过的空前体验，舒服，带劲，一辈子难有。虽然是一场梦，但那是美梦。

嘣嘣——哐哐——，拖拉机不走了，只剩机器轰鸣声痛苦地呻吟。司机骂了一声，郝强惊醒，身子歪斜，拖拉机开到靠山脚的沟里卡住了。借着拖拉机微弱的灯光朝路外边一瞅，悬岩吊坎，郝强着实吓了一大跳，冷汗直冒，庆幸拖拉机被困道路里边的沟里，不然他们可能会给柑橘苗当肥料。

郝强和司机轻脚轻手，费力吃劲地从拖拉机里钻出来，顾不上喘息，皱眉瞪眼绕着车身前后观察一番，右边的前后轮全部落进边沟，整车倾覆在山坡上，一些苗木也散落出来。紧跟其后的司机停下车来，也跑前来查看了一圈，摇了摇头，撇了撇嘴，同样想不出更好的办法。深更半夜，路上连人毛都见不到一根，更别说找人来救援。三人合计，就地安顿。第二辆拖拉机狭小的驾驶室成了抵挡黑幕、天凉和恐惧的藏身处，他们无比亲密、挤作一团，只盼来日再做打算。

郝强几乎未合眼，被两个司机夹在中间如同受刑，哪来睡意。天边露出一丝光亮，他便爬下车，一路小跑回村搬救兵。他虽比不上希腊英雄从马拉松飞跑报捷悲壮，但报告翻车受阻、有惊无险同样具有欣喜的意味。正在抽起床烟的徐德宽听了郝强气喘吁吁的汇报，仅说了句“人没事就万幸了”。言毕，掐灭烟头，便和郝强直奔村部。徐德宽开响广播，先放两分钟叫醒音乐，再正式出通知，请全体文娱演出男队员立即到村办公室集合。一群不明真相的人从各个方向火速赶来集结，徐德宽像一个训练有素的军人熟练地点名整队，说了一下事由，命令队伍跑步前进。郝强前边带路，救兵们随后跟跑。一行三十多人急行军，不一会儿便听到队伍里响起拉风箱般的喘粗气声，但丝毫不影响他们斗志昂扬向出事地点进发。

徐德宽绕着倒在山坡上的拖拉机仔细察看，然后指挥道："我们先去捡一些石头来，越多越好。"无人迟疑，话一落音即动手，四处寻找，仅仅一刻钟便垒起了一大堆各类形状的石头。

"好了，石头准备齐了，我来分下工。"徐德宽又发话了，"一部分人爬到拖拉机右边的山坡上往外推车，剩下的人一旦看到车头、车厢慢慢扶正，车轮悬空离地，就快速把石头塞进轮底垫高。这步完成后，再用石头把前后车轮前面的沟填平。"

郝强领会到徐德宽的意图，点名二十多个精壮劳力随他来到车厢右后的山坡上，剩下的人自觉抱起石头等待时机。徐德宽一声令下："预备——推！"拖拉机车头、车厢在众人合力的作用下，由歪斜开始转正，车轮也逐渐离开地面，抱石头的人见机以最快的速度将石头放进车轮底部。当推车的人小心翼翼放手不推时，车轮稳稳地落在垫石上。好兆头，接下来照徐德宽的办法将石头狂轰滥炸似的丢进车轮前后的沟里，直至与轮底基本齐平。村支书的初步构想达成了。

第一步完成，徐德宽大声喊道："请司机上车把发动机打着。我们一些人仍然到拖拉机的右边往外推，一些人到拖拉机后边朝前推。大家先就位不要急着动，等所有人做好准备后，听我口令再用力。"

司机上车，点火，发动机转动。徐德宽跑到前面跟司机说："你听到我喊口令后，加油，方向盘朝左往道路上开，我们配合你推车上路。我们试一下看行不行。"司机点了点头："好。"

徐德宽退回到拖拉机车厢边，问："大家准备好了没有？"

"准备好了。"排山倒海的声音在山沟里回荡。

"注意，一……二……三，起！推！"徐德宽扯起嗓门高喊，抬起两只手有节奏地向前做推的姿势。

司机得令加大油门，发动机发出嗡嗡叫声，快速转动的轮胎与地面摩擦产生难闻的胶味，飘进推车人的鼻子，刺激着他们咬紧牙关拿出吃奶的力气，誓把拖拉机推回道路上。拖拉机争气，机械与人力合作，没费多少功夫就爬出了沟，重返机耕道。所有人拍手庆贺，欢腾跳跃。将散落地上的苗子收捡上车，立下大功的援军们便扬扬得意挤上车厢，或坐或站在柑橘苗的空隙处，伴随隆隆马达声意气风发奔向共青团柑橘园。

到了此时，郝强一夜失律的心跳才恢复了正常、平静。

一一、人海战术

白天开拖拉机就比晚上方便顺畅多了，虽然饿着肚皮，但并不妨碍司机潇洒驾驶。一路摇摇摆摆，哐啷哐啷，车厢里的人跟着拖拉机晃动，震荡，处于一种莫名的兴奋和新奇中，不觉得难受反倒觉得逍遥。拖拉机到达目的地，他们恋恋不舍，逗留车上，还想延续这种过节般的情趣。

郝强率先跳下来："各位到了，下车。"

村支部书记是村里的"大领导"，驾驶室的空位当然归徐德宽。他从里面慢悠悠出来，发出指令："大家不要忙着走，把柑橘苗搬下车，让司机同志早点回去。"

"好！""要得。"人多好办事，传的传，递的递，两车苗木搬下地摆在路边，用时不过半个小时。

郝强做事比别人想得远一些，不失时机请示："徐书记，柑橘苗全部拉回来了，必须马上栽下去。事不宜迟，可不可以让文娱演出的人帮忙，和我们青年团员一块来完成这个任务。"

"怎么不可以？"徐德宽赞同，随即就布置下去，"大家听到，先回去把早饭吃了，带上锄头、钢钎、铁锹、洋铲、粪箕，反正家里有啥带啥，来帮助把柑橘苗栽下去。"

郝强感激不尽，说："我在这里守到，以防苗木被人偷了。只是要麻烦徐书记，再吼一下广播，通知全村共青团员来参加义务劳动。"

留守的郝强，昨晚在乡上把苗木搬上拖拉机后，才和司机、成学思去街边小食店喝了两碗稀饭，吃了两个馒头，啃了个卤猪脚，忙了一晚和一早上，肚子早就空落落，肚皮像贴到了后背。但他必须忍住难受的滋味，共青团的事，大家都来帮忙，能来已经很够意思了。他不能叫苦叫累叫饿，叫凶了别人怎么想。

等所有人到齐，郝强安排盛小海讲解柑橘栽培技术。盛小海拿出一本皱巴巴的油印小册子，这还是请乡农技员来指导时他厚着脸皮要来的宝典。他也是热炒热卖，冒充老练，实足的传声筒，本质上并无多少实际经验，只能照本宣科。推上了“讲台”，掌握了话语权，管你是老农民还是新庄稼都把盛小海望到。盛小海先红了下脸，然后清了清嗓子，说道——其实是照着小册子念：“柑橘是中国的传统优质果品之一，有四千多年的栽培历史。柑橘皮薄肉多，味道鲜美，营养价值丰富，曾为贡品，现成为平常百姓消费用品。栽种柑橘选择地势坡度低于25度的地方即可。做规划时，要配套道路、排灌、蓄水和附属建筑设施。”

有人听了几句就不耐烦了，直接打断盛小海念台本：“小海，你莫照到读呢，你说一下到底要我们挖多大多深的坑，间距多少就可以了。哪个有时间来听你那些大理论。”

“对的，你就说要我们具体怎么搞。”另外的人在一边接下嘴壳。

郝强解围说：“小海，要得，你只说今天要大家怎么做就行了。至于栽种时间、土壤条件，以及如何管理、修剪、施肥、防病等，以后遇到了再说不迟。”

盛小海念册子被中断，脸像红萝卜，只好选出实际操作部分当众宣读：“柑橘定植坑60—80厘米见方，50—60厘米深，株行距就是3×4米，每公顷800—900株。”

“你莫说这些洋名字，我们听不懂，说我们听得懂的话。定植坑是啥子玩意？到底每公顷是好多亩？每亩栽好多株？”有人又不耐烦。

盛小海快翻小册子，像找到救星样：“哦，这里有解释，一公顷约等于15亩。还有定植坑就是我们平时说的栽树苗的坑坑或窝窝。”

“这就对了嘛，栽柑橘总要打个洞洞；每公顷800—900株，每亩就是除以

15，约等于53—60株。”有人很快算出结果来。

郝强试探着问：“大家听明白没有？”

“明白了。”众人齐呼。

“既然没得疑问了，我们就开始干活。”郝强也不含糊，“不过我们这是共青团柑橘园，要体现比学赶超精神，我们建议分成5个组，青年团3个组，中老年两个组，各组栽植10亩，看哪个组进度快质量好。大家说要不要得？”

“同意。”一直旁观的徐德宽发声了，“年轻人就是不一样，有活力有干劲，点子多，栽个柑橘都要搞个比赛。我们中老年要加把劲，不能输给年轻人。”

郝强“扣动发令枪”：“我宣布，共青团柑橘园栽植苗木比赛开始。”

徐德宽以土办法划分责任区，他将锄头把代替皮尺，以多少锄头把丈量长宽换算成亩，三下五除二，三四支烟的功夫便把各组的任务分出了个大概。郝强又给划分出的责任区编上号，然后找来一个香烟锡箔纸，裁作5块，背面分别写上1—5的阿拉伯数字，请各组派人抓阄来定栽植区域。责任区域一经敲定，各组争先恐后领取苗木进入劳动状态。谁都不想落后，你追我赶，热火朝天的场面，只有当年集体劳作时才会有如此火爆、热烈。

郝强、盛小海、黄冬各负责一个青年组，分别在中老年组的两旁，郝强、黄冬在左边，盛小海在右边。领了任务，郝强进行组内分工，施基肥，定植，夯土，浇水，安排专人负责，他和一些全劳力打坑，这是体力活，也是最费劲的一道工序。等进入责任区块才知晓厉害，他这个组运气“太好了”，正好选在了一个原来土砖窑丢弃烂砖头的地方，有杂草杂灌时还看不到真面目，待这些杂草杂灌被一把火烧了后，乱石残砖碎瓦全部暴露无遗。郝强看了看这块地的烂样，临时改变战术，必须先处理掉废物和垃圾，才下得了锄。郝强弯腰捡拾地上的砖石，放进脚边的粪箕。捡满就和其他人抬出倒在地块边空闲处。组员们也照着干，或蹲下或弯腰，一齐动手，巴不得像打扫落叶一阵风过，地上便干干净净，一无杂物。郝强他们比其他组多出来的这项工作，始料未及。眼睁睁看着别的组一上场便挥锄挖坑，而他们还在做背时活，哪敢有丝毫懈怠？郝强特别卖力，不停地埋头捡、丢、倒，唯愿尽快扫清责任地上的多余物，进入实质性的栽植。郝强饿着肚皮，勇猛用力，渐渐有些体力不支，他突然感到眼前一片漆黑，一恍惚便栽到了地上，歪倒身子，脸色苍白，呼吸急促，汗珠顺着脸庞一颗连着一颗流下来。大家围了过来，七嘴八舌问个不停。徐德宽听到这边的动静，快步赶了过来。他掐住郝强的人中，并派人去通知医生。郝强静静地休整了一会儿，慢慢缓过劲来，脸上有了血色，出气渐渐均匀，汗珠停止了。精神紧绷的组员们松了一口气。郝强跟大家说，不用管他，抓紧干活，他坐一坐就没事了，他是早上没有吃早饭引起的低血糖反应。村医赶来注射了两支葡萄糖，郝强觉得没有事了，迅速站起来拿上工具，不打算下火线。

“郝强，你不要命了？”徐德宽狠狠地批评道，“还不赶快回去吃饭，你要等到什么时候？硬是要等到把自己整摆起了让你妈老汉儿来收尸才要得？”

“我没得问题了。大家都在劳动，我怎么好走？”

“没得问题没得问题，你这样硬撑，要不到五分钟又要倒地。人是铁饭是钢，你都大半天没吃饭，还要劳动，哪个会说你半句迟到早退？快回去吃了再来也影响不到哪里去。”

徐德宽几乎未责怪过郝强，还是头回这般严厉。他不敢顶嘴只好暂时撤退，回家填肚子。一进屋，与他有“仇”的郝才亮就说话了：“郝强，你整天整夜都不回来，死到哪里去了？在外边没捞到油水喝，还是要回到这个狗窝来找吃的。如果是我，有本事就不回来，混出名堂再回来。”

郝强已经习惯郝才亮的阴阳怪气和风凉挖苦，根本不听他的说话，自顾自该做啥就做啥。忙了一天一晚，加上今天上午的体力活，他的确饿得发慌、虚脱。打开碗柜，取出一个大碗，将铁鼎罐里剩下的冷红苕饭挖出一碗，就大口吃起来。没有菜，但饿了吃什么都香。吃得太急，郝强噎着了，咳起嗽来，咳出了眼泪。管不了吃相好看不好看，擦干泪继续往嘴里塞饭。

郝才亮本来已经闭口，听到郝强弄出的声响，又有了说风凉话的机会：“我说你是穷吃饿吃，像八辈子没有吃过饭，说出去就丧德。你吃慢点要不得，又没得哪个跟你抢？吃抢饭，只有要死的人才会那样吃。”

不管郝才亮说得多难听、刻薄，他不把郝强当人看，郝强也不把他当爹认。郝强吃完饭碗筷一丢就走了，留下郝才亮在那里干瞪眼。郝强早把郝才亮当成无关紧要的路人，他此时此刻的心思已飞回柑橘栽种的现场。

郝强所在组负责的区域，地上的砖石清除完毕，正在挖坑。饭后的郝强，有了能量，仿佛有用不完的力气，提起一把洋铲加入劳动大军。栽了约一个小时，接近中午，该是大家回去吃午饭的时候了。郝强肚子里的食物尚未消化殆尽，自觉留下，既看管工具和树苗，又可凭一己之力挖坑，不用拼进度，能挖多少是多少，比歇着不动好。郝强挖累了，趁喘息片刻的时机，移步到其他四个组的地块去“偷窥”，洁净、碧蓝的云彩下，除了阳光和自己，偌大个园子空无一人，寂静无声。他毫无顾忌地在每个组的区域转了转，若无其事又极其用心地数了数已栽的树苗，他希望做到知己知彼，出现奇迹，反败为胜。

所有人似乎都还记着有一个劳动竞赛，不想当落后分子。饭一扒进嘴落进肚，顾不上休息，就自觉地回来干活。郝强把中午侦察的情况向同组队员通报，差距面前大家不能不焦灼、慌张和不安，所以别人中途休息，他们不停工，总想把清理砖石多消耗的时间追回来。

满打满算三天时间，人海战术的优势和成果，在朝阳变成夕阳时大放异彩。溶水村多日不见的你追我赶的竞赛场面，热火朝天的集体劳作，开出了希望之花，结出了胜利之果——共青团柑橘园的栽种任务圆满完成！郝强和组员本想笨鸟先飞，终因客观条件悬殊似鸿沟，“奇迹”没有到来，得了第三名，其实倒数也是这个名次。姜还是老的辣，徐德宽所在组率先栽下最后一株树苗，齐齐高呼：“我们第一。”盛小海组获得亚军。看着无可奈何花落去的结果，郝强只好安慰道，没有吆鸭子（四川方言：垫底）已是谢天谢地了。但他内心的快活、得意、欢悦，难以掩饰，因为共青团工作有了新的舞台和好的起步。

树苗栽下去了，一排排一行行，整整齐齐，左看右看都顺眼，像课间操列队的少先队员站在操场，等待检阅的老师一现身，便高喊：“老师好！”尽管满脸严肃但万般享受眼前的一切。星夜归家，郝强即便疲惫地躺在床上，仍然翻来覆去，辗转难眠。第二天一早，他便率领团支委成员们回到共青团柑橘园。他喜上眉梢，时而眯起眼睛，时而睁大眸子，瞧着从一抹夜色中醒来，挂满露珠的柑橘苗，煞是好看，分明是一件不朽的作品。越看越情不自禁，油然而生一种幸福感、成就感。也许这就是一个青年人成长的初梦。虽然有些幼稚有些仓促，但难能可贵的是梦已有了开端有了底色。

“大家好好看看，这是我们新组建的团支部做的一件可以看得见的事。”

郝强不无自豪地说，“我们不能辜负了全村人的期望，这是在他们的帮助下才有了这么一块属于共青团的自留地、责任田。”

“就是，千万要管好，莫栽下去没有多久就死了，那就成了笑话。”盛小海不无担心地说。

“小海说得对。我们要想一个办法，把这片园子管起来。”郝强认同盛小海的话。

张青万建议：“我觉得以团小组来管，每个团小组管一个季度，轮流来，上不清下不接。”

“我同意，我们每个团支委本身兼了团小组长，自然要负起责任。”黄冬投赞成票。

谢玉婉拍了拍小手：“我也同意这样办，大家都来出点义务。”

意见很明确，郝强便顺水推舟作出决定：“由团小组轮流来管，就从黄冬开始，依次排。但是盛小海接受过技术培训，要作为技术总管，全程参与，大家不懂的地方可以向他请教。当然盛小海自己还要继续加强这方面的学习，今后要努力成为柑橘种植的行家里手，大家都仰仗你在技术上有出息。”

在场的人信心百倍，只是盛小海表现出担忧来：“大家这么信任我，好有压力。我也只是跟着乡农技员简单学了一下，只知道点皮毛，要全程负责，我恐怕胜任不了。”

“你别推辞了，反正我们几个人中你是最懂技术的，你不来当技术指导哪个来？”郝强安抚道，“不懂可以向乡农技员请教，或者请他来现场指导。”

经郝强这一劝和其他几人的怂恿，盛小海没法再说不行的话，只好说：“我只能试试。不行还得另请人。”

柑橘园的管理职责落实了，郝强像还有什么事欠着。围着园子转了转，看上去与其他果园并无二样，但总感觉似乎缺少点什么，就是说不出来。“你们说这个园子还差什么没有？”

“很好啊，不缺什么。”黄冬抢答。

张青万也摆摆手：“树苗栽好了就不差什么了。”

“差什么？差个牌子。”谢玉婉想了想，到底是女生心思细腻，“生个娃儿都要取个名，搞个园子也应该有个响亮的名字挂出来。”

郝强一拍脑袋，抑制不住激动，指着前方，宛如经过打扮后别具一格的柑橘园即刻浮现在眼前。“对对对，这个园子就是谢玉婉说的差个名字和牌子，就像女人穿了一件新衣服，上面不别一枚胸针或其他小饰物，总感觉哪里不对头。”

因地制宜，就地取材，这是郝强此时能够想到的办法。他到村煤厂，精心挑选了两根自然笔直，碗口粗约一层楼高的松树原木，将三块用作井下支护、打尖的松木板刨平、上下拼接，钉在其上端，留出下端作桩脚，请村里“著名”民间艺人、谢玉婉的父亲——谢文明，以红色油漆上书：溶水村共青团柑橘园。郝强交代盛小海、谢玉婉，选择园子显眼的位置，提前在地里打上两个安装洞，把松树桩脚插进洞里，将土回填，压实，一块有名字有乡土味道的牌子便树立在了溶水村民惊奇的目光中。郝强站在牌子前，伫立良久，舔嘴回味。并非他孤芳自赏，深信任何路过的人都会对这片与众不同的地方不自觉地打量一番。

一二、上“村晚”

春节在大人犯愁、小孩期盼中以不可阻挡之势如期而来，经过两三个月从杂乱到井然、从生疏到熟谙、从困惫到振奋的打磨、排练，文娱活动的节目就要推到台前与观众见面，不管媳妇美与丑，总得要见公婆。公婆喜不喜欢，由不得媳妇。

1983年2月12日，也就是农历癸亥年腊月三十，晚上8点，中央电视台直播春节联欢晚会，“春晚”一词由此诞生，从此开启了中国人过年的全新视觉盛宴，人们年年春节盼春晚。虽然农村没有电视，但是并不能阻止村民们通过听广播、放磁带来了解、欣赏春晚节目的热情和追求。纯属巧合的是，溶水村在央视第一届春晚之后，于次年除夕前提早两天庆贺，迎来了1984年现场直播的“村晚”。其实应该叫“村早”，这是郝强提出的，村民吃过早饭从家里不慌不忙出发，人到齐即可开演。上午观看演出，时间充足、灵活，观众精神、情绪饱满，想演多久都不会受限，极大地避免了晚上的不方便、不安全。

文娱演出在村大礼堂举行，这是一座70年代末修建的房屋，砖木结构，二四砖墙，木质房梁加三角形屋架，青瓦屋面；礼堂内设有主席台，台下安有条石凳子；前后左右开有四道门；可容纳600来人。礼堂是当年全村人出工出劳自力更生兴建的，靠本村的工匠自行设计，靠村民自己动手建设。整体造型朴素、实用，虽欠缺洋气，但质量上乘、可靠。自建自用，省去计较成本、计算利润的烦恼，交钥匙工程——群众没得意见可说。

可惜当年建设时只想到开会用，谁也没有更多的前瞻性和远见卓识，不知道将来会用来演出节目。不够用、装不下成了现实的尴尬和窘境。

听说村上要演出文娱节目，村民早早吃完饭如潮涌出，从四面八方奔向村大礼堂，先来先占好位子。缘于改革开放的春风吹拂，村上禁锢多年后第一次兴师动众举办综艺型文娱活动，村民们渴望，好奇，期待，谁都想来开开眼，看看稀奇。因为长期日出而作、日落而息的生活方式，村民们原地打转，像生了霉的陀螺，旋转出腐臭味。唯有遇上红白喜事，有人敲敲锣打打鼓吹吹唢呐，再唱唱土掉牙的歌，算是文化生活；偶尔还会不计脚短道长，跑很远的路到乡场或别处去看电影，自寻文娱活动的生气和乐趣。寡淡如白水的日子，过得够久够枯燥，大家想改变的愿望早就生出。这过年了，村里要演出节目，不得了，消息如一股清风吹进村里旮旮旯旯，并蔓延至隔壁邻村。自然在村民平静、呆板的生活中像撒了一把胡椒面，辛辣、刺激。村里村外的人像来赶集，越来越多，人山人海。礼堂的条石凳上无数个屁股亲密相依，早已挤变形。过道上站了人，有空的地方站了人。礼堂四周的坝子里、小山包、树枝上，放眼一瞄：都是人！

幕布拉开，村民就沸腾起来。看得到的心安理得，看不到的就想法看到。礼堂外面的人往里面挤，里面的人朝前靠，坐在中间被挡住的人就站起来，后面原本坐着的人干脆站上石凳，整个礼堂有座位的人一下子就变成持站票的人。秩序乱了，人挤人，人推人。既看节目又看背影。小孩看不见就由大人驮在肩上“骑马坐轿”，谁都顾不了别人怎么想。主席台边更有洒脱者，有人直接将小孩送上台口边坐着近距离、舒舒服服看戏。尽管台上演员蹦跶的灰尘密集飞扬影响到他们的呼吸舒畅和眼睛开合，但观看演出的吸引力和诱惑性远远高于眼前的小小困扰。

郝强见势不对，就找来十多个青壮年出来维持场内秩序。他先将坐上主席台边欣赏节目的小孩清理下去，交给大人看管，又趁演员换台的间隙，向村民喊话：保持安静，不要拥挤，要互相谦让。这种平常管用的理性、道德话，对已经狂热的村民们来说，不起作用，失灵了。这时礼堂内有人发生抓扯，互相打了起来。郝强从主席台跳进场内，费劲挤过去把扭作一团的两人拉开，正要转身离开，听到其中一人骂了一句："王八怪，老子还虚了你？"另一人马上擂了过去，一把抓住骂人者的衣领："曾孬儿，你再说一句，看今天不打死你，老子不姓王。""骂了你又怎样？""曾孬儿"红着眼，手指着对方。眼看两人又要开打，郝强和周围的群众赶紧劝架，拉的拉，拖的拖，把争强斗气的两人弄开。"王八怪"还不死心，总想趁机把骂了他的"曾孬儿"打一回才心甘。郝强只好把他死死拽住，不敢松手。盛小海过来，他拍了拍"王八怪"："王哥，大过年的，大家都是本乡本土的人，来看个节目何必争个你强我弱。""曾孬儿不是个东西，把我脚踩痛了还有理。"郝强也劝道："都少说两句，乡里乡亲的，都大量点。"盛小海说："郝强，你走吧，我在这里。"这时谢文明正在找郝强，该他上台演出了。他一看到郝强还在主席台下，着急地给他打手势，意思很明白叫他快上去，准备上场。郝强没急着离开，而是在"曾孬儿"耳边说了句"跟我走，另外找个地方看"。免得跟"王八怪"再起冲突，郝强拉走"曾孬儿"，领着他来到主席台后台，说："你就安心坐在这里看。"虽然"曾孬儿"在这里多数时候只会看到演员后背，总比挤来挤去轻松自如。

郝强匆匆忙忙安顿好肇事者，客串小品《武大郎开烧饼店》，在其中扮演的店小儿，正好到了登台亮相的时候，谢文明推了郝强一把，"快上"。郝强就从主席台左侧边快速走了上去，此时他才发现还有个道具——擦桌子的抹布忘了带上，他一时有些慌神，竟不知该怎样演下去。手中无抹布，原先设计擦桌子的动作就只能免了，他在舞台上装模作样走了两步，见扮演客人的演员出场，他像见到救星一样，立即送上台词："曾孬儿，别乱来。"台下一阵哄堂大笑。"客人"一惊，"店小儿"胆儿大，改了"请进""客来了"两句台词，在故意为难他。站在幕布旁边的总导演知道，坏事了，郝强演砸了锅，叫"客人"演员怎么接得下去。郝强也发现自己出了错，但不知道如何补救。场面一下进入静音状态，谢文明眼睁睁地看着台上的两人愣着，他的脸凝固如冰，他真不敢想这出戏会如何收场。郝强僵在原地“无话可说”，他该说的话已经说完了，只是说歪了，他只能闭嘴不能再说出稀奇古怪的话来，那会更加让人摸头不知脑。而今眼目下，唯有靠“客人”演员自救。就在这短短几秒胜似长夜的等待后，“客人”说话了，他说的他该说的话，郝强不按套路来，他按套路来，答非所问，以不变应万变。“演员”此时的固执和坚守，这下戏接上了，后面演员按原来彩排程式的路数一上场，戏又回来了。郝强任务结束、退场，来到后台，全身湿透，只差人没吓傻。

“郝强，咋个搞起的？这么简单的两句台词都整错。”谢文明责怪道，“幸好别人没跟到你来，生拉活扯总算把戏接起了。”

“哎呀，谢叔，我不是演戏的料。我在台上都没入到戏，还想起‘曾孬儿’和‘王八怪’打架的事。”郝强这会轻松下来了，摇了摇头，摆了摆手，“你安排我只是去演这么一个小角色就出了岔子，更别说当主角。我还是适合当总协调，给大家服好务，跑好腿。”

“当演员就是要脸皮厚，不怕出丑。装个舅子像个舅子。”

“谢叔，没演过戏，要把假的当真的来演，是不是个人还真胜任不了。”

“今后要学到点。”谢文明淡淡地说道。

虽然郝强没有演好，谢文明晓得，演小品的“客人”明了，但台下看热闹的观众可能当梦游，不一定看得出来破绽。他们依然沉浸、享受在这场饕餮盛宴的奢华豪富、欢乐喜庆的大快朵颐之中，如梦如幻，如痴如醉，不知疲倦，不知饥饿，极具耐心，极其虔诚地看完全部演出，才依依不舍，意犹未尽一步一回头地离开。村民们在文化生活匮乏的年代，在家门口看一场自编自导自演的文艺演出，没有选择也不需要选择，如同一个三天没讨到食物的乞丐，面对管够管饱不要钱的酒肉，哪顾得了酒的浓淡香烈，肉的肥瘦软硬，先填饱肚子才是最该做的事。

溶水村的“村早”胜利地落下了帷幕，这是村里的一件大事，村民尝到了文化带给他们不同于食物的滋味，舔舔嘴唇还有余香。这支“村早”队伍是村民不计得失，奉献爱心，辛苦几个月拉起来，演出一场就到了说解散的时候，郝强实难撒手，内心呐喊舍不得。演出结束，郝强脑中闪现出一个金点子，说出后，徐德宽首肯、采纳。表演舞龙耍狮、快板、独唱、民乐的通通留下备用，其余人员暂时散去，今后有召唤随叫随到。

一三、拜年

郝强希望“村早”演出队伍部分人员留下，改编为一支拜年轻骑兵。

1984年1月31日，农历腊月二十九，瞿义乡政府春节放假的前一天，门口迎来了锣响鼓鸣、载歌载舞的拜年人。郝强好了伤疤忘了痛临时替补抡起龙珠，左蹦右跳率领舞龙队前面打头阵；徐德宽高擎绣球，逗引要狮队张牙舞爪紧跟；吹拉弹唱者，各显其能，紧随其后。这支训练数月、经受过舞台检验的文艺轻骑兵进入乡政府，院子里一下就热闹起来。问三不问四，先由郝强舞一阵龙，再是徐德宽要一番狮子，用朴素方式表示拜年。队伍突然停止动作，作注目仰视状，郝强起头，众人跟和：溶水村全体村民向乡党委、乡人民政府拜年啦！恭祝各位领导新春快乐，工作顺利，身体健康，万事如意！喊声落音，又起一阵锣鼓喧天，声震乡场。乡上的头头脑脑、男男女女从突如其来的喧嚣中惊诧地挪出身子来，忙着整理坐皱的衣衫，弯腰抱拳，打躬作揖，笑脸迎客，诚恳接受这难得一见的传统拜年方式。乡党委书记孟其高尊崇礼节，命成学思置办“红包”——两条香烟，30元人民币，打发拜年人，并祝愿溶水村全体村民新春吉祥，合家欢乐，五谷丰登，年年有余！郝强和所有队员受到鼓舞，欣喜若狂，于是快板响起，歌声飞扬，拉二胡的敲打锣鼓的吹唢呐的进入忘我状态，卖力使出拿手绝活来。跟乡领导道别时，成学思悄悄扯了扯郝强的衣袖，并竖起了大拇指，然后将嘴送到他耳边说道：“你们给我们乡上拜了年，还可以到县城去拜年。”“正有此意，正月初一就去。”郝强答道。

改革开放早期的县城，是一个朴实无华、素颜纯净的地方。城区面积窄小，不如而今动辄几十平方公里规模的零头，叼一根土烟基本上可以在全城打个通场；城市人口稀少，街坊邻居彼此熟识。非农业人口是香饽饽，无数人想成为其中的一员，一些如花似玉、含苞欲放的农村姑娘“小芳”（李春波歌中人物）们前仆后继、奋不顾身地以婚姻等人们想得到的方式，委身城里自带身份的人，以此为荣。尽管有的男人无论长相、家庭、性格还是才华、素质、责任，不一定有众多农村男青年优秀，但现实就是这样残酷无情，不被逼疯，就被迫委曲求全。那时城市商品经济像黄瓜才起蒂蒂早着呢，重农轻商依然根深蒂固，除了国营、集体企业占主流，个体私营业刚起根发苗，很多人不屑于与之为伍。所以农村进城做生意的不仅少，而且还常常被小瞧。当然，县城前面还要加个“小”字，名符其实，因为只要有点事，不论大小，比如街上死了一只耗子，人人都可能知道。何况大年初一溶水村组织了一支可爱的拜年队伍，乘坐一辆拖拉机，极像吉卜赛大篷车队进城，哪有不一传十十传百之理？多年不兴的事，势必会在闲适的大年初一，在县城沉寂的空气中喷洒出一股浓烈、香辣的年味。

“替补队员”郝强已然转正为龙珠执掌人在前面带队，徐德宽随后领着耍狮队，其他演员老老实实跟着保持阵形。首站理所当然直奔县委大院，别看几个农村人进城，大老粗大字不识几个，但粗中有细，自带狡黠、灵光的天分。一二三不懂，就是懂事（四）。竹子尖尖和蔸蔸分得清，办事知道抓关键。县委大门出现在视线范围，鼓乐声起，吹拉合奏，乡村交响乐不伦不类在县城灰暗的街道回荡、共鸣。没等县委大院的人反应过来，拜年队伍已拥入院里。春节放假，县委大院其实冷清、沉静、萧索，除了三两个值班人员，其余工作人员正与家人享受过年的好时光。

值班人员出来迎接，郝强走上前去拜年：“我们是瞿义乡溶水村的，今天是新春的头一个日子，我们代表村党支部、村民委员会、村团支部和全村人民来给县委拜年，恭贺新禧！我是村团支部书记郝强。”郝强回头指了指人群，“这位是村党支部书记徐德宽，其他的都是我们的村民。”一个年龄约二十七八的年轻值班员满面堆笑地说：“感谢各位父老乡亲，你们辛苦了。这几天是春节放假，县委安排我们几个人值班，我是团县委书记李义夫。我们就代表县委也向你们拜个年，祝溶水村的老百姓新春快乐，幸福安康，心想事成，吉祥如意！”团县委书记的大名进入郝强耳朵，他像见到了娘家人般亲切，距离感、陌生感瞬间消除。这可是他有限的见识和经历中顶礼膜拜的偶像，他没有见过真人，只有到乡上开会，每次成学思必提李义夫的名，不是传达他的讲话，就是讲他对团的工作有什么要求、指示，郝强所做的一切，几乎就是遵照眼前这个人说的加以贯彻。曾经如雷贯耳的名字，今天在无意之间见到本尊，郝强感觉世界多么小又多么神奇，不是虚幻而是真实。郝强眼睛放光，眉飞色舞地说：“李书记，我们就是想热热闹闹过年。哎呀，真没有想到你还值班，今天能见到你，是我作为村团支部书记的荣幸，欢迎你到我们村来检查工作。”李义夫爽快答道：“那是一定的。”短暂交流几句后，拜年队伍开始表演。他们不管县委院里有人没人，有多少人在欣赏。依然像一个机器人按事先设计好的程序，敲下命令键，执行。该干啥就干啥，准备的节目一个不漏地亮相，似乎有多少家底都全部拿出，可见老百姓在组织面前多真诚朴实。

郝强登场，高举龙珠挥舞，把他临时学到的一点皮毛，在李义夫面前尽情展示，放开表现。上下左右舞动，扑跳腾跃，动作有些是规定程式，有些是临场发挥，他想只要喜庆就好。他歇下来，徐德宽上场，只见绣球在他手中翻滚，脚下步法灵活，花样繁多，耍狮子的人跟着欢乐嬉戏，生气，害怕，愤怒，憨笑，着实好看、专业。演到最后，狮子朝县委办公楼不停地点头，口中“唰”的一下吐出一块红布，直线垂落，亮出“恭祝新春快乐”的字样。掌声四起，喝彩声接踵而来。依照排定的节目单，快板，独唱加入贺新春的节奏，以另一种艺术形式表达对县委的节日祝福。

拜年拜年，荷包在面前。李义夫答谢溶水村，除了嘴里再次表达感激和祝愿之情，又尊重农村习俗，亲手赠送两条香烟，50元红包。还握着郝强的手说道：“有机会我要到溶水村来看看。”郝强心花怒放：“我们早就盼着你来。”

进城拜年，开张大吉。县委去了，自不必说，该给县政府拜年。重复表演一遍节目之后，值班人员送上新春礼物——两大包颗颗糖和40元红包。看天色还早，郝强提议：“我们这么多人进城，来都来了，不能光跟县委县政府拜了年就算了，不如也给县城的百货商场、小商小贩拜个年。”徐德宽也说：“我们专门进城来拜年，拜就拜个够。”反正手头有节目，每走一个地方就选择性地表演一些，并不把所有节目表演完，因为时间不允许，而且大家的精力也要省着点用。溶水村拜年队伍进进出出几个来回，名声便迅速传播开来。他们把县城的大街小巷当成主场，逢店必拜，送上节目和祝福，收了礼物再走下家。他们在前边走，一些看热闹的市民尾随，他们走到哪里一批市民就跟到哪里，如同一群忠诚的粉丝。

拜年图的就是一个欢乐，没有谁会以此作为敛财的筹码、工具。

人上一百，形形色色。拜年，也不例外。从郝强他们得到的五花八门的礼物和人们表现出千姿百态的待人接物，可见一斑。大方者大方得不敢接手，小气者小气得出其不意。当然还有连小气都憋不下，直接耍赖拒掉的。遇到这种情况，郝强主张送礼物是别人的乐意和心意，给不给都拜，拜了就走。但徐德宽就不这样认为，不给礼物不走，祖宗传下来的规矩不能破。

给一个卖烟的小贩载歌载舞拜年，小贩脸掉一边不耐烦。尽管郝强擎住龙珠卖力地演，但小贩视而不见，不来气，他们不断地舞动，小贩顽固地不吭声。郝强暗示走了算了，徐德宽一把拉住郝强并使眼色不能走，他们又加演。小贩像冷水刮猪没有动静。徐德宽厚着脸皮，说："老板，新春大吉，拜年拜年，红包拿来。""红包拿来，红包拿来！"众人跟着起哄。小贩实在拗不过这群人，随手甩了一包八分钱的"经济烟""奖赏"他们。徐德宽不接："老板，恭喜发财！你看我们这么多人大年初一就来给你拜年，一包烟也拿得出手？我们接了你的这包烟还不把我们当叫花子打整了？别人笑话的不是我们可能是你。"小贩没法只好转身换成了一条"经济烟"。郝强看不下去："徐书记，不要这条烟，我们进城来不是讨口叫花的，我们是来拜年祝贺的。没有这条烟照样把年拜。"徐德宽坚持己见，我给你行了拜年礼，你就该给礼物，绝不能空手而归，那成何体统。他不听郝强的建议，伸手接过小贩的经济烟，又转手交给了随行的人。郝强本就感觉受到小贩的侮辱，而徐德宽把一条廉价烟收了，更觉是奇耻大辱："徐书记，我们活人要有骨气，这条烟要么现在立即退还，要么一会儿丢进垃圾桶。"徐德宽有些不悦："郝强，是听我的，还是听你的？""当然是听你的，但我心里不舒服。"郝强有想法也不隐瞒，直言奉送。徐德宽愠怒，提高嗓门："不舒服？不舒服就别来。"郝强的嘴巴像是被徐德宽塞进一张硬刺刺的毛巾。

又给几个商家拜了年，溶水村拜年活动收兵，可谓凯旋而归。收到的香烟、糖、面条、腊肉、香肠占了拖拉机车厢一个小角落，还有红包近300元。徐德宽扣除车费和大家一天的生活费80元，剩下的在到达村里时，平分给了所有参与者，也算是对大伙初一放弃休息参加拜年和以前辛苦排练的一个奖励，皆大欢喜。徐德宽什么都没要，唯独留下了那条经济烟。

众人散去，徐德宽留住郝强，心平气和地说："你今天叫我不要收那个小贩的烟，人是要讲骨气争饿气，从这个角度看你是对的。但是这是新年节下的第一天，每个人都讲究个吉利，不是有‘正月初一空手出门、抱财归家’的说法吗？我们不能强迫人家拿这样拿那样，但人家拿了我们就收下，大家面子上都过得去。如果不收，小贩面子挂不住不说，可能发生争吵等，还有我们自己的人也会说三道四，何不就势收了走人。未必然硬要争个你强我弱才好？我们的目的是新春快乐，不好吗？”

郝强不好意思地说：“是我年轻不懂事，当众顶撞了你。我向你道歉，对不起。”

“年轻气盛是你们这个年纪的特点，一点不为怪。”徐德宽反而安慰起郝强来，“只是要注意场合、对象，得饶人处且饶人，切忌得理不饶人。”

“我会记住的。”

徐德宽与郝强分手，回家。在途中，徐德宽把经济烟送给了路过的一个五保老人，他张着只剩一颗门牙的嘴千恩万谢，感谢徐德宽大年初一就给他拜年送礼。

一四、小有名气

初一到十五——春节的黄金期，但过后，农村走亲戚的人热情丝毫没有衰减，尚在不知疲倦地走了本家走外家，自己请或别人请，整天吃吃喝喝，这种你来我往的快活日子，断断续续到正月底才基本结束。郝强也不例外，直到有天成学思给郝强捎信来，才打乱了他的生活节奏——说是团县委领导近期要来溶水村调研团的工作，请他做好准备。捎信人虽然没说明白是谁来，但郝强猜测，一定是李义夫。他们去县委拜年时团县委书记接待时说过这样的话，他是牢牢记住了的。如此看来，李义夫是守信用的人，而且是非常及时地践诺。

郝强把这个重大信息第一时间报告给徐德宽，徐德宽非常重视也格外支持。拍着胸膛说，只要团支部需要，要钱给钱，要物给物，要人给人。郝强马不停蹄召集团支委的人，分工负责做准备。郝强主张，对原来已完成的工作，巩固提升，对没有完成的限时查漏补缺。团支委成员纷纷表决心，听从指挥，完成任务。由此，紧锣密鼓的准备工作像传说中的“永动机”开启，一刻不停。郝强每天吃过早饭出门，径直去各个点位督战、协调，等到夜幕垂落，满天星斗时才收工。成学思不放心，更是出于关心，专门到村上来指导、把脉，穷尽他能力范围内所拥有的智慧和经验，乡村两级齐心协力，合力打造，溶水村团的基础和硬件焕然一新，团的工作在短期内得到了一次全面而深入的洗礼和提升。

一个啼鸟低吟，万物勃发的春日，李义夫偕同团县委副书记、中层干部，以及部分其他乡镇团委书记来了，乡党委书记孟其高和乡团委书记成学思亲自陪同。如此阵仗，必然会在溶水村史上留下深刻的印迹。徐德宽、郝强和村团支部的人倾巢出动，满面桃花夹带诚惶诚恐迎客。青年团员组成的志愿者队伍露出不久前由成学思教会的职业微笑在村委会办公楼前手舞足蹈，夹道欢迎。

李义夫是见过世面的，面对隆重的欢迎仪式，年轻的面孔洋溢着老练的可掬笑容，频频挥手致意。随行的人也不时跟着做相同的动作。

于热烈而企盼的气氛中见面。成学思做介绍："李书记，这位是溶水村党支部书记徐德宽。"

徐德宽伸出一双热情的手与李义夫相握："我们去给县委拜年时见过李书记。"

"这位是村团支部书记郝强，去年高中毕业回村后新任的团干部。"成学思指着一脸笑意、略带羞赧的青涩东道主说道。

"哦，我们也认识，这算是第二次见面了。"成学思推介显得多余，李义夫拍了拍郝强的肩膀，并和蔼可亲地端详他的模样，"嗯，过了个春节，长壮了。这体现了社会主义的优越性。"

溶水村党、团书记与李义夫并不陌生，正当成学思和孟其高纳闷时，李义夫哈哈两声，笑了起来："你们没想到吧，我们是今年大年初一在县委大院见的面。"

"难道天下就有这么巧的事？他们来给县委拜年见到了你？"成学思终于想起他曾建议溶水村到城里拜年，但又半信半疑。

"成学思，你说得很对，就是他们初一来给县委拜年，正好我和其他几个同志值班，出来接待便遇见了。那个拜年的队伍里有二十来位青年团员，我当时凭直觉，主观认为这个村的共青团工作应该不错。所以我当时头脑里就蹦出个想法，并给他们说了要来这个村看看。”

“原来你们是开水煮娃娃——熟人。我们还在这里费力劳心地介绍，那不是白说了吗？”孟其高明白过来后开怀一笑。

“你们介绍也不错，只是人就不必介绍多了，介绍他们所做的事情。”李义夫到底是领导，换个角度便引到正题上来。

“那就听李书记的。徐德宽安排吧。”孟其高也是经常接待各级参观、调研的人，知道上级来的目的和用意。

徐德宽接到命令，转手交给郝强，郝强坚决而快捷执行。“各位青年团员，我们舞起来唱起来。”郝强一声吼，击中所有人的神经。志愿者从村委会门前撤退，快速跑进操场整队就位，郝强按下“三洋录音机”的播放按钮，磁带在机器里开始转动，呜呜两声怪叫，青年圆舞曲响起，作为背景音乐，前奏放完，集体舞蹈便跳起来。因陋就简，用不起专门的服装，更没有专门的训练，青年们仍然有模有样地跳，陶醉其中，燃烧青春。李义夫在舞蹈结束时带头鼓起了掌，在场的人跟着拍起巴巴掌。这当然是对溶水村青年热情、敬业表现的一种肯定，更激发出他们的表演激情。谢玉婉清清嗓子，献唱《绿岛小夜曲》，谢文明笛子伴奏。父女俩双双上阵，一家人撑起小舞台，完美地演绎了这首歌曲。

李义夫观看青年团员的节目后，赞不绝口：“溶水村的文娱活动搞得好，村党支部重视，村团支部发挥了生力军作用，这支队伍要好好维护，多为群众演出，丰富大家的文化生活。”

徐德宽打包票，说：“感谢李书记的肯定，我们将按照你的要求继续努力。”

郝强不失时机拍胸膛，自信满满地说：“李书记说的话，是对我们的鼓励。我们一定在村党支部的领导下发挥青年团员的作用，为溶水村的文化活动作出贡献，不辜负各级领导和广大村民的期望，不负好时光。”

一行人边走边聊，不急不缓步入村团支部活动阵地。会议室制度上墙，桌椅摆放整齐，干净整洁；图书室各类书籍琳琅满目，基本能满足青年阅读需求；棋牌、篮球、乒乓球、跳绳等体育用品齐全。李义夫饶有兴致，万般耐心地看、问。在图书室，他随手拿起一本书，下意识地翻了翻，然后，关心地问："到这里看书的青年人多不多？"

郝强毫不犹豫地回答："多。农村文化生活单调，劳动之余，大家渴求知识、了解外部世界的欲望很强。"

"这里只对青年人开放吗？"李义夫若有所思地问，"大家主要看些什么书？"

"我们对全村所有人开放，只要愿意学习的我们都欢迎。"郝强如实回答，"青年人喜欢看杂志、画报和小说，中老年人喜欢看一些农村实用技术的书、历史书。但这不是绝对的。"

"你们书的来源主要有哪些？"李义夫似乎对书特别感兴趣。

郝强也不遮遮掩掩："村上购买了一些，订阅了一些，我们通过熟人引荐找县新华书店支持了部分过期不好卖的书籍和杂志。"

"溶水村工作扎实，又爱开动脑筋，知难而上。"李义夫转头看了看身边的团县委副书记赵柚，"赵书记，你的看法呢？"

"我觉得李书记说的完全正确。"赵柚说。

李义夫又问一块陪同来的团干部："你们说是不是？"

众口一词："是。"

"既然大家认可，那我们团县委也该送份小礼物。这样，支持你们采购100本书。"李义夫大大方方给了基层一个人情。

当出乎预料的事情出现时，人总是不知所措。郝强不管李义夫乐意不乐意，紧紧抓住他的手连说三遍"谢谢！谢谢！谢谢！"作陪的乡村干部自然是感激不尽。

李义夫参观共青团柑橘园，尚未进园认识真面目，便远远望见醒目的松木招牌巍然而立，大方、质朴、原生态，自然天成，绝无半点矫揉造作。李义夫驻足凝望，左右审视。郝强猜不透他的感觉好坏，站立身后屏息静候。足足20秒钟的等待后，李义夫的声音像从山那边翻山越岭缓缓流进耳中："这是谁的创意，这个招牌有特点，既古朴又时尚，这是我看到的最有味道、最有特点的牌子。简直让人看一眼就能记住。"

郝强摒弃揽功争宠的自私自利，择其重点答道："这归功于村党支部英明领导。我们共青团抓落实，主要突出共青团特色和标识，以区别其他地方的团办经济。”

这个季度是黄冬负责管护柑橘园，他在村委会办公室欢迎李义夫一行抵达后，立即撤离，跑步回到柑橘园，他得打提前量。团小组的人正在打理柑橘园，除草施肥。盛小海跟黄冬一块离开村委会，这时他在地里来回走动做技术指导。绝非刻意彩排，今天正好是开春以来柑橘春管第一天，园里干活的人如撒满大地的菜籽冒出的新芽，粗略察看、估算，满山遍野的劳动者中青年团员为绝对主力，热火朝天的劳动场面叫人热血沸腾。自从家庭联产承包田土下户后，集体劳动已然成为过去时。共青团柑橘园再现曾经的壮观，不失为一种追忆集体劳动的慰藉。去年栽下去的柑橘苗成活率极高，春天到来，天气转暖，气温升高，一些枝条上已有了即将开枝散叶的芽苞。树苗排列横平竖直，整整齐齐伫立园子中，犹如拉过线似的井然有序，形似巧手绣在大地上的朵朵树花。

盛小海、黄冬在园里忙碌，看见人群走近，他们走出地里。郝强把两人向李义夫一行介绍：“各位领导，欢迎光临溶水村共青团柑橘园！站在我们面前的这两位青年团员，一位是技术总管盛小海，另一位是轮流值班柑橘园的团支委、团小组负责人黄冬。这片柑橘园就由两位小伙子牵头管理。”

“哦，像两个少先队员。”李义夫调侃道。

“不，我们已经长大了，我18岁，黄冬也17岁多了。”盛小海摸摸长着绒绒黄毛的下巴说。

“你们管理这个柑橘园有报酬吗？”李义夫关心青年团员的后顾之忧。

黄冬自豪地答道：“没有，我们是出义务工。”

“那你们乐意吗？”

黄冬顺到就来劲：“乐意，我们热爱共青团这个组织。”

“假如今后柑橘园有收益了，归谁？”

盛小海、黄冬只顾干活，深层次问题不用他们费脑筋。郝强马上补充说：“这个问题我们也思考过，如有收益就归团支部，用于办公、培训、开展活动、订阅报刊、救助困难村民等。”

共青团柑橘园进入李义夫的视线和头脑，不仅是具有特点的招牌、规范化栽种引起他的浓厚兴趣，而且共青团拥有这块“自留地”才正中下怀和对了胃口。他积极倡导并极力推动实践的团办经济设想在溶水村找到了一块难得的试验田。溶水村团支部的大胆尝试和机缘巧合，契合了他的关注点，击中了他的兴奋点。参观大半个园子，李义夫停下前行的脚步，把一行人招到一块："同志们，大家看了，发表一下感想吧。"参观者一时不知说什么好。

"我们听李书记的高见。"还是乡党委书记孟其高反应快，自己不说或说不好的时候，最保险的做法是听别人说。

成学思也跟到表达想倾听的意思："李书记，你难得来我们这个穷乡僻壤的地方，你说几句鼓励我们的话吧，好让我们今后找得到干事的信心和方向。"

李义夫叫陪同参观者谈感想，无人发声，他无意催促。其实他也是摆一个姿态而已，他的想法已经有了，只等合适的时机推出自己的观点："你们不说，还是我来说吧。就说三条，第一，溶水村团的工作做得好，大家有目共睹，我想这没有人会不同意；第二，溶水村团支部要作为一面旗帜、一个标杆来塑造；第三，请瞿义乡党委重视支援，乡团委写一份溶水村团支部工作的经验材料，三天后报团县委在全县推广。我们派人来协助你们写。"

在场的所有人惊喜极了，这太出乎预料，谁也没有想到李义夫对溶水村这么上心，这么高看。一次平平常常的调研瞬间变成了先进推介会，所谓意外惊喜就是这样发生的。

溶水村在全县一炮打响，郝强出名了。来参观学习的络绎不绝，郝强变得更忙，应接不暇，几乎天天有人来学习取经，有乡上组织的，有村上自己来的。有时一天四五起接待，相应的他得笑脸迎客到同样的地点重复相同的流程。开始的新奇兴奋和好客讲礼，被越来越多的参观者源源不断拥来而心生倦意，但他无法回绝，依然得像一个景区的导游尊重职业，信守"来的是客"，每天来回数遍也毫无怨言，不然别人会戳背脊梁，洗刷他骄傲自满。

郝强忙得脚不沾地，如果不是回家吃饭、睡觉，他连家都会搞忘在何方。这不免又要遭到郝才亮的挖苦加打击："郝强，你整天比徐德宽都忙，是想夺权吗？要想过官瘾，跟我吱一声，我帮你实现愿望。我今晚去把徐德宽弄成残废，你就当得上了。只是你别忘了隔不了多久到监狱给老子送点烟来。"

郝才亮的风凉话，郝强听惯了。他已经练就一项本事，随时可以把耳朵眼堵上像塞了棉花般密实，充耳不闻。虽然郝才亮的话可以屏蔽，但外界飘来飘去的苍蝇，嗡嗡作响，总有扯掉塞进耳中棉花的时候。眼看郝强成了先进，嫉妒，红眼病，心不平……不同的人不一样的心绪，演化为可畏可恨的人言，令人不寒而栗。“看他洋歪歪的，哭的日子还在后头”“搞柑橘园，二天把屁股卖了都赔不起”“想出名想疯了”……

起初听到流言蜚语，郝强尚有免疫力。多了，积毁销骨的寒站令他瑟瑟。徐德宽凭着多年的人生经历和江湖经验，深知郝强此时需要心理抚慰。他给郝强打气：“当干部哪有不挨骂的，他骂他的，你做你的，行得正走得端难道还怕他？我不相信哪个会把你咬一口。”

一五、有人关心入党

前段时间蜂拥而至溶水村参观，赶这波热闹的大多是乡、村一级的同行，但郝强即将接待的客人不同寻常。

徐德宽从乡政府带回一封信，牛皮纸信封右下角印有“中国共产主义青年团××县委员会”的红色字样。郝强从未收到过这样的公函。写信只因私事从商店随便买个信封便用，没有什么讲究，或者偶然收到同学来信也仅仅局限在叙旧之类。这不能不让他特别惊奇，谁会给他写这样一封如此正规的信呢？他百思不得其解。团县委他没有熟人、朋友，只因团的工作与李义夫打过两次照面。更别奢望团县委书记给一个无名小卒写信，那绝对是异想天开的事，别说白天清醒不敢想，就连做梦也没天马行空幼稚到这地步。郝强小心翼翼剪开封口，慢慢地抽出折叠着的信纸，生怕损坏。薄薄的一页，重若千斤。信纸的天头同样印有团县委用笺红色字样，信纸上是刚劲如铁笔的手写体。抬头称呼：“郝强同志”——受宠若惊，长这么大还没有人正儿八经这样尊称过他。捧在手里，纸上的字里行间为何内容暂时按下，郝强迫切想知道谁是信的作者。快速移目至落款：李义夫。天啦，全县共青团组织的领头人居然动笔写了一封寄给普通团干的信，在郝强可怜的认知和视域，绝对是头回见到。团县委书记来信，太看得起他了。

李义夫郑重其事给郝强写信，所为何事？写信人确认无疑，郝强忙不迭地想知道内容。李义夫信中告知，县委书记冯天轼将来溶水村视察共青团工作。

嘱咐他近期别出远门，并提前做好现场和汇报准备。郝强刚平复的心激动不已又如从千米长跑加速到百米短跑。

李义夫的信送给徐德宽阅读后，多年养成的政治觉悟和嗅觉，告知他绝不能掉以轻心，大而化之。他和郝强绷紧弦，不敢有丝毫停留，密集调度、安排人员对共青团工作做进一步的检查和丰富完善。县委书记要来，当然少不了孟其高、成学思多次往返溶水村现场指指点点、出谋划策，以及不遗余力给予人财物支持，就是为了县委书记的视察顺利和万无一失。

3月上旬，冯天轼出现在溶水村。陪同而来的是县委办公室、组织部等县级有关部门的这长那长，当中自然有团县委书记李义夫，乡党委书记孟其高、乡团委成学思。如影随形的记者抢占好位子，对准主角和配角、群众一顿猛拍。

冯天轼随和、易处、接地气，见面说的一席话，便是大实话："同志们，我这次来是看了团县委报送的有关溶水村共青团工作的经验材料，又经不住李义夫同志的鼓动才来的。耳听为虚，眼见为实，我倒要来看看是不是像你们纸上、嘴上说的那样好。"所有人都被冯天轼的幽默逗笑了。郝强紧绷的神经也稍微放松了一丝丝，但名实符不符合书记大人的胃口还是未知数。一路上冯天轼大步流星前边走，不是说话声，便是欢笑声，没有想象中的刻板、严肃。如若事前不晓得实情，放下架子的县委书记，行走乡旮旯、田间地头会是人们想当然的高高在上的高官？一定会以为是哪家从城里来乡下走亲访友的客人。

李义夫前次调研走过的线路，溶水村没作改变，又领着冯天轼重走一遍。唯有在细节上打磨得更合理，更精粹，更吸引人。比如，表演的节目好中选优，剔除低俗粗糙，留下精彩华章；村团支部活动阵地从装修装饰到物品添置、摆放，看不顺眼的，不计时间和成本推倒重来，臻于满意为止；柑橘园内除了保留果树，地面清除干净，杂草不生，并将树脚按同等高度刷白，打眼望去，似穿着白袜的少女在园内亭亭玉立；至于环境卫生，则是全村动员，全面大扫除，大到农家院落、村办公楼、操场、道路，整洁规范。小到办公桌椅、门框窗户，不染纤尘。冯天轼边走边看边问，郝强紧跟旁边汇报、解释，时不时徐德宽也会补充几句。

视察共青团柑橘园时，冯天轼站在园子中间，手抚柑橘叶，抬头望着黛绿的远山和茫茫的碧空，似有所思，无限深情地说道："我是有共青团情结的，我原来也是从事团的工作多年。今天看了溶水村共青团的工作，名不虚传，名符其实。全县共青团工作都像这么抓，一定大有作为。”

郝强这么多天悬着的心安放下来，心血的付出得到了想要的回馈。有了县委书记的认可，宛如有了护身符，郝强想今后不怕别人说闲话了。他仿佛看到了绿巨人站在背后。

参观、讲话完毕，到了送别的时刻。冯天轼一只脚已经踏上车子，突然又转身将脚放回地面，问道：“小郝今年多大？”

面对突如其来的问话，也不知何意，郝强本能地答道：“十七岁了。”

“还不是党员吧？”

“不是。”

一旁的组织部长说：“应该还不够入党年龄，要满十八岁。”

“小郝人年轻，工作干得好，我们要培养这些优秀农村青年入党，增添基层党组织的新鲜血液。”冯天轼当着大家的面说，“我看小郝入党的事，就交给你们乡党委和村党支部，作为重点培养对象，条件成熟就可发展。”

县委书记亲自出面，关心郝强入党，他还未修炼到宠辱不惊，当然一般人也做不到。开心、甜蜜、幸福，自然而然浮现脸庞，年轻不需要掩饰内心的狂喜。

看似不经意的一问，但冯天轼交办了任务，乡干部、村干部不敢怠慢，唯有落实。郝强年龄不够，可以先办可办的。入党的过程长、程序多，从基础工作展开。

徐德宽趁到乡上开会，从乡党委拿回一份入党志愿表和一本党章。志愿表他存着，等到党支部会议吸收新党员前由郝强填写。只是交代郝强抽时间学习党章，强化对党的基本知识的了解、吸收和积累。并找出别的党员写的入党申请书，让郝强当模板，根据自身情况，依样学样写一份。

郝强如饥似渴阅读党章，虽然是一本薄书，但他以前未曾接触，看了一遍似懂非懂，连续看数遍才认识党的性质、指导思想、宗旨、制度、组织、入党条件、党员义务和权利、纪律……党章内容博大精深，内涵丰富，郝强觉得非长期学习理解不得其要义和精髓。参考别人的入党申请式样，郝强试写，但提笔便卡了壳。这不像写作文那么随便，没有素材可以天马行空，随意编造。写入党申请可是一件严肃的事情，不可乱来。他放下笔，沉思揣摩，煎熬一天一夜总算写出一份自我感觉像模像样的入党申请。但里面尚有一些内容为空白。其中“家庭成员”及“主要社会关系”，他得有父母的帮助才能补充完整。他不情愿问郝才亮，但问母亲何会兰，她只晓得一些，剩下的部分不得不硬着头皮向郝才亮“不耻下问”。那是因为一些带着基因和血统印迹的宗族姓氏关系，外人是不得而知或知之不详的。

“哟哟哟，郝强，好久不跟我说话。你现在不得了，要入党，就来找你祖宗的生庚八字。你以前干啥子去了，把他们都搞忘了。这样的人还配入党？”郝才亮抓住机会就风言风语。

郝强问话但不下软话：“你说就说，不说我就随便写。今后组织上查起来为什么说假话，我就说是你说的，挨批挨斗看有你好受的。”

郝才亮这个年纪的人，看批斗的把戏一点不陌生，且避之不及。“你娃儿翅膀长硬了，还晓得威胁人嗦。我今天不跟你争论这些。快点拿笔来记到，你爷爷、婆婆的姓名、生日、职业。还有其他人的……”也许是慑于历史悲剧的恐惧和重演，郝才亮老老实实说出了郝强想要的答案，“反正我只说一遍，你记得到就记，记不住就不要再问我了。”郝强异常专注，极其快速将声音转化成文字，哪敢有丝毫心思开小差。

两名入党介绍人找谁？郝强首先想到的肯定是徐德宽，自不必说徐德宽乐意并愿意。又问徐德宽，谢文明是不是党员。徐德宽说，谢文明不仅是党员，而且还是老党员。郝强登门造访，谢文明问明来意，便爽快地答应下来。

郝强郑重其事在入党申请上写下姓名和年月日，盖上鲜红的手指印，像画押般，螺纹层层叠叠，山环水绕，他强烈的入党动机和坦荡的耿耿忠心，天地可鉴。

郝强正式向村党支部递交入党申请书。

三天后，郝强收到乡党委通知：进党校参加入党积极分子培训。

郝强入党，纳入发展程序，只等年龄合格。

一六、“情窦初开”

曾何几时，郝强偶然照镜子，惊慌地瞧见原本光洁的嘴边，长出了胡须，绒绒细毛长且浓；讨厌的青春痘光顾面颊，颗颗鲜红而晶亮，随时都有爆裂的可能。下面也跟着长毛，又黑又卷，早上醒来像端着一把小手枪。更可恶的是，偶尔白天裤子摩擦还会让下面顶起。遇有人时怕被发现打起了小雨伞，不好意思站立，非得借故等别人离去。这些少年烦恼多半发生在初中毕业那年。到了高中一年级，郝强一天早上起床，内裤湿漉漉，又黏糊糊，他低头看着，尽管内心慌乱、焦虑和无助，但不敢出声，怕同学笑话他得了怪毛病。悄无声息收拾，背负巨大压力但还得若无其事上课。放学后独自到学校图书馆去查阅生理书，才晓得那叫遗精。高中学习虽然紧张，但睡到半夜防不胜防，怎么也拦不住下面就硬邦邦，郝强好奇也会摸摸，有几次摸着摸着便出水了，后半夜反而睡得异乎寻常的深沉、香甜。他说不出这是为什么。

没考上大学，郝强回归小山村。不用刻苦读书，他已不是学生。更不用忍饥挨饿，农村生活不如城市，但种啥吃啥管饱管够，那是不成问题。脱离了“学海”和“书山”的郝强，体力活多于脑力活，在广阔天地新农村，身体开始了再次发育，身板长结实了，身材长高大了。套上一件才开始流行的花格子米白西装，配上喇叭裤，足蹬甩尖子皮鞋，一个阳光、帅气的大男孩，踏着咯吱咯吱的声响而来，生龙活虎般往返、出没于溶水村的山水田园间、芸芸众生中。有意无意吸引着怀春少女的青睐、艳羡和秋波。

春天，不仅是历代文人骚客笔下的常景，也是普罗大众爱吃常点的一道好菜。满面春风的郝强打开办公桌抽屉，里边静静地躺着一封信。这封信没有落地址，也没有署真名，更没有长篇大论，只写了简单一句话：明天晚上8点在村操场上等——喜欢你的人。这是谁？这么明目张胆，这么直白露骨。而且又做得这般神神秘秘，遮遮掩掩。他反复研究笔迹，显然在刻意变化、隐藏平常书写习惯，明白无误告诉别人就是不让你看出来是哪个人所为。但从字的力度、形态、结构分析、判断，毫无疑问是女生的字迹。

哪个女生有这般浪漫情怀和过人胆量约他呢？郝强得好好想想。高考落第，悲伤归来还不到一年。近一年当中，他能接触的女生，特别是待在闺中尚未开启谈情说爱模式的女生，其实并不多。记得组建村团支委时，他和黄冬、盛小海、张青万结伴邀约谢玉婉加盟，如尺度放宽，她勉强算得上他回农村以来真正近距离交往的第一个女性。他与谢玉婉是小学、初中同学。那时的谢玉婉，黄毛丫头一个，头发枯黄，面白无血色，矮小瘦弱，常常是上半身着一件带点小花朵的中年女性衣服，下半身穿一条蓝色宽腿裤子，脚上踩一双平绒胶板鞋。无论是从上往下看，还是自下朝上瞄，夸张、素净、传统的服饰已然将一个少女打扮成中年妇女模样，放在人群中毫不起眼。如若不看脸，没有人不以为是成年人。初中毕业，谢玉婉回农村，郝强读高中，两人便断了联系。因为那时没有手机，更无手机短信、微信可玩。直到他争取团干外援，三请四催，请出谢玉婉加入村团支部，郝强在分别两年后才再见到谢玉婉。当落落大方的谢玉婉出现时，郝强顿时蒙了，哪敢相认。这还是那个曾经毫不起眼的女同学吗？已长成楚楚动人的美少女。头发梳成独辫，随意搭在脑后，说话、走动便晃来晃去；个头长高，亭亭玉立，身穿时尚的红色连衣裙，苗条的身材被勾勒出凹凸来；面色白里透红，双眼皮下闪烁着黑亮的眸子，恰似汩汩流淌的清泉里藏进了一轮圆月。有那么几秒钟，郝强走了神。谢玉婉答应邀请，郝强才从魂不守舍中回过神来，倍感快意，仿佛有一种口渴遇甘泉的痛快淋漓，但他又找不出恰当的语言来准确描述出这种奇特、杂陈的滋味。

与谢玉婉交往多，是缘于共青团工作。此外，郝强没有时间和闲情，让年轻的自己去顾及遍布全村的荡漾春心，遇见也最多点头施礼，然后全都擦肩而过。

郝强有时会装作不经意地瞟一眼谢玉婉，但那是召开村团支部会时以“权”掠美，那时谢玉婉正在聚精会神听他说话。与谢玉婉眼神不期而遇，郝强会克制心虚快速把目光移开望向别处。

一段时间以来，郝强发现一个现象，村团支委开会，洋溢少女气息的谢玉婉成了“影子书记”，她出席与否直接影响着到会率。每逢开会，总有人旁敲侧击打听谢玉婉参不参会，盛小海特别积极。如果说谢玉婉来，几乎无人缺席。相反，必定存在借故请假的人。起初郝强并不觉得哪里不对，谁没有点私事。观察一阵，事情并非单纯请假，而是因人而异。郝强决计问个真相。凡有人请假，郝强不再有假必准，非要问出个所以然才肯准假。但团支部的三只男孔雀早已统一思想，一个标准答案：有事就有事，啥子事就是不跟你说。问得再啰唆，他们的嘴像上了保险锁，没密码打不开。郝强忍不住嘴直问三个滑头，是不是谢玉婉不来你们就没开会的心思，谁都不承认。郝强也只有骂了句

“龟儿子几个没得出息，见不得女人”。虽然郝强嘴上在骂这几个“不争气”的家伙，其实他心里也痒痒，期待谢玉婉每次不请假，她来了会议气氛好得多，效率高得多。谢玉婉就是蜂王，吸引四只雄蜂围着她转，听她呼来唤去。

谢玉婉还是村团支部的百灵鸟，她继承了谢文明的文艺细胞，唱歌是歌星，跳舞是舞星。村里组织文娱活动，她是活跃的，积极的，专业的，也最懂总导演父亲的心。谢文明忙得不可开交时，她会像一个副导演一样协助指导，虽然没有哪级组织任命过她，但她是当仁不让的不二人选，即使是“矮子中的高子”，不信服的也只好乖乖靠一边去。郝强佩服谢玉婉顾全大局、宽容大度的胸怀。有次，谢文明正指导舞龙，分不开身，而另一组跳舞的人非要他去纠正动作编排，谢玉婉主动请缨指导。总协调郝强，他的职责就是哪里有需要哪里就有他。此刻跟在谢玉婉身后自然而然，毫无违和感。见她跳热了，接过她脱下的外套抱在身上，有一种恋爱的冲动和幸福。他一面望着谢玉婉给人比画、示范，一面偷偷将带着谢玉婉体温的衣服塞到鼻子底下闻了闻，好香，心醉。郝强从未有过类似体验，他不知是谢玉婉抹了什么香香的味道，还是本来的体香。郝强对谢玉婉有了不同于以前同学时的视而不见和无名好感。那时谢玉婉也爱唱爱跳，但没有引起郝强的特别注意，他觉得她实在太平凡、太一般了，最多比同学们多一个文艺爱好而已，这些爱好于考试升学、改变命运又有何意义？尤其是谢玉婉疯疯癫癫地闹腾，他和其他同学甚至有些反感和讨厌。时移事易，眼下，谢玉婉有了用武之地，在村文娱活动排练、演出中大显身手，像骄傲的公主，众星捧月，不是名角胜似名角。郝强不得不重新认识，刮目相看。一天，谢玉婉正在村团支部活动室里背对门面朝窗练歌，声情并茂，字正腔圆，如涓涓细流温婉地流淌在村办公楼内外。谢玉婉进入忘我状态，沉浸在歌词演绎、脚踏节拍和乐谱律动的奇妙享受之中。郝强经过走廊时，偏转头瞄了一眼，一个曲线有致、颀长苗条的背影让他已经过了门框的身体，像碰上了磁铁不自觉地被拉了回来，定格在了门外，痴痴地望着熟悉的不曾发现的美。直到谢玉婉一曲唱罢，欲转过身来时，他才慌张地匆匆离开。听到过道上急促且沙沙的脚步声，谢玉婉本能地追出门来，瞅着郝强不磊落的偷偷摸摸样，没有从背后大吼一声或是轻声叫住，只是摇摇头，抿嘴会心地一笑。

谢玉婉是水鸭子变白天鹅，河里是倩影，岸上看风景。至少郝强滋生了这种错觉而且隐藏心底的无人区有些时日。当然，发点春泛点情仅仅是调料，事业才是主粮。在开会、集体活动，以及日常交往中，郝强的城府见不着底，尽量装作若无其事，大大咧咧，该叫谢玉婉做啥毫不客气使唤；谢玉婉有时要小性子不干，他一视同仁，和其他人一样不留情面一顿批评。唯有不同的是，他会私下找谢玉婉赔小心，让她扎扎实实痛骂他一回了事。

人，心里有事，或有鬼，再装也装不出本相来。郝强学生时代和初任团支书时见到谢玉婉，随便看，盯着瞧，无所谓。而今眼目下，他依然与谢玉婉打交道，但看到她总是目光闪烁、躲避，短暂、仓促地将视线移开，游离不定。局促不安的内心外露，与自然而然、落落大方的谢玉婉比，郝强那个瞬间好比低头认错的小学生，当然那也仅仅是一刹那。

一纸信捏在手中，这个时候，郝强忆起与谢玉婉之间的点点滴滴固然回味甜蜜，但更多的感触是好笑，单相思，胡思乱想，自作多情……一大把自嘲、酸爽的词汇尽往心上冒。郝强拍拍脸不禁醒悟，他惊诧地发现从未看出谢玉婉对他和对别人有丁点不同来。当然，除了不应该有的意淫和暧昧，他说得起硬话，他与谢玉婉没做过见不得人的事。至此，郝强有充分的理由可以大胆排除谢玉婉有约他明晚见面的可能和动机。

把谢玉婉放下，又是哪个“林妹妹”从天而降？搞得郝强神魂颠倒，脑子像计算机般高速运行搜索这段时间一般接触和非一般接触的女生，满河网，海底捞，一粒虾米也没打上来。缩小范围，聚焦一起搞共青团工作、文娱演出的女性，也没有碰到谁个窈窕淑女会送上门来，自投罗网，更没接收到对他哪怕是低压的放电和些许的暗示。分析来分析去，无结果的结果，意料之中。但如果另辟蹊径，用好感为标尺判断，不失为开辟了一个新思路。不用猜，前面浓墨重彩过的谢玉婉当坐头把交椅，但作为写信人已被枪毙。而郝强另一个有好感的人，悄然浮出水面。那就是乡团委组织外出参观学习共青团工作，一路上都不消停，表现活泼、开朗大方的乡中学教师鞠南伊，给郝强留下了深刻、长久而又有无限遐想的印象。印象固然重要，并作为私人收藏，可仅仅一面之交，学习归来便断了联系。郝强记得她，她未必不会健忘，更何况人家是堂堂的公办教师，他一个仅会点之乎者也，却不知今日是何时、明日在何方的无名青年，对上眼的可能性犹如把钢炼成铁。他想想可以，也不为过，如果当真，那是自取其辱时，还不知耳光从哪个方向扇过来的。

郝强停止思索。不想了，想也白想，脑壳想起包也想不出是谁干的。明晚单刀赴会，不信会把人吃了。他期待着。

第二天晚上，郝强跟何会兰撒了个谎，说要去徐德宽家里。春天的夜晚，月色泛着白光，迷蒙不清。满天的繁星高高在上，拒人千里。倒是微风吹拂脸庞如玉手轻揉，含青草味道的空气吸入肺心，像清洁工扫除不净物般畅快。郝强如约到达村操场，空荡荡，黑黢黢，不见一人。环绕操场散步，强烈的好奇心驱逐了夜晚的恐惧和不安，他倒要会会这将是什么人出现。一圈又一圈，机械地转，不外乎消磨时间，没有数过到底转了多少圈，而要见的人没有现身。郝强耐心地重复环绕，时不时虚眼四下扫视，急切盼望邀约人蹦出。傻傻地足足转了一个小时，别说人连鬼都没见到。郝强向地上狠狠地吐了一口痰，骂了一句“哄老子不得好报”，他悻悻然往回走。

这时，郝强听到有人喊他。“郝强”“郝强”……像是盛小海，声音袅袅如烟，从村委会办公楼上穿过夜幕进入郝强耳中。“你怎么这么晚了还在这里？”

郝强反问：“我还没问你，你个龟儿子怎么这么晚了也在这里？”

咚咚咚，一阵脚步声滚下楼，盛小海从楼梯口跑出来，如母狗身后跟着一群小崽子，黄冬、张青万像两团黑影冒出。“梦中情人”谢玉婉居然最后一个来到操场。眼前的情形，不用问，郝强明白被这几爷子耍了。他昨天思前想后，苦思冥想，不得其解。可忽略了一点，如果不是熟人谁能够进到他的办公室，并把信塞进办公桌。而“熟人”不就是今晚站在面前的三男一女吗？

郝强指了指四个人：“你们老实交代，是哪个出的这个馊主意？”

谢玉婉挺身而出：“是我呀，他们三个也赞成。我们打赌看你今晚来不来。我赌你要来，他们赌你不会来。看来我赌赢了，来了就说明你在想女人了。是在想哪个呀？”

气人，气人，郝强气的人，还是出烂点子让他下不了台阶的谢玉婉。把人想好了，把自己放在烈日下曝晒还不知何因何果。

黄冬笑弯了腰直不起，嘴笑得抽筋：“郝强，你是看起聪明，原来是个假聪明，这么低级的玩笑你都好意思上当？！”

盛小海、张青万也咧开嘴大笑。谢玉婉比其他人笑得更放肆、更夸张。

郝强想发火，又能发谁的火，拿搞恶作剧的人没辙，只好说："你们几个一天是吃饱了没得事做，看我哪天怎么来收拾你们。"嘴上这样说，他心里还是承认谢玉婉说的不无道理。

在向18岁进军的郝强，快成年了。少年的心头装点心事，天经地义，是再自然不过的了。只不过眼前还得克制，今后的事不能提前，放到今后办为宜。

一七、报名招聘干部考试

团县委书记、县委书记在一个月内前后光顾远离县城且丘壑纵横的同一个小山村，溶水村人有了像如今当网红的体验，于人前特有面子，无比地自豪和荣光，算是空前的历史纪录，以后欲打破难度系数不低。或许沾了贵人的福气、喜气，近来郝强也是好运连连。从党校培训回到村里，徐德宽迫不及待给郝强送来了个不明不白的福音："郝强，昨天我到乡政府开会，乡上通知回乡知识青年可以去报考乡政府的招聘干部，我看你合适，就推荐了你去报名。"

"招聘干部？没有听说过？是做啥子工作？"郝强满腹狐疑，"哪些人叫干部倒晓得，就像孟其高、成学思那样的，招聘干部还是头回听说。"

郝强这一问把徐德宽也弄得不知咋回答了："我也说不清楚，反正不是坏事。你要抓紧，报名时间就这两天。具体情况你到乡政府去问一下。"

虽然不知所以然，但郝强无限信任徐德宽，凭他的一句"反正不是坏事"也该听进去。办公室门都忘记关，快马加鞭赶到乡政府。乡上友人、顶头上司成为郝强的咨询顾问。"成书记，我听徐德宽书记说，乡政府正在报名考试招聘干部，你晓不晓得这个事？"

成学思爱才心切，见到郝强便松了一口气："我正要找你，你们村团支部是全县先进团支部，这次这么好的机会不能错过，我们团委这条线也推荐了你。"

"这到底是做啥子工作？"

"做啥子工作，你就莫问了，考上了就到乡上当干部，这是好事。先把名报上再说。"

"在哪里报名？"

“走，我带你去，就在乡文书那里。”

来报名的人围着乡文书，问这问那，叽叽喳喳像跟谁吵架。郝强不好意思掺和到吵闹人群中，也顾不得细问招聘干部到底是啥玩意，领了报名表，便急急忙忙到成学思办公室照表上设置的栏目填写。十六七的年龄，郝强填表的经历五个手指都扳不完就没了，最有印象是初中和高中最后学期填过毕业登记表，内容简单，而且学生青涩、幼稚，普遍对这类表不重视，凭直觉和猜测完成填写任务。眼下摆在成学思办公桌上的报名表肯定没有填过，但扫描表格正面和反面，没发现有复杂艰深、故弄玄虚的坑，姓名、性别、出生年月、民族、籍贯、文化、政治面貌等自然情况跟一般表格无异外，学习、工作简历，家庭成员及主要社会关系之类的填写也并非难事。郝强暗自庆幸此时所要填的内容与递交的入党申请书大同小异，不外乎换了个形式而已，都是客观情况，照实写下即可。唯一让他慢下来需要打个腹稿的是一项自我总结部分，像考试的主观题，百人百面，无标准答案。郝强略一沉思，历历往事涌上笔头，稍加组织，自然成篇。总共耗去一个半小时的工夫，表格填妥，不放心，郝强自己复查一遍，还请成学思从头至尾检查一通。

该填写的地方，一个不漏。只需在表格的右上角贴一张一寸正面免冠照片，并交两张同底照片，招聘干部的报名便宣告完成。可是小小的照片，让郝强一时为难了。他手中没有，来时也没人告知他要带。况且家里本身也没有，即使给他说了也白说。成学思看郝强急得汗水直淌，安慰道：“去照张嘛，还有时间。”

郝强跑步前进，直奔乡照相馆。脸青面黑，叉腰喘气赶到照相馆，傻眼了，门紧闭，照相师傅不在。邻居说进县城去了，不知道要什么时间回来。打不通电话，带信更不可能。郝强又急又气，望着无声的相馆发呆，他很想踹上两脚，他记得乡文书反复跟他交代最迟明天必须交表，否则过期作废。你急别人不急，郝强有天大的本事也只能是猫儿的眼睛绿起，更何况他还没有如此大的本事可以要风得风，要雨得雨。郝强心神不宁离开，进了个小食店，随便吃了点东西，并向店老板要了一碗汤喝下，又坐了一会儿，方才起身出门。没事干，又无去处，他便在场镇独街上走来走去，几个来回，疲倦和无聊袭击，无意再动，干脆选了个人少的街边边坐下。早上从村里出发走得快走得急，赶到乡上，忙忙碌碌，事没办好，心却劳累不堪，这不刚刚坐着睡意便找上来了。他把腿并拢蜷成近似垂直状，两手交叉放在膝盖上，弯腰将额头紧靠手背，没有条件仰叉八叉躺着，尽量调整、摆出舒适的睡姿，他依然快速入眠。这时，郝强是街道某个角落用衣服包裹的一团肉，远远看去小得可怜，小得像地上的一片纸屑随时可能被风刮走，只有走近才会发现是一个人。

呼噜声响起，郝强暂时忘记了等人的烦躁。约一刻钟，他的身体开始歪向一边，快要倒地的时候，用力呼出一口浊气又像风吹杨柳反弹了回来。隔一会儿斜到另一边，同样以绝处逢生的姿势又正了回来。有好几次差点就要滚到地上，他猛一惊醒，鼾声戛然而止，鼻孔里发出两声“嗡嗡”，身体摇摇摆摆归于正常位置。继续进入睡眠状态，再现左右晃荡的睡相。坐在那里东偏西倒睡了一个多小时，他睡到自然醒，站起身，伸伸懒腰，拍拍屁股上的灰尘，倦意全跑了，精神还魂。

突然忆起照相的事，郝强一激灵，摇晃了几下差点站立不稳，他以强大的意志力控制住身体的异常，然后像运动健将听到枪响，快速起跑向照相馆冲了过去。又是英雄白跑路，照相的人不见踪影。郝强无语了，不晓得这个时候该做什么为好。唯一能做的，就只有漫无目的地散步。不好意思再在小小的街道上转悠了，不然可能会被人当成神经病。郝强从场镇内转移到场镇外的小路活动，小路弯弯曲曲，伸向无尽的远方。他没有心思留心小路两旁碧绿的庄稼，也无责任慰劳辛苦劳作的农人，他自己尚在生活的边沿挣扎。埋头漫步，死死盯住一前一后变换的脚尖，踽踽独行唯一的目的就是消耗等待照相的长串时间。不知等待结果的担心像秤砣吊在秤杆上上下起落，一边控制不住就会砸伤无辜的脚。郝强不愿看到秤砣惨案，急切地盼望照相师傅早点回来，保证他交表格有足够的时间。

太阳快落坡了，郝强转身朝回走。照相的人还是没有回来，郝强横下一条心，不走了，坐在照相馆门外死等。有些赌气。其实在哪里等，没有区别，照相师傅不在，所有的发泄和努力都是白费精神。眼看最后一班到乡场的客车来过，从车上下来的人流中没有想要的人。郝强彻底失望了，知道自己急迫想到手的“标准像”当天就像秋天的树叶——黄了。

郝强回不去，厚着脸皮挤进成学思的单身寝室，靠在一把吱吱呀呀响的藤椅上，打了一晚的盹。

第二天鸡叫三遍，郝强即刻出门。他做好了两手准备：如果照相师傅仍然不在，他不再犹豫，赶最早的一班车到县城解决；如果在，一切好说。

郝强三步并作两步，形似小跑来到照相馆外。从门缝里居然漏出了一束微弱的光亮，郝强以为是别处折射过来的野光，四处察看，得到确认。一阵激动爬上喉头，哽咽数下，差点把泪花挤出几滴。郝强咚咚敲门，里面响起脚步声。谢天谢地，他不用去县城了。

“哎呀，师傅你终于回来了，我昨天等你一天，就是见不到你。”郝强走进门去，像见到久别的亲人一样百感交集。

“我昨天去城里办点事，想赶最后一班车没赶上，幸好后来遇到了一个熟人的货车才搭回来，不然只有今天才回得来。你这么早找我有事吗？”

“师傅，当然有事，没事哪个会昨天来找今天一早又来找。我要报个名，表都填好了就差一张照片，今天下午下班前必须交，你说我着急不着急？”

“好说，这出到我手上。”师傅说得很轻松。

“我今天上午拿不拿得到照片？”

“恐怕有问题，一般我要把一个胶卷照完才会冲洗。”

“那要多久才冲洗一次？”

“最早也要等到后天。”师傅的话像冬天泼了郝强一身水，牙齿咯咯颤。

郝强眼睛瞪大，心想明天都不行，还别说后天，今天下午就要交报名表，岂不是逗人玩吗？“有没得啥子办法加快？”

师傅不紧不慢地说：“有倒是有，就是要加钱，把这个胶卷买了。当然看在你昨天跑了一趟，加快冲洗的费用我就只收一半。”

郝强想想也没有更好的办法：“那要得嘛，但我12点前要来拿照片。”

师傅热情周到地给郝强拍照，让他去找地方休息，到时来取即是。

吃了定心汤圆，郝强放心大胆去找地方打发时间。等到东游西逛无所事事把时间拉近中午12点的时候，他兴冲冲返回照相馆。

“兄弟，实在对不起，不晓得啥子原因，早上没给你照出来。”师傅过意不去地说，“只有重新照了。这次算我的，免费。”

郝强一听肺都要气炸了，炸出的尽是烈性火药味，“怎么可能？你要是手艺做不好，不如趁早把这个相馆关了，免得摆到这里骗人。”

“别生气，兄弟。你不照了，我就给你退钱。”师傅态度出奇地好。

“退钱！我等你一两天是为了要你退钱？我是急到要照片。”郝强难以平息苦等无果空欢喜的怒火。

“你嘴巴文明点，要照下午下班前还拿得到照片，再耽搁就不得行了。”得罪了师傅，他也不买账，“你自己决定。不照可以另请高明。”

郝强出了一顿气，稍微舒服了一些，他心里明白这是求人的时候，也要学到宽以待人，而不能责备人到不松手，岂不耽误大事，将报名的事彻底搞完蛋。“那这次要照好，不能有任何闪失。”郝强说话的口气明显软了。

师傅也为自己辩解，找台阶：“我照相五六年，从未失手过，不晓得是你八字大还是我手艺回了潮，明明照了的但胶卷冲洗出来就是不见人影。不过这回你放心，保证不会出毛病。”

摆好姿势，师傅给郝强先拍了两张。叫他保持原状不动，又换了一个相机连续拍了三张。师傅格外慎重和小心，生怕把名声说差。

下午5点，照相师傅的践诺证明郝强的担忧多余，照片准时握在手中。他跑向乡文书办公室，毕恭毕敬交上贴有照片的表格。长长地舒口气，虽有折腾，但还在规定时间内，机会没有错失。这时他听到乡文书的声音，请你后天上午8点半，到瞿义区委大会议室参加区委组织的全区招聘干部筛选考试。郝强问，考些什么？乡文书说，你来考试就晓得了，所有人都没有指定复习范围。

别人怎么说就怎么做报了名，又老实巴交按时参加全区的筛选考试。信息闭塞，无从也无意打听，郝强坐在空旷、简朴的区委大会议室，监考老师考前训话，才让参考人员知晓考试内容两门：语文、数学。而且像高考预考一样，先由各学校组织考试取得一个参加高考的资格，才能参加正式高考。同样郝强他们必须在本区筛选考试中成绩合格取得资格后，方能加入全县统一招聘干部考试的竞争。

考试是真枪实弹的比拼，也是严肃公平的较量。无知者无畏，正因为考试科目和范围没有提前公布，反而没有压力。郝强轻松答题，正常发挥。上午语文，下午数学，头年经历过高考实践的郝强，对考试轻车熟路，知识点在脑中印记深刻，与差不多都是大学中专考试败北者同场竞技，优势和自信远超他人。结果出来，意料之中，郝强矮子中出众，不声不响，不卑不亢，名列全区第一。

各区得到了筛选考试合格证的人，向前迈进一步，悉数集中到县委党校学习，时间三天。基本上清一色近几年毕业的高中生，一群与大学中专升学光荣榜无缘的失落者，在这里重又燃起新生的希望和梦想。郝强像在梦游一般，一周前参加县委党校入党积极分子培训，今又“二进宫”，重游故地。没有了神秘和陌生，院子里的一花一草一木，昨日初见尚羞涩，今天重逢似熟客。还是那些人，还是那些楼，不知疲倦地以热情的姿态和周到的服务迎来送往来自四面八方的新老面孔。郝强熟门熟路安顿下来，既来之则安之，更何况他有比别人更熟悉环境的铺垫和优势。年轻人扎堆，带着对接下来考试的格外期待，对未来前程的无限向往，忐忑而复杂的心情弥漫在每个人的身上在所难免。白天上课，晚上自习，学习于此，食宿于此。彼此不熟悉，彼此有比拼。招聘干部考试属竞争性考试，大家既是同期学员，又是同场对手，名额省上早就下达，这是县上任何人无法改变，唯有严格执行的铁律。有限的名额人人熟知，浅显的算术题个个会算：你上了，我就可能下。所以每个人超乎寻常地自觉，铆足劲备战。虽然放下书本多时，重新拿起有些沉重、生疏，甚至硌牙，但堵死的门突然罅了一条缝，漏进一束光，不拼命不挤变形，要等死不成。机会珍贵、难得，时间金贵、短暂，认真学，深入想，努力记，在不需要靠升学率为风向标的党员干部培训场所，突如一股飓风，吹变画风，党校貌似一座全力冲刺高考的中学。所有人怀揣美好愿望，希望考出好成绩，虽然那不可能。郝强借着比其他人对党校熟悉，他除了上课在教室，自习便选择图书室，那里安静，还有书籍可借，资料可翻。先来者的优越性，比后来者就是不同。

负责组织考试的县人事局办事效率极高，趁热打铁，三天热炒热卖的集中学习结束，不放一天假，全县招聘干部统一考试启动。考场设在县委党校。安排紧凑，节奏明快，不拖泥带水。是死是活，立见分晓。反正大家马儿大家骑，只要公平，即使不幸落榜，也不可能有人唱反调。

此刻再谈复习好与差已无关紧要，重在平时积累和临时抱佛脚，所有人一样，一起进党校一起进考场，无人开小灶，更无人特殊照顾。一天搞定。上午考语文，下午先考数学，后考时事政治，比各区筛选考试多一门。

四个人一个寝室，高低床。郝强睡上铺，爬上爬下，没有技术难度，住得习惯。党校的住宿条件是干部标准，哪像当年中学时代，几十个人的大寝室，啥人都有啥事都出，不一样过来了？前几晚睡得香，头挨枕头就像亲兄弟。但正式考试的头一晚不争气，像喝了咖啡，其实想喝哪有条件，脑子比白天清醒，眼皮拉链滑丝，居然失眠了。从未有过的毛病早不来迟不来，决定命运的时刻却自动上门。郝强睡在床上，不停地尝试调整姿势。平躺，好像胸口压上了石头；侧卧，他想起电影《少林寺》里说过“卧如弓”，左蜷右蜷试过，武僧轻易能做到他只有羡慕；趴下，脖子酸，呼吸阻塞。翻来覆去，小心翼翼折腾，声响不敢弄大，其他人并没有跟他一样睡不着。爬起来披上衣服坐在床上闭目冥想，期待睡意光顾。脑子突然跳出第二天的考试，打个寒颤，身体不自觉收缩，虚汗从头到脚被挤出。寝室里的三位同窗像歇栈房的顾客，呼呼大睡，而不是来参加一场重要考试。郝强黑夜里虽然看不见人，但听到鼾声大作，忌妒，紧张，恐慌。久坐，屁股酸麻，他轻轻梭下，盖上被子，闭上眼睛，欲以本不成熟的意志逼自己入睡。改变战术，不动来动去，保持一个睡姿，难受，忍住，不调整。直到身体麻木，疲乏，迷迷糊糊睡着。梦中，腾云驾雾，上天入地，翻江倒海，无所不能。正得意，嘣嘣声起，郝强滚落床下，长沓沓地躺在地板上。夜深人静，黑灯瞎火中，那三人被郝强重重的着地声吵醒。一人嗡嗡问，刚才啥子在响？郝强吸着冷气，忍痛从牙缝里挤出话来答道，是我上厕所关门的声音。另两人伸出脑袋看了看，啥都没看见，缩回身子继续睡觉。郝强不得已学影视剧中的慢动作，缓缓爬上床。虽然节奏慌张，但好歹躺了下来。眯着眼睛，可受到惊吓的瞌睡虫却跑远了，至少今晚不会再来。

天明，雨绵绵，湿了地面，这并没阻止人们参加考试的激情和坚定。室外如常响起了脚步声、说话声。郝强头重脚轻，昏昏沉沉，有气无力爬起来。用冷水洗了洗脸，仍然没有减轻症状。吃过早餐，郝强机械地朝考场走去。三天集中学习时未发觉奇观，可今天考试时倒让他惊诧不已，校园里密密麻麻尽是考生模样的人。这些人是从哪里冒出来的？学习的人就是考试的人，未必然还会多出加塞的。乱了乱了，还未考已出现错觉。郝强信心滚进冰窟窿，对自己到底有无真才实学应对这场考试，极度动摇、否定。联想起报名时拍张照片，费尽周折才成，他虽不迷信，但不能不让他把这个插曲看成是坏事开头，兆头不妙。它一直像堵墙阻隔他越过坎去。跨大步蹬上五楼，到达考室，无人，空巢。郝强站在室外，俯瞰楼下，众多考生如水中一团团蝌蚪游过来，黑压压的一片，令他喘息节奏打乱。监考老师开门，郝强跟着进入，在自己的位子坐下。郑重地将钢笔、准考证置于桌上，并从手腕取下徐德宽借给他考试用的手表端端正正摆在桌子的右上角。他告诫自己镇静，稳住阵脚，不能自己打败自己。深呼吸，闭目养神，把不足挂齿的事和睡不着觉的痛苦丢一边。慢慢有人来了，教室里霎时有了生趣。找座位碰响桌凳的，七嘴八舌絮叨的，默不作声等候的，自暴自弃说不行的……考场的千姿百态，郝强使出定力，视而不见，默念：排除杂念，沉着应试。监考老师宣布注意事项时，郝强睁开眼睛，专心注视老师的嘴里吐出的是不是一朵莲花。

郝强从老师手中接过试卷，仔细检查，小心展开，大体浏览全部试题，包括题型，题量，尤其作文。对折，叠放，规整，填写姓名、考号、考生所属乡镇。

第一堂考试，郝强勉强对付过去。到了下午，时事政治靠背功和关注时政，可以提得起笔，不至于咬着笔杆写不出一个字。能否得高分，郝强没有把握。而真正考验考生的考试，莫过于数学，硬骨头，难啃。没有良好的积累，绝不可能凭三天集中学习就能速成为数学高手。郝强望着试卷上的题目发愣，几近晕菜。但他没有放弃，依然顽强地在头脑中搜索高中时仅存的少得可怜的数学知识，不要脸不要命答完每道题，因为他记得住高中数学老师讲过答题技巧，做得来的题要全部做对，做不来的题，也不能留空白，无论怎样要想法写点什么上去，争取得点步骤分也值。

考完了，郝强感觉也完了。沮丧，自责，遗憾，他对考试不抱任何奢望，这种想法从他在试卷上仓促写下最后一个字便产生了。不与任何人对答案，也不与任何人交流，他觉得没有必要和意义，完事便打道回府。唯独还手表时跟徐德宽说了声“考不起”，就没再给任何人说起过，包括何会兰，他想当这件事从未发生。

放下考试，半个月紧张、发霉的日子成为历史，郝强的生活回到考前。团支书、煤厂出纳的角色不断转换，徐德宽时不时交些任务，郝强从不推托，全力以赴，一如既往，任劳任怨。

第二章……

出道

笔记本本无生命，但重新翻开，沉睡多日的有字纸张又焕发出活力和绽放出光芒。郝强浑身发抖，记忆的长河如决堤之水奔流，沉渣泛起，感今怀昔，思绪万千。

一八、出乎意料当上乡干部

老天眷顾，乱穿衣的月份，暖阳早早从山边出来。休眠了一个冬天的人们，减薄厚厚的衣裳，轻快、欢乐走人户（四川方言：走亲戚）。四十周岁的郝才亮，正在自家院落爆竹声声、喜气洋洋举办生日宴会。不惑之年，哪有不惑之处？郝才亮的"原创理论"直白、实用——郝家人没有办过红白喜事，一年四季尽是把礼送出，也该收点回来。生日是机会，被请，是看得起你，没有人好意思说出拒绝的理由。哪家哪户都是这样做的，前头弯腰后面跟着作揖，谁不会？他比别人还多一层歪歪道理，年轻蹦跶得动的时候不办，七老八十了通知人吃席，万一半路遇到短命鬼，怕是请人来听哀乐。

郝才亮把全村的人请了，把村子外的亲戚朋友请了。父子俩合不到，老子过生，郝强得接受郝才亮下达的任务，发动关系好的同学也来坐席。该请不该请的，沾点边有点瓜葛的人，全来了。不宽的地盘，挤满坐席的人。满打满算四十桌，开流水席，一轮二十桌。四百人聚在一隅品尝坝坝宴，吃吃喝喝，说说笑笑，蔚为壮观，天下农民的欢乐颂歌唱响田野大地。血脉、乡情、民风在你来我往的人情世故中建构和坚实。

亲朋满座，年轻的“寿星”着崭新银灰色西装，白色球鞋，满面幸福迎宾。改革开放似春风吹拂，伴随而来的舶来品服装，五花八门。如何搭配，郝才亮那不讲究，重点是不懂得讲究。领着何会兰和郝强、郝雄、郝青竹，全家出动，敬酒，一边敬一边给三兄妹介绍席桌上的三亲六戚、远亲近友，记没记住他不管。一两桌还能记住谁是姑谁是姨，谁是叔谁是伯，谁是爷谁是婆。过五桌后，一团乱麻纱，倒是郝才亮的酒话像浸泡过水的种子破壳发芽。实在记不住某人的称呼，郝强也有万全的应付办法，来的没外人，都是客。见人点头敬个礼，错不了，更不会失礼。郝才亮见桌一杯，人特别熟辈分特别高的，加干一杯。喝酒匹配实力，海量也有限量。郝才亮脚下像失重，荡来荡去。他打通场，喝多喝高，有谁会不懂事，执意劝阻，有意无意扫他的兴？岂不违背众人前来的初衷：祝贺生日快乐！

喝到飘飘然，亢奋，郝才亮像兄弟般拉上郝强，分工郝强倒酒，他负责喝酒，奋不顾身刮起又一波汹涌澎湃的醇风酒浪。有人敬他他不推辞，没人敬他主动出击。郝才亮喝嗨了，痛快得稀里哗啦。

话是酒碾出来的，郝才亮话多了，想说啥就说啥：“郝……强，你……你去跟……这……这些亲戚朋……友……敬一杯。”郝强淡淡地答道：“我陪你去敬过了。”郝才亮不满意，激将：“你……你娃儿……看……看不起人，你……你妈个……村……团支部书……记，有……有有啥子……了……了不起的。你……你你不去我……我去。”“爸，你已经喝多了。你去躺一会。”“躺……躺……躺个卵，老……老子……又……又没死，你……你你……咒哪个？”发酒疯，谁也劝不住郝才亮。郝强站在一边任由他表演。有人给郝才亮搬来一把太师椅，强行将他按进去，手不敢松，酒癫子这才慢慢安顿。

“咦，寿星佬儿怎么坐到一边呢？”从乡上开会回来的徐德宽，不回家便直接赶来喝生日酒。农村习俗哪家有事到哪凑热闹，徐德宽是村支书，更有关心体恤村民之意。

郝才亮歪着脖子打盹，徐德宽的大喉咙，吵醒了他，哼哼几声，翻两下白眼，没理睬，睡了回去。徐德宽不晓得郝才亮酒已喝麻，问三不问四一掌拍在郝才亮的前额，并提高嗓门说："起来起来，陪我喝两杯。我有好事要给你说。"

郝才亮二麻二麻倏地站起来，晕晕乎乎，摇晃得厉害，就差没摔倒。"是……是哪……个龟儿敢……打……打老子？"迷迷糊糊的郝才亮把生日的事甩一边，谁弄疼他他便开骂。

"是我打的。你过生不喝酒坐起干啥子？"徐德宽比郝才亮高一个头，笑嘻嘻地将手搭在他的肩上。

郝才亮抬头，在高个子面前发不出气来。"是……是徐……德宽书……记，你……不……得了，你……你怎么……才……才来呀？"

"我跟你说，你今天是双喜临门。"徐德宽拍了拍郝才亮，郝才亮头重脚轻，摇摆不定，"郝强在哪里，把他叫过来。"

有人去喊郝强，郝强从里屋出来："徐书记来了，开席没等你。"

"郝强，站到你老汉儿这边来。"徐德宽说个话还要有仪式似的，郝强顺从地从对边移到郝才亮身旁。徐德宽亮底牌："我说郝才亮，第一件喜事，当然是你四十岁生日，这该好好庆祝；第二件喜事，郝强考上了乡政府的招聘干部，而且是全区第一名。"

徐德宽的消息，郝强听来不敢相信。他不相信徐德宽说的喜事会从天而降，一定是搞错了人。"徐书记，不可能的事，我考孬了我是知道的，你莫安慰我。"

"郝强，我才从乡里回来， 我专门到文书那里看了你的成绩，绝对不会错。"徐德宽非常肯定，"并且还叫我通知你后天去县人民医院体检。"

郝才亮偏偏倒倒，听没听明白不晓得，反正问三不问四就接话了，"徐……徐书记，你……说……郝强……啥子，招……招聘……干……部，是……个啥……啥子……东西？吃……不吃……得？"

"郝才亮，你喝多了，各人去休息。我不跟你说了，我跟郝强说说话。"徐德宽已看出郝才亮醉得不轻，不打算跟郝才亮扯酒话。

“你……你不……不说……不得行。郝强……是……是我……儿子，我……叫他……站到起……他就……只能……站到起。他……没见过……世面，找……不到……深浅，你莫……害……害他。”郝才亮站立不稳，说完“嘣”一歪身子坐在了地板上。徐德宽、郝强一人一只手将他提了起来，放回椅子上。脚耙手软，醉得一塌糊涂，郝才亮坐在那里不出三秒呼噜声出来。徐德宽被逗乐了，坐席的人哄堂大笑。

考试结束，郝强虽然绝口不提此事，但矛盾心理不可能不在。既想知道结果又怕分数出来，既害怕失败又心存侥幸。徐德宽说他考上了，他又不相信，更不自信，必须不停追问得到确认才放心。“徐书记，刚才你说后天去进行招聘干部体检，是不是真的？我总觉得你看错了人。你确定在乡政府看清楚了吗？”

“郝强，你这个人怎么啰里啰唆，这么不相信自己，这不是你的性格。考上了就考上了，这还有假？！我还会欺骗你？各自去，不要犹犹豫豫。”徐德宽有些不耐烦。

徐德宽的笃定和不悦，令郝强的犹豫和惶恐距离踏实和心安近了些。

郝强之所以如约、提前等在县医院，不是为了体检，而是想急于证实这件事的真伪。他观察，医院门诊大厅里，有一个手持一叠表格，手舞足蹈四处张罗，像个干部模样的人。快步迎上去，客客气气地咨询。不出所料，正是县人事局派来负责体检联络的工作人员。

郝强试探性地问：“同志，乡镇招聘干部体检是这里吗？”

“是。你是来参加体检的？”人事局干部反问。

郝强急于得到确定答案：“有没有一个叫郝强的？瞿义乡的。”

人事局干部翻出手上的表格，快速浏览，肯定地告知：“有。你是郝强吧？耐心等着。”

“没有重名的吧？”郝强还不放心。

人事局干部的嘴“哧”了一声，头歪一边，斜视郝强，三秒钟，迸溅出厌烦来：“叫你等到就等到嘛，未必然我还会说错。”

石头落地，没有砸中脚。也难为郝强的脸皮薄、心底虚弱。徐德宽大众广庭公布的“好消息”，不但没有让郝强欣喜若狂，反而使他整天惴惴不安。

万一乱点鸳鸯谱，岂不丢人现眼，被人骂想当干部想疯了。本不看好的考试，却有了金榜题名的出人意料，无论是谁接受起来都不踏实。他一遍又一遍地反复问，便是三天来的怀疑需要当面印证。如若人事局干部的表格上不见名字，他会转身掉头提前离去，免遭人笑话。好在焦虑被人事局干部的寥寥数语打消。郝强重重地呼出口气，默念感谢祖宗保佑。农村人逆来顺受惯了，好事临头都没胆量开门迎接。

年轻的身体轻而易举经受住了干部体检的严苛，满足招聘干部的条件绰绰有余。年轻的履历在政治体检面前同样不惧怕赤裸全身，必定会顺利走完招聘全程。县人事局的工作一环扣一环，体检合格人员，即刻进入政审调查。郝强事后觉得政审并不如想象的那样玄乎、神秘，基本是走走程序，填填规定的表格，完善相关参工手续。涉世未深的一群青年人，经历单一，高中毕业要么外出打工要么回农村干农活。你知我知的过往，不用调查本尊，别人也能说出个八九不离十。单纯的年代，孕育简单而死板的社会。众所周知的计划经济像张大网把人罩在里面想要突围，几成梦呓。吃穿住行全靠计划，提前设计，制约了生活方式的自由灵活。有人戏言，该躲在娘肚子里不出来，可是太傻了，提前来到了人世，饿得黄皮寡瘦，谈个恋爱牵个手都无力气和勇气，哪像后来满大街灯红酒绿的，轻松犯个错误各自搁平了事。郝强的家庭背景和出生时代，注定根正苗红，洁白无瑕。

春天是一个柔软、犯困的小被窝，处于“三十年前睡不醒”的郝强，从头晚上床到太阳晒到屁股，也不见中途跑厕所。徐德宽进到屋里连问三遍“郝强起来没有”，这才让郝强嘴角流着口水，恋恋不舍地掀开被盖。徐德宽像可爱而不知疲倦的信使，郝强的好事得他来传达。“信使”带来的讯息，郝强既不意外也不怀疑，他有十足的把握通过组织的“质量”和“信誉”验证。只是接到通知到乡政府报到上班，已是履行完招干手续十天后的事了。

行色匆匆的徐德宽大声嚷嚷，掩饰内心活动的郝强喜上眉梢，郝才亮冷眼旁观，没有支持没有反对，反而不痛不痒地说：“郝强，不要以为到了乡政府就不得了。各人要把细点，莫把刚到手的饭碗打翻了，就没脸回来。”

徐德宽不客气地打脸郝才亮：“我没见过你这样的人，不祝福，尽说些搁不平的话。我问你郝强是偷来的吗？”

郝才亮泼来的冷水，像一把冰刀刺中郝强的兴奋神经，眼前飘浮出一朵不吉利的乌云。好在郝强一向习惯且不愿与郝才亮正面言语，倒是硬气地回应：“有脸没脸，跟你无关。”

何会兰护着儿子，坚决站在郝强一边：“郝才亮，郝强到乡里当干部你说不来好话，只说得来牛都踩不烂的话，是当老汉的人说的话吗？”

“好好，有徐书记给郝强打帮锤，你又和郝强一个鼻孔出气，我不多嘴多舌了。他当他的乡干部，我做我的下力活。”郝才亮拖把锄头出门，不打嘴仗了。

这两天，心里装着儿子事业和前途的何会兰忙前忙后准备行装。贫寒家庭，简单实用就行，不外乎就是给郝强拿了些棉被、衣物、面盆、碗勺之类。

掐指算报到的日子，难熬的等待，似乎比前途未卜的报考过程还令人坐立不安。

郝强带着母亲的温暖、父亲的尖酸和村支书的厚望，诚惶诚恐踏进瞿义乡人民政府机关大门。他对这里并不陌生，办事、开会多次出入，但压根没觊觎过乡政府机关的某张板凳。

郝强也不知报到到底该找何人，斗胆面见全乡最大的官——乡党委书记孟其高。之前孟其高到溶水村调研或陪同上级调研，郝强数次参加接待，不需介绍彼此熟识。郝强轻轻叩响，推门而入，正儿八经说道：“孟书记，我是溶水村的郝强，乡上通知我来上班。”

正在处理文件的孟其高，仰面举头，爽朗地一笑，说：“哦，是郝强来啦。欢迎你来，我们正缺人手。乡党委已对你们四个招聘干部的工作作了研究，你是考的第一名，文化成绩比较好，我们一致同意把你放在乡党委政府办公室当文书。”

初来乍到，郝强如同一个白痴，哪管什么工作轻与重、好与坏，领导说了就如同“圣旨”，不带任何迟疑全盘接受。“孟书记，我才来什么都不懂，你叫干啥就干啥。”

孟其高的简短谈话，信息量足够大，郝强这时才得知此次参加招聘干部考试，瞿义乡共分来了四个人，除他本人外，还有一个同乡，两个外乡人。在孟其高面前，郝强忍住窥视欲没好意思打听另三个人叫什么名字安排什么工作，不过一天后，乡政府的四个“新人”便相见相识。刘湘菊，女，为本乡人，乡党委安排她从事妇联工作；两个男“老外”，贺方深当财政员管钱，王大勇做善事搞民政。

几句寒暄，几句交涉后，孟其高便热情地领着郝强，到岗就位。乡党政办公室，郝强曾经多次涉足。当村团支部书记到乡上开会时要到这里坐坐，顺便给村里把文件、资料、信件带回去。报考招聘干部时也是在这里报名。人生无常，他做梦都没想到有这么一天这里会给他留出一方位置。孟其高让代班文书工作的乡财政所副所长李显进，把工作移交给郝强。李显进像个种了别人责任田，早就想甩手不干的溜号人，大致跟郝强说了说文书的工作内容，运转流程，并从保险柜里拿出象征乡党委、乡政府权力的印章，各种公用的钥匙，眼花缭乱的文件资料等，放心大胆地交给实为一张白纸的徒弟。没有隆重仪式，移交工作在三两句交流和几个机械动作中顺利完成。乡下人摇身一变，像魔术师大变活人般眨眼间变出一个光明正大的乡文书坐在党政办公室的交椅上。

孟其高执行监交完毕，然后说：“好了，郝强，工作就交接好了，你就在这里好好工作。不懂的地方多问。还有你就住在党政办里边的那间屋子，这是历任文书的寝室。前边办公室后面住宿，工作方便，也便于长期有人接听电话。”

“孟书记，我会努力工作的。”郝强答道。

孟其高、李显进相继离去。郝强这才好好生生查验了一番党政办。虽然是重回旧地，但心境和视角与原来截然不同，之前作为匆匆过客，到党政办仅仅是聊聊天、办办事，并没有对此地多上心。可如今不一样，生活、工作于此，像与人谈场恋爱不得不细细打量。办公室是长方形的房间，左边靠墙摆放了两张并排办公桌，文书正对门坐，来人背对门坐；房间还随意地摆了三张靠背椅和一张放在进门左边的木质条椅；右边是一排实木档案柜，郝强好奇地打开，里面装的是一些日常用的文件、报表、数据。寝室是在办公室后左面墙上侧开的一个门进去，约有半间办公室大，除了一张旧木床和一个破办公桌外，别无它物。郝强将负载母爱和尚存温度的行囊放在床上，他想晚上睡觉时才来整理寝室。当务之急他要把办公室收一收，工作上的事捋一捋。

一九、有人尊称“官名”

乡文书，就是乡政府的秘书，写材料，办会，收发报纸信件，管理印章，接打电话，报表，干粗活……杂七杂八，全该管。接班第一天，郝强四处瞅瞅，硬是没找出提纲挈领的办事道道来，像打晕的鸡迷了方向。他干的活不用数，少得可怜：清扫室内室外，旮旯死角卫生，用了大力气，出了一身汗；并接听了几个电话。这一天就成了昨天。

郝强记着李显进的交代，第二天，多数人仍在享受春眠的困倦，他便早早起来。收拾好自己，到机关伙食团灌满热水瓶，送到孟其高办公室，又把报纸杂志书信分类摆放在案头。打扫卫生，将杯子洗净泡上茶，退出。进入乡长夏伯良办公室重复相同的活计。书记、乡长，党委、政府的一把手，待遇同等，不可偏废。郝强忙完领导的早间服务节目，一路急走，在伙食团刨几口饮食，便回到办公室。把收到的文件贴上处理笺，放进文件夹，送领导阅示，并将领导签批出来的文件分送相关人员阅办；与此同时兼顾接打电话，重要的电话做好记录；有人来办事，要么耐心指路，要么试着处理……杂乱无章的节奏，政策业务的生疏，使党政办新手，总是手忙脚乱，顾了这里又忘了那里，累得不想吃饭，只想躺下歇息。

能吃苦的人，无能在哪里、干什么都能把苦吃出甜来。尽管每天事很多很杂，郝强不停歇不抱怨不推责，分内的事要办好，分外的也不马虎。他更是想赢的人，骨子里边深藏宝贵的品质，暗自下决心别人能做好的事，他也能。熟能生巧，勤能补拙。他相信他能获得赞誉。

吃过早餐坐在办公室整理文件，一对年轻男女进来。“同志，请问文书在吗？”

郝强被人叫作“同志”这样官方的称谓有些不自然，过去从来没有人如此热情、亲切且将他视作同一战壕的战友，大姑娘上轿头一回。“我是文书，姓郝。叫我小郝就行了。有事吗？”

“哦，郝文书，我们来办结婚证，要麻烦你给办一下。”郝强从“同志”被叫成“郝文书”，有种满足和受用。虽然表面忸忸怩怩，但又是盼望得到的虚荣。“郝文书”的称呼必将在耳边经常响起，日久天长，他慢慢就会尝到被人尊称的滋味。人就是一个住在海市蜃楼里的自欺欺人者。

“我是新来的，没有办过这种业务，我要去问一下别人才晓得怎么办。”他一溜烟跑了出去，转眼到了前几天的代班文书、乡财政所副所长李显进的办公室不耻下问。

李显进面授机宜，毫无保留公开“技术秘密”。得到李显进的经验充值，郝强连声“谢谢”都忘掉，快速返回工作岗位。“两位，不好意思，让你们久等了。”

正在兴头上和期待中，两人没有丝毫不愉快，男方开口道：“没有关系，我们是专门来办这个事的，我们时间充裕。”

接过两人递过来的户口本、单位开具的婚姻证明、医院出具的婚检报告，郝强装腔作势翻了翻。从未见过结婚材料，判断真与假，对与错，他没有练就火眼金睛，唯有靠直觉。心想我一个未婚青年，来办这种事，自己都觉得好笑，围城外的人管起了围城里的人的事。“请问你们是自由恋爱吗？”热炒热卖，发这样些问，拜李显进教导。

“是，我们是同学。”男方点了点头。

“你愿意和他结婚吗？”郝强将目光投向女方。

“愿意。”

“你呢？”郝强的目光转向男方。

“愿意。”

“祝福你们成为一对新人！”

郝强得李显进临时培训“真传”，学了点皮毛，走了个程序。他起身走到保险柜前，左转右转几圈密码，保险柜门打开，取出套印有发证机关县人民政府红章的结婚证内页，回到办公桌，用钢笔填写好内容，核对无误后，盖上登记机关专用章。从档案柜里取出两个红色塑料外壳，把内页装进去合上，双手奉送，一人一本。新人颤抖的手捧着鲜红的结婚证，反反复复看了几遍，才放心地放进随身带着的包里，随即从包里掏出一包喜糖，放在桌子上。或许是李显进粗心忘教，郝强没收过这种礼物，拿起糖就要还回去：“你们不要客气，这是我应该做的工作。”女新人红着脸羞怯地说：“郝文书，这是我们给你的小心意，你就收下吧。托你的福，我们有了合法凭证了。”郝强不好再推。两位新人说了声感谢离开。

郝强突然感觉自己好伟大，好有成就感，轻轻松松把一桩庄严神圣的婚姻大事办成，世上一对新人终成眷属。

正陶醉间，孟其高进门来，瞧见桌上的小包包：“咦，郝强，今天有人来扯证，给你送喜糖了？”

“是，两位新人才出门。他们硬要塞给我一包糖，我怎么都不好推掉。”郝强像犯了错，赶快为自己洗白，“孟书记，今后遇到这种情况该不该收？不收又该怎么推脱？”

“喜糖不值两个钱，代表一份心意，还是可以收的，人家高兴，心甘情愿送，与吃拿卡要的性质完全不同。其他的莫乱收，收了就违反纪律了。”孟其高不是来批评郝强，而是交给他一项任务，“我后天去参加乡农贸市场开业典礼，要讲个话，你帮我写个稿子出来。”

郝强惊诧得全身发紧，两只眼睛睁大到呆滞，未免太信任他了。他未曾为自己写过讲话，也没有替人写过，最大限度听过一次李义夫的会议讲话，他连讲话稿长什么样子，今天想到明天也想象不出来，别说当刀笔吏。但书记已经发话，一个新毛头，拒绝岂不是自杀？不敢讲价钱，先接招再想办法。“孟书记，你交办的任务，上刀山下火海，在所不辞。唯恐写不好，耽误你的大事。”

“没有关系，每个人都不是生而知之，而是学而知之。当文书就是要学写东西。写不好多写几回就顺手了。”看样子孟其高是要放手让他干。

郝强焦麻了，任务的难度不压于只能挑一百斤非要叫他挑一百五十斤的超重。当招聘干部半个多月来，虽然遇到不懂的工作，但嘴勤腿勤即可完成，让他作难不尽的事还没碰上。农贸市场是个什么鬼东西，郝强孤陋寡闻的世界里闻所未闻。农贸市场开业的讲话稿，手上既无基本情况，更缺写作经验，犹如无中生有，逼起牯牛下儿。郝强坐在办公室想了半天也没写出一个字来，无从下笔。照这样耗下去，到时必定交白卷，如是那样孟其高不把他开了才怪。想到死相难看，郝强心急如焚。不能照这样做无用功，必须找出一个自救办法来。他苦思冥想，嗯，脑中跳出一个人来。这个人就是前两天一个朋友请客时结识的文贤功。有何来历？此人去年中专毕业，分配在区供销社当会计，或许他能伸出援手搞定这篇磨人又讨厌的命题作文。

郝强拔通供销社的电话，简单说明意图，直截了当向文会计发出求助。文贤功并不是意想中的救命稻草，电话那边半晌的静默告诉郝强，会计有难处。等听到文贤功的说话声时得到证明，他说他也没写过。郝强是一个掉进河里的人，看到路人岂能不呼叫，他抓住文贤功不松手，说，你总比我好些，早一年参加工作，至少看的讲话听的讲话比我多，而且还是正牌中专生，哪有写不出讲话稿的？文贤功说，别指望我，我打算盘搞数字的，文字工作是外行。郝强死乞白赖，像一个政工干部做思想工作，晓之以理，动之以情，说，你我虽然认识时间不长，但你是我到乡政府工作后最值得交往的朋友。路遥知马力，日久见人心。你帮了我，我是知恩图报的人。这回你不帮我，你以后想帮也没机会，因为我写不出讲话稿领导就会把我扫地出门。你不会心硬到见死不救？经不住郝强的软磨硬泡，会计同志举手投降，说，我试试看。文贤功勉强答应，郝强像捡到一枝神笔，说，完稿后我请你喝酒。

受人之托，文贤功不敢怠慢，立即停下拨动算盘珠子的娴熟动作，提起生涩僵硬的钢笔，操起写文章的生意。凭着郝强提供的临时从乡工商所找来的半页农贸市场资料，灌水加料，剪刀加糨糊，炮制出一篇一千多字的文章。等郝强见到成品，已是第二天上午下班时间。郝强如获至宝，顾不得吃午饭，急切地捧文阅读。读完他僵住了，这那里像讲话稿，分明是一篇前后不搭调，狗屁不通的口号式“散文”。唉，找的救星，技术不过关反把人朝深水里踩了一脚。生死悠关之际要爬上来，只能靠自己了。求人不如求己。但已是屎胀忙了才挖茅坑，因为留给郝强的时间仅剩半天。交稿，交稿，郝强拍着脑门转圈，急得跺脚。

午饭就免了。郝强在办公室四处搜寻，能见着的文字不论时段，一通狂翻，只要像领导讲话，立即抽出放一边，不一会儿工夫就找到了各类领导讲话十来篇，有用蜡纸打字人工油印的，有印刷厂排版印制的，有复写纸手写的。郝强以快跑的速度一目十行，试图从中找到灵感。狗急跳墙，人急心慌。容不得细嚼慢咽，略微沉思片刻，郝强便横下一条心摇动笔头。反正没有写过，眼下要写，依样画葫芦，照猫画虎，形式上做像，内容上点到。他学着领导的口吻，对农贸市场的开业表示祝贺，对农贸市场的建设者表示敬意；另起一段用几句对农贸市场重要性认识的话作为过渡，总结回顾农贸市场的谋划、建设过程、规模，对今后农贸市场的管理营运提出要求，最后加上祝词。一篇千字文的初稿写就，反复修改、润色几遍，工整地誊抄在稿笺纸上。不论是儿是女，有交差的东西了。从中午写到快下班，忘却了方便，膀胱生痛。郝强冲进厕所，对着尿槽唰唰排放，下半身顿时无比轻松。

郝强跑步到孟其高办公室，孟其高正与人谈事。双手把讲话稿呈上，孟其高接过去随手丢在办公桌上，没有瞄一眼，继续谈话。郝强本以为孟其高会立马审阅，他急于想听到孟其高对他辛勤工作的肯定或否定。没有看到想象的画面出现，虽有失望，但也只好静悄悄地自觉退出。

坐在办公室，郝强的心就一直悬着，他在等孟其高的说法。似乎这篇讲话关系他的名誉、生死，如果能过，意味着他人生成功，反之失败。但是等到下班他也没等来孟其高对讲话稿的判决，惶惶不安到伙食团煮了一碗面条，加了一份猪肉臊子，把中午没有吃饭的营养补回来。

孟其高如期出席了乡农贸市场开业庆典，待在办公室的郝强犹如聋子、哑子，不能见证盛况，更无从得知孟其高念的什么样的稿子。以后他天天盼孟其高的金口玉言，依然是蠛蚊子摔跟头——没有响动。

一月余，孟其高又给郝强布置任务写讲话稿，并轻描淡写随口说了说，上次你写的农贸市场开业典礼讲话还可以，我只简单改了下就拿去讲了。哼哼，郝强调动全部智慧、精力，废寝忘食写出的讲话，等到黄花菜都凉了才得到领导这样轻飘飘一句话的肯定。

郝强想多了，他虽然替领导写讲稿是第一次，内心害怕写不好给领导留下不好的印象，很看重领导对他的评价和能力的认可。但你的第一次，可能是别人的若干次；你认为非常，别人可能认为平常；你看得重要，别人可能看得次要。孟其高讲话不是第一次，绝对是第N次，家常便饭。叫人给他写个讲稿也是司空见惯，顺理成章，毫无稀奇可言。两个不同角度、不同思维方式的人对一篇讲稿写作的行为、动机及其质量的认知截然不同，再正常不过。

郝强悲伤，发誓今后不管哪个叫他写稿子，他都不可能再牵肠挂肚。

二〇、代班

郝强感觉时间像在做贼，悄悄咪咪地来，又偷偷摸摸地走。每天做不了什么，尽做一些鸡毛蒜皮的事，便到了太阳西下，该收工的时候。党政办公室就他一个人唱独角戏，拳打脚踢，一包在内。忙前忙后，吃饭不正点，屙屎屙尿也乱了方寸。

眨眼工夫，郝强到乡政府工作满月。月底，恰逢周末，一个月没有回过家，打算回去一趟。跟孟其高请了假收拾出发时，成学思进门，说他母亲病了，得赶回去。共青团工作的顶头上司，曾经给予他无私的帮助。而今虽为乡政府的同事，但人家比他到乡政府早、资格老；况且当招聘干部，成学思也没少关心他。此刻有难处，郝强无论从哪个角度都该答应下来。他是年轻人，有血性，也是讲义气的，成学思一张口，他放下行装，说，成书记你去照看老人，我代你值班。

乡政府上班的人，基本都是半工半农，一半（多数是男方）在乡上当干部，一半（多数是女方）还在农村当农民，子女、父母多半也在老家农村。到了周末，没有加班任务，悉数回家帮着做农活，照顾家庭。乡党委政府仅安排工作人员值班。这个周末，也不例外，成学思的值班任务，拜托郝强代班。平日繁忙嘈杂、川流不息的乡政府大院，像人去楼空、晨雾缭绕的一座空楼。倒也好，清静，无人打扰，郝强早有把办公室和寝室的卫生彻底清扫一番的心愿，这下能够兑现了。

周末，炊事员也要回家，伙食团照例关门。郝强到场镇解决温饱问题后，便捞衣扎袖开始行动。提上桶到院坝边的洗衣台接回一桶水，毛巾浸湿、拧干，将寝室的桌子从桌面到桌脚，床头到床尾抹净，被子折叠整齐。然后打扫办公室的桌子椅凳、文件柜，报纸上架，文件归类。提上拖把，咚咚咚，于水池中像农村打糍粑一样上下杵。从寝室到办公室来来回回，彻彻底底拖，直到地面发亮，灰尘消失。郝强入驻这间办公室成为主人以来，忙忙碌碌，一直没有时间像今天这样耐心、仔细收拾过。大扫除尾声，身上已是一身大汗，他双手交叉搭在拖把杆头，像站立树梢的猫头鹰一样犀利地环视清洁后的整间屋子，心满意足的笑容不自觉地在脸上流淌。

欣赏完劳动成果，郝强打扫个人卫生。他把乡政府大门的门栓栓死，并用木棒杠牢，任何人休想进入。一个人的地盘，自由、洒脱且放心大胆，郝强麻利地脱掉身上的衣服，连裤衩也一把扯下都不想留，光溜溜、赤条条跑到室外洗衣台边。头伸到水龙头下淋湿，抹上肥皂，抓挠揉搓，冲洗。自上而下，转移清洗部位。劈头盖脸一盆水淋下，肥皂沿颈脖到手臂、前胸后背，到腰腹，到阴部、大腿小腿、脚板，一丝不苟涂抹，不放过任何地方。毛巾上下前后擦拭，冲水，反复多次，用手摸摸身体，清爽、细嫩，污垢落入废水，奔向下水道和远方。

郝强赤身裸体大摇大摆、从容自如回到寝室，换上干净衣服，身体像练过轻功，简直可以原地飞起来。飞没有必要，坐了半晌，换下的脏衣服倒该一鼓作气，洗净、晾晒。没有人帮忙，早洗晚洗都是自己的活路。

郝强抓起衣服，这时电话响了。

"喂，请问你哪里？"周末，郝强猜不出会是谁打的电话。

"我是县乡镇企业局的，请问你们乡今天谁值班？"

"我是乡文书，我值班。"郝强本想说他是代班，又觉不妥，当好人就当到底，何必说那么复杂。

"那请你给我们报一个你乡最新的乡镇企业产值、利润情况，领导等着要。"

"这……我现在报不出来，恐怕要等我去收集后才能报给你。"郝强犹豫、为难，但任务先得接受。

"可以，但在下午3点钟前要报来我们汇总。"对方给出的余地极为有限。

郝强此时此刻傻眼了，乡镇企业的数字由各个村和企业报来汇总，且锁在乡企业办公室。这大周末，到哪里去找人要数字？多数乡镇企业成立时间不长，规模大小不一，有电话的企业，通过邮局转接也不易打通，有的干脆没有。乡政府没人协助，郝强心急如焚。找不出好办法，自然急不择路，像强盗偷碓窝笨贼一个，走出乡机关，先到在场镇附近的几户乡办企业现场收。数字倒是找到几组，但耗时费力，仅仅四户企业用去一个多小时。照这种蠢办法收下去，不仅企业走不完，必然收不全。结果是等着挨板子。郝强在乡场上急得团团转，走路变成跑步，嘴里喘着粗气，他不知还有没有更好的办法以最快的速度收齐数据。

初夏，已至中午1点，当空的太阳露出灼人的光芒，气温在脸上烹饪烧烤。郝强张着嘴喘着粗气，赶往下一个目标。“嘿嘿，郝文书，跑这么快是到街上看女娃儿啦？”乡政府机关所在地瞿义村党支部书记贾金才迎面碰上赶路的郝强，一把拉住，笑嘻嘻地开起了玩笑。

郝强正在着急，哪有心思说这些无用的话：“看啥子女娃儿，我收数字还发愁呢。”

“哼，星期天休息，收啥子数字哟？”

郝强便把乡镇企业局要数字，以及自己收数字的困难说了说，又长长地叹一口气：“唉，这不把人憋死才怪。”

贾金才眼珠转了两下，给郝强出主意：“郝文书，别太老实，现在的数字哪个不是统计加估计。你那里有领导讲话、汇报材料，从里面找出前几个月的数字，参考增长比例，推算一个数字报上去，不就交差了吗？”

“那怎么要得？这不是报假数字吗？上头要是晓得了追究起来就麻烦了。”

“郝强，你照我说的去办不会错。莫死脑筋，不然你今天收不起来，明天也收不起来，还不照样挨批。与其这样不如估计一个报上去，也算凑数。”贾金才进一步开导。

郝强想想也有道理，按原来的数字估算一个这月的数字，也说得过去，有啥子法呢，这是没有办法的办法。郝强跑回乡政府，如法炮制，二十来分钟的工夫便抵消他两三个小时的辛苦。数字算出来，他又复核了一遍，确认无误。拿起桌上的摇把子电话拨了出去。

郝强像做了一件极其不光彩的事，上对不起组织，下对不起黎民百姓，心里忐忑，但没有人来问这个数字的来源、真假，更没人来给他扣一顶天都盖不住的大帽子。

郝强帮成学思代班，遇到这样个差事，纯属偶然。但上午痛痛快快露天坝里的日光浴白洗了，现在全身早就湿透，他低头闻了闻衣服，味道熏人。一不做二不休，干脆脱光衣服，端上面盆又来到洗衣台前。重复，重复，复重复，将污物和焦虑洗去，郝强再次找回清爽和安逸。

不用任何遮羞布，此刻乡政府大院就是郝强一人的家园，我的地盘我作主，自由自在，无拘无束，信马由缰。他慢条斯理擦干身体，哼着歌儿不慌不忙踱回寝室。打开电灯，屋子像火炉般亮堂。郝强摸摸肚子，光滑、细嫩、紧实，虽然身体略显单薄瘦削，但个子比同龄人有优势。梆梆梆，郝强侧耳静听，有人在敲打大门，再一细听千真万确大门在响。

“是哪个在敲门？”毕竟一个人值守乡政府，郝强只能靠提高嗓门来给自己壮胆。

“我要告状……”一个拉长的女人声音。

郝强的警惕性放低了点，女人没什么好怕的。“都到下班时间了，告啥子状？”

“你们要为我做主，不然今晚我会活不出来的。”门外的女人嘤嘤哭出声来。

有这么严重，郝强惊异，难道还有像古装戏里民女到县衙告状的桥段再现在乡政府？这等“好人好事”让自己遇上，正是立功的机会。一股热血涌起，正经八百乡政府的文书，还怕一个女人把他吃了？虽然是代班，但承担的是与值班人员同样的责任。这个女人是谁？所为何事？打开门看看就知道了。乡政府就是方便老百姓办事，分忧解难的地方。

郝强取下杠门的木棒，右手握着，左手轻轻地抽去门栓，打开门，一个披头散发的中年女人背对大门坐在石梯上。两个肩头有节奏地上下颤动，断断续续的抽泣让她呼吸阻梗，时不时打嗝。孤身一人告状，郝强放下手中的木棒，走了过去，问：“大姐，我是乡文书，是你在敲门吗？”

女人把头转过来，血迹留在脸庞，鼻孔仍有血水浸出。她望着郝强，满眼可怜：“你是文书，你评评理。”

“评啥子理？”

“我屋里那个死鬼，中午坐席喝醉了，不晓得跑到哪里去耍，耍到刚才回来。我在屋外带女儿，他没看到我。等我进屋，问三不问四就是一巴掌打过来，我躲了一下，巴掌就打在我鼻子上，血顺到流出来。吓得女儿哇哇哭，我赶紧把女儿放在邻居那里。他又追出来，把我按在地上不放，一阵猛打。”

郝强不解地问：“他为啥子打你？”

“他说我没在屋里，是偷人去了。”

“你是哪个村的？叫啥子名字？怎么来的乡政府告状？”

“我叫江贤梅，我家就在场镇边的瞿义村。他说我给他带了绿帽子，今天不把我打死就不算人。你看我长成这副苦瓜脸，哪个男人会来偷我嘛？我就是摆到那里也没得哪个会来闻一下。我是趁他打累了松手没注意才跑脱。我只有来找你们乡政府跟我撑腰，不把这恶人收了我就活不出去。”女人把袖子卷起，手臂伤痕毕现。哗哗，她把衣服一下掀开，露出白花花的肚皮和下垂的奶子，肚皮上坨坨青团，似暴雨来临前天空密布的翻卷乌云，恐怖、惊悚。未见过女人身体的郝强，防不胜防，避之不及。无意瞥到一眼，像避邪似的快速掉转脑袋。

“大姐，你快放下衣服说话。”郝强张口便像命令。心想，中午才遇到贾金才，下午就有村支书治下的村民来告状。鬼才晓得狗日贾金才是咋个管的村子。哪天碰到他，必须问问他怎么管理村子的。

两人的对话，引来路人的围观。七嘴八舌指责，这样的男人不是男人，打老婆算啥子本事，趁早不要。郝强不屑这些人的路见不平：不要？谁要？你要？说话不负责，只顾上嘴皮、下嘴皮开合。

郝强唱高调也不比人差：“国家号召男女平等这么多年，居然在我们瞿义乡还有这种事，太不叫话了。我送你回去看他能把你怎么样？”

众人伸出大拇指，这还像个乡干部的样。其实说这话，郝强也是麻起胆子提虚劲，心里的底有无裂缝并不知晓。作难的是，如若他不这样，江贤梅可能会赖着不走，而乡上没一个女同志在，找个帮手和借个搭铺的地方都无法办到。硬起心肠让她在乡政府门口坐一晚，代班代到这个份上，说得过去吗？

“我不回去，回去他还会打我。你们要把他关起来。”女人不愿意走。

郝强措手无策，只能不停地劝：“江大姐，我送你你就不要怕了，只要有外人在，你男人便不敢打你。”

江贤梅反问：“那你走了他不照样打我？”

“我把你送回去我不急着走，要得了嘛。”不是女人求郝强，而是郝强反过来求女人。

围观的人打圆场、解围，帮着劝江贤梅，东说西说女人松口了。

郝强送江贤梅到家门口，女人扳着门框不进屋。这是一个有两三户人家居住的小院落。女人的家在东头，房子倒有几间，并排修建，木架子穿斗房。看上去有些年成，篾片泥巴墙有的地方已脱落，通透、明亮，从外可以隐隐约约窥见里头的静物和动物。女人去邻居家看了看女儿，已入睡。没叫醒让她待在那里更安静。郝强示意女人远处跟随，他单枪匹马蹑手蹑脚试探。吱呀，推开女人家的门，屋子里响起的雄壮的打鼾声幸好没有惊着耳朵。郝强止步。静听片刻，仅此而已，郝强哭笑不得又不寒而栗。他逼近，灰土尘垢、油光水亮的一个男人仰躺在地上，嘴巴大张，流出嘴角的白沫干裂起壳，跟死猪一般。郝强招手，问女人这是不是他男人，女人点头。这与郝强在路上预想的激烈场景全然不同，没有争吵，没有暴力，屏蔽掉地上男人的噪声，剩下的仅留寂静无声。郝强是做足准备来劝架的，没承想是这样个现场，他摇了摇头，静观其变。

坐了二十来分钟，看着那条爱拱人的死猪，翻了一个身，倒还有几分可掬的憨态。呼噜声戛然停止。几秒后，又像滚滚雷声有节奏地回响。酒后家暴，女人是现实的挨揍，小孩是潜在的受伤。估计酒醒后，男人不会打女人，郝强道别。嘱咐江贤梅，如男人再打她，到乡上来搬他这个救兵。不仅这回，今后也不推辞。

隔天上班，郝强跟刘湘菊摆起江贤梅受虐，希望妇联出面管管。刘湘菊抿嘴一笑，说，这事交给你承包最好。

二一、打狗灭犬

一大早，黄角村党支部书记邱云为不请自到，比堪称“早行人”的郝强更快一步。黄角村，一个距离乡政府不远的村落。乡党委照顾坐办公室的郝强联系。邱云为不因急事不会早来，从他踏进办公室那刻起，郝强便意识到来者必定有事。邱云为张口，应验了郝强的预料。前段时间村民牛二娃遭狗咬，在家做了简单包扎，以为没事。过几天感到不对头，饭不想吃，发低烧，无力，浑身不舒服，像得了场感冒。吃了村医疗室开的药也不见好转，不得已找乡医院检查，结果是患上了狂犬病。出人意料的结论，邱云为震惊，全村陷入人人自危的恐慌。“人呢？”郝强盯住邱云为的眼睛。邱云为躲开，无辜地答道：“住在乡医院。”“走，去看看。”郝强果断地提议。

牛二娃蜷缩一团，侧卧在床上，无神的眼睛满是恐惧，像经常挨打骂的受气包。郝强走到病床前，帮他把掉在地上的被子拾起盖上，牛二娃吓得直往里边靠。邱云为赶快安慰他：“牛二娃，不要怕，这是乡文书郝同志来看你。”牛二娃愈加往里靠，一直靠到墙边靠不动为止，但加剧的害怕和惊恐从筛糠般的肢体中掩饰不住地暴露。

交流无法进行，郝强便退出病房，直奔主治医生办公室：“医生，牛二娃得的什么病？”

医生简明扼要地回答：“狂犬病。”

“这个病治得好吗？”郝强得到医生的确切答案后追问。

“治不好。他现在是恐惧，对声音、光亮、风、痛这些敏感。要不了多久，就进入兴奋期，狂躁不安，特别恐怖，怕水、怕风，时而会出现呼吸困难，屎尿不畅，痉挛，抽搐，最终死亡。”医生看似无情，实则是专业答复。

“有没有减轻痛苦的药物？”

“有，但效果不明显。”

可以想见的结局，郝强的脑子里不断浮现出牛二娃的可怕症状和必然的残忍下场。狂犬病，农村俗称疯狗病，就是被疯狗咬患上的病，一种多半缘于无知而传播的稀奇古怪的病。郝强听人说起疯狗病的事，还在七八岁时，留下一段抹不去、擦不净的胆战心惊、刻骨铭心的印迹。他和小伙伴上山打柴，这是暑期作业之外的额外劳动，小学生无一例外。一天，太阳当顶，汗水像断线珠子啪啪掉落。他们各背着一捆柴下山，途中卸下重物歇气、扯闲淡。一个稍大的小伙伴绘声绘色讲述大人讲过的故事：他爸爸说，打柴的山上，曾经有一个人被疯狗咬伤，不日病发，慢慢病情加剧，病人的疯狂、攻击、暴力像鬼魂传说弥漫山村，村民白天不敢单独出门，深夜畏惧贸然开门。添盐加醋的村民以讹传讹，说疯子衣服裤子穿不稳，整天光着屁股瞎逛，抓着什么就跟什么是仇人，谁敢靠近谁就是皮青脸肿的靶子。更不堪的是，疯子像疯狗一样闻不得血腥，逢人便咬。小孩更是诱人下口的猎物，一不小心就逃不过疯子魔爪的锋利。病入膏肓的末日来临，失去痛觉的疯子，自己掰下一个一个手指，像嚼清脆黄瓜“嚓嚓”几声吞进肚里。狂犬病的厉害和恶行，投射出郝强的心理阴影面积犹如一道数学难题解不开。郝强再没爬上那座山打柴，看到狗远远地躲开，避不开也要颔首、收腹、踮脚让出狗路。

早上目睹了牛二娃患狂犬病的不幸、凄凉和悲惨，惆怅的心绪起伏、波动不止，即便郝强已在办公桌前整理文件，平复一时也未必能像电灯开关一样始终听话。他如坐摇椅上，晃晃荡荡，此时只想找到个铁一般坚固、安稳的支点，让自己不胡思乱想。但追查慌乱心思的始作俑者，狂犬病事件是主因，如同双面胶粘贴指间，哪面都撕不掉，烦恼占据他的心灵。一巴掌拍在桌上，手掌尽管疼痛，但责任感像澎湃的江水奔涌而来，足以抵消暂时的皮肉伤害。哼，牛二娃个人受折磨不可救、太惋惜，但不能让更多的悲剧重演。

郝强放下手中的活，以给孟其高送文件的名义，顺便把黄角村牛二娃被狗咬得狂犬病的事作了汇报。孟其高说：“这么巧，我们正要召开会议，贯彻前几天县上开的狂犬病预防和控制专题会精神。你说的情况正有说服力，看来这项工作到了非抓不可、等不起的地步了。”

“孟书记，我一想到牛二娃在医院痛苦等死的样子，就觉得他太可怜了。”郝强发自肺腑地说道。

“是啊，据县上会议印发的资料说，狂犬病，人兽共患病，一旦感染，病死率几乎是百分之百。即使接种过狂犬病疫苗，也只能说生存的机率大一点，这是所有疾病里预防后效果最差的一种病。”不难看出孟其高开会时极其用心钻研过狂犬病知识。

郝强建议：“那就只有少喂狗，或者干脆把狗打掉。”

“对，打狗灭犬，预防狂犬病。你下去就通知明天上午召开动员大会，在全乡掀起预防和控制狂犬病的强大声势。”

瞿义乡预防和控制狂犬病动员大会（在干群眼中、口中通俗理解为打狗灭犬）在乡礼堂召开。乡长夏伯良主持会议。乡机关的全体人员，乡级站所、学校负责人，村、街道书记、主任全体出席。应来尽来，一个不假。联系村干部郝强通报牛二娃患狂犬病的情况。他讲得详细、生动，从牛二娃被狗咬到患病治病谈起，又活灵活现描绘牛二娃现在医院的症状以及可能出现的惨状和恶果。可谓客观陈述和卖力渲染一个不丢，不吝长篇大论，其用意赤诚。强烈呼吁全乡上下广泛宣传发动，采取各种措施消灭犬只。黄角村党支部、街道居委会代表与会单位表态，支持乡党委政府预防和控制狂犬病的决定。孟其高动员讲话，面面俱到，无所不包。对全乡喂狗的现状和形势，高屋建瓴地定性定量分析；对问题和隐患，不回避，照实列出；对解决问题的办法，侃侃而谈，条条是道，句句在理。洋洋洒洒若干言，离不开人去落实。孟其高深知其中的奥妙和要害。会上明令：乡党委委员各带一个组负责一个村的打狗灭犬任务，狗在人不撤。郝强分在孟其高组，挥刀舞棒狂犬病首发村——黄角村。

人过半百，急性子改不了的孟其高，抓工作雷厉风行，散会便指示郝强带人进村宣传三天。预防针打在前头，尚未动手，全乡打狗灭犬的喊杀声像冲击波铺天盖地响彻村落，穿堂入室。

上半天忙上情下达、下情上传，下半天郝强和同组队员领命穿梭于黄角村。邱云为说，村有线广播已将乡上动员会精神进行宣传，早中晚不间断进行。郝强学领导样子点点头赞同。并不仅此而已，他还希望把宣传工作织成密网，疏而不漏。每家每户发放资料；显著位置张贴标语；各村民小组开会层层传达……还不满意，郝强自告奋勇走进村广播室，对着话筒疾呼。牛二娃的悲凉、苦痛和归宿，用作煽情、痛心的实证。疯狗数量的庞大、威胁和恐怖，佐证打狗灭犬工作的绝对正确和决策英明。顺便普及防治狂犬病知识，以防万一。露天高音喇叭和室内有线广播，不厌其烦、连篇累牍将郝强同志亲切、动情、急迫的声音放送到田间地头、回响在房前屋后。

走出广播室，迈进农户门。郝强与群众座谈，面对面交流。黄角村有了牛二娃得病活生生的典型例子，老百姓听说要把家里狗打死，虽有眷念和不舍，但强烈的未知和担忧让多数人还是赞成，谁都怕被狗咬伤患上狂犬病。谁都怕死。但也有不怕死的，宁愿人死不愿狗死。郝强走访中觉察的隐忧并未因宣传的高频率和大声呼吁而消散，而是顽强、固执地存留。

宣传进入尾声，实战提上议程。郝强问：“打狗队伍怎么组建？”邱云为早已想到，说：“组建打狗队没有多大问题，初步考虑找二十来个精壮劳力就够了。”但面露难色，欲言又止，“只是有个问题，不知该不该提出？”

邱云为吞吞吐吐，虽然有些意外，但郝强仍然鼓励：“邱书记，你向来直来直去，有什么不好说的？”

“古人说，兵马未动，粮草先行。”邱云为大字不识几个，这会儿倒还卖弄起斯文来，“就是补助还没有着落，乡上动员会只布置了任务，没说经费从哪里出。”

村干部表面粗糙，实际精得很。先讲价钱，免得狗打死了才来说聊斋。郝强想想这也确实是个问题，叫人干活哪有不管吃喝白干的：“邱书记提到这个问题，我做不了主，还是等我们回去请示孟书记再说。你们村上先把人员准备好，到时好派得上用场。”

“这是容易遭人骂的事，给点补助能调动下力人的积极性。”邱云为还在为自己提到的经费做进一步争取，“工具就不由乡上出了，我们到山上砍些木棒，人手一根，又好使又不花钱。”

“邱书记想得周到，什么事都不用我们操心。”郝强夸奖邱云为。

没有人会说有用不完的钱，除非家里开金矿。孟其高也是。事情一件不能少做，钱要少花。郝强反映邱云为的顾虑，孟其高像早有答案，说：“至于经费，三个一点的办法来解决，县上补一点，乡上出一点，村上筹一点。”

狗的末日到了。似疾风骤雨，打狗灭犬战役如一阵惊雷在黄角村人和狗的头上隆隆炸响，心惊肉跳，血肉横飞。孟其高亲自带队到黄角村督战。邱云为招募的打狗队员编成4人一个组，共编5个小组，每个小组负责一个村民小组。乡上的人分别编到一个小组中负责。所有队员像乡场联防队员，统一佩戴乡上制作的红色袖标。指挥官孟其高一声令下，各小组分头出发。

郝强负责三小组，进入责任区，在垃圾堆中觅食的一条大黄狗，成为打狗队看不惯的眼中钉。无论是谁家的狗，反正有言在先，遇狗必灭。郝强潜意识是怕狗的，见狗色变，毫无疑问，他侥幸没有患上疯狗病但却不幸染上轻度恐狗症，小时候听疯狗咬人人又吃人的故事遗害不浅。责任在肩，身不由己，尽管内心怕得要命，但仍然自己给自己壮胆，故作比谁都镇定自若，不能因为自己胆小而破坏军心。郝强示意肃静，包抄过去。包围圈渐次缩小，大黄狗抬头看见陌生人，抑制食欲本性，“汪汪汪”对视敌人。一群人暗暗举起握紧的木棒，不敢有丝毫的懈怠，两军对垒，遭殃的是大意者和骄傲者。圈子收紧，危险逼近大黄狗，躲无可躲，便眼露刺刀般的凶光，吼出严厉的叫声示警。狗头埋低，前爪伏地，作出攻击突出重围状。打狗队格外小心而又无所畏惧地靠近，不等人动手，大黄狗攻击先发，一猛子跳起，张开獠牙扑向郝强。

完了完了，郝强的小白脸或某个部位会少一块肉……

本能自卫闭上眼睛，郝强瞎子打狗乱舞。一根预实棒子使出，运气好，不偏不倚正中狗的头部。郝强解危自救。“嗷嗷嗷”，狗发出愤怒、仇恨的声音，伺机反扑。容不得它缓过劲，打狗队无情的铁血木棒一齐落下，此起彼伏，像连枷拍打场上谷物，抡得越凶脱粒越快。狗如同一摊烂泥瘫在地上，殷殷血水似闪闪明镜映照出邪恶、狰狞的倒影来。尚有微弱的呜呜哀怨、悲泣声。肚皮一起一伏，一丝气还在游走，狗没有死。狗威胁过郝强，他解了几闷棒恨，便同情起狗来。有队员说，狗有七条命，说不定它在这里睡一晚就会活过来。照这个样子也遭罪，不如我们再跟上几棒送它上西天，让它痛痛快快、干干净净地走。郝强心有怜悯但始终开不了口。几大棒下去，狗彻底与人无冤无仇。把大黄狗就地深埋，郝强小组漂亮又残忍地完成扑杀一条狗的任务。

大黄狗去了，开张大吉。郝强和队员拖着木棒携小胜而至一个约有十来户人的农家院。听到脚步声的一条四眼狗（眼睛上方长有两个黄点或白点的狗），不问来者何人，为何事而来，好像知道是一群心怀歹意的夺命人，从一个农户家里飞奔出来，汹汹然迎客。带头的郝强后撤，一个队员顶上，挥舞木棒喝退四眼狗，说：“哟哟哟，我们正找你兄弟，这倒好，自己送上门来，确实是不想活了。”四眼毫无惧色，对着众人张嘴狂叫，企图阻止外人进入院子。

狗主人出来，姓娄，一个清瘦的老头，白发，拄着一根木质拐杖。他亲热地摸了摸四眼狗的头，凶悍的狗像乖孙子般听话地坐在地上：“花儿，不要叫。来的是客人，要有礼貌。”

老人与狗关系熟稔，胜过人与人。郝强走上前去，选择不刺激的字眼说话。尽管郝强无意间看到院子的墙壁上贴有打狗灭犬的标语，显然老人并不眼瞎。“大爷，我们是乡上派出来搞狂犬病预防的，你听到广播里宣传狗的事没有？”

“听到的又怎样？你们莫打我狗的主意。”老人说话便带着情绪。

“大爷，现在狂犬病厉害，你们村牛二娃就被狗咬了得了这个病，病得非常严重，快要死了。”郝强反复使用活典型，摆事实讲道理，“打狗灭犬是县上统一布置的工作，我们乡上村上也是奉命行事。”

“莫说牛二娃的事，那是他自己惹狗被狗咬了的，狗又没得错，活该。”老人也是一个轻易说不进油盐的人，“我不管你们是哪里布置的，我的狗就是我的朋友我的依靠，不会咬人，你们不能打。你们敢动我就跟你们拼到底。”

语塞，僵持，郝强像卡了壳的枪，发不出子弹。

打狗队员全是本村人，你家有金银，别家有等秤。一条狗的事，自己人出面。小熊主动站出来，挨近老人：“娄爷爷，你看在我们是同村又是亲戚的份上，就支持一下。得了疯狗病确实要死人，我们也是村上安排来做这个事的，你带了头我们就好办了。”

“熊宝器，你别说那些空话，我不同意就是不同意。你还有脸说是一个村的人，还是亲戚，哪有指拇往外扳的事？我看你也是一条走狗。”不给面子也罢，娄老头居然骂人。

小熊不是炽壳壳蛋好捏，娄老头绝情，他也做得来翻脸不认人。当即怼回去：“你个老糊涂虫，跟你好说你不听，还在这里要横。今天不跟你把狗打了算孬物。”

娄老头被激怒了，破口大骂：“熊宝器，你个杂皮。老子今天就坐到这里，看你有本事过来，你只要敢动一根狗毛，你就莫想走出这个院子。”

狗仗人势，四眼跟着主人嚎叫，像要冲过去与小熊拼命。

小熊提着木棒怒目，如果不是郝强把他拉住，早就过去不是把狗打了而是把人先打了再理论。“小熊算了，这个老头的狗不忙打，后头再来。我们到别的院子打狗。”

打狗队员帮着劝，小熊才不情愿地离开，走时还骂骂咧咧：“你个老不死的，看我空了怎么办你。”

一闹腾，所有人的情绪或多或少受到影响，但郝强重燃斗志，似手握空气泵见着瘪篮球，不失时机打打气便又鼓胀起来，他及时让打狗的元气虽伤而无大碍。满山遍野追打，狗们的穷途末路依稀可见。可能是打狗的形势趋好，没再遇到狗主人的强烈抵制。但狗不会坐等死亡，它们学会了识别掘墓人，能躲则躲。当然跑得快的狗躲过了今天，也不可能躲得过明天或后天。打狗灭犬工作继往开来，总有一天，狗命难保。

人生就是折腾中总结，打狗灭犬也不例外。从第一天的棍棒上阵，各支队伍均有同感：棍棒好使，适于近战，而跑远的狗奈何不得。基干民兵第三天提枪加入，枪棒并用，土洋结合，留给狗的日子屈指可数。人的聪明才智是劳动中激发，更在劳动中创造。用在打灭犬只中，技巧和方法层出不穷，日渐丰富。凡是能用的办法都能派上用场，找得到用武之地。短短半个月的歼灭战，打狗人心中根深蒂固的执念，穷尽一切技巧，无论好狗坏狗，一律格杀勿论。

一天，小熊神神秘秘地跟郝强说："骂我们那个死老头的狗被我除了。"

"怎么除的？"

"我昨晚给死老头的狗吃了七步倒（一种毒狗的药），趁那狗倒地我扛起就走，然后找了地方埋了。让那老头狗影影都看不到，肉都吃不到一嘴。"

"那老头找起来怎么办？"

"他凭什么找我们？拿证据来。反正死不认账，谁认账谁去跟他扯筋。"

不要命的赶上不要脸的，郝强揣测不出将是一幅什么样的画面。

二二、为总结会和聚餐会服务

人们喜形于色，历时两个月的打狗灭犬战役，以摧枯拉朽之势横扫乡野，取得决定性胜利，倒霉的狗们被英勇、智慧的打狗队送归黄泉。即使极个别太狡猾的狗侥幸逃脱打狗队的枪棒和毒药，说不定某天撞到打狗队的枪口上，享受同类的待遇亦在所难免。无论农村还是场镇，人依然是那样些人，但难见一狗，狂犬病的威胁被解除，县上领导数次在不同场合表扬瞿义乡交了满意答卷。

形势大好，乡上召开全乡预防和控制狂犬病总结大会，参会人员等同动员会规模。夏伯良主持会议，孟其高总结讲话。长年的乡镇工作磨砺，让孟其高积累了丰富的农村工作经验，讲起话来口若悬河，不念稿子照样扯南天盖北网（摆龙门阵），拉拉杂杂一上午，不比街头卖打药的口才差。正是说者风趣，听者入味。一个打狗灭犬工作，孟其高硬是像一个理论教员作形势报告。从全村全乡全县扯到全地区全省全国，又从全国全省全地区拉回全县全乡全村，分析形势宏阔、高远，安排任务周至、切实，有血有肉，生动具体，活灵活现。

党委书记亮出的本事，非同仁可比，天上晓得一半，地下晓得完。更撩人的痒处，摆成绩毫不谦虚，表扬人也不吝惜溢美之词，让人听着舒服。但是当所有人以为该结束讲话时，他突然话锋一转，工作来了。他说，打狗灭犬，前阶段是攻坚战、歼灭战——话里有话，听了前半句，自然想到这项工作有后续：以总结会为标志，立即转入持久战。队伍不撤，人员不散，进入常态。有狗则打，无狗则该干吗就干吗。孟其高给出的理由，是从生物学规律来说服人的。因为狗灭了，狗还会生，它生我灭，生生灭灭，没有止境。

不懂心理学原理但会使用的孟其高宣布，为犒劳同志们打狗灭犬的付出和汗水，中午聚餐，开欢喜大会。总结会另有节目，会场里顿时一阵骚动，交头接耳，窃窃私语，似注射兴奋剂，愁云散去。夏伯良站起身，大声朝沸腾的人们吼道，聚餐地点设在乡国营食店，参会的人有请无催，不得缺席。上山打猎，见者有份啰。

郝强不敢逗留，跑回办公室，撂下怀里的会议记录本，拍拍衣服理理头发，收拾打扮转身出门。他管吃喝，得懂事，须先行一步去国营食店，领导和同志们未到时他快半拍笑容可掬等在那里，才是理所应当。正欲关门，门被一只手挡住："莫忙关，我有事要反映。"

郝强回望，四眼狗的主人娄老头横在办公室门框里。老熟人来了，虽未提前说声，郝强还得摆出欢迎姿态。"娄大爷，好久不见了，啥时候来的？"

娄老头开门见山，见面就质问："你是带队打狗的，你们干的好事不要以为我不知道。"

郝强装聋卖傻，装着啥都不知道的样子，问："娄大爷，你有啥子事？"

"无事不登三宝殿，我问你，我的狗，我的花儿到哪里去了？"

"不晓得。"郝强不露声色。

"明人不做暗事，你们敢做就要敢当。我的狗不是你们打死的，还会有谁？"

"不是不敢当，我们确实没有打死你的狗。你说我们打死了你的狗，总要讲证据，不能凭猜测。"郝强尽管心虚，但必须矢口否认，承认就脱不了爪爪。

娄老头不依不饶："我的狗跟我五六年都没事，你们打狗队一进村就不在了。你要给我说清楚这是啥子原因？”

“娄大爷，你还是自己抓紧找，我叫打狗队的人也帮助你找。这对得起你嘛。” 郝强急着去检查中午的伙食，不想跟娄老头纠缠，便说好话欲尽快支走，“马上是中午，我拿两块钱给你，你去吃点东西就回去。”

“这回我相信你，如找得到好说，找不到我还会来的。如果你骗了我，到时莫说我蛮不讲理。”还好，初访的娄老头并没有赖着不走，只是留了个警告。

娄老头拿着钱走人，郝强顾不了谎话不谎话，赶紧关门，生怕他掉头反悔。

聚餐，比较文雅，台面上的话。说白点就是吃肉喝酒，世界上哪有为人处世不使用庸俗手段和物质开道？孟其高深谙此道。郝强赶到国营食店，步履或快或慢来赴宴的食客们正鱼贯而入。来不及喘口气，便像主人般四处张罗安排，办公室文书此时如同农村办坝坝宴的支客师，招待来人，引导入席，摆放酒水，通知上菜……和郝强一同招聘到乡政府的刘湘菊、贺方深、王大勇围坐一桌。青年团员的头成学思与年轻人天然亲近，左顾右盼一番，像被磁铁吸引，自然而然走过来，挤在一群少壮派中。

郝强立在食店中间逡巡，当看到要寻找的目标时，快步走过去：“成乡长，你在这里坐着。孟书记、夏乡长正在找你，请快过去，你们领导坐一席吧。”

郝强口中的“成乡长”，准确点叫“成副乡长”，是“自己人”，就是原乡团委书记成学思。

最近乡上的人事起了“连环炸”的变化。郝强也“当官”了，接任提拔为副乡长的成学思任团委书记职务。一人干两角，办公室文书他还担在肩上。

刘湘菊当上乡妇联主席。

王大勇进一小步，提升为乡民政办副主任，主持工作。

同一批招聘干部，贺方深原地踏步，仍然是财政所一般干部，还得有事无事驻驻村。

“这里坐起自由些，那边要灌酒。”成学思有些矫情。

“走走走，孟书记、夏乡长还在等你。”成学思既是上司，又是前任，郝强与他交往多彼此熟。不管成学思同意不同意，拉起他就走："你当了领导就要像个领导的样子，这桌哪里是你坐的，别跟我们这些普通老百姓争。"

众人坐定，开起了席，郝强赶紧找地方坐。

"郝强，这里有位置，快点来我们这里坐。"刘湘菊热情召唤，"我们没有等你，先动筷子吃了。"刘湘菊的年龄在四个招聘干部中最大，但并不老，也就比其他人长一两岁。她经常以大姐自居，爱管闲事，平时很照顾郝强。

"你们别客气，我得把大家安顿好后才能来。"郝强在刘湘菊旁边落坐后说道。

"郝强来晚了，我们一起敬他一杯。"贺方深提议。

王大勇说："要得，郝强忙上忙下，全心全意为人民服务，我们必须敬他。"

同桌的人举起酒杯，刘湘菊起头说了句"郝强辛苦了！"碰杯，一人碰一下，一饮而尽。

吃一口菜，郝强说："来而不往非礼也，我也敬大家一杯，我喝完，你们随便意思一下。"

"不行，你都喝完，我们也必须喝完，不喝完的全家死绝。"贺方深赌咒发誓激将大家。

毒话说出口，怎么可能不喝？一桌人全都杯底朝天，谁也不希望家人有个三长两短。

集体喝了，到了个人散打，施展拳脚阶段。刘湘菊说："我们四个招聘干部来乡上工作有半年多了，虽然还没有真正脱掉'农皮'，但我们也是不转户口不吃商品粮的干部，我提议喝一杯。"

刘湘菊说到招聘干部的身份，最恰当不过两个字概括：尴尬。招聘干部，全称"招聘合同制干部"。与正式干部本质上截然不同。表面看起风光，天天在乡政府进进出出，人五人六，其实招聘公告已载明，招聘干部，不农转非，户粮关系仍在农村；三年一聘，形同端的泥饭碗。稍有闪失，比如赌博、失职失误、超生……理由俯拾皆是，一不留神，两个山字重起——请出。招聘干部自惭形秽，在乡政府正式干部面前就是一个临时工、小矮人。

王大勇爽快地答道："我举双手赞成刘湘菊的提议，我们是有缘人，考不上大学中专，也算找到了一个招聘工作。我们自己要看得起自己。今后哪个发达了，要互相关照。”

郝强感同身受，说：“当招聘干部心理承受能力要强。”

贺方深没有说什么，拿起酒杯就倒进口中，其他三人跟着仰脖干杯。

郝强单独敬刘湘菊：“刘姐，我敬你。”

“你敬我干啥？”刘湘菊好生奇怪。

“我敬你，是说一件公事。”郝强不想老是谈论招聘干部的处境和名分，觥筹交错时扫兴。

“公事？”刘湘菊有些不解。

“刘姐，这事我曾经给你说过。就是前段时间，我替成学思代班，瞿义村有个叫江贤梅的妇女，因为家暴来乡政府告状。前天又到乡上来反映。我再次去她家调查，情况确实糟糕。你们妇联应该多关心这些人的合法权益。”

“我记得江贤梅，我当时跟你开过玩笑，叫你承包，看来你还真是个负责的男人。”刘湘菊话一落句就把酒干了，“谢谢你，给我们妇联提供了典型案例，我们准备办个培训班，就是希望妇女同志自尊、自信、自强、自爱，学会拿起法律的武器保护自己的权益。”

孟其高、夏伯良带着乡上领导一桌一桌敬酒，敬到郝强这桌时，孟其高说：“你们这桌都是年轻人，多喝点。你们一人两杯对我们一人一杯，可不可以？”

“可以。”异口同声，到底是年轻人，接受领导集体检阅那是不含糊的。

“各位，孟书记给你们提了要求，我也跟你们提点。”轮到夏伯良敬酒，他加试一题，“我们来做一个选择题，我敬你们一杯，你们愿意喝酒的喝酒，不愿意的做十个俯卧撑抵这杯酒。”

刘湘菊举白旗，说喝不下去。郝强表硬态：“夏乡长的酒必须拿下。”贺方深、王大勇也不甘落后。

夏伯良在一桌人都亮杯，包括刘湘菊做俯卧撑后，也不食言，端杯即干。一桌人“哦哦哦”欢呼，倒生几分情趣。

在众人吃肉喝酒嗨得正欢的时候，郝强始终没有把支客师的身份和职责忘记。他不时用余光看看孟其高那边有没有什么需求，中途还专门过去几次问了问，他绷着一根弦，准备着随叫随到。乡领导那桌要照顾好，也不能势利，到每一桌去敬个酒，与乡机关、各村、各单位的人交流沟通几句。吃吃喝喝掀起的高潮，远远胜过总结会的严肃，这时比平常更容易加深人与人之间的友谊，缩小彼此间的距离。

记得感恩的人，心宽胸敞，回报的光芒无时无刻不映照帮助关心过自己的人。东忙西忙中，郝强抽身特意去敬了徐德宽的酒："徐书记，我到乡上这么长时间没有去看你，你多批评。我是无事忙。"

"郝强，你才到乡上，好多东西不熟悉，需要学习适应，忙是肯定的。你空了回来多联系。"徐德宽很理解他。

"徐书记，你是我的恩人，也是我的引路人。我做得不好的你直接指出就是。我一定诚恳接受。"

"哦，你现在是乡团委书记了，我们村团支部还要你多关心。盛小海接替你当村团支部书记，工作很积极。只是有些经验不足，他到乡上来开会时你要帮助他。"

郝强频频点头。

"郝强，该归位了，大家在等你喝酒。"王大勇像个间谍尾随而来，一把逮住郝强衣领就要拽走。

郝强话还没说完，望向老家村支书。徐德宽笑笑，放人。挥挥手，说，去吧。

二三、开展演讲比赛

迎来送往，端茶递水，办文办会，上下协调……乡文书工作职责极不明晰，鸡零狗碎，事无巨细，包罗万象。这些技术含量稀薄，重复且不起眼，但又必须有人做的事，郝强每天眼一睁开，便像一个家庭主妇为开门七件事忙乎。事小事杂事频，须用针眼小的心料理，说大话唱高调，背起手踱方步趁早出列。不然，上级不满意，同事会报怨，群众提意见。郝强的脖子上像挂了个脆生生的响铃，提示音不绝于耳：党政办是乡党委政府的窗口，服务水平和质量，直接影响着乡机关形象。郝强不时反思和警醒，尽心尽力做好本职，不能因为自己的懈怠、粗疏和外行，给组织抹黑。

乡党委给郝强压上团委书记的担子，犹如他天平右边的小盘里装着文书工作的旁边，添加了团委事业，左边的小盘上翘，他得死死盯着用镊子夹起的砝码轻轻放下，让指针重回中央刻度。领导的信任和期望，郝强是辜负不起的，他没有多得用不完的本钱可以浪费。接受使命的这段时间，郝强魂牵梦绕共青团，如同有情人思念有缘人般殷勤、渴求、不舍。

青年人在想什么，盼什么，干什么，十个人有十种看法，百个人有百种见解。如何像医生拿听诊器收集、放大和甄别来自不同位置的声音，当属眼下应该思考和掂量的课题。怎么听得到？面对面近距离固然好，但囿于人力精力财力，想得到做不到，放弃。统计方法——问卷调查，如何？郝强偶然想到一本书上看过，活学活用，未尝不可。

调查题目，装在郝强脑子里多时，像闭关参悟，了然禅机一样亮堂。郝强握紧拳头，只等时机用力一挥，向全乡广大青年团员发出征集意见的号令——我为共青团建个议。

乡团委书记在众人面前亮相的处女秀正式上演，郝强主持召开第一次基层团组织书记会议。各村、乡属各单位团的负责人已接到通知出席。

团委，乍一听，不得了，好大好粗的单位。其实小得可怜，就郝强个人独唱，团委无驻会委员，刘湘菊、王大勇像抓壮丁被郝强拉来客串，充任团委干事，临时拼凑出一个草台班子。会前，郝强像筹备团代会一样重视，像模像样开了筹备会，列出事务清单，责任人、完成时间一一交代清楚，且反复叮咛。

郝强主持会议，孤单地坐在主席台正中，屁股像长了疮总想时不时扭动才舒服。不安、慌张、羞赧，初登舞台的他也不可幸免。生硬地抬眼瞭望会场，几十人不亚于几百人的气氛，满屋浓烈的青春气息和青涩的稚嫩面孔像向阳花迎着朝阳怒放。盛小海在会场的右边，默默地望着台上。一个似曾相识的美眸眨巴秋波眼前一亮，就在与郝强目光相对时，他转向另一个方向，以手抚额作沉思状。想起来了，这是一年前成学思带队外出学习时异常活跃的同行——乡中学团委书记鞠南伊。除却这一个半熟人，满目生疏，人人尽是初次相见。

“各位同志，今天我们开一个团组织书记会，主要目的是布置‘我为共青团建个议’活动征集意见工作。开会前，我作个自我介绍，我叫郝强，是乡文书，最近乡党委研究并报团县委同意，由我来担任乡团委书记。请大家今后多多支持。”郝强的开场白，简单、质朴、干脆，“我想，正式开会前，请大家也介绍一下自己，我们互相认识，便于今后开展工作。”

“我叫盛小海，溶水村团支书。”盛小海与郝强熟悉，率先发言，“我与郝书记同村，而且他是我的前任，我是后任。郝书记不要顾了大家，忘了你的老家哟。”

与会者被盛小海逗笑了。笑过之后你瞅我我瞅你，低头闭嘴，像淑女般矜持，短暂冷场。

“要不挨着来，都是本乡本土的人，千万别谦虚。”郝强指了指坐在盛小海旁边的人说。

“我是小桥村团支部书记冯杰，20岁，目前未婚，准备22岁时结婚。”出来一个老实人。

又引起一阵笑声。盛小海补了一句：“冯杰，你这不是废话吗？哪个不是过了法定年龄才享受待遇。”

郝强憋住没笑出声，不动声色地催促：“接到来吧。”

……

郝强的提议，自我介绍变得秩序井然，像排排座吃果果，每个人三两句就给自己来了个自画像。轮到鞠南伊，性格没变，如同年前开朗外向，独领风骚。她的介绍是不走寻常路的：“郝书记，我不自我介绍了，我与你是老相识了。”

一个尚在封闭未开化的年代，一个年轻貌美的女子大言不惭说出出格辣眼的话，不压于在人群中突然放响一串鞭炮，会把人炸晕。众人如炬的眼光像数支手电筒愤怒地投向郝强，好奇、疑问、嘘声……这两人什么关系？

郝强的脸倏地红了，像鞠南伊给他灌了半斤老白干。比窦娥还冤，这哪跟哪，语无伦次声明：“各位不要误会，我跟鞠书记同志，今天是第二次见面。第一次是成学思书记带我们到外地学习时见过，但也没说过几句话。只是她性格外向，也爱开玩笑。大家不要当真。”

“郝书记，你这个人也太老实了，既然你知道是玩笑话，你又何必要拿来专门作个说明，哪像共青团领导？下一个该哪位自我介绍？”鞠南伊笑嘻嘻地抢过话题。

一圈介绍、推销，记住没记住，取决于你的记性优与劣，跟郝强主持好与差没有瓜葛。犯窘半晌，清空杂念，郝强说正题：“今天的会议，对我而言就是把人认到。再就是请你们回去发动全体青年团员踊跃参加‘我为共青团建个议’活动，搜集大家对共青团工作的建设性意见，以便我们今后开展工作有的放矢。”顺着套路来，郝强提出了目标任务，接着便是长篇大论，诸如提高认识，工作措施，组织领导，三点式经典讲话结构，既头头是道又四平八稳。

问卷调查表发下去，又提着暖水瓶满场服务的刘湘菊，突然停住了手中的动作，侧目看着郝强咋办。坐在会场犄角做记录，权当会议秘书的王大勇也将拿着笔的手僵在空中。因为他俩和郝强及其他参会者再次听到搅局者的发问。

“郝书记，我们现在就有建议可不可以反映？还是非要反映到‘我为共青团建个议’调查表里头？”打断郝强讲话，瞎起哄的是鞠南伊，点子多，脑子转得快。不按会议流程来，但也不无道理。

共青团开会，经常这样，主次不分，没大没小，无厘头。有年轻人的地方，就容易“礼崩乐坏”。

“当然可以，随时欢迎反映，共青团的大门是敞开的。”郝强不愠不火，倒要看看鞠南伊会吐出什么象牙来。

郝强允诺，鞠南伊也不客气：“我的意见不多，就一条，共青团工作要有声有色，我的体会两个字：活动。”噤声，戛然而止。

怪人——郝强拿笔正准备记录，笔尚且未握稳，就听不到下文了：“完了？”

鞠南伊俏皮地答道：“完了。”

“开什么玩笑？你这等于不说。”郝强不无讥讽。

鞠南伊还不消停：“我这是让你去悟。”这哪像下级跟上级说话，长幼无序。

各基层团组织广泛发动，乡团委的号召像股股电流传送到每个青年团员的心田。一时乡团委收到来自各个团组织、青年团员个人的来信、来访、来电如潮水般一浪盖过一浪。郝强喜出望外，互动效果超出预期。这不折射出青年团员渴求组织的心声吗？郝强心里荡起层层涟漪。

刘湘菊、王大勇帮忙帮到底，应郝强之邀，一同将搜集到的一大堆建议，分门别类归集。青年团员们反映最集中的是，希望共青团组织多开展活动，比如搞演讲比赛、歌唱比赛、诗歌朗诵、辩论赛、做善事、读书会……把年轻人团结起来，发挥他们的聪明才智，调动他们的澎湃激情，为四个现代化贡献青春和力量。

细思极恐，郝强忙活半个月的结果，居然被一个涉世未深的黄毛丫头提前押中。这不正是鞠南伊说的“活动”吗？难怪她敢犯上命令他“悟”。

“刘姐，你说说，这么多建议，哪些可以吸收、采纳？”郝强拿着汇总单子，开放民主管道。

刘湘菊发表自己的看法：“我觉得演讲、唱歌、诗朗诵都可以，其余的不适合集体活动，只能小团队或个人进行。”

“大勇，你的意见呢？”郝强见王大勇笑而不语，也想听听这位参与者有什么高见。

“我很赞同刘姐的说法。其实我在汇总时就有这种感觉。建议固然多，不可能条条都要用，而是要用得上，并切合实际。”王大勇的回答带有一种朴素、原始质地。

“我与你俩的认识差不多，说明我们是同路人，看事物的角度和水平相同。”郝强有夸耀英雄所见略同之嫌。

建议摆在桌上，可选的方案若干。郝强烧脑，世界上没有最好，适合才是唯一。

有舍有得，郝强果断作出决定：演讲。门槛不高，演讲就是说话，都是中国人哪有不会说中国话的，只是比谁说得顺溜、逗人听。人人可以参与，既可当演员又可当观众的活动。而且价廉物美，折扣大实惠多，花小钱办大事，照样热热闹闹、轰轰烈烈，不比豪华晚会掉价。

孟其高支持郝强的想法，特地给乡长夏伯良说，从紧张的机关经费中挤出500元作为演讲比赛费用。郝强当团委书记头回提个要求不可能不给，给就大方点。

郝强担忧的钱有了着落，着手谋划组织工作。搞工作离不开行政手段，以乡团委的名义发出的红头文件，像一道令牌投向各基层团组织。郝强响亮地提出演讲的主题：青年人的索取与奉献——围绕主题，可以自拟题目，结合自身实际撰写稿子，发表演讲。每个团组织必须组织2至3人参赛，先初选，再复赛，最后10人入围进行决赛，并评出组织奖和个人奖，发给奖金和奖牌。

瞿义乡改革开放以来最大规模的团的活动，有盘古开天地的味道，引来空前的轰动效应。多数人闻所未闻这是什么玩意儿，有的人虽听说过但那是多年前的事且久未再见。全乡上下，一时竟然传得沸沸扬扬，吸睛不少，吸粉无数。许多青年人跃跃欲试，踊跃报名参赛。郝强带着欣赏的眼光和严格的尺子审查初步的报名情况，报名的青年团员爆满，没有一个团组织达不到基本人数要求，有的已超额。郝强伸伸腰，长长地出了一口气，请客有客来，主人脸上有光。表明赛事受人欢迎，活动有群众基础，至少他的初衷不容质疑。而眼下最该保证的是不能打击青年人的热情。

报名截止时间到点，郝强在比赛组委会会议上重申早在红头文件中提出的一条重要原则：公平公正。不厌其烦，详细具体重复保障“原则”兑现的操作办法：初选，由各团组织将审核通过符合报名条件的人按规定时间送到乡上，进行演讲，接受组委会统一组织的评委现场打分，依据成绩取足复赛名额；进入复赛的人选，规定内容必讲，然后自选诗歌、散文或小说片段自由发挥。复赛评委的组成有变化，邀请团县委的同志参加，体现权威性；决赛规则在决赛前公布。

郝强把要说的话一口气吐出来，说得一屋人血脉偾张，而且还有些许迷茫。

盛小海不解地问：“如有人当天有事来不了，怎么办？”

郝强翻了翻比赛规则，说：“要叫参赛者提前安排好自己的事，尽量不请假。如果确实有人来不了，只能算自动放弃。凡是团组织选送的参赛者有缺席的，在评组织奖时会被作为一个扣分项。”

“郝大书记，我提个问题可以不？”鞠南伊说话的方式总是与众不同。

“怎么不可以？”

“如果团组织书记亲自参加演讲的，评组织奖时会不会加分？”这就是鞠南伊的怪问。

“你参加吗？我怎么不晓得。这个问题不是问题，在我们的比赛规则中已有规定，你看看就知道了。今天开会的重要任务，是我们要组织好参赛选手，而且要保证比赛的公正性。胜则胜得有理，败则败得服气。”郝强不直接回答提问，免得鞠南伊又生出更多奇奇怪怪的问题。

号令发出，比赛拉开帷幕。自下而上，层层选拔，像筛子过豆子，瘪粒漏掉，饱粒留下。10名幸运者获得决赛资格，盛小海、鞠南伊、刘湘菊闯入其中，成为十分之三，分别代表溶水村、瞿义乡中学、乡机关团支部参赛。新人旧人上阵，既不知根也不知底，没有真功夫走不远。戏好看不好看，谁能笑得最灿烂，无法预测，唯有场上过招。

乡礼堂早已座无虚席，一些热情四溢，爱好喧哗的人进不了场，或坐或站礼堂外听声音，也不妨碍他们对享受文化生活的热切渴求。

演讲比赛到了决赛时刻，郝强事事亲力亲为，格外花心思。他生怕组织粗糙和失误，遭领导批评和青年团员嫌弃。特邀嘉宾请来团县委书记李义夫、瞿义区团工委书记余立奇坐阵，乡上党政领导全体站台，部分乡机关工作人员被抽调来为比赛服务。各村党支部、团支部书记，乡属单位团组织书记，以及各村、乡属单位部分青年团员、少年儿童参加。评委的组成，不同于初赛，更有别于复赛，不仅扩大人数，组织专业评委，而且从包括村党支部书记、团支部书记、乡属单位团组织书记、一般青年团员中选出20名代表，作为观众评委。专业评委、观众评委分别打分，按6：4的比例计分。

礼堂一二排整整齐齐坐着一溜评委，选手表现的好与差，他们近距离观察入微，像手持放大镜，进入镜面的一粒沙尘也会变成小石头。评委席后面坐着李义夫、余立奇、孟其高、夏伯良等县区乡领导，他们像演讲决赛的有力见证人，又像威严无私的居中监督人。安排他们坐在最佳位置，是比赛需要，而不仅仅是地位决定。

主持人激情飞扬说了开场白，就等于唱戏敲响了开场锣鼓，演讲决赛正式开始。

盛小海运气特别好，抽签抽到第一个登台。他走上演讲台，扮成熟先碰了碰话筒，话筒像被整痛了般噗噗两声，实际上工作人员早就调试过，不去碰话筒，声音照样响亮、纯净。深呼吸了一口气，吐出背得滚瓜烂熟的文字。他的演讲题目是“青年人应该多奉献少索取”。按比赛规则，选手必须用普通话脱稿演讲。盛小海开口来了一句“川普”：珍（尊）敬的各位领套（导）——把评委和观众镇住了，礼堂里有人舔嘴抿笑，传出一阵窃窃私语声。好在盛小海稿子练习、演讲了无数次，不见卡壳、迟延现象，听起来顺溜。至少没有因为场内观众小声交流打乱节奏，依然在气质上不输、手势上有范。眼看就要结束演讲，哪知他居然忘词，冷场了十多秒钟，也没想起结束语来。憋了半天干瘪瘪地来了句：啊，青年人奉献吧！

郝强在座位上大气都不敢出，着实为盛小海收不了尾急得差点帮他说一句，让他下场。幸好铁一般硬的规则把他死死拉住，没敢冲动。

盛小海勉强完成演讲，第一个登台并不预示着结果第一。

第二第三个演讲者出场后，便到鞠南伊演讲。鞠南伊以讲一个小故事为由头，引申出她要表达的主题，并在演讲中串上两个小故事，证明观点的正确，整个讲稿结构挑不出多少毛病。中师毕业的她，化妆加包装，光彩照人，远观近看实为乡间尤物。讲台上一站，让所有人眼前一亮。能歌善舞，落落大方，帮助她的演讲流畅自然，似行云流水。只是她讲的故事脱离实际，有瞎编之嫌。比如，她说，有一次她去帮一个五保老人抢收小麦，突然感觉月事来了，她仍然坚持到收完。这是意志品质战胜不了生理局限的事，明显夸大其词；她又说，她连续三天没有吃饭，把节省下来的饭菜票折现，捐给学校购买图书。这不把人饿坏？她最后说到，某年冬天，她去上学，途中见到一个落水儿童，她二话没说跳下去救人，全身湿透差点把命搭上，然后没留名就走人。她会不会游泳，棉衣裤浸水后游不游得动，令人怀疑。

刘湘菊最后一个上场。她虽然薄施粉黛，但几乎是素颜。尽管如此，她台风稳，普通话标准，情真意切，赢得阵阵掌声。她从历史上的一些伟人、名人，穷则独善其身，达则兼济天下，引申出修身齐家治国平天下的家国情怀，再讲到今天身边的一些活雷锋，公而忘私，大公无私，让世界充满爱，舍小家顾大家，做好人好事……得出结论：吃亏是福，奉献就是我为人人，人人为我的辩证统一。

评委经过紧张打分、计分，比赛结果出炉：刘湘菊摘得头名，鞠南伊和另一选手排第二，盛小海仅获鼓励奖。

结果公布后，主持人请选手和观众原地休息，组委会准备妥当，稍后举行颁奖仪式。

一切似乎都按预定程序进行。可是鞠南伊不干了，她向郝强提出了抗议：“郝强，这就是你口中的公平？为什么第一名会是刘湘菊？”

“为什么不能是刘湘菊？这是评委和观众代表打的分，难道不公正？”郝强反唇相讥。

“刘湘菊是你们乡政府的人，你们内定了得奖名单。”鞠南伊无中生有一条罪状。

“你胡说八道。不要认为自己没有得到第一，就说不公平。”

鞠南伊也横起扯：“那走着瞧，你们有权决定名次，我也有权拒绝领奖。”

鞠南伊要起小孩子脾气来，这还得了。郝强心里苦啊，这么多领导和嘉宾出席，并将为获奖选手颁奖，如有人故意不上台领奖，那不是让自己难堪。他改变策略，绝不能针尖对麦芒，与女人一般见识。他不再强硬，而是以温和的口气说话：“南伊，千错万错，都是我的错，你不去领奖，我就会死得难看。你一会儿一定要去领，就当支持我的工作。”

“我不得去领。”鞠南伊一口回绝。

“算我求你了，颁奖仪式后我请你吃饭，总可以了吧？”

“不去就不去。”

主持人在提示所有人安静、坐好，颁奖仪式即将开始。郝强心里急了：“南伊，我跟你下跪，请你去领奖，可不可以？”

“我受不起你书记的大礼。”鞠南伊有些松动了。

“你只要去领奖，今天过后你说咋办就咋办。”郝强也是想不出办法，只要能把鞠南伊诓骗上台领奖就谢天谢地。

“好，这是你亲口说的，不怕我开出条件吓死你。”遇到这种要赖的高手，郝强只有“上级服从下级”。

颁奖顺利结束，演讲比赛圆满落幕。郝强却有些落寞。

二四、函授学习

1984年，国家机构改革，人才匮乏，青黄不接，“有文凭先上”成为全社会的呼声和共识。文凭已然是一个时代的敲门砖、硬通货，亮出金光闪闪的招牌即可高人一筹，赢者通吃。

次年，巴蜀干部函授学院应运而生，美丽初衷为提供在职学习，让一些干部晋级大学专科学历层次。消息传到瞿义乡，一石激起千层浪，一批渴望解决低学历的人，从绝望中看到了希望。本来心里不踏实，每天当最后一天工作时间的招聘干部眼睛发酸，抑制住彷徨、渺茫，互相鼓励报名。刘湘菊、王大勇、贺方深去了。郝强抱着试一试的态度，也随了大流。虽然高考失败的打击至今还阴魂不散，弥漫心头，且报考也并无多大信心和勇气，但不死心又像魔鬼经常出没脑海。报名似一种传染病，你报我也报，反正成本不高，报名费人人出得起。乡政府一些高初中毕业多年，年龄稍长的干部也跃跃欲试，蜂拥而上，管他是脚不是脚，都往靴子里头刴。

考上大学中专（中师），那是人尽皆知、人人向往当城里人、当干部的正经渠道、黄金通道。函授还是一件新鲜事，闻所未闻，没有人知道到底能不能读得下来，读下来的大专文凭国家承认不承认，更无从计较其含金量有多少斤两。

虽然一度有过顾虑，但认真执着，说一不二的性格，顽强地潜伏在郝强沸腾的热血之中。一旦决定了的事，一往情深像珍藏一块宝在怀中不愿离身。郝强随时随地背着函院发下来的考试用书，忙完工作，见缝插针掏出书来复习。高中毕业一年多，摊开书本，曾经读书的场景虽然远去不可追，但深刻的印痕时间磨不掉。回味校园生活的熟悉、单纯与不堪，爱恨交织，成败眨眼间。彼时半军事化的日子，高强度的反复训练，压得喘不过气来，恨不能逃离，再不相见。但离开后，喜欢读书的日子成为长久的惦念。而今重拾课本，失而复得的急迫，爱不释手的情愫，唯有经历高考落魄不得已撂下课桌的人，才会刻骨铭心。

县上组织了统一的复习班，而全天要人伺候的党政办公室不答应郝强脱身。他只能在周末参加，业余时间就显得格外珍稀与节省。刘湘菊、王大勇、贺方深请全假上课，断断续续学习的郝强，守候着来来往往的人们，收收发发的公文，叫叫嚷嚷的电话，拖拖拉拉的会议……焦头烂额，无空可闲。着急是没辙人的借口，想不掉队，吃苦是追赶队伍的超车道。他不怨天尤人，白天快快乐乐交给公家，晚上安安静静留给自己。手不释卷，掌灯啃书通宵达旦。

郝强克制惧怕，随着人流步入成人高考考场。凝神一望，教室的设置，考生的坐姿，老师的监考，考卷的发放，与普通高考并无异样，唯一差别是考生的脸上多了些沧桑。触景生情，诱发高考恐惧症，惊慌颤栗、魂不守舍、虚幻梦游……几乎击毁郝强的应考防线。又要重蹈覆辙，再开启一段痛苦之旅，他不愿再来一遍。他使劲甩甩头，拍拍脸，从精力不集中的走神样，精神抖擞返回现实考场。收回散乱不振的精神，拼命盯死试卷，奋笔疾书哗哗答题。心理暗示，不能自已吓自己，正常发挥就是赢。

果然，成绩公布，郝强摘取瞿义区第一，数学满分。毫无疑问考上了。刘湘菊、王大勇、贺方深也在意料之中，榜上有名，虽然名次靠后一些。瞿义乡其他报考的人就没有这么幸运，毕竟实力决定水平。孟其高、夏伯良为体现尊重知识、尊重人才的方针，在机关伙食团，加了两个菜，请考中的人喝了一顿小酒，以示庆祝。并表示全力支持，希望他们珍惜难得的学习机会，学到真本领，争取更大的进步。

开学典礼在县教师进修学校举行。密密麻麻一屋人，目测有近百人。上了几天课后，郝强总算搞明白，函授学员中，乡镇的招聘干部和脱产干部占绝大多数，县级部门及其下属单位职工也占一定比例。工人、干部，年长、年少都不缺席，似乎啥人都有。主席台整整齐齐一排人，正襟危坐。郝强一个也没见过，连似曾相识的都找不出。山旮旯的人哪见过大世面。他能做的也是该做的就是，幸福地傻傻仰望。直到听到主持人隆重介绍，才惊讶地晓得函授学院来历不简单，出身名门，身价高贵。它是省委宣传部主办，各县宣传部设立县级辅导联络站。站长也不是一般人，由县委宣传部一名副部长兼任。因为是首届学生开学，县委宣传部长亲自出席典礼，“大驾光临”——这个词用在这里没有一点拍马屁的意思。郝强发自肺腑是这样认为的。以至于站长致欢迎辞后，学生代表发言，班主任发言，相关部门表态，压轴戏是宣传部长作重要讲话。一系列的轮番登台，他的手拍红拍痛，也难以抑制读大学的急切期待。

函授，一种调和工学矛盾的学习形式。每个月集中学习一周，或每个周末学习两天，其余时间工作，业余自学，完成老师布置的作业，并通过信函上交作业，与老师沟通交流。郝强如鱼得水，边工作边学习，像水蛭的吸盘两头抓到，哪头都不耽误。他如同长着精明商人的脑袋，自有一本生意经。无业的人没工作想工作，有了工作不珍惜，终究会得而复失。而工作没文凭加持，与着一身蓝布衣衫的老农民无异，粗活重活有你干，换个体面的活儿谁恩准？更何况文凭当道的年代，缺少金字招牌，想走远，行路一如“蜀道难”。

人要为目标而活，生活才有意义，人生才有方向。而拥有小目标，也能塞满空虚的心房。郝强“获取文凭”的不泯念想，时刻叫醒他：青春年少好读书，莫误前程休偷懒。高效率作息，当天能办好的事当天做好，绝不拖到第二天。进到寝室，不是倒头大睡，而是像电视机切换频段，放下公务，拿起书本。不嫌弃必修课还是选修课，只要是书他都一本一本地读，逐字逐句分析研究、背诵理解，画出重点难点。

书到用时方恨少——问郝强，他的体悟深刻，起草文件、讲话，照抄照转，把“我县”改为 “我乡”，这样的事好办，而要重起炉灶，写出新意、水平，给他贴上“江郎才尽”“黔驴技穷”“捉襟见肘”之类的标签，实不为过。有时为找一个好词妙语挖空心思也不得要领。回炉学习，为文凭而战不假，给自己充电更是真。郝强如饥似渴地学习，像书中真有“黄金屋”“颜如玉”，一天24小时嫌不够用。埋头一段时间，他渐次发现自己是独行人，同样参加函授学习的刘湘菊、贺方深、王大勇并未像他如此这般刻苦。三人中刘湘菊相对认真，时不时碰上交流两句读书的事，沾点读书人的意味。而另两人似乎没有那回事，未看到学习的样子，不仅白天未发觉，就是下班也未曾听说。反倒不是打麻将就是与人喝酒，常常耳闻目睹。他们无忧无愁，快意生活，函授不函授，屁大点事，何必放在心上。苦行僧怀疑自己的对与错，得不出正解。较真的与混日子的碰上头，较真的碰得头破血流，止血后继续较真，性格使然。

有一天，郝强在办公室忙里偷闲将书拿出来看时，贺方深和王大勇匿影藏形进来。贺方深一把将郝强手中的书夺下：“郝强，你成了书呆子了。一个函授何必那么认真？”

郝强惊吓不浅，又不好生气：“你两个像做贼一样，偷偷摸摸，先敲敲门再进来行不行？当乡干部这么久了，还不晓得起码的礼貌？我跟你俩说，要是把人吓出个三长两短，看你们跑不跑得脱！”

贺方深嘻嘻一笑："你我谁跟谁呀，又不是认不到，还要那些礼貌做啥子？"

"哎，郝强，说点正事，我和贺方深来，是向你请教的。"王大勇说出了来的目的。

"请教？开玩笑开错了地方。"郝强也不客气。

"王大勇没有开玩笑，他说的是真的。"贺方深收住嬉皮笑脸，"郝强，你晓得的，我和王大勇耍心大，函授的书没时间看，老师留的作业还未做。你学习态度端正，我们想把你的作业本借起去参考参考。"

原来两个家伙是为这事而来，郝强故意说："我也没做好。"

"哎呀，郝强你莫欺骗我们两个的善良，我们知道你早就做完了。你行行好，就借我们一天。你不借我们就不走了。"王大勇死皮赖脸乞求。

郝强讨厌不劳而获，更对学习放任不羁的人深恶痛绝，借不借就等着他一句话。而这句话非同小可，事关同事、朋友间的友谊、互助、情义，可以让人笑，可以让人恨。"借可以，但只能借半天。"

两人相视一笑，双手合十，以表谢意，接过郝强递过来的作业本，像捡到个大便宜偷着乐去。

送走两名不速之客，又一个人不招自来。"哟，娄大爷，好久没看到了，今天来办啥子事？"郝强明知故问。

"啥子事？你不要揣着明白装糊涂。我已经来过好几回，都说你去城里学习去了。我的狗呢，你不是说在帮我找吗？找到哪里的？"娄老头就是一个催命鬼。

"狗的事，莫急。狗是长了脚的，它也像人一样爱走亲戚，不是说找马上就找得到的。"郝强脑子高速运转找理由。

"你不要跟我扯把子（四川方言：说谎话），你以为我是三岁小娃娃，随便说两句就可以打发？"

"我没有打发你，你坐到慢慢说。"

"我今天逮到你了，你不跟我说个明白你别想脱得了爪爪。"

"那你想要我做啥子你才要得？"

"把我的狗还给我，啥子事都没得。"

郝强心里有苦说不出啊，娄老头的狗早被打狗队员小熊毒死，叫他到哪里去找呢？唉，与其无中生有说去找，不如趁早换个角度说话试试：“娄大爷，我说你也不要找狗了，县上乡上早就宣传打狗灭犬，你的狗也是属于该打的范围。现在没看到，就当被打死了，算你支持政府工作。”

“你说得轻巧拿根灯草。我的狗不在了，就不明不白算了？你少跟我说空话，把狗给我找到再说。”

“假如找不到怎么办？”

娄老头一火冒起，嗓门提高八度，整个办公楼的人都能听到他的暴跳如雷：“你一天一天骗，弄起我跑无数趟空路。今天不把我的狗找到，就拿你的命去抵狗命。”好嚣张，好大口气。

“娄老头，你不要认为你声音大就把哪个吓得到，你的狗就是我们打死的又怎么样？别人的狗都打得，你的凭啥子要搞特殊？”郝强不梳顺顺毛了，以非对非，以硬碰硬。

娄老头一把抓住郝强，大吵大闹：“我的狗果真是你们打死的，我早就怀疑你们了。刚才你亲口承认的，那你必须去把死狗找出来，我要挂到你们乡政府门口开追悼会。”

郝强一拍桌子站起身来，与娄老头对视：“你胆敢做，我就敢抓你。”

“你有屁眼劲就来，老子坐在这里等你抓。”娄老头耍横了。

郝强提起话筒，欲拨给派出所。

乡机关的人被两人的争吵惊扰，楼上楼下的人踩出零乱的脚步声赶到党政办公室，劝架。哄的哄，拉的拉，好话说一箩筐才把犟老头请出门。到了门口，他并没投降，又突然变卦，像泼妇就势坐在地上，反身用手死死抓住门框。“今天不解决问题我不走。”

“你们把他拉走。”郝强不想跟他纠缠，没完没了。

有人强行掰开娄老头的手指，其他人协助把他抬出了乡政府大门，丢在街上，随即把大门关上。娄老头回身再敲打大门时，大门紧闭，敲也无用。

在郝强眼里，每月一次的函授集中学习极端难得，即便天下刀子他也会顶着一口锅去，绝不会错过。走进教室，老师上课。这次不同寻常，他未叫同学们翻开课本某页某章某节，而是拿出三本作业，在众人面前挥了挥。所有人不知何故，这时老师说话了：“这是三个同学的作业本，跟大家交的一样，普通得不能再普通了。但是这三本还有不普通之处，你们知道是什么吗？”

教室里寂静无声，没有人猜得透。

不卖关子，不吊胃口，老师说出了答案：“这三本作业的不普通之处在于，它们上面的答题，丝毫不差，连其中错误答案也惊人地相同，三人合一，想的做的出奇地一致。你们说怪不怪？”老师狠狠扔下作业本，手从左至右、又从右往左指点学生，放开嗓子问道，“是谁干的？站起来，让我们好好认识认识。”

大家窃窃私语，面面相觑，彼此成了怀疑对象。但没有人自告奋勇站出来。

“没有这个勇气，敢做就不敢为。好吧，还是我来点名。”老师失去耐心，自揭谜底，“郝强，还认得你的作业本吧？”

郝强万万没想到老师居然点了他的名字，他本能地站了起来。教室的人以奇怪、不解的眼光看着他，好像他是一只过街老鼠。他始料未及，无地自容，他感到莫大的羞辱。错在哪里？他老老实实读书，做作业，从未奢望以投机取巧的方式应付、交差，这不是冤枉好人、老实人吗？

老师漫不经心地说道：“郝强，为什么要抄袭别人的作业？”

郝强据理力争：“我没有抄，我的作业是我自己完成的。”

“那为何你的作业与另外两本一模一样？”老师反问。

坐在前排的王大勇、贺方深将头深深埋下。郝强正要辩解时无意瞟到两个家伙的异常，他沉默片刻，换了一种口气，说出了另一番话：“我也不知道，该打该罚，老师你决定。”

“郝强，这个月的作业加倍，以观后效。”老师直截了当。

课后，王大勇、贺方深跟郝强赔礼道歉。郝强没有责怪，只是说了句：“你两个太懒了，连抄个作业都不讲技巧，今后不给你们借作业本了。”

二五、好事跟着来

年底，各种检查、考核、汇报自然而然多起来，像秋收季节该交果实了。

县委书记冯天轼身体力行，整天在基层跑。一个晴好天，他到瞿义乡调研，讲了当前和今后的工作后，突然提起溶水村的共青团工作，称赞该村团的工作有特色有成效，其先进典型在全县要树好，不能垮掉，并问起团支部书记来："其高，溶水村团支部书记叫郝强吧？给我的印象很深，人机灵，爱动脑子，踏实。"

孟其高答道："冯书记，这个小伙子是叫郝强，现在已到乡政府当招聘干部，既是乡上的文书，又是乡团委书记。工作积极肯干，为人谦虚，全乡上下对他评价很好。"

"入党没有？我上次到这个村调研时，问过他的政治面貌。当时他年龄小，不符合条件。"县委书记是大忙人，但心思是缜密、细腻的，曾经说过的话一年多居然还记着。贵人多忘事，纯粹是瞎说。

孟其高恍然大悟，暗想书记不说这事差点忘了。当时冯天轼去溶水村，关心过郝强的政治进步，他是在场人。"冯书记，你交代过的事，我们抓紧办。"

县委书记又一次问到一个年轻人的进步，孟其高不敢怠慢和耽搁，面对面交给党委副书记陈丰落实。"郝强，你在村上写没写过入党申请书？"陈丰接到孟其高的指令，更是事不宜迟，急事急办。

郝强被问得丈二和尚摸不着头脑："我在村上写过，大概是一年前的事。只是不晓得陈书记今天问起这事，有什么要我做的吗？"

陈丰扬扬手，笑呵呵地说："你呀，身在福中不知福。有人在关心你的入党问题。"

"陈书记莫洗我脑壳了，哪个会关心我？"

"你真不知道吗？县委冯书记这次来我们乡调研，专门问起你入党的事。这不，孟书记就叫我来办。"

"哦哦哦，冯书记去过溶水村，是问过我入没入党。我当时在村上当团支部书记，还不到入党的年龄条件。"郝强虽然惊讶，但难掩自豪，"过去这么久了，都是陈年旧事，你不说我都不好意思再说，说多了，别人会说我显摆。不过，冯书记真是记性好，连我这么一个基层毫不起眼的人都还放在心上。"

"你这是我们农村说的遇到了贵人。"陈丰感叹道，"好了，不说其他了，说你入党的事。你参加入党积极分子培训没有？”

“我交了入党申请书没几天，乡上就通知我去党校学习。我搞不清楚这算不算入党积极分子培训？”

“这样吧，你抓紧回去找村上把你原来那套入党申请材料交给我，我再转给乡机关党支部，我们按入党要求和程序来办。”

郝强光荣地加入了中国共产党，成为一名预备党员，预备期一年。

成为新党员的郝强，工作更加积极，要求愈加严格。一日，郝强在办公室整理文件，孟其高急冲冲进来：“郝强，准备一下，下午组织部要来搞个党建调研。”

在乡政府工作后，郝强慢慢养成了接受任务从不讲条件的习惯：“要得。我把会议室卫生再打扫一遍，茶杯洗干净。”

孟其高瞄了瞄郝强，特别提示：“作为办公室工作人员，你自己也要把衣服穿整洁，注意形象。”

“遵办。孟书记，我不会给机关丢脸，更不会损害机关形象。”郝强忙完事务性工作，中午从仅有的几件衣物中挑选了一件自认为可以赶场的衣服穿上，书记交代了的他得落实。

组织部的人不搞花拳绣腿，进入乡机关便在会议室着手找人谈话。没有像往常去农村、企业走走看看，先做调研，再座谈什么的，发表一通指示。郝强满腔热情，主动履行办公室人员职责，提着暖水瓶、端着茶杯去服务，但来人客气地说：“小郝，你把暖水瓶和茶杯放好就行了，你去忙吧，这里由分管党务工作的陈丰当联络人。”原来那里不需要他。他知趣地撤回，安排本职工作，忙党政办公室的事。

乡党委、人大、政府班子成员，一个一个由陈丰通知，个别座谈。每人去谈的时间不等，平均五分钟。依次是乡政府的一般干部，包括郝强这个新人也不例外。乡机关所在的瞿义村“两委”书记、主任也被通知谈话。孟其高放在最后，他谈了半个小时，因为全面汇报必然耗时长。

乡上座谈结束，组织部的人不辞辛劳与瞿义区委领导交流意见后，方才打道回府。

郝强每天起床，三件事：上厕所，打扫办公室卫生，洗漱吃早餐。乡文书，特定的职业决定作息时间两头拉长。早餐完毕，上班即刻开始。书记、乡长还未到办公室前要将茶水准备好，清洁做好，当天的文件、报纸、来信等摆放在他们的办公桌上。这不成文的规矩，历任文书皆如此操练。郝强不可能不遵从。这会儿，嘴角还沾着馒头渣，他就动手把邮局头天下班送来的报纸信件进行分发。按部就班，不用太多的专业技术，人勤快便可胜任。天天如此，郝强已是熟练工，这堆东西该给何人，该送何处，他闭着眼睛也不会搞错。但自信也有咋舌时，郝强一剪刀剪开一封组织部的公函，抽出里边的文件，上面居然印着他的名字。他的头轰地大了，闭目平静，以为看错了，揉揉眼再仔细看，没有错。白纸黑字，清清楚楚，分明正确。

文件标题便是“关于提名郝强同志任职的通知”，而且内容再明白不过，“1985年11月28日，经县委常委会议研究同意，提名郝强同志为瞿义乡人民政府副乡长候选人。请按法律程序进行选举，并将选举结果报告县委组织部、县人大常委会。”

郝强懵圈了！这一定是哪里出了差错，或者还有个叫郝强的人。怎么可能提拔他当副乡长？尽管看了好几遍组织部文件，郝强仍然不相信这是真的。

郝强拿着文件去给孟其高看，孟其高哈哈一笑：“郝强，祝贺你！”

“孟书记，这是怎么回事？是不是组织部把人整错了？”

“郝强，没有错。你当副乡长已是铁板钉钉的事，只要乡人代会一开，把法律手续进行完你就是合法的乡领导了。”孟其高两眼放光。

孟其高越说越把郝强搞迷糊了，他不知道这是哪来的好事。他可能忘了农村的俗话，运气来了门板都挡不住。

孟其高进一步解密。他说，原来乡上分管农业的副乡长调离后，这个位子一直空缺。他给区委领导汇报在本乡产生，便推荐了郝强；区委又给组织部报告，组织部采纳这个意见，派人到乡上以调研党建的名义，拐弯抹角，迂回曲折，不知不觉，绕个大圈子把郝强给考察了。干部工作是有几分神秘的，那时组织部考察干部，出于保密并不直说，而是曲线了解。经常这么干，没有人质疑其公正性。

弄得郝强哭笑不得，难怪孟其高那天要吩咐他注意穿着，可能他早就知道组织部是来考察干部，调研党建只是一个借口。组织部找郝强本人去谈的时候，所提的几个问题，绝非高大全。比如，问他是从事什么工作的？他答乡文书、乡团委书记；问乡党委重不重视团委工作？他答非常重视，要钱给钱要人给人；问文书工作累不累烦不烦？他答喜欢，只是刚从事这个工作时不熟悉慢慢才适应；问下村的时间多不多？他答有，但不是很多；问今后有什么打算？他答没有长远考虑，走一步看一步，把眼前的工作干好。

郝强以为还会问些啥时，组织部的人伸出手来，说声“谢谢”——谈话结束——仅此而已。

问不明白的事不问，就像有人说鸡蛋好吃，用不着问是黑鸡还是白鸡所生。客观事实是郝强升官了。

一年多来，郝强似乎搭上了幸运号列车，好事接踵而来，捷报频传。大专函授学习，期末考试，郝强超常发挥，四门课都在90分以上，不经意成了全班第一。但是瞿义乡的另外三个小伙伴就没有这等好事。刘湘菊侥幸过关，门门功课踩在及格线上。而两个贪玩、抄作业的则惨了惨了，王大勇两门课60分以下，贺方深三门课没过线。春节，就别指望普天同庆，欢度佳节，老老实实把吃课本当美味佳肴，开年赶客车去地区参加补考吧。机会唯一，文凭能不能到手和每月一周假的代价值不值，且听下回分解咯。

郝强同情两个兄弟伙的不幸，哎—— 一声叹息，爱莫能助。

二六、来了新的区委书记

春节放假返岗，乡上召开人代会，郝强毫无悬念当选副乡长。乡党委、乡政府给他分工分管大农业。

新春鞭炮的欢乐声响，犹如绕梁余音月半不绝，将农村从沉睡、寂寥的冬眠中叫醒，嫩绿、鹅黄的新芽、幼枝生在树上，更像初生婴儿带来新的希望。春天是义士，如约而至。农民退去笨重的老棉袄，撸起袖子、卷上裤腿意欲大干一场，仿佛用一个冬天积攒的能量呼唤大春粮食的好收成。

春耕大忙季节，郝强接班“三农”工作，丝毫不敢马虎。当务之急，是到各村检查春耕备耕情况。天天早出晚归，他早餐在乡场买两根油条，一碗豆浆对付。转悠到中午，顺便在村里搭伙解决午饭，然后继续出去转，至太阳下山收工。

农村田土下户后，集体劳动场面几乎消失，已然成往事。农民多是单干，生产的计划性被自主权取代，宏观调控失灵。郝强与村组干部一起，既催进度，又协调解决一些刻不容缓的问题，如化肥、农膜、种子供应不足，农机具缺乏等。在郝强眼里，栽种规模最是看重。他每到一处必须查看各家各户是否栽满种尽，存不存在撂荒。农事烦琐，事无巨细，他的检查一丝不苟，无一落下。虽然初出茅庐，但他来自农村。他心中有本账，农业技术没有新突破，单产恒定的情况下，多产粮食的唯一要件——保证种植面积。只要发现哪家面积打了折扣，他绝不放过，不补齐补足，休想过关。

郝强忙着进村入户转田坎，起早摸黑，农业之外的事没有心思去操心。有天黄昏，郝强前脚踏进乡政府机关大门，迎面碰上王大勇。王大勇神秘兮兮拉住他："郝强，哦，该叫你郝乡长，这段时间很少看到你。"

"一样一样，我也是没有看到你。"郝强急着回去洗臭汗，略显不耐烦。

王大勇上嘴皮搭了下下嘴皮："跟你说个事，今天县委组织部在区上召开全区领导干部会，宣布新任区委书记。你知道不？"

"我下村去了，我又不是千里眼顺风耳怎么知道。是哪个来当区委书记？"迟到的消息吊起了郝强的胃口。

王大勇白了一眼郝强："你爱听不想听，这下有兴趣了吧？叫李义夫，听说是团县委调下来的。"

"对对对，李义夫，团县委有个李义夫。"郝强重复了一遍名字，"是我们的团县委书记。我在村上时他来调研过，我跟他见过面。前年我们溶水村文娱队春节进城给县委拜年，那天他正好值班也出来接待过我们。只是太不可思议了，世界怎么这么小，居然他会来到瞿义区直接领导我们。"

"你还认识？是不是哟？"王大勇怀疑郝强吹牛，"那你攀上大官了。"

"莫瞎扯。是我认得到他，他不一定认得到我。"

郝强一身疲惫和泥土，风尘仆仆回到寝室。他从党政办公室搬出来，住进已调离的那名副乡长办公室。乡政府的办公条件简陋、实用、逼仄。一间房隔为两半，前半间公务，后半间睡觉。功能齐备，啥事不愁。郝强住在乡政府清一色的办公兼寝卧型"官邸"，在那里战斗过无数个日日夜夜。目前的居所与党政办公室一样的设计，不外乎因为是对外窗口，人来人往，党政办多半间，五六平方米。郝强不是讲究的人，他反倒体会出它的诸多好处。出寝室即入办公区，不想办公不想干活不想见人，想放松，门一关梭进寝室就见床。

乡机关的艰苦朴素和日常尬状，郝强司空见惯，处之泰然。他进到房间，提着塑料桶来到洗衣台，拧开水龙头，水哗哗流下。他懒洋洋地盯着从“龙嘴”出来的水柱磅礴地直抵桶底，晶莹泛白的水流并不是专心致志满足水桶，而是分心出轨洒出无数粒水珠湿润地面。拼命奔向目标，是水的幸运也是水的不幸，意外跑偏脱靶是水的不愿也是水的情愿。他想这同人生有异曲同工之妙。水满，从桶里溢出，郝强则从走神中收回注意力，旋转龙头，提着桶大踏步返身。水倒进面盆，取下毛巾，搓了搓，拧干，洗面。然后用湿毛巾拍打衣服，尘土飞满一屋。他噗噗吹了两口气，试图把尘土吹散，然而它在空气中自由自在飘荡，白吹无用。郝强索性出门，径直去吃晚饭，让尘土关在屋里，总有落地时。

有事无事往村里跑，已是郝强的嗜好，田间地头常常能见他质朴、单薄的身影。郝强心里装着目标，第一年分管农业，万万不可落后于人，起码守业，才叫及格。春耕生产是一年的重中之重，错过季节等于丢了西瓜抓到芝麻，全年粮食增产自然泡汤。这天，他来到瞿义村，喊上贾金才陪同。三组，瞿义村一个相对偏僻、不起眼的村民小组，背弯死角，外人极少涉足此地。郝强也是大姑娘上轿头一回。沿途农民劳作和忙碌的影子，郝强比看春晚的表演更舒心、踏实。三三两两的农民挥锄整秧母田，拉线刨沟开厢，动作麻利的，开始摆谷种（一种育秧方式）。春光像着一袭柔顺、白亮服饰的美人，提着太阳耸立高山之巅普照天下，春耕繁忙、勤劳、欢笑的图景映衬在广袤无垠的大地上。

作别一沟大田，顺路朝前步行两百米，拐弯却见几块麦桩残留的田块。杂草随性横行、野蛮生长，数朵无名小花点缀其中随风招摇，倒是一个适合青年男女追逐嬉戏，又可徜徉田园风情的乡村胜景。郝强没有闲心谈情说爱，粮食是他的梦中情人。他看不顺眼闲置土地里庄稼缺席，而让不能填饱肚子的荒芜、野花自由散漫。

郝强指了指前方，问：“贾书记，这是咋回事？”

“哦，这家人没有劳力，要等其他人忙过了，才请得到人帮忙翻犁办田。”贾金才早就了解他的心思，答案揣着随时派上用场。

“等别人忙完，季节就过了，还会有好收成？”郝强质问。

“问题不大。”

“问题不大？我看问题大了。我们村党支部干什么去了？”郝强恼怒，“党支部立在这里要起作用，赶紧组织助耕队今天把这几块田整出来，不能原封不动障眼睛。”

贾金才挨了年轻副乡长的批评，自然不舒服，一个嘴上的毛都还没出齐的人敢在老资格面前说三道四，哼哼。但又不好当面顶撞。“我这就去找人。”

“不要答应得快，要当真落实，我还会来看的。”初登领导岗位的郝强对付基层老油条还是有办法的，回不回头来看，是他的权力，但把话撂在这里，先祭出一拳事前敲打，未必是下策。

全乡各村组的春耕生产，郝强往返奔波，时刻不离土地，心里有本细账和实账了。照目前全民大干春耕的热情、进度、势头推进，满栽满插的阶段性目标，不难实现。后期再把管理跟上，譬如充足的水肥滋养；防治、消除病虫害；祈祷天佑农业，风调雨顺取代干旱洪涝威胁。又一年丰收不用愁。郝强每每幻想，仿佛幸福的笑容，成功的喜悦不自觉地浮现在脸庞。当然这是个人独处时的胡思乱想，人前该矜持时还得压制情绪泛滥。

从团县委空降瞿义区主政的李义夫，28岁年纪，年轻有为，风华正茂，一般人当成娃娃领导，识货人一眼看穿：镀金。组织安排李义夫到基层历练，前途光明，今后当堪大用。安顿停当后，李义夫近段时间密集找人谈话，赴乡村调研。

一天上午，郝强得到通知，暂停下村，乡会议室等候开会。他到达时，乡上领导，脱产干部，站所负责人济济一堂。一问啥事，有人神秘地告诉他，今天区委李书记要来。难怪主席台上不见孟其高、夏伯良，原来书记、乡长守在大门口接人。郝强入驻乡机关院子当招聘干部，对区委、区公所领导，尤其书记、区长就是神一样的敬重、远观，因为他与“高高在上”的他们距离尚远，连靠近的机会都难觅。无论汇报工作，还是个人交情，轮不到他。与人交往，也讲实力基本对等。郝强找了位置坐下，看了看一屋子满满当当坐着的人，放下手中的活不干，忠心耿耿等候李义夫的大驾，他质疑难道区委书记与众不同，长有三头六臂？不然一个普通人、平常人，会有这么多人傻等？权力有毒，容易上瘾。

会议室外传来急促的脚步声，轻轻的说话声，紧接着会议室门口响起急切的鼓掌声，参会的人知道要等的人来了。乡党委副书记陈丰站起带头使劲鼓掌，并暗示大家跟着欢迎。热烈的掌声延续到李义夫坐上主席台，亲切地微笑着望着众人，孟其高两臂平伸，手掌作扇风状示意停止，会场安静下来。会议主持人孟其高开响麦克风，介绍李义夫，以及陪同来的区上有关领导（有些多余，除李义夫新来外，这些人乡上认识，但有必要），再把乡上的领导逐一介绍。头头脑脑亮相后，孟其高汇报瞿义乡的乡情，经济社会事业发展情况，请求区上协调解决的问题。前面的介绍、汇报犹如给会议暖场，千呼万唤等的是依程序、惯例由李义夫讲话。

李义夫初来乍到，人生地不熟，泛泛说了到瞿义区的感受，今后的工作设想，并希望大家多支持区委和他的工作，多是客套话。还说与大家见面后，他将到村上去走走，眼见为实。李义夫的嘴唇上下吧嗒，而郝强的思绪飞扬，开起了小差。他在比较当团县委书记与当区委书记的李义夫有何不同。看起来人还是那个人，相貌没变，声音没变，个头没变，但几天的基层工作像催化剂在李义夫身上起了化学反应，没见过他的人读不出变化的微妙。语速放慢，动作迟缓，乔装成熟、老练，与曾经活跃、洒脱、阳光的团干部，判若两人。

兴师动众，孟其高迎接李义夫可谓特别用心，而会议半个小时便宣布结束，其高效率快节奏与平常开会拖拖拉拉、东扯葫芦西扯瓜，完全不是一个画风。郝强感叹，这么重要的会议可以开短会，为何其他工作非要开成流水会议。

李义夫走下主席台，笑容灿烂来到人群中，所有人自觉站了起来。他边走边与人握手，口中不断吐出“你好”“辛苦”“谢谢”的词来，孟其高跟在身旁介绍。拉着郝强的手时，李义夫破例停步，另只手用力拍了拍他的肩，信任、赞许的目光落在郝强身上，似老朋友相见。孟其高可能忘记了李义夫的共青团身份，介绍郝强也是乡政府领导时，区委书记直率地说：“郝强同志我见过好几次了，想不到别后一年余当副乡长了。祝贺你！”郝强忙不迭地说：

“李书记好，欢迎你到瞿义工作。有需要跑路的地方，你吼一声，上刀山下火海，绝不会说个不字。”

与李义夫握手，手与手接触不过眨眼间，礼貌而已，并不比其他人有异样。但令郝强长脸之处，李义夫能够记得他，叫得出他的名字，乡上其他人没有这等殊荣。有了与人不一样，郝强想的便多了，自作多情生出了找到靠山的浅薄和庸俗。瞬间的感觉不准，也许别人是出于礼数，也许是随意为之，也许……不管什么原因，李义夫是念旧的人，这点毋庸置疑。郝强举双手举双脚欢迎李义夫来瞿义工作，他不说官样话、奉承话，但他敢提只鸡砍鸡头赌咒发誓是真情流露。

李义夫急行军式地在瞿义区所辖各乡走马观花转了一圈，各处的风土人情，地形地貌，发展状况，干部情况，像简笔画在脑中勾勒出初步印象。新任区委书记认认人，谈谈事，深入乡村的亲民姿态有了。当然认识各乡情况的广度、深度有待时日，但丝毫不影响李义夫坐在区委向各乡发号施令。谁手中拥有人财物实权，谁就是吹哨人。李义夫并不担心乡上情况掌握的多与少，只要他需要，乡党委书记、乡长随叫随到，开口就有，何愁不知情。更何况他还有像郝强这类富有活力的共青团资源，搜集各种情报信息多了另一条管道。

既是预料之中，又在预料之外，李义夫派人找上门来，郝强被通知去见他。瞿义区委驻地设在瞿义乡场，区乡同处一地。从乡政府到区委，10分钟时间足够。郝强并不知道李义夫的办公室具体位置，向区委办公室道明来意，有人便热心地带他。李义夫正在与人谈话，他自觉地退到李义夫办公室外等。捱了20分钟，李义夫送人出来：“郝强来多久了？”

“李书记，我才到，就一会儿。”郝强害怕领导担心，没有说出实际时间，只含混表达。

李义夫与来人握手道别，转身，说：“郝强，走，到办公室坐。”

李义夫办公室，一个长方形的房间，侧面开有一扇窗户，承载整个屋子的通风采光功能。窗户下配置三人座沙发和一张木茶几，靠墙还摆放了三张凳子。房屋后半部摆放一张古色古香的实木桌子和半弧形靠背椅子，像老古董，正是室主的座位。桌子对面搭配两把猪肝色椅子，供来客使用。

“郝强，我到瞿义半个月了，你怎么不来看看我？”李义夫落座，大有责怪郝强不主动的意味，当然更多是找个开场白。

这一问话郝强感觉有些重，差点接不住。但他不能瞎编，实话实说："李书记，我听说你到瞿义后，就想着来看你，但我怕你不接见我，更怕别人说我巴结领导。"

"有这么多顾虑，还是共青团干部吗？我们是青年人，要敢作敢为，不要畏首畏尾。"

"李书记说得对，我多虑了。做得不对的地方，你今后多批评。"

"哪有那么多批评。你我有缘从事共青团工作，也有缘相识，从这个情分上说，我给你开绿灯，以后你有什么可以直接来找我。"李义夫似有江湖大哥情结。

这般豪气，义薄云天，有血性的郝强自然不会无动于衷："李书记，你有需得着我的地方尽管开口，赴汤蹈火也在所不辞。"

"郝强，我到你家乡工作，你也不请个客欢迎本书记。"李义夫跟郝强打趣。

郝强也不含糊其辞，月亮坝里耍弯刀——明侃（砍）："李书记，说多了是假话，就今晚请你，一言为定。"

李义夫倒底是年轻人，言出必行："一言为定，就我们两人，其他人不要。"

春风阵阵，夜色朦胧，乡场小店里，两人形如兄弟，撕碎高低贵贱，畅饮一壶，星夜一醉剩两人。

二七、重访缠访

忙了一段时间的计划生育突击工作，精力不济没顾及农业生产，主业冷落，被闲一边了。已是5月中下旬，郝强准备今天查看水稻栽插。自己分管的工作偏废不起，他一直告诫村组干部，农业季节性强，这季错失，粮食稳产高产等于睁起眼睛说瞎说。

正要出门，娄老头上门。郝强不想跟他死缠烂打，耽误正事，便堵住门不让进。娄老头哪管副乡长不副乡长，有事无事，他的事就是大事，以苍老的手一把推开郝强，趁他几乎趔趄，挤进办公室，腰板直挺坐在他办公的椅子上，俨然这里易了主。娄老头重访多次，经验老到、丰厚。他从别的老上访户那里学到了精髓，晓得找领导的技巧——掉颈鬼绵熟人。

“娄老头。”郝强原来对他客气地叫“娄大爷”，自从他时不时在办公室撒野后，郝强的耐心退潮，再没这么叫了，“你以为这是你家里，想来就来，想干啥就干啥。各自回去，这里不是你待的地方。”

“郝强，郝副乡长。”娄老头不急不恼，慢条斯理地说道，看来他的修养超越了一般上访者的固执、偏激，“这里你来得我也来得。你刚才说这不是我待的地方，那我问你这是什么地方？你比我更清楚这是瞿义乡人民政府，我是人民，难道人民来自己的政府还有错？人民来找人民政府的副乡长反映情况也有错？你必须跟我说出个道道来。”

郝强急着下村，只想三两句交涉走人：“娄老头，你少在这里无理取闹。你能够代表人民？”

“我不能够代表人民，那你给我说说哪些人才能代表人民？”娄老头狗的事不说，就来理论这些歪歪道理。

“不跟你扯这些没用的东西，你今天来有啥子屁就放，有啥子话就说。”

“你就是这样当领导的，人民来找你反映疾苦你说人民说的话是屁，你不怕人民向上告你一状？”娄老头是存心跟郝强唱瘪瘪腔（四川方言：故意对着干）。

“娄老头，你少在这里威胁人。”郝强用力拍桌子，“我叫你马上离开，否则我通知派出所来。”

“好，我今天就等到你通知派出所，看他们敢把我枪毙了！”娄老头回敬拍桌子，又抬手指着郝强，比他声音更大，“我就不相信共产党会叫你们这样乱整，把我的狗打死，连句道歉话都没有。”

两人似乎都掌握着真理，谁也不怕谁，越说越激动越起劲越离谱，吵架声像地震横波纵波相继传布，打扰了乡机关院子的肃静、安然。坐在办公室的孟其高耳膜快要炸裂，他本以为争吵几句会熄火，乡政府像这种上访从未断过，但闹腾的激烈程度预示靠自身克制刹车困难。他更担心年轻气盛的郝强动手打人，不能听之任之，任其成灾，他该当调解人出面劝架了。停下手中的工作，大步踏进郝强办公室。

老头和年轻人不仅吵，已经干上了。郝强高出一头，长手长臂扭住娄老头的衣领，娄老头则用脑壳抵住郝强的胸口，一只手揪着郝强的裤腰。两人像日本相扑运动员你进我退，你扭我扯。孟其高来得正是时候，他大吼一声："放开手，不要乱来。"他俩像两条头顶头僵持，斗红了眼的牯牛，谁也不愿松开手。孟其高快步冲过去，一手拉一个将两人分开。

"老大爷你请坐，我们有话好好话，君子动口不动手。我是党委书记孟其高，你有啥子事可以跟我说。"孟其高心平气和，挤出压制怒气后的和颜悦色。

"哦，你是党委书记，你正好来评评理。"娄老头像见到了救星，"乡上布置打狗灭犬，我跟负责我们村的郝强他们说过，我的狗是我的伴不能打。他们倒好，当着我的面不敢打，不晓得哪个时候偷偷摸摸就把我的狗收拾了，连狗毛都没看到一根。你说我气不气愤。我多次找郝强讨说法，他不但不理，反而还像打狗一样准备把我也打了。"

"娄老头，你是胀饱了还是得了神经病？在这里胡说八道。"郝强又跟娄老头杠起来。

"郝强你少说一句。"孟其高堵住自己人的嘴，"老大爷，你说这事哟，我知道，郝强之前给我汇报过。怪我没有及时处理。这样好不好？你到我办公室我来想办法解决。"

"要得，我相信你。"

娄老头半信半疑，随孟其高走了。郝强傻傻地站着，竟然不知这时干什么好。下村检查春耕生产心情全无，看文件索然无味……唉，管他三七二十一，把门关上，躺上床睡个回笼觉比吃肉都香。遇到不快或烦恼，睡觉是最好的解药，无药之药。

原以为睡不着，可脑壳挨着枕头便像生铁遇上了磁铁，不出两秒鼾声达到高潮。呼呼大睡到下午两点，郝强连饭点都错过。哈欠连天坐起来，揉揉眼伸伸腰，翻滚下床，抖落灰尘，顿时找回轻快体感。人是铁饭是钢，上街找饭吃。

嘭，拉开门，一个人坐在过道上，吓得郝强后退两步。嗯，既不是大姑娘头回上门——生人，也不是开水煮娃娃——熟人，这人好像在哪里见过。郝强翻出脑中所有信息过滤分析，心里咯噔了一下，怪事，这不是白清波吗？他为何在这里？什么时候来的？……一连串问题还没有想明白，白清波倒还先把郝强的官衔喊了出来："郝乡长，你还记得我吗？"

"你是白清波？"郝强试探着问，并不肯定。突击计划生育的深夜，昏天黑地里见过，最后见到他已躺在乡医院的病床上，且处于麻醉状态。

"我是。"声若游丝。难道白清波动了结扎手术伤了元气？那天晚上的蛮横、暴力不知跑哪里去了。

"你来乡上找哪个？"郝强隐约感觉白清波是专门来会他的，但他宁愿不相信。

"找你，我上午就来了，问了好多人都不说你住在哪里，后来有个人看我可怜，才肯说出你在这里。"

"为什么要找我？"

"你们那天晚上搞计划生育，把我拉起去结扎了。"白清波摇摇头，似有难言之隐，有话说又极不情愿，"唉，我也不晓得怎么给你说。反正反正……下面卵球了。你看该怎么办？"

郝强瞟了一眼白清波："啥子事情？你说清楚点。"

白清波吸了一口气，鼓足勇气说道："就是雀儿硬不起了，两个蛋蛋痛，干活没得力。"

郝强从未想过包括白清波在内的人手术有无后遗症，任务和压力如山，只图怎样尽快完工，哪管得了生殖技术问题。"你说这些，我不懂，你找医院。"

"医院不管，叫我找你们。"看来白清波去过医院。

"找我们，我们又不是医生，怎么晓得你是真的病了，还是在装病。"

"郝乡长，你不要不认账。我原来好好的人，被你们搞成这个灾样子，现在你们不想管了？"白清波突然来了精神，说话声音大了十倍，"你们不来搞计划生育，我什么时候来过乡政府？"

郝强头次被人说成耍赖，像受到把他脸庞当屁股坐的羞辱："白清波你不要污蔑人，我们乡政府在这里这么多年，是负责任的乡政府，除了你，没有哪个人说过不字。你的事该我们管才管，不该管的就不会管。”

“我成了残废人，你们就该管。”

今天倒霉，上午娄老头上访，还不知道孟其高带走搁平没有。下午又来了白清波，一个意想不到的讨厌鬼。让白清波走人，自己好清静。他冷冰冰的脸色升起了热温，渐渐红润好看起来：“白清波你说的要我们相信，总得有证据，不是你说是就是。”

“你不信？我现在脱给你看。”白清波说着就要解腰带。

郝强制止，拉下他的手：“你去乡医院检查，出个证明，我们就认。”

“我去过他们不管。”白清波重复先前的回答。

“我帮你打个电话，他们就会管。”郝强领着白清波来到乡政府唯一装有一部电话的党政办公室，也是他曾经战斗过的地方，左手按住电话机，右手摇电话把子，提起话筒等了一会儿：“张医生，有个姓白的病人来看病，你接待一下。”白清波一旁默默地看着，郝乡长在帮他，千真万确，绝无假打，暗自庆幸遇上了好人。

白清波慢吞吞出了乡政府大门，背负郝乡长的人情自信地朝乡医院走去。

郝强略施缓兵之计支走了白清波，娄老头和狗的事又袭上心来。他惹出的祸，党委书记帮他打圆场，还好意思不闻不问。午饭不吃了，饿一顿不会死人，留到晚上两顿作一顿吃。郝强一路小跑到三楼，轻轻地礼貌地敲门，唯恐惊吓室中人。静悄悄后响起了窸窸窣窣，门打开，让进。没有其他人，办公桌上摆着翻开的文件夹，不用问，开门前孟其高一个人在专心处理公文。“孟书记，我工作没做好，给你添累。”孟其高放郝强进门后，立即坐回椅子，继续埋头文件夹，他在审阅一份下班前必须上报的材料，没有理会郝强。郝强并不知晓，以为他在看小说看到吸引人的故事情节，正在为书中人物命运担惊受怕。郝强站立一旁，不知进退。等了一分钟如同一刻钟，郝强不知趣地问了句他想知道的结果：“娄老头怎么样了？”孟其高从夹子中抬头，微风徐缓，平静似水，笑了笑：“哦，走了。”“还是书记高明。怎么走的？”郝强佩服。“晚上找个地方喝两杯。嘿嘿，秘不外传。”孟其高提笔修改文章。

孟其高爱打堆，喝寡酒提不起兴致。郝强是知道他的德行，不等领导提出，便提前想到请夏伯良、陈丰、刘湘菊、王大勇、贺方深充当陪客。开头三杯酒，平起端，没有人敢特殊。到了相互敬酒环节，喝多喝少的差距就从这当中来。孟其高是书记，班长，磨芯非他莫属。乡长敬了副书记敬年轻人敬，刘湘菊是女生，高看一格厚爱一分多一杯。孟其高回敬，一人一杯，刘湘菊依然两杯……几轮下来，记不清喝了多少杯。

郝强嫩心子，二麻二麻的时候，居然想起要问娄老头的事。酒后无大小，郝强端杯酒把到孟其高的肩膀，舌头打诺诺："孟书记，你把娄老头恁么弄走的？"

"你娃儿喝酒问这个事情，扫不扫兴？"孟其高正在兴头上。

郝强把酒倒进嘴里，乞求道："你教我一招我好学到。"

孟其高举起双手，重重地拍在桌子上，碗筷跳起来像躲避不明危险，把一桌人惊得立即噤声。郝强知道来由，其他酒客跟傻瓜似的。"大家听到，我来说说娄老头的事。"孟其高趁着酒劲发表感言，"娄老头的狗被郝强他们打死了，他要郝强把狗找到，你们说得不得行？"

夏伯良大起个舌头："不得行。"

"你看夏乡长都晓得这个道理，为啥子郝强你不晓得？"酒后吐真言，孟其高说话的口水溅到郝强脸上，"狗嘛死了不复生。世界上最能解决问题的东西是什么？钱。人嘛，哪有不爱钱的？！娄老头来这么多趟也是为了钱。我给他把狗折成了钱，又把钱换成了猪，猪从乡种猪场的仔猪里送一头，就解决了。放心，娄老头再也不会找你郝强。"

呵呵，夏伯良起哄，老大威武，敬酒。众人举杯相贺。

郝强不仅一口闷，几乎要跪拜。

第三章……

出彩

翻了一阵笔记本，郝强感觉索然寡味，不论过去的回忆多么美好和有意思，毕竟灰飞烟灭。不过当他胡乱翻到一页写着“区团工委”的字眼时，看下去的欲望和兴趣重新勾起。

二八、擢升区团工委书记

秋季，遍地金黄，稻菽翻浪，瞿义乡的粮食喜获丰收，郝强大大地舒了口气。他可以向组织和群众有个交代了。他谦虚地自评，当副乡长打及格分没有人有意见。盘点成绩后，他不由得哼起了歌来，信步出门，有种欲望要在乡政府院里走两步。

一只喜鹊立墙头，像是向着天空欢叫，更像是朝着散步者歌唱。墙东头叫唤，歇口气又优雅地跳着芭蕾舞步移到墙西头大鸣大放。郝强抬眼相望，吹了一声口哨，喜鹊张开翅膀回应几下扑腾。

郝强是鸟盲，天上带羽毛飞来飞去的动物分不清名字，他统统称作鸟。虽喊不出学名，也不曾远游祖国大好河山，没有经多见广的机会，但叫喳喳的喜鹊，其音袅袅，声如丝竹。与报喜鸟打照面，定然有缘人，何时相见也不迟。

“郝强，快点来接电话。”有人呼叫郝强，他摊手摇头，给喜鹊嘟嘟嘴，眨眨眼，奔向党政府办公室。

“喂，请问哪位找我？”郝强拿起话筒客气地问。

“我是区委办公室主任邓继平，请到区上来一趟。”

“啥子事？”

“你来了就知道了。”

郝强挂掉电话，原地不动，拨弄头发。什么事？这般神秘。区委从未有过直通车式地找他的先例，要找也是找书记或乡长，他这个放牛娃儿当不了家。直播不通，所有事得由孟其高、夏伯良自上而下转播。而且自己也没有犯什么错误，也犯不了什么错误，大不了喝了两顿酒，这也是集体作案，他还不是主犯，处罚到他这个层次，前面不知多少人遭了殃。

风险评估并无大错，郝强仍然疑虑重重到了区委办公室：“邓主任，你刚才打电话找我来有啥子事？”

邓继平露出职业微笑，“亲爱的郝强同志，不是我找你有事，是李书记找你。他在办公室等你多时了。”

“那李书记说没说找我来干什么？”郝强想预先知道点消息，好有思想准备。

“我也不知道，他只叫我通知你来。”

第二次进李义夫办公室，没有了陌生感。郝强本来能编若干理由，或翻出老交情账本随时为公为私往来这里，不会有任何阻隔。但郝强是道德自觉的人，李义夫没叫他，他就老老实实守住本分呆待在乡里。抱大腿找靠山，给人添累添烦不是他的品格。他虽然与李义夫算得上老相识，李义夫也没把他当外人和下级看，但他始终没有动过攀高枝、进圈子的邪念。李义夫是区委书记，坊间传言，当上县委常委，只是时间问题，而他自己仅仅一个黄泥巴尚未洗净的副乡长，差距是制约他欲行又止的难言之隐和心之大忌。人熟理不熟，他对李义夫始终保持一种距离，人前人后从不敢放肆、造次。他虽然觉得自己愿意当李义夫的马前卒，但前提是李义夫看得上他，乐意让他当跑腿。人不对，给别人提鞋子还嫌你手脏。

“李书记，邓主任通知我说你找我。”郝强走近李义夫办公室门口，故意咳嗽两声，用近乎棉花般柔顺、温热的语调报告来由。

听到熟悉的声音，李义夫不讲客套，坐着没有起身：“哦，郝强你来了，快进来自己找地方坐。乡上过来这样近怎么走这么久？”

“报告李书记，我接到电话就来了，只是路上走得慢。”郝强实际思考了一会儿才动身，他在猜测各种可能和该说的话。

郝强屁股还没挨到椅子，李义夫便讲出了目的：“没别的事，你晓得区团工委书记余立奇调到映福当乡长，团工委位子空缺，我想让你来，没有意见吧？”

各个可能和揣测都设想过，就是没有想过提拔和接任。郝强一时哑口，大脑像电脑死机，空白、卡顿，神智短时混沌。出神一会儿，偷偷掐大腿，疼痛拉他回过神来——这等好事，有何理拒之？措手不及是瞬间失常的生理反应，拥抱好运是正常人的条件反射。但郝强不想吃相太难看：“李书记，感谢你的关心。只是我怕搞不好，给你丢脸。”

“有担心是正常的。”李义夫给郝强解压，“你是团干部出身，当过乡村两级团组织书记，有经验。况且你在溶水村，是我们全县的先进典型。大胆工作，我相信你是合格的区团工委书记，一定能胜任，干出一番成绩来。”

“那什么时候到位？”郝强关切地问。

“这么说你答应咯？区委今天就正式给县委组织部和团县委打报告，之前我已给他们作过口头汇报、沟通。应该会很快批复下来。”李义夫站了起来，并伸出了手。郝强赶紧伸出双手去握。

喜鹊跳天舞地在墙头似乎为了等候郝强，他一现身，它便像见到异性同伴归来，冲动、亢奋、娇媚，于欢快的叫声中无遮无掩。

郝强给喜鹊回报了一个飞吻，他想告诉它，他是真心的。

郝强推开了孟其高的门，大事报告组织既是原则，更是下级对上级的尊重。他坦诚地将李义夫找他谈话的内容全盘托出。虽然他答应了李义夫去赴任，但他还是无法判断去与留孰优孰劣，听听孟其高的意见不会错，兼听则明。孟其高于他是有恩的，恰如徐德宽一样无微不至关怀他的成长。想当千里马，离不开伯乐的慧眼识人和好料喂养。郝强祖坟开裂，所到之处，常遇伯乐。

孟其高赞成并鼓励郝强去当区团工委书记：“郝强，你应该去区上工作，区上平台比乡里大，站得高看得远。”然后又详细给他分析去留的利弊。

郝强压根没朝今后的发展前程想那么远那么深，他确有当着熟人、领导面不好拒绝的意味在里头："孟书记，哪有你说的那么容易和美好？优秀的人多，我算老几。只不过我是服从组织安排。"

"有你这种心态就好，才走得远。心急吃不了热豆腐。"孟其高竖起大拇指。

孟其高的支持态度和分析预测，郝强没有底的心里犹如流进了一丝丝蜜汁，甜腻、舒坦、柔顺。人在看不清未来的时候，有人在旁边指点迷津、鼓励打气，未尝不是求之若渴的及时雨。

郝强没有了顾虑，只身前往，就任瞿义区团工委书记。孟其高在他走之前专门安排乡上班子成员为郝强喝了一顿壮行酒。情真意切，宅心仁厚，祝福声绵延不绝。

郝强有了新的舞台，小跳一步，去副为正。更有好消息不断，传言李义夫要当县委常委的消息，在郝强到达区委、区公所的当天，被收到的一纸县委文件实锤。如果不是亲眼所见，没有人不会说是写书人笔下的无巧不成书。李义夫年纪轻轻，于众多区科级领导干部中鹤立鸡群，跻身县委领导，仍然兼任瞿义区委书记。一颗冉冉升起的政治明星高悬上空，前途无可限量。

李义夫被提拔重用，郝强发自肺腑地祝福和敬佩，在他心目中，李义夫就是一座巍峨、雄奇的高山。

二九、同事被解聘

农村苦——世代农民普遍这么说，那是切身体验和备受煎熬得出的结论。一年四季，当牛作马，肩挑背磨，忙里忙外，没穿一件好衣，没吃一顿好饭，没走一步好路。环境苦，生活苦，心里苦。大人苦小孩苦，男人苦女人苦。女人逃离苦海远嫁他乡，男人讨不上老婆一辈子光棍。有病无处医，有学无处上……一地窘境和苦相不堪直视。

农村人厌倦农村土掉渣、穷舔灰的日子，年轻人向往城市光鲜和梦幻。渴望改变命运，人人心心念念并蠢蠢欲动。都相信书上写的"命运掌握在自己手中"，到头来碰得头破血流，方才明白那是纯粹逗你玩、瞎扯淡。农村人出路的狭窄和拥堵，就像一线城市的马路阻塞得透不过气，残酷得让人想哭。考上大学中专，光宗耀祖，那是凤毛麟角，难上加难；当兵算一条，可要安排工作得靠运气，不然三年义务兵役过后，逃脱不了从哪里来回哪里去的宿命，照样像祖辈父辈挖扁锄；而招工招干，是城里人的专利，农村人基本靠边站，偶尔狗戴帽子过撞，捡个漏便是八字好，祖坟冒青烟。但也得规规矩矩，老老实实，不然公家发怒一脚把你踢得皮青脸肿，扫地出门，叫你滚蛋，还不晓得在哪里打花了脸。

贺方深就是这样拿到了泥饭碗不好好端，自己打碎了碗的人。

这些都是事后郝强听人说的。

农村乡镇招聘干部，这种制度设计，就是半工半农性质，人在乡镇政府工作，户粮关系不转，仍在农村，实际身份就是农民，农村户口。三年一聘一签，组织上根据德才表现确定是否续聘。一般地说，能遵守纪律，基本胜任工作，组织上是宽宏大量的，体谅找工作的不易，会把你延期聘用。但事情总有例外，假设有人看不惯你，理由可以是现成的，也可以编辑，拿着冷若冰霜的本本对到来，把一个希望跳出“农门”的青年的梦想打得粉碎，想捡起镶个缝都找不着泥。

招聘干部，被别人和被自己称作“泥饭碗”。郝强考上招聘干部时，虽然不至于张牙舞爪，但内心荡漾点小激动也骗不了人。郝才亮与人不同，不说鼓励话，反而是敲警钟：“各人要把细点，莫把刚到手的饭碗打翻了，就没脸回来。”郝强要到乡政府上班，郝才亮不支持不反对，或多或少有些隐忧和道理。绝非他故意刁难，说打击人的话。工作一段时间，郝强扒开招聘干部包装，露出赤裸的里子，有了与开初不一样的感触，他的总结算是精辟：炉皮。老百姓，包括亲戚朋友眼中，招聘干部就是一个临八天（四川方言：临时工），随时可能走人，不像乡上那些有正式干部身份又是非农户口的人硬扎。乡上的正式干部，看不起招聘干部，个别人甚至鄙视。当招聘干部会做事提拔快，更是忌妒痛恨；招聘干部本人，缺失乡干部身份认同，自己瞧不起自己，人前像假洋鬼子工作，无论在哪里好像冒皮皮打飞机。鄙视链环环扣在郝强他们的脖子上，其自信心恰似漏气的皮球，弹不高。放手干事不敢，得罪人的事更不能碰，无形的心理压力像有人随时随地站立身旁，逼迫你小心翼翼，权衡利弊，不做事事小，出纰漏开除事大。

郝强做事表面风风火火，大大咧咧，其实他一天都没放松过，时时告诫自己夹着尾巴做人，凡事谨慎为妙。唯恐弄出声响，整出事端，天塌下来他顶不住，会压死。

贺方深孤零零瓜兮兮走了，没有人送行。刘湘菊告诉郝强时，已是贺方深离开三天后，偶然在街上碰见。郝强说刘湘菊该早点说，他们一起吃个饭，安慰安慰贺方深。大家都是招聘干部，同病相怜，互道珍重。刘湘菊说，她请过贺方深他谢绝了。郝强问，贺方深为啥被开除？刘湘菊说贺方深划不来，就是爱好错了。

贺方深爱好打牌，他做得隐秘，但不是秘密，乡上众所周知。他只要一有时间，就会呼朋唤友凑一桌，打打麻将，玩玩扑克。打牌，像是他的命根子，不打心里过不得。打牌素玩，或许是一种高雅的竞技活动，打牌贴上赌博标签，荤素、大小不论，沦为“黄赌毒”一类，陷入危险之地不远。有爱好是好事，可以消磨大把无聊时光，还可能不小心发展为一种事业，譬如文艺爱好，说不定哪天就成了著名作家、画家、歌唱家……成名成家，有事无事拿出来显摆显摆，洋一盘。爱好分好坏，好爱好如前述，坏爱好如贺方深打牌。

一天，贺方深下村回来，看时间还早，手痒痒，便叫上狐朋狗友到平时去的老窝子打牌。熟门熟路熟人，不需客套，到齐就开打。老规矩，打到晚上10点收工。贺方深手气特别背，上桌就挨个清一色自抠（麻将术语：自摸胡了），乖乖交钱。搬庄，换位置，还是霉，出的多收的少。打到四个荷包一样重的时候，贺方深中途还跑回乡政府从他管的财政所公款中拿出钱来打。打到晚上约定的时间，贺方深有意毁约，赌徒想捞回来的心理占上风，提出增加两个小时:12点。加时，于贺方深是转机，他不是自抠，就是做大胡，出去的钱慢慢回笼，到后一个小时，三个人的钱都快进了他的腰包。贺方深言语也多起来，精神也活起来。桌子上只听到他在说话，其他人脑壳啄起没有话说。贺方深打疯了，笑到最后才是赢，最后时刻拿着好牌手下不留情，活该。投不投降，手上过。

疯狂必有疯狂的代价。嘣嘣，嘣嘣，连续两声重重的敲门，惊愕，慌张，里面的人脸色骤变，你看看我，我看看你，不敢出声。“开门，我们是警察。”外面的人喊话。贺方深吓得尿都要下来了，把钱掏出来递给三人，三人不接。这个时候，谁还会要钱。四人沉默，装没人。外面的人不想等，踹了一脚再跟上一脚，可怜的单薄的门“哐”开了，五名警察持枪而入，其中一名警察亮出证件，眼露杀气：“不许动，举起手来。”贺方深没见过警察执法的阵势，也不知道这些警察从何而来，又是怎么找上他们的。这些都不重要了，重要的是他们全部被戴上手铐，坐上警车在黑夜里颠簸，不知被拉到什么地方。在警车里，有人埋怨贺方深，要不是他这个霉子输不起要多打最后两个小时，就不会遭此殃。

刘湘菊给郝强讲述这些，郝强在区上只是隐隐约约听到，说贺方深打麻将被抓了。但他没想到事情竟然这么严重，严重到打翻在地，踏上一脚，打回原形。刘湘菊继续揭秘，贺方深被公安局治安处罚，拘留七天，并处罚金。公安局将治安处罚决定书送达乡政府，并抄送县人事局。县人事局依据省上招聘干部管理的规定，拉出贺方深对号入座，量体裁衣，够解聘条件便毫不手软，就是要警示其他人看。县人事局没作出决定前，孟其高去给贺方深说情，请宽恕他一次，再给他一次机会，但无济于事。

贺方深是欠着债离开乡政府的，他说他挪用了财政所的公款。贺方深事件，是全县招聘干部最不愿意看到的悲剧，也是最令他们心有余悸的恶梦。

刘湘菊欣慰地告诉郝强，幸好有此爱好的王大勇现在改了，不再沾赌了。

郝强与刘湘菊道别。兔死狐悲，唏嘘不已，为贺方深感到惋惜，为这种招聘干部感到可悲。

三〇、扮演秘书角色

瞿义区是全县的一个大区，下辖瞿义、白木、映福、普照、古房五个乡，区委区公所驻在瞿义乡场，位于区行政版图偏东。全区为浅丘平坝地形，丘陵像大小不一的馒头、包子不规则地散落其间，山缓坝平，地多田少。

县委常委、区委书记李义夫，工作多而忙，标准的管得宽，县委开会少不了他，区上的事他得当好大家长。物色一个助手辅佐他，万分紧迫和应该。能担此职，理应首推区委办公室主任邓继平，但他是中年人，大腹便便，比领导年龄大，跟在后面不像服务的，更像领导，与李义夫的角色易混淆，不适合；区妇联主席乔利亚，年轻，漂亮，大方，男女搭配工作不累，但诸多不便摆在那里不好收拾，譬如人的正常生理现象上厕所，本难以启齿和不足挂齿，可是互相照顾不到，未免尴尬。男女长期过从甚密，最易生出事端和授人把柄，不但自身需要定力，而且易遭人闲话和诟病。更要命的是李义夫的老婆吴小琪，泼辣，强势，鬼点子多，醋劲大，李义夫造次必惨必完。她给他定制了出门家规：看花不采花留下百花，好色不黄色君子本色。可能人选经过比对，一一排除，而区委、区公所班子成员，人到中年或老年，近距离服务领导的可能性几近为零。区机关年轻人金贵，唯一比李义夫年龄小的人便是郝强，且是他信任和赏识的人。郝强成了秘书不二人选。

什么是幸运？幸运就是放到大众面前的所有入门条件，只有你一个人全部符合，像是专门为你设置的一样。其他人总是这里不生肌，那里不告口（四川方言：这也不对那也不对之意）。

郝强是幸运的，不费吹灰之力，也不必刻意为之，就拿到一手好牌。区上所有领导没有专职秘书或工作人员，李义夫是区委书记时也不搞特殊。自从当上县委常委，多如牛毛的事务缠身，无意之中郝强被李义夫呼来唤去，用久了，用顺了，一个个随意差遣演变为经常使口，先偶尔试用，到有事交办，后全权委托，郝强从人们的不以为然到习以为常，三个月时间正式成为李义夫的助手。

这天，李义夫到乡里调研，区长彭吉仁、副区长谢继量陪同。区上配有一辆越野车，准坐五人（含司机），彭吉仁、谢继量先上车，知趣地坐在第二排。李义夫来到车旁，约定俗成副驾驶位是他的专属。李义夫转过头与后面的两人搭话，一看还空一个坐位。灵感一现，空着也浪费，何不带上郝强，让年轻人多到田间地头，与群众打成一片，对干部成长和共青团工作有利无害。“后排还有一个位置，干脆把郝强叫上。”李义夫随意说道。彭吉仁赞同：“青年人是该多下去。”两位主要领导发了话，谢继量岂不懂事，开门下车飞奔而去，把茫然无知的郝强拉上了车。郝强不明来由，但灵性是天生的，在上车时主动选择坐在后排中间，靠窗的好位置让给彭吉仁、谢继量一路欣赏风景，车观民情。

“郝强，没有别的事吧？你跟我们一起去下乡，不能坐在办公室当个小官僚。”李义夫待郝强坐定便说话了。

郝强回应：“没有什么事，书记区长让我一块去就是最大的事。我既不是官也不是僚，你们随时叫我跑腿我都在。”

“郝强，看不出来你还真会说话。”彭吉仁夸奖。

谢继量补上一句：“那倒是，共青团干部就是不一样。”

“今后，你就跟我们多走走，了解一些基层真实情况，提前预防你患官场病。”李义夫一半认真一半调侃。

“我一个人过日子，没有拖累，灵活机动，你们何时需要我我就会出现在你们身边。”郝强爽快应承。

一路说说笑笑，白木乡很快就到了。车一停稳，郝强麻利地跳下来，迅速跑到前排，“咔”拉开副驾驶门，做了一个请李义夫下车的手势。顺手接过李义夫的公文包和杯子，一连串动作，麻利、娴熟，像个熟练工殷勤、自然、贴心，但找不出一点做作。为领导服务，没有人教郝强，或许是从电影里学来，或许是无师自通，悟性使然。

白木乡党委书记石小武在乡政府大院迎候。“小武，前段时间我来已听过你们的汇报，今天就免了。你就带我们去看看你认为值得看的地方。”李义夫见多了会议室调研，他要走近群众，见人见事。

石小武笑答：“那李书记你就听我们安排哟。”

“好。”李义夫挥挥手。

海狸鼠养殖场，石小武拉着业主过来，说：“李书记、彭区长、谢区长，这是小王，养殖场的老板。请你们来看他饲养的一群新鲜东西，估计以前没有人看到过。我是前几天才发现这个怪眉怪眼的地方，小王隐藏得深。”

“小王，你给大家讲讲，这是什么动物？”看到长着胡须，麻色皮毛，像老鼠又比老鼠大的家伙，李义夫好奇地问。

彭吉仁开玩笑：“我还是头回见到，还不晓得老鼠还有个哥哥躲在这里。”

石小武接过话头，插了一句：“这叫海狸鼠。小王，你给领导们介绍介绍。”

“各位领导，我是从外地一个亲戚那里引回来的，才开始养两三个月，还在学习中。”小王没见过领导，紧张，说了这几句就没有下文，也找不到再说什么。

“小王，这个好养不？养大了有什么作用？”李义夫更关心经济价值所在。

“海狸鼠贱，水陆两栖，好多东西都可以吃。繁殖能力强，四季可配种，生产。”问到养殖专业上的事，也是熟悉的事，小王还是有说的，“据宣传资料上说，海狸鼠全身有用，鼠肉可食用，营养价值高，国际上称海龙肉；鼠毛可制衣；鼠油能制作化妆品；鼠血、鼠尾也有用处。”

“看不出来，这个丑八怪还是个宝。”彭吉仁揶揄道。

李义夫想得长远，仿佛看到了美好的前景：“小王，今后搞好了，可以向全乡推广。让老百姓都来养，发家致富。”

“我们乡上来做好服务工作。”石小武不失时机表态。

看起来稀奇古怪，引人入迷，貌似有钱可赚，几年后海狸鼠成了传销工具的主角，害人不浅，这是无人能预知的事。

参观鳝鱼养殖，也是石小武临时的腹中计。行前，他把困难摆在前头，免遭埋怨，反复解释公路不通，唯有步行前往。李义夫看出他面有难色，问：“有多远？”

石小武掐指算了算：“单边半小时的路程。”

“好，带路。”李义夫扬了扬手。郝强站在李义夫旁边，递上水杯，李义夫像喝酒一样呷一口，出发。

一路上，一行人漫无目的聊天，天上地下，中国外国，家长里短，有用无用的话在行路时并不多余。郝强当听众不搭话，也不插话。他的眼神一会儿在李义夫脚下，一会儿在他身上，随时准备服务。约20分钟行走，李义夫擦汗，郝强履行职责毫不含糊、迟疑，大踏步跟过去，悄悄问领导是否需要减件衣服。不承想李义夫正有此意。郝强接过衣服若无其事靠后跟随，忠心耿耿出力的弦随时拉满了弓。

鳝鱼，又名黄鳝，是非常普遍的一个物种，也是人们喜食的一道美味佳肴；习惯生活在稻田、溪流、塘库等环境中。自然生长的鳝鱼量小，市场需求量大，远远满足不了需要，人工养殖相继出现。石小武领着李义夫费了一肚子力将去参观的鳝鱼养殖场，即为人工喂养。业主说他是跟别人打工，偷师学艺，回到老家自己办养殖场。眼下市场旺盛，供不应求，效益可观。

看了看鳝鱼养殖规模，以及大大小小池子里不同规格的鳝鱼，李义夫例行公事说了几句鼓励性的话后，抓起一根鳝鱼，说："我问你们，这根鳝鱼是公的还是母的？"

业主正欲回答，李义夫做了一个暂停手势暗示他打住。一同调研的人被问得紧锁金口打不开，一脸愕然等答案。这便是我们常患的粗枝大叶病，见惯的东西从眼皮底下放过，号称最熟悉，实质最陌生。见多了，反而容易忽视。

"我手中这条是公的。"李义夫饶有兴致科普，"鳝鱼是雌雄逆转，小的时候是雌性，长大就变成雄性。"

业主赞许："李书记说的百分之百正确。"

石小武献媚道："李书记博学，这些偏门知识都知道。"

"我也是偶尔读到这点常识，今天看到鳝鱼突然想到考考你们。"李义夫将鳝鱼放回水里。郝强时刻注视着领导的一举一动，李义夫手中的鳝鱼一脱手，他已将自己的手帕送了过去。李义夫擦擦手，将手帕还给他。他顺手放进裤兜，没眨半下眼睛嫌脏。

午饭在乡场一小型中餐馆。李义夫上桌便说："中午不喝酒，下午还要到城里开会。红起一张脸影响不好。"

石小武想尽地主之谊也只好作罢："各位领导，我们听书记的，直接吃饭，今后再找机会喝酒。"

话一落句，郝强走到李义夫跟前，拿起他面前的碗，轻轻说道："李书记我给你添饭。"李义夫淡然接受，并没有阻拦。郝强急速走向甑子，盛了一碗米饭，又顺手多舀一碗，一碗送到李义夫面前，一碗给了彭吉仁。他又要给谢继量盛，石小武坐不住抢着去。区上领导吃上饭后，郝强端起自己的碗，装满饭，夹了几筷子菜，就狼吞虎咽往肚子里灌。三拿五下，油快锅炸。五分钟郝强解决了午餐。他还时刻不忘用余光盯住李义夫碗中。李义夫碗里没饭了，他将头放低，轻言细语说："李书记，上午走累了，我再给你加点。""没喝酒，再来点。"李义夫大声说道，还叫同桌的人，"都多吃点，莫装斯文。装斯文，饿自己。”

填饱肚皮返回区委，郝强把公文包和水杯送到李义夫办公室。出于礼貌，问了句：“李书记，一会儿你要进城开会，有没有要我帮忙的？”

李义夫想想：“哦，你不说差点忘了，你嫂子喜欢吃鱼。辛苦你一下，你到农贸市场买两条鱼，我带回家。”

夫人的交代岂能不当回事，如若健忘，回去才晓得谁说了算。坊间传说李义夫炽耳朵，绝不是空穴来风。

郝强听说关于领导的传闻，最多笑笑而已，绝不信谣传谣，添盐加醋。“我这就去买。”不等李义夫把钱给他，他转身出门去置办，已不见了踪影。李义夫嘴角上扬，自言自语道：“这家伙才跑得快。”

郝强像是绕开弯路径走直线，速去速回，嘴里喘着粗气，额头冒着汗珠，脸庞绯红，两手沉甸甸地出现在李义夫面前。右手的桶里装着两条活蹦乱跳的草鱼，它们困在狭小的空间转身甚难，但不影响它们的腮部一张一合呼吸。左手提着一个小塑料袋。李义夫伸头瞄了瞄桶里，惊诧郝强的办事速度，“这么快？袋子装的什么？”郝强笑答：“我顺便买了点煮鱼的作料。”“看不出你小小年纪考虑事情还周到嘛。”李义夫不吝赞美。郝强腼腆地说：“没请示，擅自做主，书记多批评才是。”

李义夫一手交钱一手接货，郝强坚辞不收：“我去买鱼时，刚好遇到我的同学在卖，他送的两条。他都不要钱，我还敢要你的钱。”这理由不错，塞得人的嘴严严实实。李义夫不好说什么，只是有些怀疑，有这么巧的事。到底是不是有同学送鱼，问天问地问不出，只有问郝强。他知道不会说。

郝强将桶放车上，不安分的草鱼试图跳跃，水流出桶外。他不放心，何不帮忙帮到底：“李书记，我怕桶里的水在路途中会溅出来，弄湿车子。还有进了城不马上拿回家，鱼会死掉，不新鲜不好吃。要不我随你进城，下午反正也没什么急事，你安心去开会，我把鱼送到你家。”言之凿凿，意之切切，李义夫同意郝强随行。

郝强要了李义夫的家庭地址，屁颠屁颠送鱼上门。吴小琪猫眼看了看，未开门。郝强听到了里边零碎的脚步声，执着地敲门。门中小门洞开，露出吴小琪一双装满疑问的大眼睛。郝强满脸堆笑地说：“吴姐，自我介绍一下，我叫郝强，是瞿义区团工委书记，李书记的下属。他去开会，叫我把他专门从乡里给你买的鱼送来。”

吴小琪看着年轻小伙，面红齿白，五官清秀和谐，不像坏人，便开了门。“哦，郝强？！李义夫说起过你。快请进吧。”

“吴姐，我脚上有泥巴，会把屋子弄脏。”郝强嘴巴是很甜的，左一个吴姐，右一个吴姐。李义夫住的房子并不宽，也就六七十平方米，而且是老式建筑。

“没关系，你进来吧，我每天都在打扫。”

郝强把鞋在地上狠狠地擦了擦，进门，桶放在屋子的墙角。“吴姐，要不我帮你先杀一条，晚上可以煮着吃，作料是现买的。另一条换一个大点盆子喂着，等你想吃的时候再杀，能保持新鲜味道。”

“我自己来，你已经很辛苦了。”吴小琪不想麻烦人。

郝强听出吴小琪没有完全拒绝，抓起一条鱼：“吴姐，你拿把刀给我，我来。我是水库边长大的，从小就会杀鱼。”

郝强小时候练就的杀鱼本领，此时派上了用场。果真不是吹牛，他用刀背敲鱼头，鱼昏死，剔尽鳞片。破开鱼肚掏出内脏，按住鱼尾自鱼脊进平刀至鱼鳃止，齐鳃切断鱼头，掏出腮体，洗尽两半鱼身。取下鱼脯划成小段，鱼肉削片，鱼椎砍节。再清洗，装容器，搞定。用时10分钟，如行云流水般，一气呵成。

郝强近似专业的杀鱼技术，让吴小琪眼花缭乱，连声感叹：“小兄弟不简单。”

告别吴小琪，郝强赶了最后一班车回去。

三一、陪会

岁末年首，无穷个“忙”字像五彩云朵飘在大江南北，大至国家大计，天下苍生，小至油盐柴米，鸡毛蒜皮，唯有以“忙”可以概括、总结、谋划……

农耕社会，根在农民。为政之要，必先富民——已是历代统治者治国安邦理政之术。进入20世纪80年代，也跳不出传统模式。一年一度各级要召开农村工作会，从中央开到省上，省上开到地区，地区开到县上，县上开到区上，区上开到乡镇。层层开，层层立下军令状。中央重视农业、农村、农民，20世纪80年代连续几年下发一号红头文件，成为中央重视“三农”工作的显著标志。

地区在春节放假前召开农村工作会，规模庞大，地区领导一个不落，全体出席；县委书记、县长、分管副职，地区各部门局长、主任，涉农站所长参会；并扩大到各县区委书记、区长，农口系统及有关县级部门主要负责人，部分乡村领导和农民代表。人数达到七百余人，地区任何会议不可比肩。常规会议室装不下，易址地区振兴剧场。

一周前，李义夫接到开会通知，本以为带两只耳朵和一个笔记本，随大流，像到地区赶个场，轻轻松松、愉愉快快会就开了。哪知会议通知附加了一条，瞿义区就“三农”工作作会议发言，主题自选，题目自定。

地区，地区，地区，发言，发言，发言。李义夫拿着通知文件反复看了三遍，没错，地区会议发言，发言人为区委书记。而发言，得有发言稿，且是好的发言稿。谁来撰写？办公室主任邓继平适合事务性工作和应付一般文字材料，像这么大的场合他写的蚯蚓字、蝌蚪文还不如小学生作文花儿草儿香、鸟儿雀儿鸣朗朗上口。找不出捉刀人，那就试试郝强。

郝强毫无把握和专长，出于领导信任的受宠若惊 ，没有半点推托和犹豫接受这个谁都不想沾手的苦差事。李义夫在交办给他时说了，区上领导、各单位无条件支持，无论是所需素材，还是人力协助。还说，郝强这几天区上不安排任何其他工作，只做这件事，四天后交卷。

郝强陷入沉思之中。无论是办公室里，还是办公室外，一心想这件事。时间逼他，要求逼他，领导逼他，怎么入手？笨人有笨办法。他到区委办公室、农经站、区上分管领导处收集数据、资料，向他们请教，听取他们的意见；给各个乡打电话请他们报送当年“三农”总结及来年工作安排。不止于此，郝强眼睛睁开没闲着，满脑子的谋篇布局，写作大纲，语言风格，材料筛选……

正当愁云压顶的时候，区委院里传来“你找哪个”“我找郝强”的对话声。郝强从焦头烂额中抬眼一望，邓继平正带着白清波进来。“郝强，这个人说是你亲戚，找你有事。”郝强有苦说不出，真是活见鬼，哪里会跑出这样个亲戚？分明就是一个缠人的吊死鬼。

“白清波，你咋个跑到区上来了？”郝强态度生硬。

白清波既不生气，也不激动：“我找你呀，你是区上领导了，不好找。我打听了好久才把你问到。”

郝强冷冰冰说道：“我不在乡上工作了，你回去，找我没用。”

“是你带人搞计划生育把我搞成这个样子，我不找你找哪个来解决？”白清波有理要说，有冤要伸，“今天我跟你打开天窗说亮话，不要像上次那样骗我去医院，以为就可以把我赶走了。我是长了脚的，脚会走路，你走哪里我就会走到哪里。”

“我今天有事，没有时间来跟你两个磨嘴皮。你回去，多一天我再找你。”郝强急于想让白清波消失。

“又想骗我了嗦？不得行，你这个骗子不给我解决好，我一直要找你。”白清波来劲了。

“你嘴巴干净点，哪个是骗子？我看你才是个骗子，到处撒谎鸡鸡痛。有谁看得出来你痛，是想骗钱吧？”郝强不无讥讽。

“郝强，你还是不相信，老子今天不扯两根鸡毛栽到你嘴巴上，你说不来好话。”白清波说着就要动手脱裤子。

郝强一把按住白清波的手：“少在这里耍流氓，你再这样无礼取闹，对你真不客气了。”

“老子今天就是要来起坎的，怕了你是妈偷人生的。”

郝强抽身出门，白清波跟在后面，嘴里依然不干不净。郝强不理睬，径直到区委办公室，给瞿义乡打电话求援。陈丰带人火速赶来解围，嘴巴说干，好话说尽，白清波才肯离开。临出门，他忿忿然回过头来，撂下一句话：“郝强，别高兴太早，解决不了问题，我不会放过你。”

白清波以后又来找，迫使郝强要求瞿义乡政府每年给予困难补助才算了结。当然那也要等到郝强在乡党委说话算数的时候了。

纠缠暂时解除，郝强重拾心情，重回构思写发言稿的思索状态。

基础工作齐备，郝强熟悉材料，分析材料，挑选材料，列出写作提纲。无所畏惧和顾忌，一天时间写出初稿，一晚上修改润色、稿纸誊清。郝强几日绞尽脑汁、寝食难安，如期交出了成稿。

郝强还不能高枕无忧，稿子是死是活，等几位领导说了算。李义夫拿到发言稿，简单浏览后，直接在上面批示：送彭区长、谢区长审改。头昏脑涨的郝强，不敢有丝毫停留，夹起发言稿去落实李义夫的批示精神。谢继量急急忙忙像跑步样阅读发言稿后，一字未动，画个“阅”；彭吉仁正开协调会，郝强等会议结束，等了一个多小时。他心不在焉地翻了翻郝强双手呈上的稿子，没事似地说了句“我就不看了，你各自把好关”。比谢继量写得更潇洒的一个“阅”字无声地落在纸上。捧着留下李义夫龙飞凤舞九个大字和彭吉仁、谢继量既像过分放心又像轻描淡写各留下一个字的发言稿，郝强五味杂陈，悲从中来。他本以为领导会说点什么，或者改一改挑点毛病也好，甚至把他骂一顿、批一通，命他全部推倒重来。这些没有发生，领导出乎意料地相信他，让他高兴找不出笑点，放松忘记了解扣。他不禁诘问，自己写的发言稿，质量就这么好，好到可以没人改？好到担惊受怕？他从没有过这份自信。凡写作者，谁都希望一次性通过，但过于顺利又不能不令人生疑，觉着欠点什么。

到了地区开会时间，郝强听命李义夫安排当随从。李义夫随开会的大部队统一乘车，郝强则自行坐客车前往。郝强在李义夫驻地附近登记了一家小旅馆，听候调遣。白天无事，晚饭后郝强主动去到会议人员食宿的地委招待所。李义夫正在与人打扑克。郝强便把房间的搪瓷杯洗了洗，给每个人泡上茶。坐在旁边静静观战。打牌的人杯里水喝干了，他像店小二般殷勤地及时续上，营造出跟坐茶馆差不多的感觉。晚上10点，李义夫看看手表，“最后一把，不打了。明天我要发言。”一个牌友意犹未尽，还想恋战：“李书记、李常委，照到稿子念，有啥子担心的。这阵回去也睡不着，不如再打一个小时。”李义夫摆摆手：“今天到此为止，明晚再玩。”

牌友离去，房间有些杂乱，郝强动手收拾。将桌子、椅子归位，摆放整齐；倒掉茶水，洗净杯子。并给李义夫重新准备一杯茶水。这当中，李义夫像没事似地说：“郝强，今天到了地区后，我又看了一遍明天的发言稿，总体写得不错，有几处我作了一些小修改。你再把它抄一下给我。”这是郝强从成稿直到眼下听到的领导正面评价，他早就想听到真实声音，这下舒坦了。接过李义夫退回的稿子，上面密密麻麻的红色圈圈点点，亮得眼睛睁不开。惨不忍睹，郝强刹那间从高处滚落山下，虽疼痛但不能出声。郝强这几天心里发慌，错认领导不在意、不上心，他哪里知道领导的心胸深如大海，不显山不露水，已对他的心血之作做了刀砍斧削。郝强坐下，默默地抄写，唯有认不出来的地方，问一声李义夫。这时李义夫会应一声，然后喝一口郝强新泡的茶。凌晨一点，抄写结束。郝强回头一看，李义夫早已进入梦乡，歪在床头打呼噜。他不敢去把他弄醒，只好坐着干等。等着等着，他顿生倦意，索性在桌子边趴着等。脑袋与桌子像是多年前的亲密战友，碰在一块不分离。他趴下不出一分钟，鼾声强劲地呼进呼出，那个滋味像八辈子没睡过觉一般馋。这边响起，那边也不消停。李义夫倒过去倒过来睡，嘴里噗哧噗哧吹出粗气。此起彼伏，如同睡觉比赛。凌晨3点，李义夫被尿憋醒，歪歪斜斜上厕所，这才想起郝强来。他笑了笑，没有叫醒熟睡中的郝强，而是给他盖了一床薄被。撒完尿顺势滚上床躺下。

早上6点半，郝强冷醒，一时竟想不起身在何处。揉揉眼，扫视房间，看到床上睡的人，一拍脑袋，啥都记起来了。糟糕，怎么麻痹大意，一觉睡到天蒙蒙亮。这太失格，影响领导休息。他此时又不敢弄出丁点声响，只能蹑手蹑脚站起来。伸个懒腰，打个像放默片似的哈欠竟把眼泪水挤出来。李义夫睡醒，坐起来，关切地问道："郝强，昨晚把觉补起来没有？"

"李书记，补好了。不好意思，我昨晚抄完发言稿，看你在打盹，很香，没敢吵醒你，便趴桌子上小憩，一不小心就睡死过去。"

"没什么。快把稿子给我熟悉熟悉，一会儿要用。"

李义夫坐在床上通读一遍，心里有底了。起床，洗脸刷牙。带上郝强冒充参会人员去地委招待所吃了一顿早餐。郝强放下碗筷，返回房间拿上李义夫的文件袋和发言稿，噔噔噔跑下楼，陪同李义夫走到振兴剧场门口，恭恭敬敬将手中的东西递给李义夫。

目送李义夫进入剧场，直到头顶上立得最高的一根头发丝看不见，郝强才松口气，放下心转身。环顾四周，人车川流，群楼雄立，一片陌生世界。尽管县城与地区相隔一小时车程，在他眼里依然是别人的地方。忽然间他有种失落的空虚和惧怕，联想要是自己来到这里打工、谋生，无钱无权无人脉，活得下去吗？不敢设想，不堪想象。他竟然佩服起同村的男男女女南下闯荡的勇气和坚韧。那都是传说之地，几无涉足，立锥栖身生存谈何容易，更别奢望扎根开花结果。

一时找不到干什么好，郝强便到街上瞎逛。曾经没有机会上地区，今日得空出来转蹓，悠悠闲闲头一回。开开眼界，回去吹牛也有资本，未必不是一笔算得过账的好主意。没有方向没有目的没有熟人，走到哪里算哪里，哪里有闹热就凑上去瞅瞅，饱饱眼福。走累了停下来歇息一会儿又走。不知不觉快到中午，郝强迷路了。路盲原地转了几大圈，丢失的正确线路找不回。郝才亮的口头禅“口是江湖脚是路”，倒让他看到了曙光。问人，问路，见人就问，问过十来个人后，他灵光乍现，记起了来时的路。

放下脸面求人的人可学可鉴可佩，今天你求人，今后人求你。不要脸的人可笑可恶可耻，但可能离成功最近。清高，逞一时骄气，争一时心气，一钱不值。不耻下问的人或许能成不祧之祖。

会议散了，振兴剧场里只剩一些工作人员打扫卫生，全体参会人员已离场回驻地。寒冷冬季，出气如蒸，烟朦朦，雾茫茫，不论男女嘴上像长出了龙茸的白胡须。一路急行的郝强恰似从冬天穿越到了夏季，背上湿津津的汗渍和额头挂满的汗珠，怎么也擦不干。没接到人，郝强跑步来到地委招待所。敲门，李义夫不在房间，吃午饭去了。

郝强孤零零站在楼下，见到李义夫便开始检讨：“李书记，对不起，你开会时我去转街，回来找不到路了，你们散了会我才赶到。我接受批评，今后再不会犯同样的错误。”

李义夫打了个哈哈：“哪有那么多批评？看来带你出来少了，没见过世面不行。”

“我今后一定注意，要加强学习。”郝强开展自我批评后，切换话题，“李书记，上午发言成功吗？”

李义夫摆摆手：“差点搞砸锅。”

郝强一下子紧张得不行，瞪大眼问：“怎么啦？是发言稿出了问题？”

李义夫摇摇头：“轮到我发言，上台时，我望起脑壳走，没注意到主席台下的台阶不一样高，最后一步台阶比其他高出两公分。我的右脚重重地踢到了那步特别的台阶，当时疼得钻心剜骨，还不敢出声。我上身前倾，险些着地，几个趔趄挽救了我，终于站住。我回头看了看，算是自我解嘲，可台上台下惊诧过后便是一阵吃吃的笑声。”

原来是走路走出了问题，不是因为稿子的原因，郝强准备好的自责藏了回去：“李书记发言顺利就对了。”

“哎呀，今天不是出门天，诸事不利。”

李义夫这一说又把郝强整紧张了，不知还出了什么怪事：“李书记，发个言有这么多状况出来？”

“就有这么奇怪，发言不到一分钟，嗓子发痒，我不想让人察觉，便吞咽口水，降低音量克制。虽有效果，但说了几句，痒感重来、加剧，我控制气息，脸被憋红，还是没把咳嗽堵回肚子里，无奈咳出声来。发言只好暂停，这咳嗽占据会议时间至少五秒钟。”李义夫像讲故事。

“后面还可以了吧？”郝强想听结果。

“谢天谢地，后面喉咙争气，没再捣蛋。”

“那就好，瑕不掩瑜，没有出大的纰漏。”

地区农村工作会议会期两天，郝强陪会时长等同。参会人员李义夫在，他得在。

三二、谈情说爱

伟大的“五四”运动，虽然过去近70年，但中国人民彻底的反对帝国主义、封建主义的爱国行为，无时无刻不在激励青年团员奋勇前进。各种形式的纪念活动年年少不了。1987年，瞿义乡中学举办“五四”歌咏比赛，郝强以区团工委书记身份作为嘉宾受到邀请，被人尊重，成为座上宾。内心的甜蜜，面子的光鲜，外人难以言说和体悟，唯有当局者有发言权，但也不能过分直白、浅短。

瞿义乡中学名声在外，中师中专升学考试大户，上线率和录取率多年独霸全县头把交椅。瞿义区及邻近区域将小孩送来读书的人起堆堆，打坨坨，像蚂蚁出洞，挨挨挤挤，绵延不绝。每年“小升初”，成绩过线正考正录，当属幸运儿。多数人在校门外徘徊，八仙过海各显神通，不挤破脑袋休想沾上名校的边。诸如，领导递条子，托亲朋好友，自己上门申请……巫师求仙娘是法使尽，目的一个：读书。学校的尾巴翘起比房顶高，成绩与关系，任占一头，录取的概率自然倍增。否则各自悻悻然抱憾而去。乡中学文化课重，时间按分钟打卡计算，出了名地严苛，仿佛修成独门绝技、制胜法宝，别人想学学不来。但活跃、丰沃师生的文艺生活，不教死书，不读死书，乡中学在教育教学面前又显得尤为特立独行，遵从规律。譬如，一年一度的“五四”歌咏赛，既是乡中学历年赛事的传承，也是爱国教育、师生共情的欢庆活动，更是青年团员企盼、希冀和参与的盛事、节日。

郝强是提前10分钟踩着点到达乡中学，校长桂原早早等候在乡中学门口迎接各位嘉宾。“郝书记，欢迎你欢迎你！”桂原老远就把手伸出，与郝强握手后，在前面引路。校长一边走一边说：“我们学校的老师和学生已提前就位，就等区上乡上的领导到齐，便可准时开始。”“你们很辛苦，搞活动组织工作烦琐。真正活动启动后反而没有那么累，只要按事先的流程走就是了。”郝强这方面有资格发言，经常搞活动，经验教训、成功失误，开口就有。两人说着话很快进到操场，比赛就在这里进行。黑压压、密匝匝的一片，满目青涩、稚嫩面孔，杂七杂八的服装，操场上像盖上了一床巨大的五彩斑斓的碎花被。间或有老师在方阵里走来走去，发警告，管秩序。一场单纯的校园比赛不由自主地吸引附近的村民放下手中农具，兴致勃勃也来凑热闹。操场四周的土坡上、树枝上，或坐或站的人如同撒在地里的草籽，见风生长，越聚越多。

封闭、禁锢的门关久了，开一条缝，所有人都想往外挤，挤出去吸口清风，看看外面的世界。农村文化生活稀缺，哪里有点动静，哪里就有人铺天盖地赶来。

郝强被引到用课堂桌凳临时搭起的嘉宾席就坐。这时他才发现区、乡受邀而来的，还有区妇联主席乔利亚，瞿义乡党委书记孟其高、乡长夏伯良，曾经的老团干余立奇、成学思等，已先于他到。小字辈见到老领导老熟人老朋友，主动、热情走过去一一打个照面。轮到与孟其高握手时，他用空着的左手把着郝强的肩头，笑呵呵地说：“郝强，现在是大忙人了，区委李书记都离不开你了。有空到乡上来检查工作。”孟其高说着与歌咏比赛无关的话，他以前辈身份关注郝强的成长，绝没有任何客套、夸张或挖苦的意思。郝强能掂量出真假。郝强到区委机关工作，经过一天一天、一点一滴忠诚专业的服务，赢得李义夫对他的好感，信任与日俱增，已然视郝强为贴身秘书，辅助工作、照顾生活，样样离不开他。李义夫走哪里都带着郝强，区上乡上的人精得很，一看就懂。孟其高当这么多年的乡领导当然不会不知。郝强笑笑：“孟书记你永远是我的老领导，我一直记住你的恩情。”

郝强落坐，嘉宾席在第二排，前排坐的是比赛评委。“郝书记，当区上领导了，也不来检查检查我们学校的共青团工作？”评委席上突然有人转过头来，与郝强说话。郝强看是鞠南伊：“鞠老师鞠书记，不好意思，没有看到你在前边！”“你没看到我，我可早看到你了。你是眼睛只朝上看，哪会看我们这些下里巴人？”鞠南伊说话还是不饶人。“不跟你说了，比赛马上要开始了。”郝强不想在公众场合与人斗嘴。

这两人的对话，却被坐旁边的乔利亚听在耳里看在眼里放在心里，戏谑道：“郝强，好像鞠南伊对你有点意思哟。”

郝强怕引起误会，急忙辩白：“乔姐，我们都是共青团干部，在一起开展过活动，只是认识。”

“哼，认识？你以为只有你认识她，我就不认识，别的人不认识？”乔利亚偏头奚落。

郝强卖傻不答话，这时主持人登台，交谈自然打住。

主持人老套路，照例神采飞扬、唾沫飞溅说了一通关于乡中学“五四”歌咏比赛热情洋溢、形势大好的相关串词后，介绍、欢迎出席的领导和嘉宾。然后请出校长桂原致辞。东道主出场，桂原是一个不折不扣的好同志，一切按部就班地来，他表示了感谢、欢迎之诚意，理所当然用较长篇幅把学校那些陈谷子烂芝麻的“丰功伟绩”自我表扬、鼓吹一遍，粗线条、原则性地提出下步工作的安排和希望，话到末尾不忘重复一番感谢、祝福的美好心愿。

桂原致完辞，郝强的任务来了。之前乡团委跟郝强请示、沟通过，所以当他听到主持人说到他的名字时，知道该他上场了。站起来整理衣服，大步流星走上舞台。他不走寻常路，什么都不带，两手空空成心不照着稿子念，脱稿讲了起来。潇潇洒洒，清清爽爽，利利落落，一点不含糊，代表区团工委对歌咏比赛的举办和青年团员的节日表示祝贺，肯定乡中学以积极健康、喜闻乐见的形式纪念“五四”，希望各个团组织学习借鉴，并不失时机提出全区团的工作打算，挺有领导风范。三分钟的讲话，滴水不漏，不多不少，堪称完美。但只有他自己心中了了，为了这三分钟他在背后做了三天准备，写稿改稿成稿定稿背稿，没有痛苦的台后煎熬，哪有精彩的台上表现？

到点刹车，要的就是言尽意无穷的效果。郝强敬礼、归位。这时有人抢了主持人的活，带头鼓起了掌，场上跟着响起噼噼啪啪的掌声和高声叫好的呼喊声、口哨声，让比赛尚未正式开始就犹如进入了高潮。郝强不一定看到这领掌的人是谁，但乔利亚挨得近，看得一清二楚。郝强回到坐位，乔利亚撞了撞他的肩膀，说："郝强，看不出你还有两刷子呢。你这是一讲成名，有人成了你的迷妹。""乔姐，你又开我的玩笑。"郝强不以为然。乔利亚打赌说："我如果说了假话，你赌什么？你信不信，我马上叫前排的鞠南伊把手掌给你看，我们看看她的手是不是拍红拍痛了。"郝强打躬作揖，只好服输："要不得，我信就是了。"

诸如致辞、讲话这类过门走完，歌咏比赛进入决赛时刻。选手均为之前初赛复赛胜出的宠儿。能走到今晚这步，实力不容小觑，个个奔奖牌而来，说友谊第一，比赛第二的人，多半撒的烟幕弹，使的障眼法。公平公正公开原则融入到歌唱比赛规则，成为其灵魂，细化为每一条款。譬如，选手上场顺序，抽签决定。第一个选手唱完，评委打分、亮分，交给工作人员计分；待第二个选手上场演唱结束，评委对第二个选手打分、亮分后，公布第一个选手的最后得分。所有选手的得分计算，依次进行。

12名选手依次亮相，一展歌喉，倾情放歌，风采飞扬，顺利完成赛程。工作人员手忙脚乱统计选手的得奖名次，制作获奖证书，做颁奖准备……出现预料中的空档。别担心冷场，组委会早就想到了救场策略。主持人拿着的手卡上写着呢，他正眉飞色舞，笑颜嫣然地宣布请本次比赛评委、乡中学团委书记鞠南伊上台为观众们献上一曲。掌声雷动，锣鼓喧天。鞠南伊起身挥挥手，胸有成竹、深情款款走上舞台中央，接过主持人递过去的话筒，莺语呢喃道："主持人的盛情难却，我也没有准备，就为大家助个兴，唱一首《妈妈教我一支歌》。"音乐起，鞠南伊伫立，进入歌唱状态。她双手握住话筒，目视前方，眸子里是无限深情，平常活泼、调皮、抬杠的形象不见了。前奏结束，一句"妈妈教我一支歌"从鞠南伊嘴里缓缓吐出，字正腔圆，情深意长。闭眼聆听，就是殷秀梅的原版。郝强看着台上的鞠南伊，头发捆成马尾，中等个儿，一身桃红色束腰连衣裙，衬托出轻盈的身材。鞠南伊原来是美的，此时在他的眼中，这分明不是鞠南伊，而是一颗耀眼的明星。他没有聚精会神听歌，而是死死盯着台上唱歌的人。一曲歌毕，场内一片欢腾。鞠南伊走下舞台，还不忘为拥趸挥手致意。她回到评委席坐定，郝强飞出场外的胡思乱想还没把他的魂招回来。乔利亚咳嗽两声，他才不好意思摸摸嘴唇吞下口水。“郝强，鞠南伊今天上台露了一手，你也表演了一把，我看你两个又般配又有缘分。要不我来给你们牵根线。”乔利亚想当红娘，时时处处没忘妇联主席职责。郝强笑了一下，没有接话，他怕坐在前排的鞠南伊听到。

上帝造人，男女关系是按榫卯结构设计。萍水相逢的男女，做什么事都平淡无奇。无论有人开玩笑也罢，说正经话也罢，不会生出一重波澜，但一旦把两人的关系说成男女关系，便不自然了。而且心里会产生微妙变化，甚或期待发生点什么。郝强就是这样。虽然他没有正面响应乔利亚的话，但内心倒真有点跃跃欲试。可惜乔利亚在乡中学歌咏比赛说了后，回到区上就再没提起过，似乎把此事忘得一干二净。郝强心儿痒痒，也只能各自暗搔，不好明确并主动提及。有好几次郝强单独遇到乔利亚，话到嘴边想问问，但看到她压根就像没这事时，他又打起退堂鼓。脸皮厚吃得够，脸皮薄吃不着。郝强有贼心没贼胆，身边的天鹅不敢伸手去捉，他害怕受惊高飞。想念是痛苦的，过度想念，胜过饿殍。算了吧，一直不见乔利亚的热心喷发，郝强也就慢慢冷却欲念。他想，放弃也是一种生活智慧。也许人家无意，他有意，半边跷，多没劲。

人啦，是个矛盾体，强加意念不想的事偏偏在脑中、眼前像幽灵般晃悠、游荡。偶然间，郝强无意被人拨动情弦，自怨自艾、如泣如诉，如是三日乃至三月不绝。如此执念和愁绪延续至暑假过后到了开学季，师生返校，新学期开启。也许是如蚁的学生密集穿梭乡场，唤醒茶坊酒肆的繁忙和街头巷尾的拥堵，点燃乡镇风情的复归，令乔利亚记起在骄阳初升的早晨，踱步郝强办公室，无厘头自责起来：“郝强，不好意思，怪姐姐没上心。”

郝强摸不着头脑：“乔姐，啥子事把你急得这般不爽。”

“我这个当姐的不称职。”乔利亚内疚，“说好给你当红娘，哪知我家里有事回去耽误了半个月，回来就把这事搞忘了。”

“哦，乔姐说这事哟，我早就忘记了。”郝强装着自己没有单相思。

“说来话长，当我想牵线搭桥时，学校已放暑假，师生全都回家去了。”乔利亚不无遗憾，“鞠南伊也回县城度假，她走了我就牵不起线，不可能一头在你手中，另一头找不到人，交给空气。不过前两天鞠南伊返校了。”

“哦，原来是这样。”一阵窃喜。郝强生怕乔利亚把他的意中人调包，幸好还在。

“郝强，明天我把鞠南伊约出来，你们见面，我给你们把关系挑明，就是耍朋友。”乔利亚直爽，不喜欢绕来绕去，“你的意见如何？”

“那要看人家愿意不愿意？”郝强不好直说。

“先说你愿不愿意？”

“可以试一下吧。”

熟人好办事。本来相识的两人，经乔红娘左右助攻，临门一脚，一桩喜事谈成。双方愿意给对方一个接触的机会，这就有戏了。

男追女的墙倒了，女追男的纸破了，壁垒扫除，距离清零，可以理直气壮开始卿卿我我、你侬我侬模式了。乔利亚中介任务完成，便是郝强与鞠南伊的爱情工程正式开工。不用羞羞答答，月亮坝里要弯刀——明侃（砍）。于是乎，郝强找鞠南伊谈点共青团工作名正言顺，要想要点恋爱生活也浪漫有理。郝强上瘾了，三天两头，与鞠南伊约会，虽然是初级阶段，秘密进行，但甜蜜的事业甜蜜的爱情飞向未知的将来，依然向往和尝试不惧飞蛾扑火般的勇往直前和在所不惜。

三三、双方家庭反对恋爱

尽管郝强和鞠南伊从一开始就像地下工作者一样，选择一些人烟稀少、黑不溜秋，易于隐避藏身的地方见面，诸如小河边边，山林丛莽，乡场周边，背街小巷，即使偶尔趁黑进进电影院，也是时间精确到一分钟内一前一后到，要见但不久见。遗憾，爱情想保密，秘密仅是一组死字眼，爱情却是两个活人戏，有表演必有人观看，况且少不了有人发表观后感——人不说人说鬼？！一对恋爱者没穿隐身衣，无论在什么地方，做得如何天衣无缝，都无法逃脱擦亮眼睛的人民群众。

自从郝强到乡政府，以至到区团工委工作，郝才亮脚步金贵，没有踏过一次郝强在乡上、区上的门，他就这么有傲气。可是，这天他和何会兰不请自到。所为何事？他听到有人说，郝强在谈恋爱，而且谈的是一个教师。这还得了，当父母的都不知道，而且听说是一个公办教师时，更是反应激烈、愤懑与忍无可忍。

见父母来，郝强虽然诧异，但还得有个姿态，拿出当儿子的孝顺和热情。别无去处，他把他们请到自己绝对可以称得上蜗居的寝室。陈设简单，斯是陋室。靠墙一张旧床，床侧冷冷地放着一张不知多少人用过的漆面斑驳、布满洞洞眼眼的木质桌子，一把破藤椅和三张旧板凳杂乱无章地放置其间。唯一有点时代气息的是墙上贴着几张或笑或媚或妖的女明星画报。

何会兰打量了寒碜的小屋，酸楚的泪水眼里打旋，背过身去擦。

郝才亮从来不是多愁善感的人，他才不管你住得好不好，吃得饱不饱，穿得暖不暖，那都是小事，他今天来是关心郝强的婚姻大事。他进门也不客气，完全以老子的身份坐在仅有的一把藤椅上，还把何会兰拉了下："你坐噻，站起干啥子？"

郝强拿起杯子去给他们倒水。郝才亮不领情："郝强，你坐，不要倒水了，我们不喝。"郝强听话地放下杯子，坐在床沿，他要看郝才亮这回要干什么名堂。

"郝强，今天我和你妈事先没告诉你就来，你肯定没想到。"郝才亮准备进入正题，"你是知道的，我这个人万事不求人，没有事是不会来麻烦你的。我们来当然是有事找你。"

这两人来一定有事，郝强已有心理预期："爸妈，你们说有啥子事？只要我能办的我尽最大努力去办好。"

郝才亮摆出大家长架势："郝强，别紧张，我们来不是找你帮忙办事。"

"那是什么事？"郝强从今天第一眼看到父母突然出现就好生奇怪，从不给自己找麻烦的他们为什么会来，他心里一直在嘀咕。

郝才亮直奔主题："听人说你要了个女朋友？"

"没有。"郝强不想让父母知道这事，这是他自己的事。

“没有？”郝才亮狠狠地瞪了一眼郝强，“你还不老实。说是一个老师，都到你寝室来了，还不承认。”

“哦，你说这个，那是因为我们共青团要搞个活动，我让乡中学的音乐老师给我找本歌本。”虽然震惊，这么私密的事外人怎么知晓，难道世上真有千里眼、顺风耳？但郝强故作镇静，反问一句：“你们从来都没有到过我寝室，怎么知道这些的？”

“若要人不知，除非己莫为。”郝才亮阴阳怪气地说。

何会兰干脆点穿：“我们哪里会不知道，郝雄周末回来就把你的事告诉我们了。你的所有事都晓得。”

哼，原来是弟弟告的密。敌人就藏在身边。

郝雄小学毕业考到乡中学读初中，五六十人的集体寝室打架、吵闹、小偷小摸有诸多不便。何会兰母爱大发，下令郝雄晚上下自习借住郝强宿舍。长哥当父，长嫂当母——何会兰拿着古训绑架郝强就范，他也不觉得过分，自己就这点能力，帮年幼的兄弟一把又为何不可，况且亲情永远改变不了。郝强没有女朋友时倒还无碍。有了，这就是一个安在身边的小间谍。郝强与鞠南伊谈情说爱，尽量避开公众视野，他不想让别人过早知道，当然也不需要郝雄窥视。哪知一天晚上，乡中学要迎接上级检查，命令各班级打扫好卫生便提前放学。郝雄是乖孩子，放了学不像别人瞎逛，要到正常作息时间再回去，家长也不会生疑。这小子呆头呆脑背着书包径直往回冲。打开门，屋子里多了一个女人。郝强惊问，怎么这么早就放学了？郝雄说了提前的原因，便放下书包。郝强说，这是你们学校的鞠老师，她来给我送歌本，我们最近要搞个活动，我们谈一下相关工作。郝雄的脸通红，像他做错了题，被老师当着全班同学的面批评一样。他没有正面回答，干巴巴地说，我出去买支笔。门“哐啷”一声关上，一阵噔噔噔的脚步声远去。

郝才亮、何会兰这会能说得出发生在郝强寝室的事，不是这小子回去检举的还会是谁。

郝强皱了下眉，肚子里狠狠骂了句“不晓得好歹的混蛋”，没说出口，但又腹语了一句“看我后头怎么收拾你”。厉不厉害不重要，总得找人出出气。虽然这是后话，但后话可以提前像故事讲出来。就在当天晚上，郝雄一进房间，郝强指指他的头，命他跪下。郝雄不知做错了什么，站着在那里不动。郝强提高嗓门，吼道："跪下。"郝雄没有见过当哥哥的这么凶过，乖乖地跪在郝强脚下。郝强拉过藤椅，跷起二郎腿坐下，私设公堂，审问嫌疑人："郝雄，你知道你哪里做错了吗？"郝雄怯生生地答道："不知道。"郝强敲了下郝雄的头，说："你为什么要把鞠老师给我送歌本的事给妈老汉儿打小报告呢？""是他们问的。""他们问你就要说？""他们经常问你的事情。""那你还说了不止这一件事情咯？""我不说他们就挖到问。"郝强一拍大腿，很响亮，把郝雄吓得往后一仰。"郝雄，听着，念你是初犯，而且你我之间又是兄弟关系，过去的我不追究。但是今后我要给你定三条家法。你做得到吗？"郝雄知道自己多嘴多舌惹了祸，无条件认账："做得到。""第一，老老实实读书，不当'双差生'（ 成绩差、品德差的学生），成绩达到年级前五。第二，规规矩矩为人，不惹事生非。第三，堂堂正正处世，不管闲事，不背后说人长短。违反一条，扣生活费一个月；违反两条，扣两个月生活费；违反三条，退学打工。"郝雄上中学，郝强体谅父母的艰辛，不仅同意他到自己的住处搭铺，还拿出本就不多的工资的部分主动承担起他的学费生活费，尽到了一个当儿子、当兄长的责任和义务。郝强挺身而出做的这一切，郝雄了然于胸："哥哥，我今后一定遵守这三条，不遵守就不是人。"郝强见教训郝雄的目的达到，既往不咎："起来吧。"

当着父母的面，郝强把心里的不舒服藏起来，他只是说："他一个小娃儿怎么会知道这些事？你们放心，没有的事。"

"管你承认不承认，我和你妈都表示反对。"郝才亮终于说出了他来的目的，"你一个端半边碗的人，脚杆上的黄泥巴还没洗干净，配不上人家一个吃商品粮的人。趁早算了，是哪个门才贴哪个对子。"

"郝强，你爸爸说这个我也赞成。"何会兰慈母心肠，"我们自己把自己看明白，我们就是一个农民，你虽然在区上上班，但人还是我们溶水村的人。那个老师是正式老师，将来会看不起你的。"

"爸、妈，这是我自己的事，你们就不要操心了。"郝强心中的苦闷和疼痛，表面光鲜，暗里难受，"今后，我谈不谈女朋友，都由我自己来处理。"

"哼，翅膀长硬了，这么大的事就不要我们管了？"郝才亮鼻子重重地出气，“龙配龙，凤配凤，各人是个什么东西还是要搞清楚，不要癞蛤蟆想吃天鹅肉，到头来肉没吃成，脑壳整绿。”

郝强克制住心中的愤怒：“绿不绿，那是我自己的事。今天不说这事了。你们要在这里吃饭，我就去打，不吃就请回去。”

郝才亮一火冒出，父子反目、忿詈：“你以为当了个破干部就不得了。今天不想咒你，只是莫让别人看到笑话，就对得起列祖列宗了。老子是农民，有田有土有手有脚不求教你。何会兰，走，回家。”郝才亮一把拽起何会兰就走。何会兰心痛地看着郝强，一步一回头安慰道：“郝强，你莫怄气，你老汉儿是这个脾气，他是为你好。”

郝强的手捏得紧鼓鼓的，呆呆地站在原处，没有送。

谈个恋爱不得安生，郝强郁闷、悲凉。但生活还得进行，工作还得照干。除了区团工委工作，郝强的日常，全职为李义夫服务。他要给他当好生活秘书，比如打扫办公室、寝室卫生，管吃管喝，出行车辆调配，衣物洗烫……还要当好工作秘书，比如文字材料撰写，文件传递，会议安排，内外联络，委托事务办理……历练，经风受雨，跨沟越坎，是一个人成长进步的必由之路和金钥匙。郝强从不熟悉到逐步熟悉到非常熟悉，由一个稚嫩青年长成一个成熟青年，便是从走过泥泞踏上坦途这么过来的。李义夫口头没有评价过郝强及他的服务，但从领导者的眼神、态度和信任度推断，郝强合格。

天空有条不紊地飘着芝麻粒大小的花洒雨，地上的灰尘根本瞧不起弱雨的虚张声势，依旧蹦跶空中飞扬。路上的行人毫无惧色，连举把伞做做样子也嫌多余。郝强正在办公室给李义夫写讲话材料。“郝强，有人找你。”邓继平的大嗓门从门缝里挤进来。郝强把爆痛、沉重的头颅抬起，正要开个玩笑是不是雨中刮来的妖孽，但见一对中年男女一前一后面带雨天的愁容跨进门。搜肠刮肚，不认识，郝强不情愿地装斯文：“请问两位怎样称呼？有什么事？”

男人没有应答郝强的问话，而是反问：“你叫郝强吗？”

“我是郝强。”郝强如实说道。

男人脸上掠过一丝不快：“我们就是来找你。”

“你是郝强就对了，我们专门来会你，有事要与你商量。”女人口气稍平和。

"请问你们来自哪里？"郝强还是不晓得来者何人。

女人趾高气扬，目光似鬼光般讪讪道："忘记告诉你了，我们是鞠南伊的家长。"

郝强背上像鸡毛掸子缓缓滑过，如电流般的寒颤不受控制地传遍全身。虽然此前从未与这一男一女蒙面，甚或偶遇，但从鞠南伊跟他恋爱话题穿插闲聊中也略知一二。鞠父叫鞠庭和，县商业局一个连个股长都不是的小干部，老办事员而已，人好，厚道；鞠母，熊铁男，县实验小学的语文老师，教学字词句章，分析段落大意久了，目浅心小，尖酸刻薄。

"哦，原来是鞠叔叔、熊阿姨，你们是稀客，请坐。我给你们倒杯水。"郝强说着便起身要去泡茶。

"郝强，不用你去忙乎这些了。"熊铁男直接叫停，"听说你喜欢我们家南伊？有这事吗？"

郝强并不正面回答，而是说："你们专门从城里来就是为这事？有没有这事我说不好，你们问鞠南伊好啦。"

鞠庭和旁边敲边鼓："就是南伊说的。"

过后，郝强见到鞠南伊，问是不是她自己告诉父母的。她说是。事情经过是这样，她周末回家，父母难得见到宝贝女儿，便一家人去杀馆子。吃饭时，鞠庭和摆谈中无意说起，这次单位分来了一位大学毕业生，人长得高大、俊朗，给人的感觉懂礼貌，有才华。熊铁男听风就是雨，说南伊年龄也大了，何不找个红娘把这个人介绍给南伊处处。鞠南伊当即回绝。熊铁男不悦，说你没有男朋友，为什么不趁年轻找一个好的。鞠南伊脱口而出，我有了。熊铁男穷追猛打，深挖细查，两三个回合，逮住了潜伏者郝强。

"我们来之前，通过各种渠道对你进行了解。"熊铁男不忌讳对郝强的调查，"我想呢，男女之间产生感情是正常的，也无可厚非，但现实是残酷的。说白点，你是招聘干部，到目前还是一个农民，当干部也说不清哪一天就不当了。如真那样，你和南伊结婚成家后如何生活？解决生存问题是每个人必须面对的。要是有了小孩，更是麻烦，你拿什么来养活一家人？与其这样，不如趁早不谈这个恋爱。"

藏着暗伤的心脏又挨一刀，拿招聘干部说事，郝强最不愿别人提起偏偏有人故意挖出示众。他虽有不爽，也不好发作。毕竟熊铁男说的是事实，且在理。

“熊阿姨，鞠叔叔，这些是年轻人的事，不用管得过细，就让我们自己去处理。父母关心是好事，但也要成人之美。”郝强竭力处置危机。

“你说起比唱起都好听。当父母的不管，谁管？你管？！”熊铁男发飙，“你管得了吗？你个临时工，也不撒泡尿好好照照。”

“临时工又怎么啦？临时工就不谈恋爱不结婚不生小孩？照你的说法，世界上都要断子绝孙。”郝强也是来而不往非礼也，“我和鞠南伊谈不谈恋爱，你们都少管闲事。”

熊铁男拿出人民教师教训学生的口吻，猛砍郝强：“你算什么东西？没有我的同意这事搞不成。鞠南伊堂堂中师毕业生，吃皇粮的公办教师，你高攀不起，趁早死了心。”

郝强血气方刚，偏朝虎山行：“好，你越这样说，我就越不信你这个邪。”

鞠庭和看两人你来我往，唇枪舌战，谁也说服不了谁，大有骂出更难听的话的趋势，赶忙出来当和事佬：“有话好好说嘛，莫吵，要不要得？别人听到影响不好！”

“鞠庭和，你个糯米老头，不要在那里参言参语。”熊铁男骂了两句老公，又对郝强开炮，“郝强，你不要干口硬，你如果不听我的话，还要置若罔闻，我行我素，有你好受的。到时我找的不是你，而是区上领导县上领导，向他们反映你是个大骗子。”

“随你便。”人急红了眼，是不认人的。郝强被熊铁男这一激将和折腾，也不装了，该怎样就怎样，反正以眼还眼，以牙还牙。这个世界把脸撕破摔在地上扠两只脚，谁怕谁。

这段时间，郝强被父母、准岳父母连续闹腾，轮番轰炸。炸得他晕头转向，不知南北，但在人前还得笑脸示人。郝强在鞠南伊面前绝口不提这些渣渣草草，只想自己默默承受，他不愿给心爱的人平添烦恼。他的万全之策是尽量与鞠南伊少见面，而且是绝对安全的地方约会。鞠南伊问过为什么这么做，他调动聪明才智编出各类理由搪塞。还好，鞠南伊不知何故，居然满不在乎，不需导演，配合默契。

两个小年轻的爱情生活转入深穴秘境之中，演绎地下猫鼠。

三四、荣升乡党委书记

1988年底，郝强21岁，在区机关度过了两年多废寝忘食、熬更守夜又紧张、充实的日子。论收获和感受，他忙忙碌碌未曾想过，更无从捋清，不外乎跑跑路，服服务，稀松平常，居功自傲的念头都不曾滋生。倒是有件事，他愿意拿出来晒晒——成为巴蜀干部函授学院首届毕业生，领到了烫金的大专文凭。虽比不上全日制文凭的含金量和美誉度，但国家承认，也算考不上大学的人，迂回曲折圆了个半梦。

干部队伍如一潭池水，流水不腐，死水易臭。一个新领导到任，不夸张地说，观望的人几乎等于辖区的所有干部群众。看新官的“三把火”如何烧，选人用人导向咋样，会不会再现旧时“一朝天子一朝臣”……李义夫是谨慎的，也是善于察言观色的。没有贸然动干部，大会小会宣传保持干部队伍稳定。人心不能乱、不能散。但发明辩证法的人明里暗里提醒和告诫，长时间不交流，干部活力从何而来？老人已老态龙钟，稳坐钓鱼台，殊乏压力，占着茅坑不拉屎理所当然，其奈何哉！台下台边的人找不到晋升的通道和希望，激情溃泻、放水，悲观失望的情绪像一汪浊流漫溢、浸染干部群体。更直接的结果、挑战和风险，在于领导的威信立不起来——有人会错误地把你当成温驯的不抓老鼠的病猫，避不了邪。李义夫又是智慧的，更是精于算计得失的。他已经熟悉瞿义区的干部情况，每个人的素描像早在他的心头画好。到了大稳定小调整的时候了，他已向县委和组织部门作过汇报。

瞿义乡政府大院的墙头，好久不见的喜鹊这两天又出现了，欢快地在上头跳来跳去，叽喳喳的鸣叫，响亮、动听、吉祥。乡上的人莫不惊奇，他们预测有好事将要发生。果然，郝强在组织部带他回到瞿义乡报到任职多日的茶余饭后，还有人当面或背后议论喜鹊出来好兆头的传奇故事，郝强听到也只是一笑了之。

瞿义区委一盘棋考虑人事方案，全区范围内互动交流。如还有人认为李义夫是病猫的人，那一定是吃了药没醒过来。郝强是这次干部调整中的一匹黑马。他从区团工委书记调回瞿义乡当党委书记，成为瞿义区最年轻的党委一把手。所谓“鸿运当头”“吉人天相”“顺风顺水”……这些形容运气好的词汇像万千宠爱集于一身。大步流星走上党委主要领导岗位，不仅别人惊掉下巴，连他自己也想不透这其中的来龙去脉。他既没做无根无据的升官发财梦，更没去跑官要官。过程是组织部在宣布班子前给他谈话时揭秘给他听的。组织部的人说，重用郝强，打破了论资排辈的老框框，培养年轻干部破格势在必行。实际上会前的考察、酝酿过程比最后会议决定任免重要，那是一个看不见的背后运作——郝强同志要感谢胜似知音的李义夫之前出面向县委和组织部不遗余力推荐他，吹嘘他身上连一个疙瘩都没长，这才让他幸运地坐上直通车。

干部工作牵一发而动全身，瞿义乡原党委书记孟其高提拔到瞿义区公所任副区长。刘湘菊从配备女干部的角度就地提拔为瞿义乡副乡长。乡长夏伯良五十多岁，老同志，任职年龄界限临近，原地踏步，继任。

组织部动作神速，县委研究决定后，不等过夜便出发到区上、各乡宣布班子。他们安排的路线，瞿义乡是首站。带郝强到任后，返回区上宣布孟其高的任职和其余四个乡的干部任免。

党政班子调整，是瞿义乡政治生活中的一件大事。召开干部会议是必须的，乡机关全体脱产干部、乡属企事业单位主要负责人，村“两委”书记、主任参加。李义夫亲自主持会议。组织部领导宣布任免文件，然后是相关人员表态、讲话。郝强被点名第一个发言，其实开会前，组织部就把会议议程告诉他，让他提前有个准备。郝强人年轻并跟着李义夫见过“世面”，深谙这种会更多是仪式，要说话而不说长话，意思点到为止，要言不烦。他故作老练，满怀感激抬眼看着大家，停顿片刻，开口用结实宽厚的男中音歌唱般地把烂熟的腹稿当众朗诵出来，会场里回荡起他抒情的声音：坚决服从组织的决定，感谢组织的信任，领导的关怀和同志们的帮助！我如履薄冰，深感责任重大，使命光荣，一定向领导和同志们学习，勤奋工作，开拓进取，不辜负希望……寥寥数语，赢得排山倒海般的阵阵掌声。轮到孟其高表态，态度坚决，拥护县委的决定，服从组织安排。顺便还替郝强打广告，相信他能够把瞿义乡发展建设得更好。李义夫请乡长夏伯良发言，他先推辞不说，李义夫坚持让他说几句，明眼人看得出，李义夫用心良苦，夏伯良是乡里的老板凳，郝强的工作需要他的支持。今天红口白牙会上能说点乖面子话，今后也不好明目张胆给郝强故意添堵。乡长同志没打算发言，盛情难却，临阵磨枪，乱七八糟胡诌几句：小郝，人不错，有前途。回来担任书记，我一定服从他的领导。我年龄大了，也不中用了，工作少给我安排点。我性格不好，说话直爽，工作中如有得罪，不要往心里记，我的心不坏。刘湘菊眼看李义夫要叫她发言，直摇头。

三个发言的干部，真假立见高下。孟其高、郝强自然说的正话，而夏伯良就带弦外之音、言外之意。不仅李义夫听出来了，郝强也敏感地觉察，在场的人稍微留心就会看清一个乡长真实的嘴脸。夏伯良没能坐上头把交椅，耿耿于怀。他看不上嘴上才长出几根胡子的郝强，众目睽睽称呼“小郝”可见一斑。内心闹别扭，配合工作可以想见自然抵触。这不，当着组织和全体干部的面，夏伯良酸不溜秋，话里夹棍带棒，可想而知他是早就想借题发挥，而不是像他伪装出要别人三请四催的样子才讲，他的话已憋到喉咙如子弹上了膛，只等轮到他说话的机会就会一梭子扫射过来。

当主持人的好处掌握着麦克风，话长话短，声高声低，个人说了算。无人敢抢话筒。当然主持人也不是随随便便委托个人，便把发言权交给他，未免草率，那一定是会议人员排名靠前的大佬。李义夫说了几句套话，来了一个三百六十度大甩尾，话锋一转就到了提出要求的节奏上来。他态度鲜明地要求，所有人在乡党委新班子的领导下，要讲党性，听从组织安排，扎实工作。特别强调班子的团结，从新班子一到位，就要有好的风气，好的形象。泛泛而谈中顺便敲打一下倚老卖老、个性乖张的夏伯良。他说，乡党委政府班子成员要精诚团结，服从领导，不准拉山头搞小圈子。凡是闹不团结的，一次原谅，二次警告，三次一律免职。不管这个人资格有多老，功劳有多大，桥归桥路归路，该处理的决不心慈手软。郝强偷瞄夏伯良的脸，红的白的青的啥颜色都占，像多彩灯带不时变换。

组织部宣布班子的次日，孟其高高风亮节把郝强找去，与他交接工作后，做了一次简单的交流，也可理解为临别赠言。生活中能遇到良师益友，是人生的幸事，只是可遇不可求。“郝强，你现在回来当党委书记，我从内心是欢迎你的。我也希望看到你越走越好。”孟其高推心置腹地说道，“瞿义乡的情况你是比较熟悉的，工作会很快上手，这我一点不担心。我只想提醒你的是，一定要搞好班子的团结。团结对全乡和你今后的发展都有好处。你是年轻人，资历浅，过去你是他们眼中的小字辈，而今成为他们的领导，可能会有人心里不舒坦，一时接受起来有困难，这需要时间磨合。”

郝强感激老领导的坦诚相见：“孟书记，你一直关心我，照顾我，并且经常提醒我，知遇之恩，终身难忘。班子团结问题，我会努力争取搞好，以诚心换真心。”

“人心是个复杂的东西，最难揣度，你要未雨绸缪，绝非一时做做思想工作就能解决问题，要做长期的艰苦的疏解。古人不是说‘路遥知马力，日久见人心’吗？”

“孟书记，我思考过，乡上真正最有想法的应该是两个人。”

“你说说是哪两个人？”

“夏伯良、陈丰。”

“你说得很对，但还说掉了一个人。”郝强的分析与孟其高相同，仍有遗漏。

郝强不明白：“谁？”

“成学思。”

郝强一拍脑袋，笑道：“对对对，还是孟书记你看问题深刻。”

“可以先从这三个人入手，做通他们的工作，乡上其他人就好办了。”

“孟书记，我知道了。今后有困难和问题我向你请教，你要多指点。”

郝强主持召开第一次党委会议，其中一个重要议题是班子成员分工——任何人当主要领导必干的一件事。议题安排不多，会议时间刻意靠后，放在上午10点钟开会。可是时间到了，锣齐鼓不齐，夏伯良尚未出现，大家枯坐会议室等他。郝强问办公室通知没有？办公室主任郭银航起身出门转了一圈回来，摇了摇头说：“夏乡长的办公室、寝室都没有找到人。”郝强不动声色：“郭主任，你发通知时是通知到本人的吗？”郭银航点头：“是当面给他说的。”这不是明摆着故意吗？郝强像闻到一股恶臭，想吐但捏住喉咙没有吐出来，依然当没事似的替人作想：“也许夏乡长另有什么事，正忙着赶来，我们再等十分钟。实在来不了，我们就不等，正常开会。”

会议室一阵骚动，抽烟的把烟摸出来，摆龙门阵的小声嘀咕，乘机方便的跑厕所。嘀嗒嘀嗒，墙上的钟摆不受会场气氛干扰按照自己的节奏运动。郭银航焦虑地看了看挂钟，差三十秒到郝强“建议”的开会时间。郝强在翻阅会议材料，做开会准备。剩五秒，郭银航彻底失望了。这时，“吱呀”一声门开了，众人的目光像数支探照灯移向响声处，像打在姗姗来迟的会议救星身上。夏伯良定在门口，冷峻地扫视会场，参会人员被他射过来的眼神轮番抚摸一遍。他没有解释什么，也没有去坐在党委书记左边——早已约定俗成属于乡长的专属位子，而是直绷绷地选择围成一圈的班子成员的后排。绝对会议事故！有人捂嘴发笑，有人咬耳私语，有人侧目凝视……玩笑吧，如是也太过了点。

郝强用力掐大腿，冷静冷静，不跟小人一般见识，这是自己召开的第一个党委会议，只能开好，不能开糟。他微笑，若无其事地说：“夏乡长，请到前边坐，那里哪是你坐的地方？莫跟工作人员争位子。”

夏伯良面无表情地说：“坐这里是一样，你的重要讲话我听得到。”

郝强维持笑容，轻声道：“郭主任，你动个步去请夏乡长到前排入坐。”

郭银航得令如弹兔，跳将起来，既劝又推，硬生生将骄傲得落后的夏伯良送到了乡长席位安坐。

郝强吩咐郭银航给夏伯良把茶水泡来后，会议正式开始，比预定时间延后半小时。郝强的心情一落千丈，腹诽数遍。但他心如明镜，越是艰难的时候越应当克制，切忌上了鬼子有意挑起事端的洋当。不然赢道理就变成输道理，会让自己处于难堪和不利地位，今后开展工作就会处处被动。昨天与孟其高的交谈，他咀嚼、反刍，获得了深刻的触动和认识。不管遇到什么人什么事，自己不能乱了方寸，乱了阵脚，要乱只能让对手乱。要站在正义的一方，守住主动权。他没有因为夏伯良今天的行为大动肝火，依然镇定自若地按预定的议程进行。前三个议程，推荐先进，干部退休申报，年度职工体检诸项，基本是会上走下程序，不需要花太多的时间和精力来研究。

最后一项议题，班子成员分工。郝强想以不变应万变，原分工暂时不动，新任的接替调离的领导分工。工作先找人做，不至于脱节，今后视情况作调整。暂不调整分工的策略，使想调的将来有机会，不想调的也打不出屁来。他不愿看到，为个分工，出现拈轻怕重、挑肥拣瘦的自私表现，议过去议过来，议而不决，像玩乒乓球，你一拍我一拍。郝强讲出自己的想法，党委委员表态无意见。夏伯良在会上当听众，他像冷水烫猪不来气，郝强听取他的看法，要么冒一句“你定就是了”，要么一言不发。可是到了研究分工议题，“少言寡语”的乡长同志元气大涨，革命斗志昂扬。不等郝强请他发言，他迫不及待张口发表意见：“我看班子成员的分工是大事，要慎重，这直接关系着党委工作能否顺利有效开展，也事关全乡经济社会事业的发展。这么重大的事情，起码事前应该征求意见，否则会给人落下独断专行的口实。也许只是没征求我的意见，不知你们晓不晓得？陈丰同志，征求你的意见了吗？”

猝不及防，陈丰吞吞吐吐半天，答道：“嗯……嗯……嗯……我这几天没在乡上，在城里开会。”

夏伯良找到同病相怜者，继续扩大战果：“学思同志，你呢？”

“征不征求意见，我都没有意见，我服从党委决定。”成学思似乎很讲规矩。

夏伯良越位篡权，像他是会议主持人，问遍全体党委委员，得到一堆模棱两可的回答。“小郝，不对，郝书记，你看大家都不晓得，我看分工的事宜暂缓。”

郝强观照夏伯良的系列表演，将就不了，惯使不得，躺在地上要赖的小孩不打几下屁股他不起来。民主程序已过，郝强果断拍板：“既然绝大多数党委委员表态同意，党的组织原则是少数服从多数，分工就这样定了。要变那是今后的事。”

议程进行完毕，郝强如同演讲比赛的四辩总结陈词：“我这次回来当党委书记，不仅你们会觉得意外，连我自己都感到不可能的事情居然发生。这里我想讲一个大家再熟悉不过的现象。有四个人打麻将，甲乙丙三人是麻坛鏖战多年的老将，只有丁是新手。一上桌，甲起牌便是一副好牌，清一色带三六九下叫（四川方言：听牌），形势一片大好，他得意扬扬地坐在桌边等自摸。乙丙的牌也不赖，倒腾几手牌也下了个好叫。丁就没有那么幸运，那三人已虎视眈眈等人放炮或自摸时，他还在苦苦祈求摸张乖牌下叫，不当赔将。剩最后五张牌时他起手勉强下了个卡卡叫。机会均等，一人剩一张牌。甲乙丙摸到手上的尽是废张，无奈丢掉。最后一张牌丁摸起来，竟然海底捞。甲乙丙气得吐血。

你们说老麻将遇到新麻将服不服气，该不该拿钱？规则在先，愿赌服输。我总觉得在座各位都是我的领导，给了我很大的帮助，才有了我的今天。我感谢大家。”郝强站起来，鞠了个九十度的躬，“一个人的成功固然有偶然性，但始终离不开组织的培养，离不开朋友的帮助。一个单位的事业，也离不开全体同志的共同努力。我们能够在一起工作，是缘分。我们互相学习，彼此尊重，合作共事，我们就会取得胜利。团结，是我们成功的制胜法宝。为了共同目标，我希望不要有人出左脚、当小人。”

夏伯良埋着头，看不清他的脸有无变色。

三五、不信不投降

郝强是从瞿义乡出去，又打道回府，像歌词唱的“长大后我就成了你”。瞿义乡的情况他了解，但那是两年多前的印记，且是当办事员时的影子。时间点、切入点和视角易位变焦，看乡情也就不再浮光掠影。郝强是带着党委书记的重任开始了走村串户的。他计划用十天时间把全乡八个村走一遍。人贵有自知之明，他自觉领导经验、组织能力与书记职位不匹配，但他跟李义夫近距离服务这么长时间，没当过领导总还是闻过领导的气味。为何不现学现卖——模仿，从模仿中磨砺自己的组织领导风格。李义夫空降瞿义区，即开启对所辖瞿义、白木、映福、普照、古房乡的密集调研，认人知事解惑。郝强从下村入手正是复制顶头上司的经验。

溶水村是他的老家，熟门熟路，不必着急，省略或延后两便。

黄角村，是郝强在乡上当脱产干部时联系的村。基本情况了解深入，而今重回旧地，一切如在昨天。这不是因为郝强记忆力有多好，而是他往返这里的次数够多。郝强选择黄角村作为当党委书记后调研的第一站，其中一个重要原因这是他曾经的联系村，日久生情，想来。人总是恋旧的，郝强是俗人，也不例外。

邱云为还在当村党支部书记，迄今当了二十多年村干部，书记十年，是老书记了。与郝强会面，如同见到老朋友般高兴。“郝书记，盼你来盼了好久，今天总算成行。”

“我来黄角村无数回了，今天又来，这是来当复习生。”郝强把自己当成对什么都好奇的学生四处张望。

“那不一样，虽然你原来也叫郝书记，但那是团委书记；现在你是党委书记，乡上的一把手，是领导团委书记的。此书记非彼书记。”邱云为说的有理，“我不是恭维你，我一直看好你。你前途无量，还要长大。我们先把话丢到黄角村，等你真的当了大官的时候再来回话。”

郝强被邱云为的话弄得不好意思：“邱书记，不说这些了。带我们去看看村上有什么好看的，我没看过的才去，原来看过的就免了。”

这难为邱云为了，村上这两年除了种水稻、玉米、小麦、油菜这些常规品种外，养殖业、加工业犹如藏在地下的母竹还在休眠，离发笋、长高为时尚早。没有像样的东西，拿不出手，也得拿出手，总比两手空空有意思。邱云为边走边说：“郝书记，你是知道的，我们村粮食生产过得了关，但其他产业落后。今天就只能让你看些不成气候的玩意儿。”

邱云为陪同郝强参观一个村民自主建设的小型猪场，一年出栏近100头商品猪和50头仔猪。郝强不仅关心个别典型户，更放不下面上的情况：“像这种规模养殖的农户多不多？”“不多，我们黄角村目前只有两三户，除这户大点，其余两户规模更小。一户年出栏商品猪50头，一户20头。绝大多数是传统的每家每户散养。”郝强看了，忧心忡忡老百姓不开化：“邱书记，我们村党支部要做一件工作，就是培育老百姓的商品意识，不能只满足喂一两头过年猪自食就了事。要规模养殖，把产品变成商品，商品才生钱。可以组织一些人出去学习参观，看看别人怎么搞养殖业的。”

米面加工业，农村必须且常见的行当。两台电机，一台打米机，一台面粉机，便是黄角村米面加工房的全部家当。郝强到达时，有二十多个老百姓排队等候打米磨面，需求足够旺盛。两台电机从早上启动到此时中途没有歇口气，表面已经发烫，但还在超负荷运行。工人师傅打懒主意，在上面搭厚厚一层稀泥巴降温，土法上马，狗咬摩托不懂科学，哪管科不科学。机器虽是铁，但经不住运转产生的高温摧残，电机闹情绪罢工，在人群“哦……嚯”声中，撂下眼巴巴望着它的顾客说不干就不干，机器比人的脾气还大。不能怪它无理取闹，实质是线圈烧坏了。剩下一台电机工作，师傅又怕摊上毛病，干脆咔嚓关掉电源。全部机器声消失，房里安静许多。议论声起的人们只好等到唯一没坏的电机降温后再启加工。搞搞停停，像小娃娃过家家游戏，有趣倒是有趣，可遇上做正事就不那么好玩，置身其中瞎等难免不冒火气。站着欣赏这么一小会儿，郝强见识了农产品加工业的“现代化”。感叹米面加工设备简陋、粗糙，好看不中用。“狗日的，这是啥子机器，简直就是一堆破铜烂铁。老百姓来打个米磨个面，不晓得要搞好久才整得成？”郝强发出感慨，“邱书记，这个加工房只能为本村加工，要想扩大生产规模根本不可能。”邱云为苦笑、尴尬：“郝书记，有人愿意出面搞这么个东西就不错了。前几年没得，老百姓还得到外村去，那更麻烦。”

郝强顺路看了看农村的住房、粮仓，群众的基本需求他要清晰掌握，心里才会有底。

离开时，郝强特意问道：“娄老头，就是我们原来把他狗打死了的那个人，现在还好吧？没有上访了吧？”邱云为笑答：“没有了。孟书记给了他点甜头，不闹了。”郝强有感而发：“娄老头这事给我启发大，群众上访，重在解决问题。要辩证地看待群众上访。有，说明群众相信党委政府。多了，又折射出我们工作有欠缺；无，这或许是一个危险信号，群众不信任我们有为民服务的能力和担当。”

匆匆行走黄角村耗去大半天，如此算来郝强计划一天一个村，中间开会、接待上级、出差、下雨等诸多不可预计的因素扣除，十天左右走完八个村的任务并不轻松。眼看时间还有，直接杀向瞿义村。这是场镇村，下村走由远及近路线，避免赶夜路。而且即便再晚也可伸脚就回乡政府。

贾金才是个政治嗅觉灵敏的人，他比谁都更懂郝强今非昔比，早已不是往日位卑力弱、稚嫩单纯的郝强。身份变了，身价高了。他要适应郝强。在郝强面前一改之前吊二郎当，说话水垮垮的风格，突然变得正经起来。他探听到郝强要把所有村走一遍，就主动去请郝强到瞿义村调研。今天来了，他按自己设计好的路线引着郝强满村转，看种植专业户，看养殖场，看渠堰塘库，看村小学……满山遍野，爬坡上坎，看得郝强脚软眼乏，却心花怒放。

贾金才绝顶聪明，做了一件更绝的事，居然猜中郝强的心思。“郝书记，我看今天也不早了，我事先没请示擅自做主，在街上订了一桌晚饭。你当书记是第一次来，吃了饭再回去，也算是下级为你接风。我还请了夏乡长作陪，他答应来参加。”看来棋盘已摆好，就等对弈人。

很早以前，郝强就晓得贾金才跟夏伯良是酒友、铁杆，他能把夏伯良请出来，与平时的朋友关系有关联。还有种可能，凭贾金才的鬼才已觉察到书记、乡长之间存在罅隙，他故意做东，甘为郝强抚平人际褶子、裂纹当个熨烫工。与夏伯良喝台酒，舒筋活血，疏栓浚塞，郝强也在思索、寻找时机、场合。“晚饭”“夏伯良”——像两个元素从贾金才口中吐出，化学反应结果对路、合意。郝强没有任何装逼、推辞，爽快地答应：“可以。”

贾金才预订的晚饭，安排在乡场上他自家开的食店内。肥水不流外人田，有现成的能力，何必把钱送到别处去求人消费。一年前贾金才筹资造了这座砖混结构、两楼一底、进深十三四米的房子，底楼三个门市，一个门市卖杂货，剩下两个中间打通卖吃的，早中晚开门，经营灵活，生意红火。自己的地盘，吃早吃晚，吃荤吃素，自由。参加晚上饭局的，像各路神仙聚会，有点类似组织部配备干部特别讲究结构。主宾郝强，陪同调研人员自然为次宾；夏伯良是贾金才特邀的嘉宾；郝强提出请来新提拔为副乡长的刘湘菊，带点颜色，既是祝贺又是喝花酒必备；贾金才和他的村班子成员精诚团结集体出席；贾金才要好的江湖哥们也来了两个助兴。

一桌人到齐，贾金才热情似火，又喊又拉招人入坐。坐，得有坐法。如果是四方桌，农村习惯，上下席各坐三人，两边各坐两人。上席中间为席长，也可少坐一人，两人共担席长，如同现在成立领导小组实行双组长制。而今晚是大圆桌，陪客好打整，晓得自己的坐次。难在谁坐正首，郝强和夏伯良互相推让。论资历和年龄该夏伯良，论职务和排名该郝强。此时此刻，到底是工作场所，还是生活场景，谁也无法准确分开和判定。两人都不坐，老是僵持在那里不是个事。还是贾金才有办法，说：“郝书记、夏乡长，上席，中间不坐人，你们挨着坐。你们是我们瞿义乡的父母官，还有哪个敢挤到你两个大爷。其他人各自找地坐。”

坐位问题，被贾金才巧妙解决。他是请客的，又在自己家，主人的姿态拿出来，无所顾忌，朝后面高声命令厨房上菜。红烧肘子，咸烧白，炖猪脚，青椒肉丝，卤猪耳，白砍鸡块，粉蒸肥肠，上的全是肉食。贾金才从隔壁杂货店提着一个塑料桶子过来，说：“这里是10斤小灶高粱酒，绝对的原度酒，我们自己喝，没有加水。”有人嘿嘿笑：“贾金才这回耿直。”每人面前一两一杯的杯子倒满。贾金才转到郝强侧边的下首位子坐下，端起酒杯：“今晚我们喝个酒，大家好久没聚了。欢迎郝书记回到乡里为人民服务！感谢夏乡长对我们村的关心！欢迎兄弟姊妹们的光临！都是自己人，不用讲客套。我提议我们喝个入门酒，第一杯干了。”话一落句，不等任何人说话，贾金才把酒倒进了嘴里，像喝白开水咕咕两声吞下了肚。

几个江湖朋友竖起大拇指，纷纷称赞：“贾大哥，高。”

郝强平静看着不动声色，夏伯良端着架子不说话。刘湘菊皱了皱眉：“贾书记，菜都没吃一口，你这也来得太猛了吧。”

“刘乡长，你是女同志可以分两口喝，其他的人，包括郝书记、夏乡长不喝干算孬物。”贾金才在酒桌上没有了大小，不分领导不领导。

贾金才发咒赌势督酒，郝强点头暗许：“贾书记今天情绪高，你前边磕头，我们跟到弯腰。”一口闷，亮杯，一滴不漏。

这种阵势，凭夏伯良的性格岂甘落人之后：“贾书记带头干了，郝书记也干了，我不干，那不是存心跟书记过不去？”起杯酒尽，啪——桌子上重重地落下杯子，“好酒，太香了。”夏伯良的动作有些夸张。

第一杯酒全部拿下，只有刘湘菊得到特许令，半杯。

贾金才张牙舞爪喊大家吃菜。十来双筷子遵照个人喜好伸向桌上不同的碗碟，大肉入口即化，油流进胃里，不小心也流到嘴角，白亮亮的。肥肉下烧酒，一个字表达：爽。

酒席上不成文的规矩，先集体喝后单个敬。这数不清的车轮战法下来，60多度的白酒喝进肠胃进到血管，没有实力的，只有举白旗下炽蛋。刘湘菊申请退出喝酒，只陪大家吃菜敬茶。还有几个人也喊来不起了。

贾金才有状态了，说话舌头搭不转，但他是东道主，哪有说不行之理。他端起酒杯，来到郝强和夏伯良中间，一只手吊住郝强肩膀：“郝大哥，夏大哥，哥俩好，我敬你们一杯。”

郝强叫停：“别急别急，你说错了，罚酒。我比你小，你是大哥，我是兄弟。”

贾金才酒喝得多，头脑还是清醒的："郝书记，你就是大哥。现在流行叫大哥不分年龄，混得好的就是大哥。夏大哥，你说是不是？"贾金才好厉害，听着是酒话，而他不光是说给郝强听，更是说给夏伯良听。

夏伯良不正面回答，只豪气地说道："贾金才，屁话少说，把酒干了。"三人碰了一下，杯中酒干掉。

就在大家酒战正酣时，郝强站起来，拍拍手，大声说道："各位安静一下，我才回到乡上工作，今后还要请大家多多关照、支持。这里借贾书记搭的台，我要敬夏乡长的酒。他是我的老领导，对我一直很关心关怀，我永世难忘。还望今后一如既往关心支持。为表达我的诚意，贾书记你去拿一个碗来，我喝一碗，夏乡长喝一杯。"

郝强来这么一手，出乎夏伯良意料，将了他一军。他不是别人喝一杯他喝半杯的人，不能输了气质，一拍而起："各位，既然这样，郝书记要敬我，我接受。但不能让他喝一碗我喝一杯，我也喝一碗。贾金才给我也来一个碗。"

有好戏看了，较上劲了。贾金才拿了两个吃饭的土碗出来，倒满酒。郝强说："夏大哥，你先选。"夏伯良不推辞，端起身边的那碗酒与另外一碗酒碰了一下，放在嘴边往口里倒，没有洒一滴酒出来，没有换一口气，足以见得喝酒的功力。

所有人都为年轻的郝强担忧，毕竟他初出茅庐，无论酒龄、饭龄，还是气势、经验，都不如夏伯良这个老江湖。但是，郝强也有优势，他比夏伯良小整整三十多岁。郝强比谁都明白，这酒是自己挑起的，哪有耍赖喝不下去之理。只见他双手捧起碗，眼睛像一弯明月媚笑。"夏大哥，看好了，"酒进了嘴，碗朝底，滴酒不掉，郝强揩揩嘴，伸手与夏伯良握了一下，"够哥们吧。"

就在大家以为快要散席时，夏伯良说话了："各位，刚才是郝老弟敬的我，来而不往，你们会说我没礼貌，我回敬一碗。"

有人起哄，有人担心。刘湘菊看郝强的脸红透，不是夏信良的对手，怕他喝醉，就在旁边劝道："夏大哥，你们两个喝了一碗算了，别敬来敬去了。"

夏伯良哪里听得进刘湘菊的话，把桌子拍得啪啪响，高声喊道："贾金才倒酒来，客都请得起，还舍不得酒吗？"嚣张的气焰，形同拳台上击败对手的胜利者怒吼着高举双臂蔑视失败者和观众。

刘湘菊拉住贾金才："贾大哥，别去拿酒了，已经喝醉了，再喝要喝出拐扯。"

贾金才眼神迷惑地看着郝强，让他拿主意。郝强喝了刚才那碗酒，胃里正火烧火辣，脑袋也昏沉沉。他吞了一口口水，像鹰眼冷厉地直视贾金才，今晚在夏伯良面前绝不能丢丑，否则今后就抬不起头。别说当书记没人听，就是在社会上混也没人理。要想当老大，就得拿出老大的气概来。他心一横暗发狠，你夏伯良算老几，不要老来撒尿，老子不信你不投降。郝强大吼一声，一掌击在桌子上，碗筷杯碟战战兢兢数秒钟恢复原状："贾金才，我夏大哥要喝酒，你为什么站着不动，快上酒。"

酒倒满。郝强做了一个请的手势："夏大哥，你先来。"夏伯良说："兄弟先行，我殿后。"

郝强喊了一声"好"，往后退了一步，蹲起马步，双手叉腰，嘴巴凑近碗口，酒呼呼作响像进了一个无底旋涡。碗底的酒，郝强用牙齿咬住碗边，头后仰酒倒入口中。完事，将碗放回桌面。一碗酒下肚，像街头杂耍，潇洒、流畅，仿佛神功附身，出其不意。不知郝强在哪里见过，还是他自己临场发挥，这个喝酒动作已经超越了喝酒本身，成功地完成一次精彩表演，令在场所有人欢呼、狂跳。

郝强眉毛上挑，带点挑衅："夏大哥，该你了。"夏伯良没有话说，乖乖喝了下去。从嘴边取下碗时，他突然咳起嗽来。越咳越凶，收不住声，咳到眼泪流了下来，像在哭泣一般，鼻脓口水一泡糟。

好不容易，夏伯良止住了咳。郝强并不打算就此罢休，而是乘胜追击。他态度极端虔诚地问："夏大哥，还喝点不？"

夏伯良坐在板凳上控制不住身体晃动，但并不认输。他眯着眼睛，手指戳了一下郝强的胸口，说："喝。"

贾金才又倒了两碗酒送上。刘湘菊看不下去了，极力劝阻，其他人也不让喝，但郝强很坚决地说："你们都不要劝，今晚不把夏大哥陪好，绝不收兵。"

郝强一手端一碗酒，把左手的碗送到夏伯良手上，右手的碗与夏伯良的碗碰了碰："夏大哥，该你先喝了。" 夏伯良的手有些颤抖，另一只手搭上才勉强把碗送到嘴边。他没有先前喝得那么畅快，而且喝的时候有酒洒落，郝强故意把手放在他的碗下做接酒的样子。夏伯良喝完，像个同性恋者色迷迷地望着郝强。郝强也不拉稀摆带，一口干掉。等他回头来看夏伯良还喝不喝时，人不见了。低头瞧见夏伯良厌倦板凳，已爱上了地板。郝强笑了，弯腰将酒嘴送到他的耳边，亲热地问："夏大哥，我们还喝一碗？"

夏伯良摆摆手，含混不清地说："不……不喝了。你你……你是……大哥，我我我……是……个……大哥。"

"贾金才，你有活路干了。"郝强命令道，"你和你的几个兄弟把夏乡长送到医院去输点液。让他在那里躺一晚，明天就没事了。"

夏伯良走后，郝强说："刘乡长，我没丢脸吧。同志们撤。"

刘湘菊上上下下打量郝强，好奇地问道："郝书记，你没事吧？看不出来，你还真有两下子。有什么绝招吗？"

郝强忍住翻江倒海要涌出口来的秽物："精神的力量可以战胜一切。"

夜幕沉沉，如同一张无边无际的巨网直直撒下，万物被擒，插翅难逃。回到乡政府已是晚上10点钟，郝强让刘湘菊他们先回去。他快速跑到院子里洗衣台边，打开水龙头，哗哗的流水声在夜幕中如同交响乐进入高潮时的激烈、奔腾。中指伸进喉咙，一晚上吃喝进肚的酒菜肉一点残渣不剩吐出来，随着水流进入下水道，一泻千里，像什么都没发生过，荡然无存，一夜平安。

刘湘菊并没走远，躲在没有灯光的地方看着郝强做这一切。她没去打扰他，只疑惑，当个党委书记至于这样吗？

郝强脸脚没洗倒头就睡。第二天一早，他按时起床，头爆痛，身体像练过轻功一样踩在地上绵软如席梦思。他重重拍打腮帮子，振作精神似往常一样到各处走走，逢人说两句，嘘寒问暖。遇到刘湘菊，还问她昨晚有没有事。他要用这种方式告诉所有人他是坚不可摧的。转了一大圈，他梭回寝室，偷偷补瞌睡。

夏伯良斗酒，把自己弄进医院，打针输液躺了一天半，回家不出门休整又是一天，总算恢复元气，可以下地自如行走——这都是五天后贾金才跟郝强悄悄透露的。贾金才说："夏伯良怕丢人告诫我在外不要乱讲。那晚到了医院，他昏睡不醒，人事不知。医生问他情况，他说不出来，我只好替他说。护士来给他输液，他像死猪一样挺在床上任由护士扎针，连痛都不晓得。睡到第二天上午，醒了过来。睁开眼看到是我，他便问：‘我这是在哪里？怎么在这里睡起的？’我赶忙告诉他：‘这是医院，是郝书记叫我和几兄弟把你送到这里的。你昨晚喝醉了，郝书记安排我们把你弄到这里来输的葡萄糖水。’夏伯良转了转头，像想起什么似的，说道：‘现了洋相。郝强，我小瞧他了。看不出来他还深藏不露，暗带杀招。我甘败下风，以后真该我叫他大哥了。’我选好听的跟他说：‘你是年龄上的大哥，他是工作上的大哥，你俩互为大哥。’夏伯良吐了一泡口水，骂我：‘你个龟儿两面讨好，还会做人呢。’我狡黠地笑笑：‘还不是跟你学的。’”

贾金才的情报，郝强笑纳，天知地知你知我知。

三六、发表施政演说

世界上存在天才，承不承认摆在那里。譬如有的人做一件事，一看就会，似乎天生就知道做好这件事的切入点和窍门。郝强应该近似于这类型的人。县里、区里没有会，郝强吧嗒吧嗒的脚步声必定回响在农村或企事业单位，因为他的脑子空洞、苍白，像缺营养，须喂真材实料、无污染的绿色食品进行大补。笨办法也是好办法：走近一线，与农民、工人交朋友说心里话，与村、组干部、基层单位负责人谈想法议打算，亲眼看，张口问，竖耳听，宁愿沾上一身灰，流出一身汗也值得。犹如沙里淘金，郝强收获来自农村、基层单位货真价实的一手材料，诚如一部大书徐徐展开在眼前，他要津津有味咀嚼、品味和吸收。

当党委书记一个月，郝强开了一次党委会，再没开过会，更见不着新官上任的大动作，连小动作也没使出。满怀期待的人们渐次失望、叹息，很多人更不解、生疑和惊奇，郝强葫芦里卖的什么药，开不来会吗？或者就是废物一个，肚儿里没货？明里暗里的议论，郝强装着听不见，或一边耳朵进一边耳朵出。他蛰伏不动，耐心地等待出击的时机。回到乡里的这段时间，他像走村串户的小商贩下到各个地方兜兜转转，不急不躁俯视、平视、仰视，重新认识和发现瞿义，习以为常的乡情居然有了不一样的含义和表达。

因为其他公务的必须，农村、企事业单位的调研，断断续续持续了一个多月，比预计的时间延长。郝强停止了早出晚归，关起门来找人谈话。他开出名单交乡党政办主任郭银航通知。

第一个来到郝强办公室的是夏伯良，他本可借故不来或要点资格晚点来，但他没有那么做。贾金才的那顿酒把他喝好了，也喝聪明了。他对郝强的态度改变了不少，他知道了郝强不可小视，轻敌是会吃败仗的，他已吃了苦头有教训了。这不，郭银航给他说郝强找他去。他就在想，郝强这么正式请他，到底想干什么。他倒要看看他能搞什么名堂出来。都是老熟人，也用不着过多客气。郝强给夏伯良倒了一杯茶水，说："夏乡长，请坐。今天请你来，就是想跟你摆摆龙门阵，听听你对乡上未来发展的意见，包括对我本人有什么建议。你是老领导，在乡上工作时间长，有什么尽管讲，我一定洗耳恭听。"

"郝书记，我是老不中用了，说不出什么好话来，一说就容易伤到人。你是瞿义乡人，也在乡上工作过，哪里你不熟悉？"夏伯良明显不愿触及实质内容。

"夏乡长，我身体好，不怕伤，即使伤了也恢复快。你敢说我就敢听，你说得越难听，我越高兴，我才会练就百毒不侵的功夫。"郝强哈哈大笑。

夏伯良不知郝强说的是真话还是假话，他宁愿相信郝强说的假话，他才不会轻易上当，难道他真有海纳百川的胸怀？所以他选择少说，他怕郝强在套他的话。"我也没什么要说的，你定的事我们来落实就行了。"

"你真没要说的？"

"真没有。"

"真的没有？"

"没有。"

"你只负责落实执行？"

"不会有假。"

一问一答，夏伯良走入了郝强想要的答案设定中。"夏乡长，君子一言，驷马难追。那今后我们合作愉快。只要我们树立了一个团结共事的好榜样，其他人就不会左右摇摆，看人说话，看菜吃饭。"

夏伯良自知说满了，把自己说到没退路，但也不能吐出去的口水舔回去。

人嘛，活在世上面子还是要的："你说的有道理。只要书记乡长一个声音，下面的人就不会乱来。"

"有你这个话我就踏实了。夏乡长你对我个人有什么看法随时可以讲出来，面对面跟我说，绝对没问题。公开场合还是要谨言慎行，不能给外界有挑拨离间的机会。"

"郝书记，我也活了五十多年，这些还是晓得的。"

"当然，你是我的老领导，我始终敬重你。有什么事，只要在原则范围内，于公于私我都会把你说的当成头等大事来办，其他的一律靠后、让位。"郝强这是心里话，也是说给夏伯良听起舒服的话。人与人，相互看重、送暖，相互满足需求，关系自然长久牢靠。人情消费，有收有支，消费一次少一次，不投入只会愈来愈薄。人情是张纸，纸破如面瘫，既歪又扯。

夏伯良没有提出工作建议，但郝强的循循诱导，他说出了党政领导相处的契约式的承诺，这比一两条建议价值翻倍。

人称乡机关元老的乡人大主席曾山峰，之前任乡党委副书记，工作近四十年，单在瞿义乡工作便占去多半时间。人好，爱护年轻人。郝强向他求教，他坦率真诚，直言奉送："要我说啊，乡上要发展，还是老话，无农不稳，先要稳住农业这块，种养业要抓住不放。在此基础上，发展多种经营，搞活经济。让农民增收致富。现在农民最缺是活钱。"

"曾主席，你是管农业多年的领导，你说的都没错。但你说的都比较原则，具体该抓哪些？可不可以讲一讲？"郝强想听曾山峰细说。

"粮食，不多说，主要是水稻、玉米、小麦三大品种。经济作物，苎麻，要作为瞿义乡的重要支柱。苎麻，是中国草，更是中国宝。老百姓祖祖辈辈种植，既是传统和习惯，又有经验可寻。我分析预测，苎麻有广阔的前景，一定会成为农民发家致富的摇钱树。养殖业，生猪是大头，我们是生猪大乡，传统优势要保住。当然小家禽，也不能放过。"曾山峰一口气说出了他的想法，毫无疑问是他多年观察分析的结果，"我说的，不一定正确，但我说的肯定是我思考过的东西。你可以多听听一些人的意见，兼听则明。"

郭银航习惯性地依乡领导班子排名安排谈话，轮到副书记陈丰，他却找理由搪塞，说他有事不空。问他什么时间能行，他说这半个月都腾挪不出身来。

郭银航吃了闭门羹，还不好把分管党务的副书记明晃晃留下的故意在郝强面前倾吐。他默不作声地顺位将副乡长沈超然递补上来。沈超然分管乡镇企业。乡镇企业始于社队企业，20世纪80年代，改革开放的春风催生乡镇企业如发酵的面包，一夜之间长成庞然大物。瞿义乡也同其他地方一样，乡镇企业播下了种子，蓄势待发。沈超然跟郝强分析他对乡镇企业的看法时说："乡镇企业该搞，无工不富。瞿义乡的乡镇企业可圈可点的地方是，已经起步，有了自己的煤炭、石材、竹材、麻纺等行业。但是资源型企业占的比重很高。这既破坏环境，又受制于资源储量的限制。"

郝强赞赏沈超然关于本乡乡镇企业客观而长远的认识和判断，他感慨副职领导尽好本分又勤于思考才是合格的："沈乡长，乡镇企业发展，我们有了好的开始，必然有这样那样的问题。那你认为下步该怎么搞才好？"

"我见得不多，也说不好。"沈超然谦虚是可以理解的，毕竟乡镇企业没有成功经验可以复制，只能摸着石头过河，"但是，郝书记，你问到这个问题，我斗胆说说我的看法。在瞿义乡，资源型企业应控制发展，农产品加工业鼓励发展。"

山沟里藏着明白人，在当时历史条件下能够有这种富有前瞻性思维的人断然不多。没有技术、资金，就地生财，靠山吃山靠水吃水，几乎是所有地方干得最欢又最容易吹糠见米的买卖。废易兴难，哪有看到现成的钱不要，非要去搞费力不一定讨好的事，那不是傻吗？但郝强不是短视的人，他欣赏沈超然的说法："沈乡长，你说的我认为是对的。杀鸡取卵，得不偿失，我们不能做，更不能把子孙的饭我们提前吃了。那你认为加工业该咋整？"

"瞿义乡，苎麻种植面积大，我们应该把苎麻的加工文章做好。"沈超然很肯定地说。

沈超然的看法与曾山峰说法不谋而合，像事前两人商量过一样。

郝强与刘湘菊谈工作相对简洁，初登副乡长岗位，有想法毕竟不多，三言两语说到底。谈得多的反而是日常琐事。"郝书记，听说你在跟鞠南伊谈朋友？"刘湘菊问。

"你听哪个说的？"郝强脸红嘴笑，他是信任刘湘菊的，一直把她当姐姐看待，虽然她只比他大一岁。刘湘菊是不是这么想他不知道。

“区妇联乔利亚说的呀，这还有假。”刘湘菊眼睛发亮，像放电般照射他的脸庞。

“是有这么回事。”郝强不否认，“只是我们双方的父母都反对。”

“那现在进行得怎样？”

“我们的策略，明的不行，暗中进行。偷偷联系，不敢公开。”郝强坦言。

“也好，自己的事自己负责。父母那边暂时放下，慢慢他们会同意。”刘湘菊帮着出主意。

陈丰迟迟不见来，成学思也像得了传染病不现身，郝强纳闷，问郭银航是怎么回事。郭银航支支吾吾躲闪，郝强一再追问他才说出原因，陈丰不空，成学思不在。郝强当机立断，说：“你不用管了，我来操心他们。”

两个要骄傲借故不见，郝强早有预料。郭银航通知不来两人时，郝强并不惊讶，但脑子里确有过冲动，他想以恶治恶，将陈丰、成学思打入另册，置之不理，如同一件湿衣服不放在阳光下而挂在黑屋里阴干。自己该咋干就咋干，他们也奈何不了他。他是书记，有最后决定权，而且还有否决权，如两人敢造次，他直接把他们所作所为不留情面当众推翻，不管对错，叫他们颜面扫地，看谁无语、难堪。威信丧失，今后没有人会听他们的那一套。这种做法痛快倒是痛快，亮了肌肉，抖了威风，但毕竟不同于小孩子搭积木，一切可以推倒重来。冷静想想，你做初一我做十五，班子团结和谐便是水中月，关系改善缓解更是镜中花。思前想后，从长计议，郝强忽然大彻大悟，古人的智慧经过历史长河冲刷，金光闪亮，照耀我辈：和为贵。

国人好吃，吃着吃着便吃出了一部源远流长、博大精深的饮食文化。多少事一本正经不好说，推杯换盏啥都行。请客，郝强也摆脱不了俗套。他搬出李义夫，名义为共青团干部聚会。李义夫满口答应。没学过心理学的郝强揣摩起人的心思来，一掐一个准。他打着区团工委原书记的牌子向各乡团委书记发出团派情结召唤，希望念及过去一个战壕的情义前来捧场。手中挥舞着李义夫赐予的尚方宝剑，威风八面，没有哪个受邀的共青团干部拒绝，除非他不想在人世上好好为人、进步。各路客人约齐，郝强这才不紧不慢给成学思捎去“邀请函”：“今晚李义夫书记召集团干部吃饭，不准缺席。”郝强撂下话转身消失在成学思摸不着头脑的慌张中，没给他问这问那的余地、机会。

共青团干部聚一起，聚会如开欢喜大会。用不完的体能和哗众取宠的表现欲，掀起一轮猛过一轮的高潮。你敬我我就敬你，喝起花儿开。无所顾忌，担心冷场那是天大的笑话。除了热闹还是热闹。正当众人喝得满脸红霞飞的时候，郝强站起身，双手做了一个安静的手势，声音开大八度说："各位，安静安静，今晚，李书记作为团县委老领导，收起架子，与民同乐，我们请他勉励两句，要不要得？"

"要得。"似山呼海啸的拉长音回响在饭馆并不宽阔的房间里，幸亏耳膜厚实、绵软，任尔胡吼乱叫，坚而不破。

"郝强要我说两句，我得听东道主呼来唤去才够朋友。拿人手短，吃人嘴软。"李义夫不无幽默，"共青团让我们聚在一起，我们一定精诚团结，互帮互助，做出成绩，不丢共青团的脸。大家有没有信心？"

"有有有。"响亮，豪迈，激情澎湃。

"都说有，我就放心了。我提议，为青春无悔、友谊万岁，把杯中酒干了。"李义夫自当榜样仰头喝到杯朝底，所有人哪有不干之理。

共同举杯后，渐次进入散打。李义夫从主持位走到成学思身边："郝强，过来。给你的前任把酒倒满，我们三人共同喝一杯。"李义夫礼贤下士的举动，超出成学思的接受程度，他忙不迭地站起来，身后的椅子被突然打直、站立的小腿碰得咔咔响，数下摇晃又才稳住。"李书记，你这是折我的福，该下级敬你。千万不要棍棍倒转杵。"

李义夫敬这杯酒，正是郝强今晚请客想要得到而恰好出现的绝佳契机。近似于饥寒交迫时意外讨得一件棉衣或一碗热饭，温饱的事就不是事。郝强给李义夫倒了半杯，李义夫不干，当着成学思的面，说："倒满，我们三个都倒满。"郝强遵命照办。李义夫端起杯子说："这杯酒我敬你们两个。我作为你们过去共青团的老领导，希望你们合作共事，互相支持，不能相互拆台。学思，你曾经也是郝强的领导，能做得到吗？"

成学思虽不情愿，但当着李义夫的面，他即使违心也要点头："能做到。"

李义夫不咸不淡地安抚："学思不愧是共青团培养的优秀分子，高风亮节，虚怀若谷。其实在仕途中后来居上者常有，我们要理解。不过有了你表态支持，郝强的工作就轻松多了，我也才可以放心地把这杯酒喝下去。”

三人碰了下杯，干。

“学思，酒喝了，就像农村人说，发了毒誓，不能反悔。”虽说酒喝进了肚，但李义夫依然不放心，他得重复提醒、劝导，“这次班子小调整，你还在原地踏步，我估计你有想法。特别是郝强作为你过去的下级，这次从区上下来当了党委书记，反过来成为了你的上级。这要想得通。生活中这种下级成为上级的事情多的是，要得而不喜，失而不忧。”

“我是有些想不通，但李书记你这么说了，我想得通想不通都要通。”成学思暴露内心的不平，也不隐讳自己的观点。

“我理解你的想法。学思，眼光放长远点，干部工作是动态的，今后机会还多。”李义夫推心置腹。

李义夫说出了郝强想说的话。虽然他从未向上级领导打过小报告说成学思的不配合。即便今晚他张嘴请客，打着团干部牌子相聚，也没有说出真实意图，但李义夫站在高位俯视乡里，底下人的一举一动，明察秋毫。何况成学思还是他的老下级，他的一些小心思，怎么会视而不见呢？李义夫把郝强提拔为党委书记，他也在寻思合适场合提醒成学思，要为新任书记开展工作扫除障碍。郝强请团干部吃饭与他的考虑不谋而合，所以才异常顺利有了今晚这场饭局。“学思，今晚这杯酒喝了，以前不好的想法就丢掉吧。把自己的本职干好，全力支持郝强的工作。我相信你能做得到，你说呢？”

成学思不得不说：“李书记说了，我没有话说，我服从。”

这段时间的郝强，除了县区开会，像个闷声儿，乡里诸事不提。但他没闲着，行色匆匆，周身贴满忙字，他一门心思干两个活路：调研，谈话。像一个强迫症患者非得把事情办完和办完美，不然焦虑不安。调研范围之广泛、宏阔，能想到的地方均有涉足。谈话对象之宽泛、普遍，一应俱全，唯有陈丰成了“漏人”“路人”“野人”。收集、储藏海量的多彩多姿的基础信息，可行不可行的建议意见，以及合理不合理的活思想，短时间里像快速充电，满足了郝强的素材宝藏。关起门来，闭门谢客、修行。以原始方法对一堆堆信息筛选归类，综合研判。去粗取精，为我所用。有如今天大数据分析般玄妙。瞿义乡未来发展的蓝图是什么，思路、目标、措施何在，他在苦心孤诣构想、谋划。过程何其枯燥痛苦，孤独寂寥，犹如凤凰涅槃，须在烈火熊熊燃烧之后。思考的方案源源涌出，但不如意者比比皆是，否定自己，反反复复，推倒重来。思维活动不停止不守旧不畏难，理想结果依然难产，思想斗争持续剧烈。

中午吃饭，遇到刘湘菊。郝强问："这两天没看到你，在下村吗？"

"没有，上午去乡医院看了一下陈丰的父亲。"刘湘菊随口答道。

"怎么啦？生病了？"郝强着实讶异。

"陈丰没跟你请假？"

"哎，我也才回到乡里工作，好多规矩还未兴起来。"

"他父亲得了重病，可能要动手术。"

"那这样，下午我去看看，你陪我一起去，没有安排其他事吧？"郝强找陈丰谈心的想法一直没放弃，且由来已久。

"你要去，我当然要陪。"刘湘菊非常够哥们，她从来都是把郝强的事当成自己的事。

郝强补充道："刘乡长，你把郭银航也叫上。"

陈丰见郝强来医院，身后跟着刘湘菊、郭银航，有些不自在。他以为郝强也会像他小人行径，时时处处小肚鸡肠，记他故意拖延不去谈话的仇。郝强当党委书记他是不满意的，他数次在一些场合质疑郝强凭什么当乡党委书记，乡机关包括他本人在内，很多人都比郝强到乡上工作时间长，当领导比他早，就仅凭当了几天区团工委书记就可以一路通吃，打道回府当上一把手，这未免不是太便宜他了吗？他的这根刺卡在喉咙里没有吐出来，疼痛难咽。

"陈书记，陈书记，郝书记来看你父亲。"还走在过道上，刘湘菊老远便在跟陈丰通报信息。

释放同志感情的特殊场景，背着思想包袱的陈丰有无想法先暂且放下，打人不打脸，见着熟人面不可能不理不睬，伸出手与郝强握了握，挤出笑来："郝书记，你这么忙还来，感谢感谢。"

"我不忙，就是再忙也该来看看老人家。"郝强真诚而关切地说，"刘乡长说老人家得的是重病。是什么病？方便说吗？"

陈丰停下脚步杵在过道中间，他担心他们的交流被病房里的父亲听到，压低声音说："郝书记，初步判断，我父亲得的直肠癌，他上厕拉的是血便，而且流血不止。"

"哦，这么严重。"郝强惊讶和惋惜，"什么时候动手术？"

"还要看情况。"陈丰简短回答后便缄口，似有说不出口的地方。

刘湘菊上午探视过知道实情，非常仗义地代替陈丰说话："唉，陈书记，真人面前别烧假香。不要忸怩，你不好说我帮你说。陈书记他们去打听了一下，动手术，乡医院缺乏这方面的技术和设备，需要转到县医院，先进行全面检查确诊。但现在没有床位更没有熟人可托。"刘湘菊虽热心肠，又不能不跟着叹息，"那还不是最主要的，现在的问题是还有钱也没凑够。家丑也不怕说出来，陈书记参工这么些年，家庭负担重，没有积蓄。全家都愁眉苦脸，到处借钱，亲戚朋友找了个遍，还是不够。"

的确是难题，郝强也不是马上就有办法，他的手不自觉地挠着头，快速搜索、调动有用信息。一阵抓耳挠腮，灵感乍现："陈书记，我突然想起，县医院那边应该有个熟人。我认识县茶果站副站长陈森，我记得他说过他老婆在县医院上班。我一会给他打个电话，请他帮忙联系。如果这条路走得通，到时郭银航来跟你具体联络。"

"郝书记、陈书记，我跑腿没有问题。"站在旁边的郭银航乐意为领导解忧。

郝强故作轻描淡写地问："钱呢，还差多少？"

"估计……还要3000元。"陈丰满面愁绪，艰难地吐出个"天文数字"。

郝强吸气吐气，高频率眨眼："陈书记，你看这样要不要得？我跟夏乡长商量下，看能不能在财政所先借，以后从你的工资中分月扣还。"

"当然要得。感谢郝书记，这是眼前最好不过的办法。"应急措施，不一定周全，但足以令陈丰感激。

冷若冰霜，是因为心里遭遇了严冬，但只要出现合适温度、工具和抚慰，也能融解、冰释前嫌。郝强伸出的援手，无疑打动了冷冰冰的陈丰，他对郝强有了重新认识和分外好感。

做人的工作是要耐心和智慧的，更要克制和包容。动怒、互怼、以牙还牙……终究不是上策。能做通别人做不通的工作的人必定是高人。

郝强的脑子里一直萦绕着瞿义乡的未来和发展，废寝忘食，长时间研究思考，到了艰难孕育，一朝分娩阶段。激动人心的时刻就要来临，思想的产物呼之欲出。只等以何种方式与人见面。

大会是传达领导者声音最直接最快捷最成功的平台和途径。郝强的宏大设想，是召开瞿义乡发展大会，开成一个自改革开放以来全乡最大规模、最有影响力的会议。号令发出，乡机关上下迅即行动起来。准备就绪，得到通知的乡机关全体脱产干部，村“两委”成员，乡属企事业单位负责人，部分党代表、人大代表，如各路英豪齐聚乡电影院，出席盛会。

夏伯良主持会议，郝强在会上作题为《解放思想，阔步前进，心无旁骛打好发展大硬仗》主体报告。

报告凝聚了郝强两个多月的汗水和苦心。他马不停蹄调研，不厌其烦谈话，但一直按兵不动，就等大会上发布他为瞿义乡构想的发展大计。会前，他拿起如椽大笔，耗去三天写出报告初稿，一天修改，交班子成员阅改，有关人员讨论，提交党委会议审定终成一篇雄文。当听到主持人口中念到“请乡党委书记郝强同志作报告”，郝强坚定地站起来，大步迈向报告席，沉着坚定，凝视全场，向与会者行礼。掌声响起，他扶了扶话筒，确认开着。眼光再次向会场扫视了一番，并不出声，而是喝了一口水，双手自然搭在报告席两侧台边。郝强的短暂铺垫，确实有效果。党委书记在众人面前正经亮相，着实吸足了台上台下的眼球。开口出音，声如洪钟，抑扬顿挫，郝强自信的目光像探照灯在会场里前后左右扫过。与众不同，报告席不见片纸，娓娓道来，挥洒自如，哪像其他人离开讲话稿就活不下去，连夏伯良主持会议短短的几句台词还在照着念，生怕出错。侃侃而谈，过了五分钟，郝强没有从荷包里掏稿子。滔滔不绝，十分钟过去，郝强依然坚定地望着听众，从未低头偷瞄什么。但见那张嘴一张一合，吐出的是莲花，芬芳清香。听会的人，被吊起了胃口，想交头接耳的断了想法，想跑路溜号的被钉在座位上。台上的新人到底还会讲出什么来，倒要看看。郝强没让开会的人失望，他不仅用两个半小时作了一场精彩报告，而且全程脱稿，展示出他乡情的熟稔、政策的通晓、内涵的宏富、思想的开放和过人的记忆。会场成了郝强的舞台，参加会议的人惊掉了下巴。掌声此起彼伏，经久不息，便是最好的见证。郝强的脱口秀，曾在乡中学“五四”歌咏赛时用过，而今已锤炼到炉火纯青。

郝强呕心沥血准备的会议及报告，大获成功，与之换来的结果令人折服。凡是听了大会报告的人，众口一词：这个党委书记不简单。记忆力好，演讲水平高！更让他们赞赏的报告的内容叫人耳目一新。郝强大胆而务实地呼吁，思想解不解放，从一些小事或小节可以检验，比如，当干部的敢不敢到街上摆摊卖鞋，当农民的能不能放下镰刀锄头进城打工经商。并响亮提出，瞿义乡的发展目标是未来五年，经济总量排全区第一，全县前茅。目标很诱人，但当时没有人会相信这个宏大目标，简直就像听讲别人的故事。就在报告形成和广泛征求意见的过程中，有人还讥讽他空口说白话，似水中游鱼动静大了必然会被吓跑。郝强岂是轻易退却的人，铆足劲，加满油，一往无前冲，有目标便会匹配相应措施。于是乎，郝强推出“稳粮兴企强党建”的思路及时跟进，与之配套“四大工程”——粮食工程：保证人均口粮每天1斤，大力发展多种经营；生猪工程：兴办养殖场3个，每个农户每年出栏3头以上，兼顾发展牛羊、小家禽；苎麻工程：种植苎麻3万亩，培育麻纺加工企业1户，培育工业企业5户；党建工程：以星级党支部评选，推动基层组织建设，为发展提供坚强组织保障。

并非郝强个人扯起嗓子呐喊，而是响应者必然发声。乡里分管领导在发展大会上，斩钉截铁就自己负责的工作讲贯彻意见，村“两委”、企事业单位负责人表态发言支持、落实。众志成城，相得益彰，对郝强主体报告给出了深入阐释和积极互动。

郝强天马行空，浓情发挥，完整系统地描绘了瞿义乡的发展路线图，让人看到了新希望，也让人看好这个年轻人。

三七、催粮催款

20世纪80年代，乡政府的工作既土得掉渣又实得要命，被人形象地说成三大块，诚如干部自嘲和老百姓编的顺口溜：打狗灭犬，刮宫引产，催粮催款。有钱好办事，无钱寸步难行。像一个大家庭的乡政府也要钱开支，而又恰恰缺的是票子。

财政实行“大包干”的体制，“划分税种，核定收支，分级包干”。乡级人民政府并不像一些专家鼓吹的拥有一级政府一级财政的权力架构，而是靠看上级财政脸色求生存。乡财政就是吃饭财政，保运转都得拿出脸皮厚、心子硬的招术。上级下达的催粮催款任务，成为乡政府要完成的头等大事，否则日子难过，机关面临关张，干部职工的工资和奖金、补贴诸项待遇，只能打白条。一些乡镇年年差钱，年年难关，理不清、扯不伸，一屁股欠账。一个老病号，不治不行，治又治不断根。

谈钱伤感情，不谈不得行。瞿义乡跟其他穷乡别无二致，农业税提留款（俗称“三提八统”）收不上来，欠账一大堆，乡财政赤字像大红灯笼高高挂在乡政府门口，亮瞎往来人等。不当家理财的郝强在区机关时已有耳闻，回到乡里，过问财政所长李显进。李显进脑壳耷拉，说账上没有钱，已两个月没给职工发工资，大家意见大。郝强与夏伯良合计，为钱所逼，得罪老百姓的事不干也得狠下心干——组织全体乡村干部催收。穷怕了，饿慌了，不想法挣钱，只有死路一条。郝强下达死命令，每个乡领导分组负责1至2个村突击，并把农业税提留款催收与个人工资挂钩。凡没完成的发部分工资，完成的发全月工资，超额完成按超收部分的5%奖励。重赏之下必有勇夫，勇夫出场便难顾别人死活。各个组每天7点吹起床号，8点出征，晚上加班干一票才收兵。看起来形势一片大好，干部积极性、开创性、英勇性是空前高涨。

小桥村，好比乞丐村，穷山恶水，资源贫瘠、匮乏，地下无矿藏，地上无产业。农民常年靠种地为生，家庭收入微薄，入不敷出。拖欠“皇粮国税”由来已久。成学思打着“催粮催款是乡政府最大政治”的旗号，率队向小桥村进发。头两天有收获但与别的小组差距甚大。成学思有了压力而着急。这天，成学思和小组成员赶早进村。距离村委会办公室500米开外，一个院落的狗叫起来了，不是一条，而是若干条，群犬齐吠，恶浪汹汹。村支书黎松祥急急忙忙出来驱狗，狗们不如村民那般乖巧听话，不畏惧村里村支书连续、真诚、动听的嘶吼。它们越叫越起劲越愤恨，像学人类的呐喊，笃定守楼护院履行天职。来者阴鸷，而狗通人性，似乎知道这批人不是善茬，是来催命的。所以它们拼命替主人拦住这些不速之客，唯恐主人吃亏。黎松祥吼叫无效，叫狗主人把狗招呼到。等了半天，没人回应。一问，村里的老百姓有的闻风消失去乡场赶集，有的狡猾地躲在屋里装耳朵聋，任狗的任性。

群众的抵制、冷漠和困苦，成学思已经视而不见。在他心中只有催收任务，其他都是空气。如若有人不恭不敬，“刁民”“抗粮不交”成了他的口头禅，高帽子一摞摞跟人甩过去，不把人砸得皮青脸肿算幸运。成学思今天来，誓将前段时间没有攻克下来的五组村民方星碧拿下。方星碧年龄不大，三十二三岁。女人在农村结婚早，有三个未成年子女，搭上老公一家五口人。方星碧像专职保姆在家带小孩，她老公长年在外帮人做木工活，农忙季节回来搭个帮手。她家是全村有名的“老赖”，计划生育罚款一分未交，农业税提留款长期拖欠。黎松祥为她脚跑大，嘴说干，一棒打在牛背上不来气。她不交，其他村民就抵她，说只要她交了他们一分不会少。成学思不把方星碧的钱掏出来，就等于一条独路上横着一块条石，清除不掉，任何车辆过不去。分析小桥村的农民负担症结，黎松祥点名方星碧是拦路虎。成学思不怕虎，就怕虎不来。跃跃欲试，高调宣布，捏粑壳壳蛋不算本事，有本事就从最难啃的方星碧开刀。

黎松祥鬼头鬼脑前边引路，抵达一座略微倾斜的两开间木架子篾片房前。敷在篾片上的泥土多处脱落，屋子内外通透。一个女人坐在门槛上，背上背一个小孩，怀里抱着一个小孩喂奶，屋中间一个小孩独自玩耍。女人看上去有四十多岁，蓬头垢面，冒出的三五根白发特别抢眼，一身黑色衣服油光水亮。女人发现有外人来，猛抬头，木然地望着。黎松祥趋前介绍：“星碧，这是副乡长成学思，他来看你。”方星碧没好气地说：“我有什么好看的，要看各自回去看你老婆。”黎松祥像当头领了一闷棒，赶紧说出来意：“他不是来看你这个人，而是来问问你什么时候把农业税提留款交了。”“我没有钱，要命在这里，大的小的都可以拿去。”方星碧直截了当把黎松祥顶了回去。成学思冷眼旁观，在两人你来我往的交涉间隙，总算插上了话：“你这么多年都未交，要不把今年的交了，以前的慢慢交。”“成乡长你莫白跑路了，管你哪个来，没钱就没钱。”没钱就是老大，方星碧吃了秤砣铁了心，没打要交钱那碗米。成学思一来就吃了闭门羹，他不恋战，转移其他农户周旋。

第二天，成学思改变战术，软的不行来硬的。派人从派出所拿了一副手铐，如入自家门般随便，闯进方星碧家。手铐在手上当玩具耍，锁上、打开，打开、锁上，咔咔声响不大但特别刺耳。不锈钢材质早被人磨得亮锃锃，发出道道寒光在破屋中肆无忌惮地威逼恐吓。“方星碧，昨天睡了一晚，对交纳提留想通了没有？你说今天到底交还是不交？”成学思先发制人。“莫说废话，我已给你们说过我没有钱，你们这些当官的就是不听。那就看你们怎么办就是了。”方星碧死猪不怕开水烫。成学思把手铐用力摔到桌子上，皮笑肉不笑：“如果你今天交了，我们都好办。如果不交，就只有看这个家伙答不答应。”方星碧也不是怕事的角色，眼睛一瞪，怒目直视：“成学思，你有胆量就把我铐上关起来。反正贱命一条，你拿去喂狗还是作肥料，我不会埋怨哪个。但我总有一天会看到恶人自有恶人收。”黎松祥看形势不对，劝道：“成乡长，我看方星碧还是放在后面来收，我们先去其他户。”成学思思忖，老是在这里僵持，不如打一枪换一个地方。“哼，方星碧，不怕你嘴巴硬，走着瞧，不把你收拾服帖，你不晓得天高地厚。”

雨霏霏的早晨，窗户的玻璃上挂满水滴，白光打在上头像长出的颗颗珍珠。郝强慵懒地躺着，侧目注视窗户，平常朴素的长方形窗框居然变得高贵、富丽起来。呆呆地凝视片刻，郝强翻身起床，哎哟，脚板着地时外侧翻，拐到了脚腕，一阵痛感传达到头顶，额头沁出汗珠，如同窗户上挂着的雨滴。他咝咝地吸气，僵在原地不动，疼痛减弱，数十秒后慢慢消散。重复每天早上的老套头，排泄，洗漱，早餐，上班。坐在办公桌前，无意识地摸了摸脚腕，咦，好像肿起来了。低头审视，脚背像发泡的馒头般鼓胀。凭直觉，骨头未折，可以走路。肌肉、韧带软组织受伤，忍耐一阵将不治自愈。不过他暗自忖度，今天起来早了，似是不祥征兆，莫不是有事发生？但愿平安无事。

想不来什么但偏偏容易来什么，坏事降临特别灵验。晚上7点钟左右，有人急匆匆跑来报告郝强，小桥村村民方星碧因农业负担昨天跳井。郝强脑袋轰然涨大、放空，像要炸开，静默好一会儿，问，这个村是谁负责收农业税提留款？来人不太确定地说，好像是成学思。郝强急于想知道真相，问具体情况知不知道。来人大致描述：成学思连续几天催逼方星碧交钱她不交，恼羞成怒，用上了过激措施。第五次去方星碧家，她把大门紧闭不但不见，反而对催粮催款队伍极不友好。成学思上前敲门，龇牙漏缝的门忽然打开，两盆粪便飞速泼出。成学思猝不及防，躲闪不及，劈头盖脸淋了个透。成学思抹了一把面，甩了甩手上滴着的污物，手一招，发出无比恐怖的怒吼：“兄弟们，给我上，啥子值钱拿啥子。你不仁，不要怪我成学思不义，挑粮食，牵猪，抓鸡捉鸭。”

方星碧见状拼命阻止、捍卫财物，但坚定的成学思和忠诚的队员哪管她呼天抢地，把她一推，翻箱倒柜，如入无人之境。方星碧倒在地上，爬起来扑向成学思，几个队员猛地一拉，她再次伏地。方星碧哭喊着求成学思饶了她，她家里确实穷，不是不想交，实在是交不出。成学思大骂方星碧装穷叫苦，与乡村干部对着干。他亲自指挥，把方星碧家里来了一次大清洗。让原本贫穷的家庭，再也找不出比贫穷更惨的词汇来形容。成学思沾着一身粪臭痛痛快快出了一口恶气，带着胜利者的喜悦和骄傲扬长而去。痛苦的方星碧哭干了眼泪，看到满屋狼藉和洗劫一空，还有瑟瑟发抖、躲在门后不敢出来的孩子，她闭上干涩的眼睛，连声叹气。

方星碧将孩子托付给瞎眼公婆，谎称到乡上评理。她走出家门，没有朝乡政府方向去，而是折身走向不远的水井。水井深约4米，用石头砌成井壁，井盖是一块1.5米见方的大石板，中间挖出了一个能容得下木桶上下打水的洞。站在水井边，她回望无尽的来路和无人的周遭，低头冷漠地藐视井水仅差五六十公分漫到井口，深不见底、水雾缥缈的黑洞。她没有半点迟疑和留恋，移步到井沿，纵身一跳，无声无息，一滴水花未溅，没入深潭中。到了下午5点，一个村民去挑水，水桶丢进井里，水桶像个不听话的玩童叫它沉下，它偏浮在水面。凑近细瞧，挑水人倒退两步，撂下扁担往回跑。

黎松祥得到报告，带着人到井边查看。他拿着一根竹杆，轻轻将井中人翻个过儿，一眼认出是方星碧。捞上井坝，用手在她鼻孔下试试，没有进气也没有出气。黎松祥派人去给乡上汇报。郝强知道事情的来龙去脉，为时已晚。惹下了大祸，郝强虽然心里在骂成学思不成事，干坏事，但还是堵住心中像火山快要爆发的岩浆口，心急火燎地安排人员善后。他指令郭银航立即通知派出所到现场取证，确定死亡性质；又委派夏伯良带人赶到小桥村先期处置，做好安抚和稳定工作。这等大事想捂住人口是不可能的，郝强必须第一时间给李义夫汇报。电话接通，郝强低沉着声音说："李书记，有个紧急事情跟你报告。"李义夫听出郝强不像平常说话自然，简单答道："请讲。"郝强就把目前了解到的情况简明扼要地给李义夫说了。电话那头沉默了半晌，指示："你们自己先作处理，暂不向县里报告。"

郝强依计而行，请上乡人大主席曾庆峰、副乡长沈超然、刘湘菊直奔小桥村。出发前简单开了个党委碰头会，所有在乡里的领导出席。他把掌握的方星碧跳井死亡情况，向党委班子成员作了通报，强调暂不对外宣布此事，等事实清楚后统一口径再说；安排副书记陈丰在乡机关值守，以防有人来乡上闹事；成学思留守静候处理。不安排成学思在小桥村现身，是保护他，郝强担心群众看到他起冲突。郝强打着手电筒高一脚矮一脚赶到小桥时，派出所已做完现场调查取证，初步判断，自杀，排除他杀可能。夏伯良已责成村“两委”找人把方星碧抬走，停放在她家的院坝里。院坝上临时扯了根线，安了白炽电灯照明。微弱、朦胧、昏暗的光线中，方星碧僵硬地躺在一块门板上，身上搭着一床黑得像煤炭的破床单，叠在一块的几张淡黄土纸盖住她的面部。尽管已是深夜，但围观的村民并没有散去。不时有人摇头惋惜，议论不断。郝强听到有人说：“是乡政府的人把方星碧害死的。”“方星碧死得好冤枉哟。”“这下对了，催粮催款人都催死。”……是褒是贬，方星碧已不在乎。可怜未成年的孩子在她身旁你追我赶、你寻我藏嬉戏，像看坝坝电影般兴奋，不怕惊扰再也不管他们的母亲，可能他们认为母亲不过是睡着罢了。郝强目睹惨景，心酸，落泪。

方星碧后事摆在眼前，黎松祥找了间房，郝强召集夏伯良、曾庆峰、沈超然、刘湘菊，以及村“两委”、派出所的人开会研究、商讨，并请方星碧的丈夫老余参加。老余是个老实人，村里带信给他，他回来呆呆地看了看冰凉的妻子，伸出长满老茧的粗手默默地将她睁着的眼睛抹下来闭上。郝强请老余说说有什么要求和想法，他木讷胆小，言迟口钝，啥也说不出来，憋了半天说了句“人死了，你们总要负责”。麻烦事，不麻烦，因为老余好说话，不苛刻，默契配合，各方平等达成一致意见：方星碧的安葬费，由乡、村解决；并给予老余家两头仔猪补偿。

入土为安。包括郝强、夏伯良、成学思、黎松祥一众乡村干部松了口气，无不感激方星碧家人的宽宏大量和理解！

三八、振兴苎麻产业

众目睽睽之下，郝强拿着高音喇叭向全乡干部群众发出“四大工程”的嘹亮号召，会好开，话好说，劲好提，行政工作忌讳只停留在会议上、口头上，要害在于逐项落实到行动上。如若不然，蓝图墙上挂挂，过后送人拿去擦屁股还嫌纸糙。郝强洞悉惰性的危害和后果，说出的话要有人拿着鞭子在后面啪啪挥舞才会落实得下去。粮食工程、生猪工程、党建工程，郝强精力不济，像打批发一样交给乡上分管领导牵头推动，重大问题向他报告，疑点难点问题他出面协调解决。他的目光盯在推动苎麻产业的发展上。他依稀看到一幅未来美丽图景，工业起来了，广大农民脱离祖祖辈辈守候的土地照样生存，甚至生存得更有保障和体面。

郝强呼吁、鼓吹苎麻工程，绝不是他心血来潮，而是他走访调研的心得，并采它山之石，得到的“武功秘籍”：工业强乡。而落脚到瞿义乡，宝便押在苎麻上。照他的设想，原麻生产和加工企业并行不悖，像双胞胎谁是老大谁是老二仅仅是一个出生先后问题。

基层干部有个特点，开大会说的事多数时候不会放在头根肋骨上，等到开了小会，有了点兵点将和说出个一二三条措施，便晓得不是耍耍嘴皮子逗着玩，而是衙门口的包子——当真（蒸）。郝强深谙此道，找来八个村的书记，专题研究苎麻产业。“各位书记，今天请你们来就一件事，研究苎麻产业发展，要给你们交任务压担子。”他开口讲出开会的目的，“前段时间我们召开了发展大会，各村行动不一致，有动得快的，也有动得慢的，还有新媳妇打屁——稳起的。说说你们发展大会后有些什么动作？”

瞿义村在乡党委政府眼皮底下，毫无动静，现在叫贾金才汇报贯彻情况，他哭都哭不出一泡尿来，但他有办法应付，像比谁都先进，郝强话音落地，便抢到发言权，争取主动：“郝书记，大会精神我们通过广播给全体村民进行了传达。你今天把具体任务布置后，我们以最快速度落实，绝不拖全乡的后腿。”

“我知道你贾书记未动，但要先发言把决心表达。”郝强没有责怪贾金才的意思，“不过现在动起来还不晚，你说的话可要算数。”

“我说了的算数，军中哪有戏言。”贾金才拍得胸口啪啪响。

邱云为举手，郝强示意他说。“我们黄角村在乡发展大会后，已作了安排，包括种植面积、种子来源、资金筹措等，都有了初步安排。看今天的会议有什么新要求，我们回去，加以完善就是。”邱云为说。

郝强不掩饰自己的喜怒："黄角村值得表扬。我了解的情况是，邱书记他们行动快，措施实。我们各个村要向黄角村学习。"

郝强静静地看着大家，希望每个村都能亮亮自己的家底或想法。这时徐德宽诚恳地建议："郝书记（这声官方称呼，表明老领导虚怀若谷，场面上很维护郝强的面子），你对各村情况的了解比我们在座的每个人都全面、清楚。我倒觉得，为提高会议效率，不用听我们的汇报了，你就直接给各个村把具体任务布置下来，我们来落实就对了。如有困难再找你。"

与会者举双手赞成，尤其像贾金才这类书记巴不得逃脱这关。

"徐书记是我的老领导，我得听他的。"郝强折中道，"好，省掉汇报环节，不听大家说了。我就给大家把任务分配下来。瞿义村、黄角村、溶水村各种苎麻5000亩，其余五个村各种3000亩。这样算下来，就达到了我们提出的3万亩苎麻目标。这个任务数可以把原来已种植面积算在内。但只可多不可少。"

"郝书记，这个任务数对我们村多了点，能不能再调点给其他村？"贾金才反悔，试图推翻自己的话。

"不行。你不是刚才说过说话算数，怎么你的话还在耳边响就不认账呢？"郝强没有丝毫让步的意思，"你说多了，那你说说多出的调给谁合适？"

贾金才噎得翻白眼，他敢说谁的盐咸醋酸，坐着的全是兄弟伙，把自己的任务调给谁，谁会接招？只好自找台阶，说："我只是说说而已，没有松动就算了。郝书记定了的我们就执行。"

"这就对了嘛，这也才像贾书记的风格。"郝强不无幽默地说，"不过，你的任务我还没说完。"

贾金才的眼睛瞪得比铜钱还要大："郝书记，你莫逗我哦。真的假的？还有什么任务？"

郝强笑笑："真的。我们打算把麻纺厂建在瞿义村。只有场镇村才有区位和交通优势，便于建厂，也便于原材料调入，人员进出，产品销售，等等。贾书记，事前没来得及跟你商量，对我没有意见吧？"

贾金才是聪明人，随机应变是他的强项，虽有不愿，但晓得郝强不是在征求他的意见，而是叫他执行，态度中夹带的抵触成分瞬间清除干净，思想像擦了油般顺畅："没问题，郝书记要里脊绝不给五花肉，指东不可能打西。"

前端原材料找好可靠来源，麻纺厂的兴建不能拖后腿，也得跟上步伐。

乡上成立麻纺厂建设领导小组，郝强挂帅任组长，夏伯良、沈超然当助手为副组长。下设麻纺厂建设指挥部，指挥长由乡企业公司经理隋兴俊出任。一个在村煤厂摸爬多年，长期与企业打交道的人，经营管理的经验在企业不发达的瞿义乡可以说无人能及。郝强选择他来担负麻纺厂筹建重任，不仅他是本乡范围内的不二人选，更是分摊自己身上压力的技巧和支点。

光靠隋兴俊是跑不过来的，郝强便从乡上抽出两名近两年考进来的招聘干部协助，还把他的旧部——溶水村团支部盛小海、黄冬调来。盛小海当指挥部办公室主任，黄冬当隋兴俊的跟班小弟，相当于助理或秘书。指挥部办公室，设在瞿义村一户外出农民家，是借贾金才人熟地熟之便帮助协调租借过来的。

郝强魂牵梦萦麻纺厂建设，既务虚，更务实，从极度紧张的财政经费中挤出5000元，并给其他乡办企业摊派，凑足5000元，加在一起10000元交给指挥部作为开办经费。尽管少得可怜，但仍然如同剜去郝强身上的肉。

隋兴俊也不是浪得虚名的假冒货，对于办厂自有他的招数。一到任，他便跑了一趟县乡镇企业局，咨询麻纺行业的信息，全县麻纺厂的布局和建设情况，以及县上的政策支持等。隋兴俊没白跑，至少他得到他想要的信息：麻纺行业大有可为。但前提是，有钱，不论从哪里来，得有。

隋兴俊向郝强出主意："郝书记，麻纺厂要建，先得筹集钱。这笔钱乡上是拿不出来的，我想到一个人，他一出山，必定旗开得胜。"

"你说这人是谁？"隋兴俊的话像是给了郝强一个悬念。

"李义夫。"

"为什么是他？"

"郝书记，你想，李义夫是区委书记，该关心乡上的事，这还不是关键。关键他是县委常委，这个可是金字招牌，全县任何区委书记都没有这个优势，他出面说事，在县内是管用的。我们乡建厂要打好这张牌。"

"怎么个打法？"

隋兴俊将嘴附在郝强耳边，窃窃私语一番，郝强频频点头。

说什么呢，其实无须保密。隋兴俊神神秘秘跟郝强说的是去两个地方——

县乡镇企业局，那天他在那里探听到有项目资金补助；县农业银行，这是专门为农服务的金融机构，有贷款。但是没有高帽子，够不到门框框。此事要成，非请到李义夫不可。请到李义夫，又非郝强不可。隋兴俊绕了一大圈，就说了这么个逻辑关系。

郝强去求李义夫的支援，李义夫答应带他们去试试。

这天，县乡镇企业局局长袁发前听说李义夫大驾光临，他不是按接待区委书记的规格，因为那些跟他平级的干部，不必兴师动众；他极其明智和敏锐地照县委领导的等级准备，叫人把小会议室打开，清洁重新做一遍，茶水泡好。全体局党委成员提前在会议室等候，他自己则守在楼下迎接。

不等李义夫的车停稳，袁发前跑到副驾驶位拉开车门，做出请的手势。李义夫下车，袁发前迎上前去与李义夫一行握手，礼毕，带路，引到小会议室。袁发前请李义夫坐“首长位子”——长方形会议桌的上首——乡镇企业局局长主持会议的专坐。李义夫没有坐，而是开起了玩笑：“袁局长的宝座，谁人敢坐？”“位子还不是你们给的。”袁发前答道。李义夫环视了一番会议室，径直走向会议桌较长的一边中间站定，笑了笑：“我坐这里才合适。”显然李义夫降低身段，以区乡前来汇报工作的姿态定位。已经坐下的人立即起身让位，李义夫落坐。袁发前快步走到李义夫正对的会议桌另一边，乡企局党委成员自觉让出居中位子给袁发前。一阵忙乱过后，一屋人随两边主官坐定自动依次找地入坐。此时局长专位空着，集体无视其存在。

李义夫先开口说话：“袁局长及企业局的各位领导，今天我和瞿义乡的同志一块来，就一个目的，给各位汇报一下我们想建一个麻纺厂，希望得到你们的支持。袁局长，先请乡上把情况汇报后，你再作指示。”

袁发前当然不会反驳：“李书记，你才是领导，我们都听你的。”

郝强代表瞿义乡党委政府介绍全乡苎麻现有规模和今年新栽种的面积，自己走访、调研看到老百姓发家致富的迫切眼神，以及为什么建麻纺厂的缘由和想法。大致情况说后，请隋兴俊汇报筹建麻纺厂的进展和遇到的困难。眼眨眉毛动，隋兴俊很懂郝强要他说什么，他言简意赅报告了麻纺厂的选址、规模、目前的进度，话锋一百八十度大旋转，像个穷光蛋掏遍全身荷包，面露难色：缺钱。隋兴俊眉头紧锁，沉重并诚恳地说：“建麻纺厂，是全乡老百姓的共同愿望，更是区委李书记交给我们的一项光荣任务。我们建不成建不好，老百姓要骂我们，区委要修理我们。但我们有这个心，没有这个钱。巧妇难为无米之炊，恳请我们的娘家、主管局乡镇企业局，给我们产麻大乡以特殊支持。”

“袁局长，各位领导，我们是全县苎麻主产区，老百姓天天盼望建麻纺厂。只要你们给一碗水，我们以后就还你们一桶水。”郝强不放心，补充发言。

铺垫差不多了，李义夫笑哈哈地说：“袁局长，你看乡上的同志把我要说的话都说完了，我没有更多要说的。我的想法跟他们一样，希望乡镇企业局支持。”

袁发前从见到李义夫就处于被动，在自己的会议室，让别人抢先说了话，当然是因为李义夫有县委常委的身份，主人家的地位打了个调。区乡把话说到这个份上，他像被人绑架丢在墙角。他左右看了看，征询局班子成员的看法，大家绷着脸无比正经，没人发声表态。他一个一个问，均表示支持。袁发前班子内发扬民主后，似乎又想起什么，说：“李书记，刚才乡上没说建厂到底差多少钱？”

李义夫诙谐地说：“差的钱多了，凭你大方，只要能打发一点就算我们今天没白跑路。”

“领导在批评我们了，说我们不懂事。”袁发前自我解嘲道，“我想从全县收取的企业管理费中，给你们建麻纺厂补助3万。看这个额度要不要得？”

出师顺利。郝强暗喜，就差没笑出声来。隋兴俊憋住气偷着乐。

还是李义夫有大将风度，风轻云淡地说：“吃到了糖要知道甜，我们不能得寸进尺。感谢袁局长及各位领导的支持，我让乡上把事情办好，办不好我请你们来一起打他们的屁股。”

李义夫乘胜出击，趁热打铁，出了乡镇企业局的门率领要钱队伍挥师县农业银行。李义夫出面天地宽，县农行行长鞍前马后陪他参观办公场所和营业门店，再请到会议室座谈。郝强和隋兴俊一唱一和提出贷款建厂要求，李义夫大智若愚提出请求。行长当即爽快地表态，不用抵押物，凭李常委个人信誉和面子，就得支持。行长问需要多少。李义夫问郝强，郝强麻起胆子说了个5万。行长说成交。李义夫不仅帮乡上贷到了款，而且中午还让农行倒贴了一顿饭，一行人酒足饭饱，抹着油亮的嘴，挂着涨红的脸，凯旋归去。

人有了，钱也筹集差不多了，何愁建厂不成？

依稀看见隧洞那头半星光亮的郝强轻快踏进乡机关大院，这时一群人团团围住他，突如一瓢冷水泼来。一问才知，这群人是来阻止建麻纺厂。他们不同意把麻纺厂选址在他们的承包地上。

郝强生气，二话没说，自己的娃儿自己抱，命人通知贾金才来接人。

三九、死人事件后果严重

埋在地下的方星碧，骨头已经打得鼓，本以为人世间的恩怨、是非、苦乐，化作一抔黄土湮灭殆尽。哪知纸终究包不住火，有人向省、地区举报农民负担致人死亡，印着各级领导批示的举报信转到县上。县委高度重视，指定县纪委牵头严肃查处。

郝强虽然担心过早晚会暴露出来，但侥幸心理战胜了人性的弱点。愚蠢地认为别人耳聋眼瞎，只要神不知鬼不觉把人葬了赔了钱，就可大事化小，小事化了，随风飘散，了无踪影。他把这事处理完，没再给李义夫扯回销。报喜不报忧。他最不愿把麻烦事报告领导，给人添愁。能一个人抗的何必再拉扯一个人进来分担。

县纪委尚未进驻调查，李义夫获悉瞿义乡农民负担致死案遭人举报。他找郝强去，狠狠地训了一顿："郝强，你看你们干的好事。就这么个农民负担，不但钱没收到，还把人搞死。人死了又没搁平，被人举报。这下好了，省里、地区领导怪罪下来，县委责成纪委调查处理。我看你们不拿人来出点血、负点伤肯定走不了干路。"

郝强低头认错："李书记，你批评得对，是我没有做细工作，才造成这么严重的后果。我是你培养教育出来的，出了问题，我承担，跟区委无关。"

"现在还不到分担责任的时候，你回去做好村里的工作，不要让老百姓再生乱子就好了。我相信调查组会实事求是地处理。"

"我回去尽量做工作，将负面影响降到最低。"

李义夫叹了一口气："你去忙吧。正确对待，千万别背思想包袱，该我说话的时候，我会替你们说话的。”

“谢谢李书记的关心。”

郝强没回乡机关，从李义夫那里离开，就直奔小桥村。他心存一丝幻想要在纪委调查人员到达前，先去做做方星碧家属的工作，甚或堵堵其他村民的嘴。

郝强直截了当将来由说给黎松祥听，黎松祥赞同与方星碧丈夫老余见面。

郝强关切地问道：“老余，这段时间还过得好吧？”

“好啥子好？方星碧死了，三个娃儿我一个人带，又当爸又当妈。木工活做不成，钱也挣不到。”这是郝强第一次听到老实人说的最长的一句话，这也是经历了痛苦后才会说得出的大实话。

“这是暂时的，等今后娃娃长大了，你就享福了。”郝强说着话，从包里掏出一个信封交给老余，这是他早晨叫民政办准备的200元慰问金，“老余，这个你拿着，去给娃娃们买点好吃的。”

老余接过信封，语塞，找不到话说了。

黎松祥在旁边打圆场：“老余，你说郝强书记对你好不好？”

老余生硬地说：“好。”

黎松祥见机套话：“今后如果有人再问起你婆娘的事，你要说郝书记和乡村干部的好，不晓得的不要乱说，做不做得到？”

“人死了，我乱说未必还会活转来。”老余直杠杠地答道。

“那就谢谢你。你有困难可以来找我，今后逢年过节我再来看你。”郝强内心很感激老余的厚道。

走出老余家，郝强特别叮嘱黎松祥：“你还做一件事，把平常爱发牢骚，对乡村意见大的人，在调查组开展调查时想办法把这些人引出村外，或者找理由说他们不在，不让他们与调查组有接触机会。当然调查组肯定会找你，说话也要紧开口慢开言。”

“我尽最大努力做工作，但不能保证百分之百行得通。”黎松祥心领神会，又无十足的把握。

正所谓乌云翻卷黑压压，风刮过后雨淅淅。以县纪委副书记杜治康为组长的调查组进驻瞿义乡，即与乡党委成员开见面会。杜治康开宗明义，宣布此次调查组的任务，就是省、地区接到群众关于农民负担的举报，要求对方星碧之死进行调查，并将处理结果上报。杜治康特别强调：“希望乡村两级要配合调查，不得弄虚作假，不得隐瞒不报。违者加重处理。”郝强代表乡党委表态：“坚决按照县调查组的要求，提供相关资料，通知配合调查的谈话人员，以及方便调查组工作生活方面的其他事宜，毫不含糊给予保障。”

见面会就是一个形式，类似于登门的人来打声响片，要害是调查工作的深度、广度。杜治康将调查组分成两个小组，一个组在乡机关工作，一个组派往小桥村。调查组，出现在哪里都有道理。调查人员的工作方式，查账，看资料，找乡村干部、农民谈话，固定证据，最后形成调查报告。过程有成熟的程序，唯有处理方式和程度不尽雷同。

杜治康掌控、调度两个小组的工作，多数时候是听取下属汇报进展情况，分析案情，确定下步工作走向。但他特此交代几个关键人物，比如郝强、夏伯良、成学思、黎松祥和老余的谈话，他要亲自参加。

与老余的谈话就在他家里进行。杜治康问：“老余，方星碧跳井，你事前知道吗？”

“不知道。”

“前段时间，乡上村上是哪些人来你家收农业税提留款的？”

“不知道。”

“当时你没在家吗？”

“没有。”

“那你后来听说是哪些人吗？”

“有个成学思。”

“还有其他人吗？”

“他是头头，最凶。”

“他怎么个凶法？”

“像个强盗，打砸抢。”

……

老实人之所以老实，就是因为不会拐弯抹角，避实就虚，尽说老实话。杜治康摆龙门阵式的谈话，让老余这个不爱说话的人，逐渐消除了紧张和防备，说出了调查组最想听到的真实话。

黎松祥是调查组在小桥村开展调查的带路人。在杜治康和老余谈话时，黎松祥到外边等。他本想就坐在房门外，趁机偷听谈话内容，但调查组的人不是傻子，在谈话开始前就客气地叫他离远点回避。他得照办。正当他站在院坝东张西望，忐忑不安，找不到事干时，调查组通知他去谈话。

黎松祥进门，杜治康指了指对边的一张独凳，说："坐。"

"你叫什么名字？从事的职业？年龄多大？"黎松祥刚一坐下，杜治康连珠炮式地发问。这把黎松祥问傻眼了，他不是辛辛苦苦、勤勤恳恳在给他们带路吗？难道还不知道他姓什名谁，是干什么的？但既然领导要问，如实回答就是："我叫黎松祥，是小桥村党支部书记，现年56岁。"

"你知道我们找你有什么事吗？"

黎松祥迟疑了一会儿，装起傻来："的确不知。"

杜治康把老余家唯一有些摇晃的桌子用力一拍，桌子晃得更厉害，像要散架："黎松祥，你身为支部书记，人都死了，你还在这里跟我捉迷藏，不知道。啥叫不知道？你今天不老老实实交代你们如何把方星碧逼死，休想走出这个门。"

黎松祥从未经历过这种阵仗，被杜治康一拍一骂，吓得浑身像患了帕金森无力控制地震颤起来。但他此时头脑是冷静的，郝强之前提醒"紧开口慢开言"他还记得。"报告杜书记，我只是像今天一样给带了个路，没有做过过火的事。"

杜治康倏地站立，怒发冲冠，猛烈开火："你还想狡辩，你自己干的好事还不知道吗？硬要我们找来当事人三人对六面？各人说清楚早点回去。否则看你有好日子过。"

又来波一惊一乍，超出黎松祥的承受极限，他彻底崩溃，举起白旗，郝强的提醒、告诫早已丢在一边。乡里如何布置催收农业税提留款；成学思连续数天上门到方星碧家紧逼；方星碧泼粪便激怒成学思；成学思叫人强行收走方星碧家的粮食、牵走牲畜；方星碧自杀后乡上如何处理后事……黎松祥一五一十说得翔实、认真，以致于调查组叫他不说他都刹不住车。

与夏伯良谈话，相对简单，他对催粮催款既不拍板，更不在小桥村现场。

调查组与他谈更多是走程序收齐材料。

所有不利证据集中指向的是成学思，他必然成为调查组谈话的重点对象。

“成学思，方星碧的死，你应该承担什么样的责任？”杜治康单刀直入。

成学思不认账：“方星碧的死，派出所已有结论，是自杀。我认为我没有责任。”

杜治康压抑着愤怒，轻言细语道：“那我问你，方星碧为什么会自杀，你清不清楚？”

“因为农业负担。她家多年未交一分钱，不好见人选择自绝于人民。”成学思执迷不悟，依然强词夺理。

“成学思，你还是人吗？你说的是人话吗？”杜治康拿下先前温和的面纱，换上威严冷峻的面孔，“你不要自欺欺人，你欺骗得了别人，欺骗不了我们。你必须对所犯下的严重错误负责。今天给你机会，把错误向组织讲清楚。对抗组织，罪加一等。”

自不必说，这种高压，成学思根本没有力气抗衡，败得像小河沟里一条不小心跳上岸的鱼，挣扎了几下，最终死塌塌趴下。

轮到郝强去谈话，他不等杜治康开金口，便主动承认错误，承担责任：“杜书记，我知道你要找我。我对这次方星碧不幸身亡负有不可推卸的责任。无论组织怎么处理，我都接受。农业负担，事关老百姓的切身利益和冷暖苦乐，别人能做好的事，我们不仅没做好，还酿成恶果，该受罚。”

俗话说：“伸手不打笑脸人，张口莫骂赔礼者。”郝强上来先掌嘴，杜治康不便当面批评责备。“郝强同志，你能主动认领错误，态度是端正的。这起农业负担事件，影响是恶劣的，破坏了党和人民群众血肉联系。但是这不是你一个人造成的，你认为除了你有责任外，还有谁应该承担相关责任？”

牺牲面前，是舍人救己，还是保护同志，最是考验人性。郝强选择后者，“杜书记，这次催收粮款是我决定的，一切由我负责。其他同志只是执行决定，错误较小，且是因我而起。”

杜治康不高兴了，脸色铁青：“郝强同志，这是组织在做严肃调查，不是你好我好大家好的泥水匠工作，抹平算数。我们要讲纪律，认定事实，划清责任，该处理的就要处理到位。不冤枉一个好人，也不轻易放过一个犯错误的人。”

郝强无法回避，尽量在同志们身上往小错轻责方向说：“到小桥村收农业税提留款的带队领导成学思有些责任，当然他的初衷和出发点是好的，想把任务完成，但急于求成，使用的方法不妥。村支书黎松祥，以及和成学思一道去的同志没有尽到宣传、劝阻责任，也是不对的。”

郝强轻描淡写、避重就轻的回答，杜治康不满意，还要加上“非常”两字作前缀。“郝强（此处省掉同志），你说这些，等于不说。爱护同志是对的，但他们犯了错你还这样，就是在害他们。成学思明明是主要责任人，你还在替他说好话，你的党性去哪里了？你要好好反省。”

纪委调查组驻在乡村开展为期一周的调查结束，杜治康便与区委李义夫交换意见。李义夫的观点明确，谁出错谁负责。“方星碧的死直接与成学思带队不当催收有必然关系，就该负直接责任，应依纪严肃处理；瞿义乡党委政府主要领导郝强、夏伯良应负领导责任，但他们没有主观故意，建议可以从轻处理。”

虽然李义夫是县区双重身份的领导，但杜治康仍然公事公办，没有正面回应他的说法：“李书记，我们只是负责调查，至于最后怎么处理，还要回去向县委、县纪委汇报后，根据各方意见，再对照纪律，才能做出决定。最最重要的是我们的处理决定，要向省里、地区报告。如果上级没有意见，就算通过；如果发回我们重新处理，那就太被动了。”

既然模棱两可，也做不了主，李义夫便说了句客套话：“理解你们，尊重你们的意见。”

二十天后，传得沸沸扬扬的瞿义乡农业负担致死案的处理尘埃落定。郝强、夏伯良向县委写出书面检查，并在全县通报；给予成学思留党察看一年，撤销副乡长职务处分；黎松祥背上了一个党内严重警告处分牌子；其他相关人员受到相应处理。

成学思最悲愤。他收到处理决定，当即暴跳如雷，大骂郝强收拾他，让他到农业负担最差的村去催收，从一开始就在挖坑让他跳。而且事情出了，也没有帮他善后，纪委调查更没替他开脱。

成学思原形毕露式的表演，很好笑，又笨拙，但郝强没说他一个不字，反倒心中的内疚与日俱增。

四〇、麻纺厂破土动工

麻纺厂落户瞿义村的消息及其好处、前景，贾金才召开村民大会讲过，又天天在高音喇叭上广而告之，唯恐老百姓听漏，不厌其烦地密集宣传，可以毫不夸张地说已家喻户晓，老少皆知。如此深入人心、高频率的宣传，没有不良反应，反而是村民奔走相告出现压倒性的叫好，举双手双脚赞成厂子建在家门口，方便打工、挣钱。可是契约精神在贫瘠土壤和荒野里难以播种发芽，开花结果更是遥远的企盼和幻想。麻纺厂选址确定，矛盾随之引发。可爱的农民就是这样容易“说话不算数”，不涉及具体利益时说什么都好，一旦触及，承诺失忆，隔夜反悔，犹如一群山上的麻雀吵翻了天。那天郝强责令贾金才来乡机关接人，这“人”不是别人，正是曾经说过好，眼下麻纺厂将占用其土地而讨价还价的承包人，有二十多户。

当天贾金才把人劝回后，专门去跟郝强汇报上访者的诉求问题。贾金才先是表功，说自己如何如何卖力做群众的思想工作，群众对建厂也没有意见，但是有的群众觉悟低，吃不得亏，所以就到了乡政府上访。郝强洗耳恭听，没有听出什么名堂来，打断贾金才的絮絮叨叨，问到底是什么原因。贾金才改不了说长话、废话的习惯，又说了一大段不着边际的话后，点到了实质问题，归结起来两个字：利益。

“村民不是不欢迎麻纺厂建在瞿义村，而是土地怎么使用。他们不明白，我也给他们说不透彻。”啧啧啧，不仅群众思想不通，贾金才也在暗中装蒙。

郝强保持头部斜倾姿势，只是眼珠子转动，吐出的字极简：“具体点。”

“我找这二十多户村民座谈，他们反映，被麻纺厂所占的20亩土地，是有偿还是无偿使用？”贾金才摸了摸胡须，舔了舔嘴唇，“村民问到我，我回答不上来。”

“那你回答不上来，来跟我汇报啥子呢？”郝强反问道，“这到底是村民的意思，还是你的想法？”

“郝书记，你莫冤枉我，我是跟乡党委和你保持高度一致的，乡里的决定我坚决服从，绝不搞阳奉阴违那套。”贾金才不慌不忙洗白，似胸有成竹，

“当然我回答不了，但我与他们就有偿与无偿使用，进行了商讨，也算是提出了麻纺厂建设用地的几套方案。如果郝书记有兴趣我不妨给你报告报告。”

弦外之音，郝强饶有兴趣，催促道：“说来听听。”

“如果无偿使用，有两种方式来处理被占土地村民损失的问题。一种打乱现在格局，重新调整承包田土。这有风险，可能造成其他不涉及土地占用村民的不满。或者另一种不调整田土，按占用土地面积的一定比例确定人员到麻纺厂上班。”

“那如果有偿使用呢？”

“有偿使用，也有两种方式解决。一种将补偿款，直接补给被占土地村民，优先考虑这些村民到麻纺厂工作；另一种就是将补偿款分配给全体村民，重新调整承包田土给被占土地村民。”

厉害，贾金才抢跑式的思考，比郝强想得周全。郝强听了便听了，没有马上表态，他还拿不定主意。

召集夏伯良、隋兴俊、盛小海讨论。夏伯良不假思索地说：“这是贾金才在耍滑头，他想要钱，便拿村民闹事要挟，才搞出来这么多花招。”

郝强略作思索，问：“那你的意见？”

夏伯良一点不含糊，坦率表达看法：“我的意见，建麻纺厂是集体的事，乡上没有钱，不能把钱花在用地上，只能叫瞿义村做贡献。虽说田土下了户，但土地属于集体经济组织的，不是哪个个人的。”

“隋经理、小海，你俩还没发表意见，说说你们的想法。”郝强极有耐心。

“建麻纺厂，我们刚好才筹到这么点钱。今后土建、买设施设备、购原材料，都需要大笔开支，我们指挥部是能节约的绝不浪费，总感到钱实在太少，恨不得哪里有不要钱的事被我们碰上。”搞企业出身的隋兴俊，深知钱的重要，不无忧虑，“郝书记，我同意夏乡长的意见。土地是我们自己的，如果建个厂还要花钱，那去哪里找得到这么多建厂的钱？我的想法是，能欠的就欠，能拖的就拖，处处要钱，我们那点钱要不了多久就用光了。这厂就没法建。”

郝强将目光转向盛小海：“小海，你也说说。”

盛小海有些惊慌，他一个新毛头被阳光雨露照耀，格外不适应：“郝书记，我是新人，对这些不懂。不过我觉得夏乡长、隋经理说的在理。土地这笔钱能省下来，肯定是好事。”

“郝书记，你别犹豫了。”夏伯良等不及议来议去，“叫贾金才这个龟儿子来，各自去做工作，有本事拿得出20亩地来就当，不行换人。”

郝强的答案已在心中，果断拍板：“同意。立即通知贾金才到乡政府来。”

盛小海跑得快，执行通知任务。20分钟后，家在乡场边的贾金才出现。

“贾书记，找你来，没别的事，就为麻纺厂土地问题。”郝强没绕圈子，开口进入正题，“你之前说的几套方案都有道理。我们研究了一下，建麻纺厂的土地得你们出，并且是无偿地出。”

贾金才要说什么，被郝强清澈、锐利的眼神制止：“你别急，有你说话的时间。先听我把话说完。土地是集体的，老百姓只是承包权，集体有权收回集体要用的土地。当然，也不能白让你们出地。今后厂建好后，面向社会招工，优先录用你们村的村民，但前提是要符合条件。”

“万一老百姓不答应，怎么办？”贾金才晓得将领导的军。

夏伯良不奉情面挡回去：“怎么办？就拿你来办。废话少说，回去开村民大会，挨家挨户做工作，把道理讲清。我相信凭你的能耐绝对能完成任务。我就不相信，一个瞿义村调不出20亩地来。”

“我们指挥部办公室同你一块去做工作。”隋兴俊主动揽活。

贾金才一直不说话，郝强问：“贾书记，还有困难吗？”

“我只能试试。”贾金才给自己留余地。

郝强说：“先说断后不乱。今天这是乡党委政府交给你的政治任务，只能谈成不能言败。如果这当中确有不配合不支持故意刁难的村民，明确告诉他们，那是会吃到苦头的。你在公开场合要讲出这个。我们做事，先礼后兵。”

显然，郝强是要强推麻纺厂项目的，他的决心坚如磐石，无论多难也不会放弃。遇到困难不可怕，怕的是比困难还任性、复杂、讨厌的人存在。

领导嘴一张，下面烧烂裆。贾金才领了任务，就像扛回了一块石头，重若千斤。他比谁都清醒，这个东西举不得久的，举久了不把人压死，也要把人压残。二十多户上访户，他是熟悉的，包括家庭状况，个人性格、德行，其中的当家社员就是谭五毛。这人四十七八，当过兵，外出打过工，见识广，胆子大，鬼点子特别多。在群众中说话有人听。他排行老五，上有三个哥哥，一个姐姐，这次上访户中有两户是他本家大哥。擒贼先擒王，拿下此人，就成功一半。贾金才拔剑出鞘。

人性都有弱点，无论这人多么高尚还是异常卑微，无论是处在庙堂还是远在江湖。弱点暴露，被人拿住。

谭五毛的最大弱点，也是男人的通病，有老婆，还好色。赶场天，谭五毛逢场必去。他不是去赶场，而是到乡场街道某处会老相好，据说是个寡妇。这个秘密，是村上有人悄悄告诉贾金才的，他起初不信。有天他趁在乡里开会，特意溜出来，躲在暗处观察，证实了那人没说谎。又逢赶场天，谭五毛照例来乡场。他大摇大摆进酒馆要了二两酒，一盘油炸花生米，有滋有味品尝。酒喝干，也快到中午。这时赶场的人达到高峰，从场头到场尾挤满人。谭五毛切了半斤卤牛肉包上，点上一支烟，离开酒馆。他如同间谍般身手，快速融入人流，神不知鬼不觉，健步如飞，侧身溜进距离酒馆百米外的一处木板房。

约半个小时，派出所两男一女三名警察靠近木板房。轻轻敲门，里面静悄悄听不到动静。再敲，仍无回应。一名警察一脚踹开木门，并高声喊话："不许动，我们是警察。"三人持枪而入，正在床上行云雨之欢的谭五毛和老相好被警察抓了个正着。两个狗男女吓得魂飞魄散，警察给两人戴上手铐带回派出所。警察进行审讯，备好案底。这时警察说："谭五毛听着，我们审讯完毕，你们犯了流氓罪。在法院未审判前，你们将被实施拘留。若要回家，就需要一个担保人才能把你们保出去。"谭五毛早没有了平时的威风，可怜巴巴地问："哪些人才能当担保人？""像村支部书记、村长都可以当。"警察答道。谭五毛说："你们不让我出去，我又怎么找得到他们来。"警察突然想起什么，说："你别着急，好像今天乡政府在开会，说不定你们村贾书记也来了。"警察给乡政府打电话，一问，果真贾金才在开会。

贾金才赶到派出所。问有什么事？警察就把谭五毛的事给他说了一遍。贾金才痛心疾首地说："谭五毛啊谭五毛，你丢人都丢到派出所来了。如果你我不是同村，又还沾亲带故，我硬是不好意思给你当这个担保人。"

贾金才偶遇谭五毛偷人的事，讲义气把他保出来，让谭五毛感激涕零。出了派出所的门，谭五毛便说感谢话："贾书记，这次多亏了你把我弄出来，不然现在还在里头。"

贾金才泼冷水："谭五毛，你出是出来了，但担保是有时间期限的。期限一满，你还得回去受苦受难，等待法院判决。"

"哪要怎么办才不用转去？"

"我帮你问过警察，要想不回炉不受审，只要有立功表现就可以不追究法律责任。"贾金才故作关切地说。

谭五毛急切地问："啥子事算立功表现？"

"譬如说见义勇为，举报犯罪，等等。"

"你说这些一时半会我怎么办得到嘛，还有没得我能办的？"

"有倒是有，就看你愿不愿意？"

"只要不转去接受审判，你说啥子都可以。"

"我觉得，你能办得到的是支持麻纺厂建设无偿用地，不能再上访了。"

"这个事哟，我做得到。"

"不仅你要做到，而且你还要帮助做其他人的工作。"

"放心，我保证这些人不会再去上访。"

贾金才笑了，夸奖起人来："你这就叫长了脑壳。只要麻纺厂能顺利动工建设，我就以村党支部的名义，给派出所写一个你立功的证明，保证你这烂事了个结，不再找你麻烦。"

谭五毛对贾金才是道谢又道谢，就差没喊大爷。

麻纺厂如期开工，仪式就摆在建设厂区的地方。原来一片庄稼地已经被推为平地，虽然到处是新挖出的泥土，但从规模和架势预示着不久将来这里必然是一排排厂房的气象。瞿义村村民举家出动来看热闹，区上领导和乡上的脱产干部莅临现场壮声威，施工队伍列队等待开工命令，少先队员欢呼雀跃如同过节……麻纺厂开工，在小村落是难得一见的盛事，欢乐、新奇、梦幻的场景，比过年壮观、热烈，鞭炮燃放扬起朵朵浓烟，似五彩云霞眼前飘过。

开工仪式结束，李义夫拍着郝强的肩头，投下赞许的目光："郝强，看不出你对影响麻纺厂建设的上访者还有些招数呢。"

郝强像大姑娘见生人露出娇羞，笑了笑："都是领导教育有方。没有你的支持，我们再好的办法也使不灵。”

四一、盼来“聘转录”

瞿义乡实施“四大工程”，犹如牵住了农村工作的牛鼻子。农村工作就像一个听话的孩子，由郝强及其团队的调教、养育、呵护，健康、茁壮成长，交出了合格答卷。农民口粮充盈，年年向国家交售余粮；生猪壮实、肥美，自食有余，并丰富、活跃了城乡市场。六畜兴旺，致富长出了希望的翅膀；基层党建卓有成效，为经济社会发展提供了组织保障。

最值得农民、干部扬眉吐气和引以为傲的自然是苎麻，此物不知不觉成为农民供奉在神龛和心田的财神。种植面积扩大，原麻产量增长像洪水暴发势不可挡。恰逢市场产销两旺，价格暴涨，80年代“发麻疯”，高峰期麻价贵过肉价，竟飙升至每斤十七八块。农民笑逐颜开，轻而易举当上万元户。农民伯伯也不客气，瞧不上“工作同志”，经常的口边语就是“我随便拿支麻就赶个场，你们就不行咯”。修房造屋，置办自行车、电视机、收录机、手表，瞿义乡人的眼中不算稀罕，已是司空见惯的平常事。麻纺厂建成投产，祖祖辈辈日出而作、日落而息，农具一握数千年的农耕文化，悄然被机器生产，亦工亦农的生产生活方式替代，乡域诞生一大批新型农民，在全县独领风骚。

郝强的付出，收到了鲜花、掌声、荣誉。好事接踵而来。滚滚年轮开进20世纪90年代，省里派发招聘干部吸收录用为正式干部（简称“聘转录”）政策福利，郝强做梦都在想撞上“人上人”的狗屎运，来了。

1984年伊始，每年的招聘干部像一个家庭开枝散叶、添人进口，不断地充实乡镇人民政府机关，全县累计数以百计。招聘干部逐步成为乡镇工作的主力，不可或缺，而且类似郝强先期加盟的招聘干部逐渐走上区、乡领导岗位的不在少数。但表面风光治愈不好他们脆弱、敏感的神经，因为人人共患同一种心病：招聘干部小娘生，庶出有名却无分。脱掉“农皮”，吃上粗细搭配均匀的“皇粮”，蝶变为人五人六的国家正式干部——毋须普查，乡镇机关随便拉一个人来采访，即知那是招聘干部内心的强烈渴求和真情诉求。但何其艰辛苦熬和竞争无情，唯有当局者体会得到是啥滋味。

不等传达到基层，仅是风闻有“聘转录”政策，招聘干部们便蠢蠢欲动，跃跃欲试，谁都想抢先洗泥上岸，彻底甩掉草鞋，穿上光宗耀祖的皮鞋，并且逢人可以扬扬得意一盘：老子是国家正式干部了，你几爷子不要还当成招聘干部随便欺负。

聘转录，人人一刻不转眼盯着，生怕有人捡了便宜。名额屈指可数，就那么几个。县上施以苦方，以严苛的条件——仅从全县乡镇党委书记、乡镇长中择优转录。规则亮出，一群满怀希望的人傻眼了，几家欢喜多家愁。比到箍箍买鸭蛋的事，合则取，不合则弃。等待来年再竞争。

郝强以区团工委书记加持乡党委书记资历换算成“优异”的成绩超出录取线，幸运地抢占到头班车的15个座位之一。县人事局秦股长和干部宋荣由区委组织委员老王陪同到瞿义乡，考核和办理聘转录手续。来人手握拟转录名单，郝强是瞿义乡唯一符合条件的上榜者。秦股长是考核组长，要说的话当然得由他来：“郝书记，祝贺你即将成为正式干部！我们这次来就是专门给你办理聘转录手续。请你写一份当招聘干部的总结材料，今天交给我们。我们的工作安排是，我找乡上班子成员和部分乡村干部座谈考核，宋荣负责填写聘转录的有关表格、整理材料。你派两个人协助我们就行了。”

郝强抑制怦怦乱跳的心情，说：“感谢组织的厚爱和关怀。这样吧，陈丰副书记通知人谈话，办公室主任郭银航交给宋荣同志调遣。”

办理聘转录的事安排妥当，郝强没有忘记旁边坐着的区委组织委员，也不能冷落他，方方面面要照顾周到：“王委员，我跟你把茶泡上，你就到我办公室坐，慢慢看看报纸杂志。”

“郝书记你别担心我没事可干，我请示秦股长，如不嫌弃，我也来协助他们工作。”王委员与郝强的对话，秦股长听到后，巴不得，接过话便说：“王委员，你能来帮忙，当然好。要不你就去跟宋荣一块整材料、填表。”

加人干活，分工合作，郝强的聘转录手续办起来快捷、顺当，下午4点，就差郝强的总结材料只是初稿未誊抄，其他的全部完结。秦股长背靠凳子哈气、伸懒腰：“郝书记，总结材料你不用急，实在不行，我们先回去，你明天早上上班给我们送来都来得及。”人逢喜事精神爽，郝强有使不完的劲，哪能等到过夜：“秦股长，你们辛苦一天，晚上我安排个好地方便饭。我叫夏乡长、陈书记先把你们陪到，我这里赶紧抄，抄完就来。”“没得必要，况且我们出来时组织部、人事局领导有要求，不准大吃大喝，增加基层负担。”秦股长欲推脱。郝强极力留客：“秦股长，我私人请客（话是这么说，是公家请或是私人请，不必过于认真，不外乎找个大家吃饭的合理理由），感谢你们的关心，你们代表组织总该祝贺我一下吧。”秦股长看郝强这般真诚，也不好过分拒绝，就应承下来：“好吧，我们等着喝你这杯喜酒。”

夏伯良、陈丰接受任务，心领神会陪同县里的干部秦股长和宋荣煞有介事视察麻纺厂、检查农业生产，反正找点事干，消磨时间。郝强指示郭银航落实晚上吃饭的事情后，关门插锁躲进办公室奋笔疾书。几件事分别进行，各得其所，足见各司其职的好。

下午6点钟的太阳，直射变成斜照，可以毫无畏惧地睁开眼睛欣赏天边万丈霞光，红艳云彩。郝强尽管抄得手痛脚麻，但好心情远胜这点小困扰。他准时在乡场拿得出手的“官方接待”餐馆与秦股长会合，恭恭敬敬把叠放整齐的记录他风雨兼程的数页薄薄的纸张呈交秦股长手中，他仿佛完成了一件梦寐以求、影响深远的人生大事。秦股长一眼没看，转手递给宋荣，宋荣对折放进公文包。

乡里所有班子成员理所当然请来朝贺。区委书记李义夫、区长彭吉仁接受郝强之邀出席。满满当当坐了两桌。李义夫定位，彭吉仁、秦股长分坐他两边，其余的人自觉依官大官小坐席。郝强请李义夫起音致祝酒词。李义夫当仁不让，他是晚宴的最高长官，由他讲开席话最合适不过。“今晚是郝强的好事。他自掏腰包，请大家吃饭。我想呢，首先感谢组织人事部门，尤其是秦股长、小宋对我们招聘干部的关心，聘转录是他们向往已久的事。我提议敬考察组一杯。辛苦了！”头杯酒，所有人举杯喝干。等众人吃了两筷子菜，李义夫再次端着杯子：“各位，我说第二杯酒，我们来敬郝强。祝贺他即将如愿以偿成为国家正式干部，希望他百尺竿头，更进一步！”在场的人起哄：“干！干！干！”

第三杯酒，李义夫说请郝强来说两句。郝强起身鞠躬，双手端着酒杯：“各位领导、各位同人，此时此刻，我是百感交集，要说的话实在太多。长话留待今后大家一起交流时说，这里说两句短话：第一句话，真诚感谢县区乡各级领导对我无微不至的关心、培养、教育，才有我的今天，我会铭记在心！第二句话，真诚希望各级领导和同志们对我监督，我一定不负众望，奋勉拼搏，造福一方！我先干为敬。”郝强毕恭毕敬向大家行礼，两手捧杯喝干。

这种酒席，往往开始讲程序、够理性，到了后面，酒喝得差不多了，就开始乱劈柴，分不清上下、阴阳。你一杯我一杯，来者不拒，同嗨自嗨，喝嗨为止。郝强是今晚的主角，开始端杯还能默默记得住杯数，逐渐进入高潮便昏昏失忆，说话舌头与脑袋不搭调，走路脚杆与地面不配合。何时散席，李义夫、彭吉仁、秦股长和宋荣何时离开，他是何时被何人送回寝室，一概没有印象了。他头昏脑涨、头重脚轻躺在床上，全然分不清是清醒还是梦境。他梦见自己当上正式干部了，走路迈方步，眼睛不斜视。但场景像放电影不停转换，他手里捧着铁饭碗，跟乞丐一样，逢人就说：“我聘转录了，我怕谁。”一会儿他拿着县人事局批转他聘转录的文件在父亲郝才亮、准岳父鞠庭和面前显摆：“别看不起人，我转正了，不再是临时工。”一晚上，他都在做梦，脚踩祥云，天上地下，腾云驾雾。没有他不会的，没有他不能的，手在舞脚在蹬，整夜没消停过，好像比白天还忙碌，满身大汗，疲惫不堪。他睡梦中嘿嘿地笑，居然笑出声来——被尿憋醒，已是次日凌晨4点。他翻身坐起来，拍拍脑门，想想，会心地抿笑，原来范进中举，疯得痴狂也不如自己乐得倦怠。

怎么这么不稳重，沉不住气，还是成大气候的人吗？不想多了，解决当前问题，屙尿去。

四二、村煤厂发生不幸

溶水村煤厂出事了。郝强听到这个坏消息，心里咯噔了一下。这可是他的老家，更是他曾经战斗过的地方。厂里的人基本上是本村人居多，来这里讨生活的外村人也不少，所以大部分人他都熟悉或认识。

郝强按规矩第一时间给李义夫电话上简要汇报——溶水村煤厂出了问题，有工人被困井下，还不知具体情况。然后他和夏伯良、沈超然一刻没有停留，赶往出事地点。

村支部书记徐德宽和煤厂厂长余友满已组织人员在全力排险施救。省去寒暄，也不讲平常的礼数，郝强一到煤厂就询问情况。余友满脸色阴沉地说：“今天早上进去了16名工人采煤，开初一切正常。到上午10点钟左右，有工人慌里慌张出来说，一个作业面顶板垮塌，有人被埋，有人被堵，急需救援。”

“现在里边还有多少人？你们采取了些什么措施？”郝强迫切想了解进展情况。

“垮塌处后方的巷道被困三人出不来，被埋两人，共有5人需要救援。”余友满介绍井下最新状况，“其余的人没有危险，都能进出，目前他们都参与到施救队伍中正在挖运塌下来的渣石。”

郝强焦急地问：“你们的施救预计什么时候会有效果？还有什么困难？”

“要挖通让里边困住的人出来，以及找到被埋的人，这个时间无法预计。因为顶板塌后一股水从上流下来，窑内水很大，给施救造成了很大难度。”余友满满脸忧愁。

一旁的夏伯良出主意：“郝书记，我建议马上从其他地方调抽水机来，一边抽水一边救人。”

“还应增加人员，轮番作业，保存施救人员的体能。”沈超然补充道。

郝强拍板：“同意夏乡长和超然的意见。我写个条子，余厂长派人立即到乡水厂去借抽水机回来；请徐书记在村上再组织一些有煤厂工作经验的精壮劳力，随时准备替换正在井下施救的人。我们一定要尽最大努力把人员救出，把损失降到最低。”

李义夫、彭吉仁赶来了，县安办领导赶来了，壮大了救援的领导力量。听了目前情况，也只有静候消息。所有人待在那里，没有人说话，脸都是沉重、铁青的，既在挂念井下情况，又像在各想心事。紧张、不安、压抑的气氛像一个铁盖子呼啸着扣下来，都知道时间越往后拖情况越糟糕。5条人命啊，是死是活，只有老天晓得。郝强比在场的所有人更心焦，他是从这里走出去的，他熟悉这里的环境和人。被困的人从亲连亲戚连戚的角度看就是他的某位亲朋好友，即使不是，也是他曾经天天见面的同村或工友。

闻讯而至的一些村民，有的坐，有的站，不见平时七嘴八舌，议论不休的场面，反而是死一般的沉寂。没人说话，默默地注视着洞口，祈盼亲人安全归来。令人恐惧、悚然的画面定格在小山沟，似有不祥征兆。郝强看到了人群里的张青万、谢玉婉父女，他吃了一惊，他们为何也来凑热闹。他走过去跟他们点了点头，没有多说也没多问，他不知从何说起从何问起，他突然发现自己与人打交道有多笨。

井下的救援在持续进行，从垮塌到现在已经过去了近5个小时，已是下午3点多钟。抽水机抽出的水源源不断往外流，工人挖出的矿渣一车一车转运出来。救援人员轮流上阵，尽管每个人都很努力，但等待的人总觉得太慢，慢得心里像猫儿抓。静止的空气里所有人除了等还是等，别无它法。已知有亲属困在井下的人尤为焦灼，心脏一直收缩着的他们不停地在为处于黑暗之中的受困者担忧、祈祷。

时钟嘀嘀嗒嗒、按部就班地转圈，但就是不见井下有进展。眼看天幕快要拉下黑布，围观的人群异常焦急。郝强担忧人多容易整出新的事端，便请示李义夫同意，出来发布安民告示："各位父老乡亲，井下正在紧张施救，但实在是难度太大。我们都不知道什么时候能完成救援，为了大家的安全，建议与救援无关的人都回去。一旦有了新情况，如需要你们，我们会第一时间通知你们。请大家支持我们的工作，现在就请回吧。"

人群骚动，有人撤退，人逐渐减少。郝强依然看到剩下的人中，张青万、谢玉婉父女并未离去。他意识到可能井下被困人员中有人与他们有关，不然他们不可能还固执地坚守在这里。郝强没有去问，径直回到煤厂事故处置临时办公室。他不想把未知的东西套在他们身上，他和他们一样心存希望。

晚上8点，井下传来消息，救援人员成功地从顶板坍塌堵塞通道的巨量渣石中，掏出了一个小孔。朝里边喊话，被困人员惊喜回应，那三人没有受伤，精神状态良好。这鼓舞了救援人员，他们加快了挖运渣石的节奏和速度，终于有了一个人身大小的洞，被困人员动作小心翼翼，生怕松动的顶部再次坍塌，便学狗钻洞爬了出来。

但是令人揪心的是被埋的两人，被渣石压被水泡10个小时，还不见踪影，没有人会相信还有生还的可能。如有，那简直是人间奇迹。救援人员继续挖掘不止，又过了3个小时，直到晚上11点，压在两人身上的重物刨开，面目全非，惨不忍睹，早已失去生命体征。

两人蜷曲着身体被放进两辆矿车里，拉出了煤窑。久等的人们围了过去，很快哭声出来，撕心裂肺。“郝强，一个煤厂都管不好，你当党委书记当个屁。”郝强远远地已经听出来那是谢玉婉发出的。这哪里像他当村团支书时暗生情愫，一度思念起夜不能寐的温婉、甜美的村里“小芳”的样子。这也怪不得她的哭骂，她唯一的弟弟初中毕业就来煤厂挖煤，谁也无法预测一年未满，就把17岁的命交给了吃人的煤厂。谢文明见到独儿孤零零睡在矿车里，一下倒地昏死过去。谢玉婉止住哭泣，一只手扶住父亲，一只手按着他的人中，隔了半晌谢文明才苏醒过来。用什么才能安抚这位曾经带给人们无比欢乐的民间艺人未来落寞凄清的日子？

张青万的父亲也死了，年仅48岁。他第一眼看到硬撅撅、黑乎乎的尸体，觉得父亲死得好可怜，没有过上一天好日子，整天都在为一家老小劳碌奔波。这下好了，被煤厂夺了命，可以安息了。他没有像谢玉婉失声痛哭，但眼泪禁不住流下来，流到了父亲的身上，或许可以温暖他冰冷的躯体。

郝强实在不忍心看到这样的悲剧，他背过身子偷偷地擦干泪水。他必须坚强，不能跟着落泪。他接下来的任务是，研究如何处理这起煤厂安全事故的善后。李义夫、彭吉仁和县安办领导召集开了一个简短的现场会，作了几条指示就离开了。剩下的工作全落在乡村两级。

郝强心里明白，于公于私他都应该给两位死者的家人有个交代。该赔偿的钱没有话说，一分不能少，煤厂砸锅卖铁也要付清，给活人有个安慰。他还会来为逝者守夜、送上山，让一壮一少去到没有人间烦恼的极乐世界。

四三、旅游结婚

你情我愿，男女同居或结婚。既不妨碍他人更不违法，最多跟道德过不去，与耍流氓无关，没有这些才是怪事。在郝才亮不赞同，何会兰不看好，鞠庭和很生气，熊铁男很反对的艰难困苦环境下，并不影响郝强和鞠南伊秘密地开展感情交往，偷偷地拉拉手，悄悄地亲亲嘴，无师自通，不需跟人学。恋爱中的男女不管远隔万水千山、还是阻隔铜墙铁壁，都会有办法越过物理障碍，走近彼此，走进心里。郝强和鞠南伊谈恋爱，除了私密的情爱最高境界还没试过，其他的常规动作跟所有恋爱中人一样一件没落下。

谈婚论嫁，郝强和鞠南伊提上了议程。用传统古板的方式结，还是用现代时尚的形式结，两人讨论数次，还在犹豫。鞠南伊深明大义，当重大事情不能决断时，她听郝强的。尽管有时在小事上她非争个你强我弱，但大是大非面前，她晓得让步和妥协。这是她的优点和智慧。郝强沿用行政思维和行为，大刀阔斧决定：旅游结婚。他给出的理由是少些麻烦，深层的隐忧是双方父母来不来参加他们的婚礼还是未知数。

1991年春季，山花烂漫，暖阳牵起从冬天冻过来的两双冰冷的手，怀中焐热，并用红绳紧紧系牢，演绎出春天里唯美和不朽的故事。24岁的郝强与同龄的鞠南伊，登记结婚。他们没有征求父母的意见，郝强百般自信，成年人了，自己的事自己做主。他们有志气，自力更生，结婚不向家里伸手要一分一毫。郝强买了糖和瓜子，分发给乡机关、鞠南伊学校的同事，宣布他们的婚事。并小范围请了一次客，区上李义夫、彭吉仁、孟其高，乡上班子成员受到邀请，响个堂，让圈子里的领导和同事知道他们结婚了。

尽管先斩后奏，但老规矩丢不了。郝强不愿背负数典忘祖的骂名，毅然决然领着新媳妇回了一趟老家，给父母报喜，虽然不一定得到祝福。郝才亮只说一句“生米都煮成了熟饭，跟我们说有啥作用”。何会兰嘴里没说啥，只管拿好东西出来招待儿子儿媳。她暗地欢喜得很，她不用愁郝强讨不到婆娘了。

准岳父准岳母，哦，应该去掉“准”，改口岳父岳母，血统和礼节上必见的人，再高的门槛搭起楼梯也要攀。郝强有底气去，他——堂堂瞿义乡党委书记，一把手，成人大专，国家正式干部（虽然去年刚聘转录），有哪点配不上鞠庭和、熊铁男的宝贝女儿—— 一个中学老师，原始学历中师，后学历大专。郝强提了烟酒茶等见面礼上门，虽然是头一回，有些迟到。不怪他不去，而是霸道的熊铁男和炮耳朵的鞠庭和不愿见他。他也有个性，不见就不见，又不是跟老两口谈朋友，只要能顺利见他们的女儿就对了。可这次质变了，依法结婚，再不来，别人会说闲话，况且他本人的身份也今非昔比。

郝强做足心理准备，想过这次来见鞠南伊父母会出现各种可能，他一再告诫自己无论遇到何种情况，冷静，不争执。郝强把礼物放在桌上，刚一转身，熊铁男就阴阳怪气地说：“喂，你这是给哪个送的东西，还不趁早拿走，谨防我没看清楚当废物丢进灶孔烧了。”

“妈，我们才进屋，你就说这些话，还要不要我们回来？”鞠南伊极力讨好熊铁男。

熊铁男责问：“你回来做啥子？还带个人来？有我的同意吗？”

糯米老头鞠庭和出面打圆场：“哎呀，南伊回都回来了，熊铁男你就少说两句嘛。”

郝强站着不想当旁观者，说道：“南伊和我这次来，不为别的，就是想给二老说一下，我们扯证结婚了。事前没有来得及征求你们的意见，今天就是来补上。”

熊铁男怒目圆睁，像要杀人般盯住鞠南伊：“你跟我说说，他刚才说的是不是真的？”

鞠南伊像犯了错的下属，有些胆怯：“妈，爸，郝强没有开玩笑。害怕你们不同意，事前没给你们说。”

“好啊，鞠南伊，鞠南伊，你是翅膀长硬了，不要爹妈了。”熊铁男气得咬牙切齿，“既然你们眼里没有我们，那我们也没有你这个女儿。你们给我滚。”抱起桌上的见面礼扔出门外，女强人说拉下脸硬做得到。

鞠庭和劝阻：“熊铁男，南伊年龄也大了，女大不由娘，反正要嫁人，早嫁晚嫁都是嫁。只要她认为要得的，我们还是多祝福吧。”

“那是你这个一辈子没骨气的人说的话，我看不上的人她就必须听。”熊铁男的嘴很会损人。

鞠庭和附和：“是是是，我没有骨气，你有骨气。我一辈子都听你的。”

熊铁男头转到一边，气咻咻不说话。鞠庭和问：“那你们好久办婚礼？”

郝强不卑不亢答道：“我们婚事新办，不举行婚礼，今天回去就出去旅游结婚。”

熊铁男跳将起来，好像忘记反对结婚的事，反而计较起婚礼来。她指着郝强说：“你没有钱办婚礼，还在那里嘚瑟啥？”

“有钱没钱，我们都不会开口向你们当长辈的要。”郝强平静地说道，“我们之所以选择旅游结婚，是不想欠人情账。”

“人情账？！那我们送出去那么多礼怎么收得回来？”鞠庭和这个实诚人说了句老实话。

鞠庭和嘴贱，又遭熊铁男剋：“鞠庭和，你个龟儿子硬是会说话，你把嫁女儿当做生意？”

“你就是这个意思噻。好好好，怪我乱说，我贪财。”鞠庭和认错。

鞠南伊知道父母其实喜欢钱：“爸，妈，你们以后退休满60岁时来办，把送出去的礼全部收回来，说不定那时物价涨了，还可以赚几个。”

熊铁男并不因为鞠庭和投降服软、鞠南伊两边示好和郝强沉默不语而就此罢休，结实的心结尚在。“滚滚滚，你们都给我滚，滚得越远越好。眼不见心不烦，我就当没有生你这个女儿。”

年轻人挨了一顿训斥，原计划照样执行，恰如熊铁男厌烦时所言“滚得越远越好”。郝强向区委请了一周假，并帮鞠南伊在学校调休，“滚”到外地旅游结婚。像“顺应”了熊铁男的“心愿”——“远”走高飞海南。

南国旅游胜地，春季是一年中最好的季节，阳光、沙滩、海浪、鲜花、绿树，从未见过湛蓝碧空、绚丽海景的郝强、鞠南伊，大开眼界。白天游玩，戏水、开船、漫步、品尝风味食品，不一样的体验，内地无法比拟。郝强特意提议去看“天涯海角”。一块立于海滨被海水浸泡，日光曝晒，风雨吹打过后，缺棱少角的巨石上镌刻“天涯”，毗邻的另一块石头刻上“海角”。鞠南伊欣赏“著名景点”后，不无扫兴地说：“原来天涯海角就是这般模样，与大海比好小啊。”郝强兴致蛮高，说：“这是祖国大陆最南边。我们在这里合影，把我俩定格在天之涯海之角，象征我们的爱情坚贞，海枯石烂，永远相伴。”

海风习习，海浪滔滔，海天一线，倦鸟归林。吃过饭，郝强和鞠南伊回到宾馆。白天玩，两人你拉我的手我扶你的腰，人少时亲一口抱一怀，自然得很。到了一个房间，空间变窄，两人反而不自在。鞠南伊表面看起来会唱会跳会说，活泼、大方、开朗，实则传统保守。自从两人有了一张结婚证书，郝强猴急提出住在一起，但鞠南伊死活不答应。即便他俩在乡场请客宣布结婚的小聚会后，她也是坚定地回自己的单身宿舍。她说要有仪式感，才能把珍贵的第一次交出来。男人和女人的思维方式不同，男人天生直线型，女人生就曲线型。可郝强不懂女人心的细腻、纠结，不办结婚典礼，哪来仪式，没有仪式，岂不找个名义老婆。郝强久等的机会有了。到了天涯海角，够有仪式感了。今天是第一天到海南，今晚要把事情办了。郝强表现出少有的温情，说：“南伊你去洗洗，今天累了，早点休息。”

半夜，月挂半空，月光清莹如温婉嫦娥，穿过粉红窗帘，似一双玉手轻抚郝强裸露的胴体，活力泛滥，下面打起了雨伞。他微微睁开眼，风景醉人、这边独好。迷蒙的月光下鞠南伊起伏的胸脯、玲珑的曲线和独特的体香……

海南游，逍遥游。郝强和鞠南伊于万里碧空下、潮涨潮落中尽情玩耍，海里游泳，海边嬉戏。到了黑夜时，闭门关灯，男欢女爱，也没歇着，如胶似漆，如入仙境。

婚假一周很短暂，蜜月打折扣不足月，只因公务在身百般无奈结束浪漫旅程，再见海岛，班师回朝。不再沉湎于儿女私情，郝强迅速找回工作状态，如常过日子，该干啥一丝不苟。唯一的变化，下班得等鞠南伊回家，出双入对，不像之前形单影只，管好自己就等于全家人不饿。

夏季，是炙热的时节。这几天的天空蔚蓝、晴朗、无尘，郝强浑身湿透走出门看云识天气，他望见天上朵朵祥云如海上浪花层层叠叠，卷起阵阵瑞气扑面而来，顿感丝丝凉意，仿佛他燥热的躯体里灌了一碗冰镇绿豆汤。郝强尚在眷恋、享受难得的舒服和宜人时节，郭银航站在楼下高喊：“郝书记，区委来电话叫你马上去一趟。”大热天的，省得爬楼，办公室主任也晓得如何使巧力。这一喊楼上楼下听得清清楚楚，虽然当时不知道通知郝强去干什么，但到了中午，郝强任区委副书记的消息便传遍了乡机关。有人说郝强是婆娘讨好了，新婚燕尔，情场春风得意，官场欢声笑语。其实，事情并非传的那么神奇，原区委副书记调离出缺，李义夫向县委汇报，把郝强调去补位。反而是当事人蒙在鼓里，事情来得太过突然，还需要做足功课去适应新角色。

第四章……

出局

绝唱，郝强泪眼婆娑捧着笔记本。1991到1998年记录着他8年区委副书记的历程——原地踏步，尽做点工，主要领导派什么活他就干什么事。仕途不见变化和起色，全县类似情况有，但不多。岁月流变中不知不觉混成副职岗位上的“老人”。

虽然区委副书记位子上未获职务进步，但其中及其后的过往必然有值得回想和追念的。

四四、当好助手

以副书记的身份重回区机关工作，今非昔比，郝强已然成为标准的区委领导、班子成员。过去当区团工委书记，仅相当于一个中层干部而已，团的本职工作横向比处于中游以上，便是及格。兼职李义夫秘书，双方满意，同人也不讨厌。过往经历证明，优秀的人在哪里都有出色表现。而这次呢?

区委给郝强分工负责党务，联系农业农村工作。从村落起步，到乡进区，他的职务无论大小，除了当了一回副乡长，差不多都带个“正”字，而今虽然提拔，但由正转副，过河得用脚蹚水试试深浅。他懂得书记、副书记，不仅仅是多一个字和少一个字的差别，那可是带本质性、决定性意义。李义夫信任他，他会珍惜，但找准定位方能游刃有余。多请示多做事，少抱怨，少做主或不作主。当一个称职的助手。助手，助理一把手，等于帮手、副手。主要领导叫打东不打西，步调一致，是为至高修养。

郝强报到后，第一时间到李义夫办公室汇报工作："李书记，感谢你一直以来对我的教育关怀，我的每一次进步，都离不开你的提携。这次你又向县委推荐我到区上当副书记，我都不知道如何感谢你、报答你。"

李义夫并不以善相马自居，反而把功劳记在组织头上："郝强，要感谢就感谢县委和组织部。党组织总是青睐求实务实的人，只要你做好了工作，群众记得住你，组织也不会亏待你。"

"李书记，我来当副书记，事前没有思想准备，不知能否胜任？"今后如果有做得不好的地方，我始终是你的下级，你给我指出，我一定改进。"郝强是想把丑话说在前头，他确实心里没底。近距离工作，不比在乡里隔着一段路，不可能天天见面，天高皇帝远，区上管不过来。眼下进入区委，行走上下在一块，领导随时随地能够看到你的一举一动，一言一行，稍有不慎，就把你记在头根肋骨上。一次可以原谅，二次能够包容，多次就难以容忍。如果领导直爽，会当面指出来，本人还知晓。如果领导不说，你还在那里感觉良好，任由自己照错行事，哪天栽了跟头还不知是脑残还是打望。

"相信你能胜任。"李义夫目光坚定地看着郝强，"你要有这个自信，大胆工作，我会支持你。"

郝强在贵人面前不会假打，绝对心甘情愿："我一定当好你的助手和配角。"

谈到近期工作，李义夫说："今年3月，县委按照中央、省、地区要求，部署开展社会主义教育（简称社教）工作，县社教工作团派出的工作队早已进驻各乡镇。你管党务正好，配合工作队把全区的这项工作抓落实。另外，现在水稻栽插基本上完成，各地必须加强管理，特别是病虫害防治。你多下去看看，不能出问题。"

李义夫交代任务那是痛快淋漓，大大超出郝强分管范畴，他不想去、不便去办的事统统交给郝强。郝强是"新人"，理所当然、囫囵吞枣一一打包接受。

一天，县农业局副局长赵柚亲切致电李义夫，说是要来落实灭鼠药任务。

赵柚是李义夫在团县委时的副书记，因年龄原因平级转岗县农业局。他于情于理都该欢迎。但是令李义夫头大的是，在赵柚找他前，已有县卫生局副局长、县爱国卫生运动委员会办公室（简称县爱卫办）主任、他的同乡何志国找过，头衔、名号够多的，也是要区里买灭鼠药。而且还念念不忘地宣传县上有明文规定，开展灭鼠防病工作是他们单位的法定职责。

两个部门年年争相向区乡、县级单位兜售耗儿药，打着防治传染病，保障人民健康的旗号，都找得出各自卖药的政策依据、领导批示——尽是说一不二的铁律。这么来劲，未必然农村有这方面的巨大需求？其实不可忽视这些部门更有自己的小九九，卖灭鼠药能够为部门挣一笔可观的手续费，一年的招待费、奖金便有了着落。

李义夫派郝强去接待这两拨人。事情明摆着，买谁的和不买谁的艰难抉择。李义夫不亲自出面，还未到万不得已的时候。郝强先与赵柚见面，态度虔诚、耐心倾听他长篇大论阐释关于防鼠工作的前世今生，重要性、紧迫性，以及非他们的职责莫属。郝强不搭腔，只是煞有介事地翻阅了一下农业局赠送的鼠害防治手册。尽管赵柚说得嘴巴白泡子翻，但郝强既不表态买也不断然拒绝，仅表现出为难。他开诚布公地告诉赵柚，县爱卫办也来了，他得去接待。他客气地让赵柚就地喝茶，今天争取有个明确的结果。

何志国早在另一间办公室等候，郝强见到他就说："不好意思，让你们久等了。"何志国也是有备而来，拿出一摞纸张大小不一、花花绿绿的政策、法规，理直气壮地嚷嚷："郝书记，你看看这些文件、资料是怎么说的。县爱卫办是正宗的防治鼠疫的部门，农业局插一杠子，纯属乱来。"并且还直言不讳地亮出关系，说李义夫是他的同乡，他一定会主持公道。郝强仍然一副为难表情，表示两家都把关心送到瞿义区，而瞿义体力不支，承受不起，实在不好决定。要请何主任理解基层的难言之隐。

难题无处不在，总得化解，像母亲的儿子与妻子的丈夫，被两个女人争宠，两边都不能得罪。郝强把赵柚、何志国请到一块，居中而坐，"冤家"也得相见。他命人把茶水给双方满上，便扯开嘴角说话："今天，巧得很，赵局长和何主任光临瞿义区，为广大人民治鼠防病，带来了巨大的福音，这是天大的好事。但对我们又是一件难事，这些年我们响应你们上级的号召，大力开展灭鼠运动，由于你们的药品质量太好，灭鼠效果异常显著，以至于老鼠快绝种了。我们誓将老鼠家族铲草除根，采购鼠药有必要，但又担心多了用不完，买哪家不买哪家，更是下不了决心。要不你们自己商量个办法给我们？”

皮球踢出去，郝强等两人接招。赵柚是扯皮的高手，接着球就抛回来：“公说公有理，婆说婆有理，都是为了公事，郝书记你直接定要谁的就是。我们跟爱卫办说不清，我相信你会公正处理的。”信赖加胁迫的意味全在最后一句。

何志国辩驳：“本来政策已经很明确，年年还在为这事扯筋，有的部门就是爱挖人墙脚。我认为该谁就是谁的。”

“何大主任，说话就说话，不要阴阳怪气，指桑骂槐。”赵柚怎听得这种含沙射影的话，“你有政策规定，我们没有吗？可能你忙国家大事去了，对我们的业务孤陋寡闻。”

“简直是笑话，农业部门不种庄稼，来争灭鼠，岂不是不务正业？”你来我往，何志国不无讥诮，“我们叫爱国卫生运动办公室，顾名思义，防鼠治病，天经地义。郝书记，今天在你们地盘，你来评评理，你说我说的有无道理？”

两个部门唇枪舌战谁也不想让步，都在维护自身利益。这样扯下去，扯到天黑也扯不清。郝强居中裁判到了该出招止吵的时候。他喝了一口水，水还在喉咙里便出声了。“赵局长、何主任，你们都是我尊敬的领导，这样讨论下去也不是办法。我建个议，你们看要不要得？你们听我就说，你们不听我就不说。”

何志国抬了一下手：“但说无妨。”

赵柚也不想继续争论：“郝书记，你尽管说就是。”

“你们的药，我们都买。”郝强直接说出要货的渠道，“只是你们须划分区域卖。我建议县农业局负责灭农村的耗子，县爱卫办负责灭场镇的耗子。”

郝强点到为止，不再多言。何志国、赵柚默不作声，转着眼珠子想想，有意思，能说服人，居然没有人提出反对意见。

事后，郝强把买卖耗子药的处理意见报告李义夫。李义夫竖起大拇指：“郝强，动了脑筋的，有创意。”

殊不知，郝强把耗子分成农村的和场镇的，一个创制性的售药发明，迅即在全县上下得到广泛应用推广。

郝强重回区机关，全县社教工作已开展近两个月。他任瞿义乡党委书记时召开了动员会，并制订了实施意见，旨在建立村民自治、农村政治思想教育、双层经营、科技综合服务、社会治安综合治理、农村财务管理工作体系。李义夫委派郝强协助、配合抓这项工作，他并不陌生。

带着使命到几个乡镇走了走，给郝强的印象是，各地都动了起来，干部群众也知道了社教工作。工作队进村入户的宣讲、调查、助耕，每个阶段的小结汇报，平时工作的信息简报，一样不漏做得有声有色。但是他在走访乡村干部时，发现有一个奇怪的现象困扰：少数干部顾虑多，包袱重。

白木乡一个老同志跟郝强吐露心声，他是经历过60年代的社会主义教育运动，先是“小四清”：清工分、清账目、清财物、清仓库；后是“大四清”：清政治，清经济，清组织，清思想。重点就是整党内走资本主义道路的当权派，巩固和发展城乡社会主义的阵地。现在他还心有余悸。他说，今年这次社教，他误认为又要来一次“四清”，所以每次学习都做好笔记，乡上、工作队安排的工作，认真完成。但不敢乱说话，生怕被人抓辫子打棍子。这不是他个人有这些担忧，稍微上了点年纪的人都有。

映福乡也有人在郝强座谈时反映出白木乡老同志所说的同样问题，有人把60年代的社教运动与本次90年代的社教混淆，担心有一天被清算。

发现问题是一种能力，解决问题更是一种智慧。郝强及时纠偏补正，让全区社教工作回到上级设计的正轨上来。

农村工作包罗万象，啥都该做该管，难怪有人戏说农村干部，上管天下管地，中间还管生殖器。何况分管“三农”的负责人，广大农村就是表演的舞台，天天跟土地和农民打交道才是王道。除此之外，便是无源之水，无本之木。郝强每天朝乡村跑，在田边转，倒是履了职，却顾此失彼，冷落了鞠南伊。她给郝强提出抗议，如果还置若罔闻早出晚归，她就不让他上床。郝强知错就改，承诺要工作也要兼顾家庭，歇两天再去瞅瞅水稻长势和管理，也是不错的选项。

四五、干旱和稻飞虱一齐来

当区乡干部，身上沾点泥巴是标配，不像坐办公室的白领衣衫笔挺，纤尘不染，温文尔雅。郝强最看不惯这种人，文不了武不得。他是行动派，接受了任务就会当个事干，深耕细作。前段时间，起早摸黑查看各乡水稻种植，给他的印象：满意。各乡顺应自然规律，行动快捷，大面积栽插完成，除极个别地方稍迟，因为气候推后。县区提出的以早制胜，不栽六月秧的第一战役打了胜仗。他实际看到的情况，与各乡上报的栽种面积出入不大，看来无人胆敢虚报。今年稻谷丰收，有了好的开头。

走完第一遍，再回过头来看第二遍时，郝强乐见好多田块的秧苗返青，稍早栽下的进入分蘖期。天天观察，就像看自己的小孩一样，只要有一丁点变化、进步，就会感到惊喜，扇动遐想的翅膀，飞向无尽的天际。郝强越看越有劲，巴不得早点看到农民满脸笑容大筐小箩往家里挑运金灿灿的稻谷。

郝强坐在办公室，随意翻阅资料，一张县气象站发出的近期天气预报跳进视线。虽然老百姓把气象站说成是猜象站，但管农业的人，特别留心天气，宁可信其有，不可信其无。毕竟农业基础脆弱，靠天吃饭的日子还长着哩。人定胜天，吹牛可以，当真不行，最多是精神上的自娱自乐。农业科技的发展短板成了抵消自然灾害的最大软肋。拿着这张薄薄的淡红色纸张，郝强反复看。情况不妙，未来将有20天左右的高温干旱气候。

郝强不能不信天气预报亮起的红灯，如若是真，极有可能大意失守。以赌博心理抓农业，弄得不好，会输得精光。一刻不停，召集各乡党委书记、分管领导开会。郝强苦口婆心通报县气象站的天气预警，并提前安排区委办公室翻印发到各乡各村张贴；责成各乡广播站每天播报，将声音传达到每一个老百姓耳中，时刻防范。他千叮咛万嘱咐，不管天气预报准不准，各乡都要立即做好抗旱的各项准备，不怕一万，就怕万一。多数乡表态抓紧落实。唯有普照乡党委书记冷道昌过度自信，不把这天气预报当回事："郝书记，我说，你才来管农业（他忘了或根本对郝强无知，这是个分管过'三农'的副乡长），不用这么紧张。哪年县气象站不发些这样的东西，有几个时候准过？都是狗戴帽子过撞，撞到了就说预报准了，撞不到打死不开腔。"郝强当即把他的说法挡了回去："冷书记，信不信由你。但今天是区委的工作要求，必须防患于未然。"

郝强这两天睡觉像蒸桑拿，多半深夜热醒，竹席上烙出人形来，倒还可爱。他以为是自己感冒，但摸摸额头，瞧瞧舌苔，正常。早早起床，开门，一股热浪挤进门来问候早安。仰望天空，万里无云，红彤彤的太阳已在山边冒出了金光道道。天气一天比一天酷热，郝强意识到县气象站的预报，绝非江湖行骗。

郝强每天的必修课——观察天气。越观察越发虚，他的心绪由平和渐至紧张直至焦虑。

连续10天无雨，人受不了，牲畜受不了，水稻受不了。郝强尽管把观察当饭吃，但观察不到下雨的迹象。李义夫也在密切注视天气，不几天便感觉自然环境不友好，立即指示郝强启动抗旱保苗预案。郝强拉起区委书记的大旗，舞出猎猎风声，祭出硬招抗旱。譬如召开会议布置发动、广播反复宣传、干部下村入户帮助；全民动员，与天斗。瞿义、白木、映福、古房四个乡听话，做老实活，郝强第一次给各乡打预防针后，抽水机、戽斗、水管、柴油等设备设施和物资准备齐全，塘、库、池蓄水保水较足，沟、渠、堰清理干净，这些天各个地方过火焰山时他们从容地拿出来，全都派上用场。郝强实地查看，又好受点，至少可以对付且能对付一阵子。而自以为是的犟拐拐便现了瓜相，普照乡冷道昌像在踢梦脚，要什么缺什么，天干地旱，傻眼了。瞪着眼看着田里龟裂，秧苗裹卷、打蔫。一些农民挑水灌溉，一桶水倒进田里，人尚未离开，像有小偷躲藏地洞，可怜的一团水一转眼失踪不见。郝强抹下脸面，狠狠骂了一通冷道昌，虽然解恨，但缺水始终解决不了。

干旱天气毫无怜悯心持续张牙舞爪，全县无一例外面临相同的困境。此时县上将抗旱的权重转移到保人畜饮水，灌溉退居二线。灾情无常、残酷，保命排第一位。全县的消防车统一调度，支持人畜饮水困难的乡镇，普照乡大面积缺水，列在其中，也只能缓解燃眉之急。

郝强厚着脸皮请求县上增援，组织人工降雨，也不见雨神开恩降下甘霖。

老天不下雨，求神拜佛等于零。整整25天无雨期，烈日肆虐和摧残，造成的损失难以估量，郝强他们扎扎实实体会了一回什么叫“靠天吃饭，赖地穿衣”的厉害。普照乡是全区受灾损失最惨重的，高塝田、望天田的水稻干枯程度是不点火可以自燃，想有收成绝对是打胡乱说。

这一波旷日持久的旱情过后，下了几场大雨，总算把人畜救了，让水稻喝到了水。就在所有人以为可以缓口气的时候，灾害再次袭来。一天，郝强照例带人常规性地下乡。漫不经心，走走停停，没有特别所指，随意看看，有问题现场解决，反之则当乡村游。可是在白木乡，有几块田里的水稻一团一团发黄发枯，茎秆有棕褐色斑点——不正常——郝强的神经不自觉地报警。他搜索脑中残存的过去当农业副乡长时偶尔翻过的技术小册子上的农技知识，肤浅地判断，不像干旱缺水造成的成片受损，莫非是可怕、恐怖、避之不及的飞来横祸——稻飞虱？郝强指了指眼前的田块，问随行的农技员："这是什么灾害？"

农技员下田去仔细查看了一番，转身就说："危险，稻飞虱。"

郝强再问："这种病虫害厉害不？"

农技员肯定地说："那还用说，如控制不好，超过一场干旱。"

郝强大吃一惊："你说详细点。"

"稻飞虱是水稻的一种常见虫害。主要有灰飞虱、白背飞虱和褐飞虱三个种类。它以吸食汁液危害水稻，导致水稻枯死。稻飞虱能随风力远距离迁飞，叶片飘动，随机集体迁飞，且习惯群居，成群危害。七八月份是稻飞虱集中暴发期，短时间内可以把一块水稻田毁掉，并迅速扩展到相邻田块。当然，稻飞虱是可防可治的，但要群防群治。"农技员娓娓道来，专业解答，不知是从书本学来的，还是他的真才实学，反正郝强听起来像那么回事。

郝强丝毫不敢迟疑，当即安排农技站到各乡布置稻飞虱防治工作。

郝强给最先发现稻飞虱的白木乡党委书记下死命令："石小武同志，我这段时间都在下乡，跑田坎。你们白木是目前全区出现稻飞虱最早的乡，你必须天天盯着采取措施，消灭这可恶、危险的害稻虫。如果失败，拿你是问。你不要像个别乡，把我说的话当个屁放了。认为我是副书记，把你们无可奈何，但我有建议权。"

郝强说的"个别乡"自不必说指的是普照乡，石小武长记性，前段时间抗旱郝强狠狠批评了冷道昌不听指挥。他是知趣的，表态坚决："郝书记，你在我心目中始终是领导，说了的话跟李义夫书记说的一样管用。我们马上就落实。"

石小武说到做到，稻飞虱发现得早，防治也早，最大限度地降低了损失。瞿义、映福、古房乡也在最佳时间里掐死稻飞虱于来路上。但是，普照乡错上加错，旱灾损失还未找到弥补渠道，又祸不单行，雪上加霜，再次遭到稻飞虱疯狂吞噬，三分之一的田块出现水稻茎叶发黄枯萎，仅几日就彻底干死、倒伏，不绝收除非使得出回春术。有农民坐在田里失声痛哭，也有的干脆一把火就把那些枯稻烧成灰。

李义夫亲自来看了被洗白的凄绝，一向宽厚、包容、精明的人设骤变，脸上陡然生出怒颜，忍无可忍，大发雷霆，当众责问郝强，怎么管的农业？损失谁来负责？饿死了人该当何罪？敬重的顶头上司失常、寡情，郝强低头认错，没有当缩头乌龟推卸责任。当然不是拉人垫背，也不是落井下石，而是恨铁不成钢，郝强又强烈建议，冷道昌应该下课。

冷道昌调离普照乡，调整岗位到区粮站当支部副书记。

郝强加班加点，悲伤痛楚地写了一份10页纸的检查呈交李义夫，表达出深深的自责和不安。提出种好秋菜秋粮挽回水稻损失，并向上争取救灾粮补贴歉收农民的口粮。

四六、稳坐副书记岗位

李义夫在瞿义区的领导是短暂的，他必定会展翅高飞，鹏程万里。1993年，李义夫离开瞿义区，地委任命他为县委副书记。县委分工他分管组织，负责县委日常工作，协助县委书记工作。一个仅次于县长的副书记，地位的重要性和显赫度不言而喻。

区委书记的位子空缺后，经李义夫向县委推荐，赵柚出任。赵柚，并非新人，也是老面孔了，此前任县农业局副局长，一度到瞿义区来，跟县爱卫办争着卖灭鼠药那位大侠。更是李义夫的团县委同事（时任副书记），跟郝强也有过交道（可以从他担任溶水村团支部开始计起）。交情不深，但至少不是生人。

组织部宣布瞿义区委班子后，李义夫特地留下，叫拢赵柚和郝强，作了个临别交代：“赵柚、郝强，专门找你们来，我有几句话要说。”

赵柚作洗耳恭听状：“李书记，要给我们啥锦囊妙计，我就是想听你这个年轻的老书记给指点指点迷津。”

郝强态度端正："李书记，你在不在这里工作，我都是你的兵，你怎么说我一如从前地干。"

"你俩都是我的好同事、好战友，不是兄弟胜似兄弟。"李义夫极富感情色彩地说，"我希望你们团结共事。赵柚你是书记，可以多给郝强压担子，让他放手干，他是能够干事的；郝强你呢，要百分之百支持赵柚同志的工作，他是书记，你是副书记，只能补台不能拆台。无论从过去我们都有过共青团工作经历，还是从组织原则上讲，都应该如此。"

"一定照李书记说的办，你随时可以检验。"赵柚斩钉截铁，不藏丝毫暧昧。

郝强笑笑，说："李书记，你放心，我一直摆正了位子的。有你今天的教导我会这样，没有我也不会乱来，毕竟跟你这么些年，或多或少学到了一些皮毛。"

"有你两位这样的表态，我就不担心什么了。相信你们能够把瞿义区建设得更好。你们以后，有什么困难和问题，不用客气，跟我说，我尽力帮助。"显然李义夫的关心、厚爱长期有效。

郝强很开心："那是必然的，反正现在程控电话也安通了，你莫烦我们打电话就是。"

这一年，升官没轮上，仕途纹丝不动，但郝强仍然有喜可贺。鞠南伊肚皮相当地争气，成功生下一个带把的，传宗接代后继有人，他荣升为老子。小家庭增加编制，"老子"手忙脚乱了两天，才想起儿子没名叫起来不方便。自己文化底子不咋的，脑壳里装的之乎者也有限，查卷阅典嫌麻烦，来个痛快、上口的，直接给儿子取名郝胜。鞠南伊说这个名字土气，郝强则嘻嘻一笑，好记。郝强郝胜，过目不忘，记得到老子便联想起儿子。

李义夫离开的日子里，好长一段时间郝强不习惯。"恩人""伯乐"在身边，说话做事顾忌少，小节几乎不拘，即便有差池，也会得到大尺度的包容和迁就。因为李义夫了解他、熟悉他、信任他。而现在给赵柚打下手，新领导的性格、风格、品格，还有一个互相试探、磨合的适应期和建设期。

其实国情使然，事情未必有想象的那么难。既然新人来了，就从常规的俗套请吃入手。饮食文化，源远流长，意义丰厚，多少问题上了饭桌皆能解决，都好说。谁也无法回避和拒绝古老而灿烂文明的熏陶和浸润。继承并发扬好传统技法，必将所向披靡，有利无害。现实生活里，大到国际交往中排场宏大、高朋满座、数不胜数的宴会，小到老百姓生活中吃得嘴流油、喝得脸变形、吹得泡子翻的坝坝宴，无不与饮食文化的妙趣、妙用、妙谈生死相依。

郝强以家宴形式尽地主之谊欢迎赵柚。名义是家宴，并不一定死搬教条非要在家里招待才算数，只要有“家人”出场就能传情达意。郝强大方地把还在哺乳期的鞠南伊和三个月大的郝胜贡献出来，全家到场出席重大场合，足以见得郝强请客的真诚度和重视度。郝强将家宴交给贾金才铺派，贾金才顺势就放在他家的食店招待“贵宾”。

郝强请了区长彭吉仁、副区长谢继量、孟其高作陪，还找来几个平时交往较多的酒友扎场子。赵柚是主角，理所当然坐上席正中，其他人依职务大小、江湖地位，自觉找到自己的坐位。郝强给所有人斟满酒，一本正经发布开场白：“今晚借贾金才同志这块宝地举办家宴，目的就一个，欢迎赵书记来领导和建设我们瞿义区。并请各位领导和朋友陪同小酌一杯。感谢大家赏脸。这里，我先介绍一下出席今晚家宴的各位先生、女士。新来的区委赵书记已同我们见过数次面，区上的各位领导是老脸，不须多费口舌。我的酒友在乡场长大、谋生，知名度颇高，从领导到街坊全晓得他们。”桌上的人一个不落下介绍完，郝强隆重推介家人，“这位是我的夫人鞠南伊，乡中学老师。”

鞠南伊怀中抱着小孩不便站起来，仅向各位点点头：“谢谢大家关照我们一家。”

赵柚开起玩笑来：“弟妹好年轻漂亮。”

“赵书记千万别夸奖，她会骄傲自满。”郝强不乏幽默配合。

鞠南伊白了一眼郝强，郝强不理会她的眼色：“这位是我家的新来户，我儿子郝胜。”

众人目光聚集到鞠南伊手上可爱的小家伙，彭吉仁风趣地说道：“我观察了一下，这小子绝对没掺假水，正宗郝强的种。”惹得一桌人哈哈大笑。

不等笑声落地，郝强转入正题：“赵书记到瞿义区工作，是瞿义人民的福报，我们更有盼头了。这杯酒，我提议，我们真诚欢迎赵书记从舒适的县城机关来到广阔农村，预祝赵书记在瞿义万事顺意，心想事成，大有作为，前程似锦！”

甜美的话语伴随酒香流进五脏六腑。待大家吃了几夹菜，垫了些底，郝强不失时机地倡议：“第一杯酒喝了，现在我们请赵书记发表致辞。”

郝强鼓掌，其他人跟着拍手板。

赵柚起身示意大家安静：“本人不才，初到瞿义，白纸一张，还望大家多帮助支持。这里借郝强和弟妹的酒，敬大家。祝大家工作好，学习好，生活好，一切好！”

请客的人和主宾敬了酒，酒席进入散打时刻，大人们的说话声此起彼落，忽高忽低，时而甜蜜如恋语，时而喧哗似咆哮。弱小的郝胜像风吹雨打中的幼苗，受不了大人们的闹腾，哇哇哭出声来。鞠南伊跟郝强耳语了几句，用歌者柔美的声音说出辞别的意思：“赵书记，各位领导，各位朋友，我要先回去，郝胜要睡觉了。这里我以茶代酒敬一下大家，感谢大家对郝强和我们全家的关心照顾，祝大家事业鸿发，更上一层楼！”

鞠南伊携子撤退，家宴缺席一半主人，喝酒闹酒的人，不用再顾及妇女、儿童的情绪和健康，尽情挥洒酒性。只管喝得花儿开，哪想进嘴后果惨。赵柚有酒量，但主角意味着是磨芯，大家围着他喝。几轮下来，赵柚招架不住了，醉醺醺抱着郝强，像一对男女在热恋，呢喃软语，说个不完。“郝强，你这个兄弟我认了，今后你有什么，跟哥说，我绝对支持你。”“赵哥，那我跟定你了。”郝强坚定地表忠心。这时，贾金才过来敬酒，郝强一把拉过他：“贾金才贾书记，这是我大哥，也是你大哥。今晚借你这个店店喝酒，我大哥很高兴。来给我把酒倒上，我俩敬大哥。今后，就听大哥的，做不做得到？”贾金才一边倒酒，一边满口应承：“那是绝对的。哪个敢不听大哥的，我找人劈了他。”赵柚端着个空杯子要酒，贾金才见他已有醉意了，假装在他杯子边虚晃做了个倒酒动作，便拿开酒壶：“来，郝书记，我们敬大哥。”贾金才和郝强的杯口与赵柚的杯口亲了亲，喝了下去。酒醉身体，心里亮堂，赵柚迷迷糊糊中依然有能耐看得清清楚楚，酒杯空着，不干了：“他妈的，郝强今晚是哪个请客，老子杯子里酒都没得，喝个锤子。你两个不要欺骗我。”才说是兄弟，一杯酒过后，就不认人。酒桌上的话不可全信。“赵书记，有酒有酒。”郝强堆笑陪不是，“贾金才你个龟儿子，明明你这个姓跟假字不一样，你偏要糊弄大哥。各自认罚喝一杯，再给大哥满上，我俩共同敬一杯。”

赵柚喝到了位，离开时由两个人架着回去。郝强也好不到哪里去，说话舌头大，走路脚下飘，他仗着年轻，硬撑，没要人扶。

酒喝了，副书记的工作还是老样子。反正副职岗位，做不了主，更多是协助，分管的工作干了时不时要汇报，交办的任务完成后必报告，这与李义夫在时没有两样。不过赵柚比李义夫更热衷亲力亲为，反而减少了郝强的工作量。他回家逗弄郝胜玩的时间比以前多了。

郝强始任区委副书记，发自肺腑认为是组织提拔重用，害怕辜负组织希望，书记叫咋样就咋样，一副逆来顺受的样子。他陪同过的区委书记都赞誉他素质高，支持一把手工作。郝强最清楚，副职当久了，内心平静的死水是会被偶然掉落的石子溅起微澜。三四年副书记生涯过来，不温不火，此时他终于意识到原来那么听话，任人调遣，那是“有追求”欲望的障眼表演。想进步，先当仆人，再当主人。故意隐藏想当老大的野心，替人牵好马当好马前卒，等到自己长高长大了再翻身上马骑马。郝强不再满足目前原地踏步的状态，他多次在心中呐喊：变！变！变！

李义夫回城，在县委副书记位子待了一年，晋升县长。一天，郝强借进城开会，专程去李义夫办公室，看看老上级，叙叙旧，也想暴露活思想。李义夫欲给郝强泡茶，郝强抢着去干这些轻车熟路的活，仍像过去在区里一样给李义夫把茶杯洗净，换上新茶叶。没给自己一杯，他不是来喝茶的。

李义夫今天心情不错，指着旁边的椅子说：“郝强，坐吧，好久没有见到你了。”

“我想来见县长，又害怕你工作忙耽误你时间。”郝强给自己找理由，“今天我是下了好大决心才来登门的。”

“郝强你小子也学会客套了，在区上时你可不是这样的。我是比原来忙，但你来我还是要接待的。”

“李县长，我经常来，那你今后不要嫌我烦咯。”

“我何时嫌弃过你。”李义夫大声笑道，“最近工作还好吧？今天不会是无事不登三宝殿吧？”

“工作还是照旧，一点未变。”郝强没想到李义夫问到了他想说的话，

"李县长，你是了解我的，我的一切成长，都是你培养教育的结果。我终身难忘。只是有个想法，我说出来，你不要批评我。"

"有什么想法直说吧？"

"我当区委副书记四年了，还是想争取向上靠半格。"郝强说得比较含蓄，他不好意思直接说把"副"字去掉转正。

"郝强，我听明白了你的意思。不是我不帮你，而是我现在这个角色不允许。"李义夫开诚布公说出自己的意见，"我是县长，管的是行政工作，干部人事是党委管的事，我不便过多去插手。你要理解。"

郝强虽然失望，但还是看到等待也是希望，至少李义夫没有漠视他。"李县长，我只是说说而已。我今天先把号挂上，今后你当县委书记的时候，再关心也不迟。"

"你小子不要张嘴乱说，大是大非的问题在外一定要头脑清醒。"李义夫做了一个掌嘴的动作。

"我晓得分寸。"郝强回应道。

郝强心里有了目标，原来的工作激情和劲头又找了回来。赵柚安排的工作他是无条件接受，没说过不字。赵柚没有想到的，他替他想到，并当好参谋建言献策。被采纳他当然有成就感，不采纳他也没有怨言。他看得更远，不在乎眼前的输赢和一城一池。

郝强的希望有如神助，就在他信口说出李义夫当县委书记的话后，仅隔一年，本是带着恭维和随意出口的祝愿成真。天上掉下喜人的消息，郝强一夜辗转反侧，睁着眼睛等天亮，虽然李义夫压根不晓得远在瞿义的某个角落的某间房屋的某张床上的某个人在为他欢庆胜利而彻夜难眠。仿佛李义夫坐上县委头把交椅起，区委副书记升职的道路像从羊肠小道驶上了高速公路。他想得好远，居然憧憬起未来。尽管八字还没有一撇，但他幻想如若当上区委书记后该怎样治理这方水土和造福百姓。

找个理由跟赵柚请了假，郝强踌躇满志、神采飞扬拜望叫他"经常"去的县委书记。目的不言自明，奔着想当区委书记而去。当他大胆地说出这个雄心后，李义夫没有回答他，而是继续埋头审阅文件。约30秒，郝强感觉像30分钟漫长，李义夫似乎这才想起还有人在办公室，抬头打量来人，意味深长又语重心长地说道："郝强，你还年轻，这个事，不着急。"

郝强品尝不出李义夫话的深刻意义，便生出瞎想、猜想：当不当得上区委书记，还不是李义夫一句话。李义夫不想管他的事吗？不想管，就不会接待他；想管，为什么叫他不着急。领导的心思深如大海，令"跑官者"捉摸不透。

郝强不具备厚黑学里面说的脸比城墙厚、心比煤炭黑，因为他从未见过这部经典，也做不到这么极致。既然掌握生杀大权的人都说不着急，他还有能耐跳得出如来佛的手掌心？他才不好意思隔三差五无耻无休地给人添堵。耐心等着吧，最好的解药——不着急。

这趟进城，郝强像猫儿打瞌睡杵了一鼻孔灰。沮丧一阵子，斗志还魂。他放下浮躁，沉下心来，夹着尾巴做人，无怨无悔做事。

又是连年有余的岁月流转，1996年夏季，瞿义区委班子迎来了变化。赵柚调走了，到县水利局当局长，区委书记位置出缺。赵柚走时，悄悄给郝强说，自己向李义夫推荐过他。虚位以待，沉寂多时的郝强欲望升腾，觉得机会来了，再不争取更待何时？

李义夫没有失言，依然热情接待："郝强，进城开会还是办事？"

"李书记，是来办事。办完我顺道来给你汇报汇报思想。"郝强还是晓得撒谎，没有说是请假专门来的。

"你的思想，不用汇报我也知道。"李义夫宛如洞悉郝强的内心世界一般，"既然你来了，你倒说说你的思想是什么，与我揣测的是不是一致。"

"李书记，你看赵柚书记调去当水利局局长了，你要多关照下级。"郝强还是不好直言奉送说出当区委书记的话。

"郝强，我说嘛，你的思想我知道。不过这次可能还轮不到你。"李义夫说了郝强最不愿听到的话。

郝强无言以对，来之前想好的各种预案瞬间被摧残得一根毛都不剩。唯有他手抚裤兜里鼓鼓的信封，提醒他该快速拿出丢在李义夫办公桌上就跑。可还没等他付诸行动，李义夫已看出他的蠢蠢欲动，当即按下暂停键："郝强，手不要在下面摸来摸去，像是要流氓，买官那套在我这里行不通。这次当不上，还有机会。"

郝强好生绝望。这还是李义夫吗？过去自己在村上乡上，没有找过他他主动关心，现在上门求他反遭忽视。为什么？郝强想不通，越想越生气，怨恨李义夫的健忘和无情。

接替赵柚的是何志国——又一个卖耗子药的。没办法，郝强撬开牙关也得把恨吞进肚里。他感到世界好小好可怕。所幸何志国与赵柚两人在瞿义区争抢耗子药市场，他一碗水端平，靠智慧搁平。如果他当时稍有偏心，遇到这两人中的任何一人，他的日子就不好过，晓不得哪天穿上小鞋脚夹伤还找不着病因。

何志国给人的印象没有架子，见人爱笑。郝强与他见面，倒没什么生疏感，反而有一种一见如故的感觉。或许这是郝强的一种错觉。笑官打死人，古人的话要信。

这年9月10日，何志国安排郝强出席区中学庆祝教师节活动。进入大门，穿着大红大绿的礼仪小姐笑容粲然生辉，扭动窈窕身姿前边引路，周到热情地领着郝强来到一张铺着红丝绒的长条桌前，摆出生硬的一个“请”的姿势，然后毕恭毕敬退立身后。郝强不明就里，左右环顾，凡被邀请参会的友好单位，被“请”是去交赞助费。别人都这样，郝强代表区委不能丢面子，更不能视而不见，甩手走人。跟人学样交1000元钱，换回一张收据作为凭证。学校领导厚道，把所有赞助者名单在会上公布，底下是一遍欢腾。郝强发表热情洋溢的讲话，同样受到全体师生经久不息的掌声答谢。

“郝强，谁给你的权力赞助？你不知道区机关还在过紧日子吗？你只是去讲个话，就搞出这些开支来，如大家都这么搞，区委区公所还运不运转了？”不知何志国想借这事为由头在区领导班子面前立威，还是本身他就是这个德行。平时的笑面消失了，本性毕现。

一连串的问题让郝强下不了台阶，他还从未被哪个领导这样斥责。但他快速反应过来，变守为攻：“你是说我做错了？”

“为什么事前不请示？”何志国仍然是质问的口气。

郝强不低头：“我到了区中学才知道有这个事，我来不及请示。难道我开支这点钱也犯了错误？况且我又没揣自己的腰包。”

“我说错了就错了，你还狡辩？”何志国非常强硬。

“你说到底报不报账？”

“谁做主谁解决，区上不能报销。”

“卵大个事，不报就不报，老子自己出钱。”郝强当面把收据撕得粉碎，一把撒向空中，轻飘飘的纸片像筛糠似的旋转、坠落，一粒绿豆大小的碎纸掉在何志国的脸上，不易察觉地抽搦两下。

鞠南伊说郝强意气用事，耍大套，可怜的几个工资没有了，各人去喝西北风。她就不信何志国这么霸道，区财政不是他私人开的，她要去把钱要回来。郝强坚决不允许，如鞠南伊执意要去，他威胁就跟她离婚。

为这么一件小事闹僵，这是所有人不愿看到的，包括郝强本人。何志国也因此收获一个好听的名号：笑面虎。

何志国不给郝强交代任务，郝强赌气也不搭理他。两人打起了肚皮官司。

孟其高实在看不下去书记与副书记互不买账，因为以他的从政经验看，此类情况不处理好，最终吃亏的是副职。他见证着郝强的成长和不易，不愿意他因为闹不团结受到意外的伤害。必须寻找解铃人——彭吉仁是不二人选。由他出面，发扬光大吃文化，找个理由请区上领导吃个饭。何志国和郝强不可能不卖区长的面子。

席桌上，觥筹交错间，彭吉仁拉起郝强站在何志国身旁：“郝强，我两个当副书记（区长为区委第一副书记）的，来敬书记一杯酒。”郝强不端杯子，彭吉仁碰了碰他：“有什么过不了坎的，男子汉大丈夫，顶天立地，光明磊落，喝了这杯酒啥子疙瘩就一下解开。”

孟其高也举杯过来：“敬何书记的酒，我参加一个。郝强，彭区长说得对，把这杯酒一喝，过去的不愉快就像风吹过，啥也不见了。”

何志国是当书记的，在这种场合不说两句官冕堂皇的话，就会落下没有胸怀、小心眼的话柄：“郝强，彭区长、孟区长都说了，我们之间有误会，误会说清楚就散开了。从今天这杯酒后，你我回到从前，依然亲如兄弟。”

孟其高见郝强不说话，敦促道：“郝强，你也表明个态度。”

“你们误解了，我对何书记没有任何意见，一直很尊重。”郝强说起谎话来不需要谁教，“我说，要喝就喝个三杯，喝就喝出诚意来。”

倒三小杯合成一大杯，一口干。这场酒，让何志国找到了一个从尴尬的高台顺利滑下来的台阶，为重启郝强与何志国的往来搭起了桥梁。

杨慎词曰：一壶浊酒喜相逢。古今多少事，都付笑谈中。真是这样吗？郝强是不认同的。虽然表面上他与何志国没有什么了，彼此你好我好。而大家心照不宣，都是演员。他心里的憋屈还在，他严重缺乏与李义夫、赵柚当区委书记时相处的踏实、舒服、情愿的感觉。

像艰难困苦打了个8年抗战，仕途止步不前，胜利的号角遥遥无期无人吹响。区、乡机关的人为郝强打抱不平，认为组织用人不公。倒是郝胜小朋友，从呱呱坠地，到打酱油，如今快上小学，整天带着一帮小伙伴满街跑。孩子王的架子大有超越其父之势。

四七、登顶区委

就在人们茶余饭后私下谈论、或公开场合无比同情郝强一坐一个坑，8年不挪窝的平淡岁月。1999年，忽然喜从天降，区委书记这顶极富诱惑力、想到命里头的乌纱帽稳稳地戴在了郝强的头上。似乎如愿以偿，功德圆满，登上区委书记宝座。然而此时他心如止水，异乎寻常地平静，本该生出喜不自禁的手舞足蹈和得意忘形，却难以拉回。人就是贱骨头，平时念念不忘的东西，一旦得手，因长期的期待令兴奋劲提前消耗殆尽，反而自大且傲慢地以为是该他得到回报的时候了，不值得庆祝和惊奇——早该如此，现在给都晚了。想要时流口水，要到了又蔑视，弄丢了捶胸顿足。

尽管组织让郝强在副书记岗位待着不动，但他的锐气和信念还在，他是不轻易认输的人。自信有年龄优势，等得起；况且他的奋斗、努力，干部群众是长了眼珠的，李义夫按常理也会通过不同渠道，或多或少了解包括他在内的所有科级领导干部的德才表现。况且他一直不忘李义夫说过“这个事，不着急”，反复咀嚼，他从先前的无味嗅出别样的味道，一号长官没有拒绝，更没有不管他，只是现在不行，以后才行。郝强抱着必胜信念，夜以继日、忍辱负重地工作，他在远离权力中心的乡村等待李义夫姗姗来迟的召唤。

郝强思考、分析、判断得无比正确，从事后李义夫与郝强促膝谈心中，得到了印证。“郝强，这次安排你做区委书记，虽然等的时间稍长一些，但总算修成正果。你不要以为我在县委，不晓得你们的一举一动，我有耳闻。”郝强应道：“感谢李书记，不管我当不当区委书记，你的大恩大德我就是钻进土堆里也记得住。我怕给你丢脸，所以我任何情况下都在努力工作。”“之前为什么没有让你接任区委书记，因为有人向上级反映，说我用团派的人，而且还说对你用得太快。别人在忌妒你啦。我想想，让你在副书记岗位上多历练也无妨，年轻干部不急一时。”

当上了区委书记是圆梦，在区委书记任上做点事是续梦。郝强深耕区乡这些年，他知农村，懂农民，爱农业，也理解、体谅和熟悉干部，主持区委全面工作，长袖善舞，游刃有余。杀猪杀屁眼，各有各的杀法。郝强鲜明主张，基层工作去除随意性、无序性，秉持制度化、规范化、法制化，这是他在召开第一次区委会上响亮提出的执政理念。会后大刀阔斧，果断修订完善区委工作守则，区委议事规则。制度约束，保障区委目标实现。郝强的高要求，严格得恐怖，非黑即白。要么争第一，第二便是失败。

郝强雄心勃勃，意欲干出一番业绩，开创前所未有的区委工作新局面。

治吏先治懒，区委区公所机关做表率。昏昏黄黄的早晨，郝强到各办公室查岗，孟其高不在。区党政办公室不知道他的去向，区长也不清楚。显然是一个没有履行请假手续的典型案例。郝强拿到烫手山芋了。如是其他人，郝强闭着眼睛处理，不会卡一点壳。而孟其高是他的老领导，在关键时刻总是支持他，为他奔走呼号。而且过后孟其高，专门给郝强作了说明，他是早上上班途中突发肚子疼，到医院看病，遵医嘱输液，住院观察。他来不及给区上请假。事情的来龙去脉清晰、简单。可制度摆在那里墨迹未干，机关干部等着看郝强敢不敢做皮试。放一马，不执行，只要他嘴一张，孟其高就能得到豁免。但以后的事就难办。郝强思想斗争两天，痛下杀手。他说，制度面前，人人平等。就拿孟区长开刀，不管什么理由。不请假一次罚款5元，并写检查。虽然具有象征意义，但回报翻倍。郝强铁面无私，是以牺牲自己尊重的领导为代价，做给众人看。

可是孟其高欣然接受郝强的决定，远远不是人们想象的糟糕程度和危机冲突。郝强处理前是谨慎的，并非宣布结论时那样决绝。为这事，他死了不少的脑细胞。他以个人名义悄悄去了一趟孟其高家里，提着营养品和水果，并送上慰问金，看望病人。一番问候安慰祝福后，孟其高知道来者的用意，主动提出：“郝强，你是新官上任，每把火要烧出才干和威信。我没有请假，你按制度处罚。我愿意成全你立威。”郝强感激得差点掉泪。也只有孟其高做得到理解万岁，他才能在众人面前明晃晃拿刀划拉，对方甘愿露肉。

区机关多年形成的衙门作风和顽症痼疾收敛了。

但机关干部心知肚明郝强与孟其高关系铁，私人友谊源远流长，而翻脸不认人的郝强如此“薄情寡义”“过河拆桥”“心狠手辣”……“屠夫”美名不送给他给谁？

每个季度轮流在一个乡召开一次现场会，也是郝强推动工作的新招和手段。比学赶帮超，郝强就是要制造出各种有形无形压力，让不想向前走的人推都要推着走。

白木乡打头阵。石小武接到任务，借故时间紧，现场点准备不及，跟郝强讲价钱，申请延后或换地方。郝强当然不会答应，还叫石小武立下军令状，带个好头，只准说能不准说不行。找客观原因不管用，唯有华容道上一条路——冲。石小武与班子成员商量、确定要看的点，全乡动员，分管领导牵头负责，只认任务，不管过程怎么完成。石小武转达郝强同志的“名言”：卵大卵小，各自抬到。这就有事干了，不分白天晚上，干部全部赶出机关，搞得鸡飞狗跳，睡不着安稳觉。乡里像打仗一样，紧张、忙碌，攻克难关啃硬骨头。人是逼出来的，没做的时候叫苦叫难，一旦做起来，也就不是事，完成得漂漂亮亮。

郝强也没闲着，像个演说家奔赴各乡游说、灌输——不管你端什么菜出来，总要拿东西来，而且要拿得出手，好不好由参观者评价，自己说了不算。

时间到，首次现场会如期召开，区上所有领导，乡上党委书记、乡镇长，分管农业的领导，村支部书记一个不差参加。白木乡全面开挂，工农兵学商（兵要除外，不是一个乡该有的权力），样样有，样样红。春耕生产，乡镇企业，畜牧养殖，基层党建……颇多亮点，让参观者流连忘返。

郝强提倡，现场会必须打造好现场，以看为主，以会为辅。是骡子是马拉出来遛一遛，就知道了。现场会安排紧凑，半天时间参观，一个小时会议。参观让所有人有了最直观印象，会议则是浓缩现场观感，进行工作总结部署的宣扬发布和政策精神的反复强调。会上，成功提供了现场的石小武发言，五分钟。郝强讲话四十分钟，主持会议的彭吉仁讲贯彻意见五分钟。差十分钟一个小时，会议提前结束。开长会讲长话的会风突然改变，与会者反而不习惯，不能不讶异且感到压力和希望。

几招使出，人们熟悉的郝强，摇身一变，人妖不分，活脱脱一个手持改革大喇叭，标新立异，推陈出新的狂人。

做事有始有终，更是郝强的性格特点。开现场会、机关作风建设，都不过是一个铺陈和一种措施，最终以任务完成为归宿和目的。郝强主导以区委区公所名义制订考核奖惩办法，检验各乡业绩，激励干部。

年终，数果果的时候也到了。不排名次，没有谁在意考核；一排名，各乡就有了竞争的火药味。当然，平时没做好，临时抱佛脚也来不及。五个乡，分个三六九等，处在中等以上，日子好过，而排在最后一名的映福乡，脸上挂不住了。不仅奖金泡汤，而且书记乡长全区通报。郝强设计了三个月的宽限期。时候一到，还不能把名次往前靠，各人辞职。

末位倒逼，各乡的弦紧绷，过去的安闲日子一去不复返，谁也不敢怠慢和侥幸。但有人暗自骂郝强：当不来领导，上台就要下台。

四八、再任乡党委书记

日月更替，年轮一圈一圈自然加密，仅仅加了两圈，千禧年的钟声敲响，人类进入到了2000年。这年年底，坊间不断有传闻袭来——行政区划调整——撤销区建制，乡镇升格为正科级。起初郝强没当回事，仅当街头巷尾听龙门阵，传得久了，便不是空穴来风，无风不起浪，他不能不信。而区不存，则区委书记必然消失。何去何从，设身处地，郝强也高尚不到不思考未来和关注去向的忘我境界。

郝强的忧虑，不是他一个人有。而像流行感冒，所有区乡领导，包括一般干部染疾不轻，他们等待观望，没有心思做事。欲撤未撤的待定状态，郝强无法预测将来，工作如何定位，他陷入迷茫，无奈应付。虽然这样想，但口头上和行动上还不能这样直白、冒险，切忌乱了人心。他必须撑着，无时无刻都在宣传，相信组织安排。

该来的必然会来。2001年，撤区并乡的工作正式启动，县委宣布了人事安排规则，所有区委书记就地卧倒，任区所在乡镇的党委书记，区长选择本区其他乡镇任党委书记。有人有想法，但一碗水端平，大家马儿大家骑，又不亏待谁，所以也没有人打得出喷嚏来。虽有不甘和不愿，搬起石头打不了天，还谨防砸中自己的脚。老老实实去上任，此为上策。

郝强当了两年的区委书记，如昙花一现迅速凋谢，更似一朵寡妇花无果而终，又回到了瞿义乡。这不正好应验了“上台就要下台”的他人诅咒？他说不出是悲是喜，是好是坏，反正心情复杂，五味杂陈。他始终找不到第一次回到乡上当党委书记的兴奋、自豪，反而觉得是一种玩笑、屈辱。悲凉、低落的感触和情绪，挥之不去，尤其是他去县城参加撤区后的首次县委工作会，更加体会深刻。所有乡镇党委书记参加。郝强一眼望去，会场里黑压压的人群中，他看到了原瞿义区所辖乡的党委书记也在。撤区前那可是他去开了会，回到区上，再召集这些人来听会议精神传达。而现在，过去的下级摇身一变与他成为平级，兄弟伙了，主席台不再，台上台下变成一排坐，不再是上下级关系。虽然这些人见到他，仍然毕恭毕敬，称他“老大”，但那是暂时的，要不了多久，他们就不会这样鞠躬了，一样大，谁怕谁。眼下只不是历史惯性使然，时间长了，惯性必定衰减，直到为零。

虽然级别没变，但有了越当越小的失落，看什么事都与平常不一般。白木乡石小武叫他：“郝书记，开完会我请你吃个饭。”看到笑容满面，志得意满的这人，郝强心里很不是滋味，这是在同情他吗？奚落他吗？他回了一句连自己都觉得怪怪的话：“我不是你们的领导了，该轮到我请你们。” 石小武愣了一下：“郝书记，你永远是我的领导，该我请你。”两人推来推去，石小武抢到了请客权。但郝强没有喝酒，吃了一顿话不在多的闷声饭。

再次出任瞿义乡党委书记，郝强心不在焉，事过两月也难进入状态。手下的人请示汇报工作，他听后要么不表态，要么直接放权委托分管领导和汇报人去办。他则坐在办公室喝茶看报，毫无心思理正事。

直到有一天，郝强在街上偶遇一个人，让他彻夜难眠、羞愧难当。那人头发乱糟糟，衣服脏兮兮，弯腰驼背，像一个老年人的步幅上街走下街游荡。

“郝强，哦，郝书记。”那人亲热而谦卑地叫道，郝强上下左右打量，努力搜索记忆，也没认出是谁。那人微笑，脸上的细纹如乱麻：“我是贺方深。”郝强惊到哑口无言，这个一起考上招聘干部后因赌博被开掉的老朋友，想当年他可是生龙活虎的一个人。郝强端视良久，是贺方深，没错。但这副模样，太吓人太悲催：“贺方深？！你怎么……怎么成这样呢？”“唉，说来话长，我简单说说吧。”贺方深叹了一口气，“我被乡上解聘后，没有去处，就只好跟别人一道出去打工，换了不少工作。后来找了一个建筑工地学泥水工，一次不小心从三楼掉了下来，命保住了，但脾脏破裂，腿摔断。我回来在医院困了三个月，昨天出院。今天来赶场买点东西。”打死郝强，他也想象不出离开乡政府的贺方深十年光景竟沦落到这步田地。

郝强备受刺激，几天几夜脑海中浮现出贺方深可怜巴巴的样子，难以抹去，感叹、惋惜不已。假如轮到自己，会是个什么情况，说不定还不如人家意志坚强、精神丰厚。如今自己沉浸在倦怠、无为的消极状态，一味怨天尤人，得过且过，早晚也会难逃如贺方深的下场。他猛击脸庞，该醒醒了，好好工作，虽然乡党委书记不如区委书记风光、过瘾，但总比贺方深失去工作好到十万八千里。想当初工作来之多么不易。惜福，是人生最明智的守正。

找回了从前坚韧不拔、自强不息的状态，犹如一次悬崖勒马、脱胎换骨的自救。郝强放任不羁、自暴自弃的心思，收回来了，事业成了他形影不离的亲密伙伴。

郝强一如从前满腔热情投入工作，尽管不时听到有人说风凉话，诸如“好马不吃回头草”“有本事莫回来”“蹦得再高，也还不是照样落到地上喊疼”…… 他早已练就刀枪不入的金刚之身，一笑了之，从不申辩。成学思损起人来最积极踊跃，背后到处散布郝强的坏话。副乡长帽子被摘，成学思从未停止耿耿于怀，总认为是郝强设的套。而郝强是坚强的，人是要被人说的，人不说人，说鬼呀。怕人说就不要当官，当官就不怕被人说。

郝强发誓以一流的业绩来堵住一些人说三道四的嘴巴。

乡麻纺厂，是郝强亲自谋划，亲力亲为建起来的乡办企业，走到任何地方他都不遗余力推介。还多次帮麻纺厂协调过贷款事宜。而今盛小海成为了麻纺厂厂长，但那是红火之后的暗淡时刻接任。20世纪80年代末90年代初，受国际因素影响，麻纺厂的黄金白银时代过去，迎来了废铜烂铁时期，市场长斜眼，不再青睐麻纺行业。乡麻纺厂面临着淘汰、破产的危险。产品卖不出去，流动资金缺乏，工人工资发不出，诸多困难和问题的重压，麻纺厂喘不过气来。就在要瘫痪倒地的时候，时任副厂长兼销售科长的盛小海被乡党委委以重任，接替隋兴俊当厂长。这不是好差事，而是苦差事。企业转型缺钱，技术改造缺钱。如若不能输血自救，必然恶疾而终。

盛小海将现状和困难和盘托出。郝强问："面对这种情况你们有什么办法走出困境？"盛小海坚定地说："麻纺厂必须技术改造升级，提高产品质量，并且部分生产线适应市场需求转产，否则只有死路一条。"郝强追问："既然知道，为什么不尽早做？"盛小海无奈地摊开双手，说："没钱做不了。"这是大实话，一分钱能难到英雄好汉。

没钱，找银行。郝强带着盛小海求到农行门下。农行行长听到麻纺厂，就愁眉苦脸，说："我们银行这些年支持全县麻纺企业贷的款，太多了，基本都成了坏账、呆账。上级命令我们催收贷款，收不回来，谁放的款谁负责。"郝强说："我们理解银行有难处，但银行不支持企业渡过难关，就死了，原来贷的款就永远收不回。"行长说："这些道理谁都懂，但收不回贷款，我们比你们还着急。"郝强脸厚苦苦求助："我们是来请你救命的，行长你不能让我们空手而归吧。有没有办法，既可还贷款，又能给企业流动资金。"盛小海旁边插话："行长，可不可以借新还旧、多借少还？"行长说："办法倒是有，你们不怕麻烦就可以做。上面有政策，就是走资产剥离的路。"郝强看到了希望，拍板，说："只要能救活企业，我们可以接受。"

麻纺厂将不良资产清除，挂在银行专门成立的资产公司，实行债转股。银行由债权人一夜之间成为企业的股东。麻纺厂轻装出发，获得新增贷款，实现了转型升级，活过来了。盛小海该感谢郝强，麻纺厂该感谢郝强。而要感谢郝强的还有银行，是他给银行松了扣、解了套。

夏日，太阳偷懒躲进云里，晴朗的天空像恶作剧乘人不备拉灭灯光开关，倏地暗下来。咔嚓的雷声响起，似地上打滚，惊得午睡中的郝强从床上翻身坐起来。雨滴滴答答打在窗台上，水花溅进屋里。咚咚咚敲门声传来，郝强奇怪这个时候会是什么人登门。雷雨声中不明不白的来人，是行长派来的工作人员，给他送来一张用户名为郝强的银行卡。他问："为什么送我这个？"来人说："上面有文件规定，是给有功人员的奖励。"他还没问清自己何功之有，来人交出银行卡便抽身离开了。他将卡顺势放进办公室抽屉，打算进城开会时去问问行长是什么情况，再做处置。

四九、被纪委带走

郝强乐此不疲、连续不歇进行企业调研之旅。无工不富的先进观念和成功范例已在他脑袋里扎根，如若乡镇企业蓬勃发展，预示着农民发家致富的希望和期待就像清晨冉冉升起的朝阳前景无限灿烂、光明、美好。密集走访一周，全乡乡镇企业规模、类型、质量，郝强基本能够勾勒出大致轮廓来。他打算把后面几家看看后收兵。然后将调研的成果做梳理，转化为乡党委即将出台的发展乡镇企业的意见中，进一步解放思想，推动乡镇企业大发展。

人的情绪不是天天都好，今天郝强莫名低落。但他还是去乡煤厂，因为事前已约。正当他与煤厂班子成员座谈。乡里的电话来了，通知他赶回去，说是县上来了人有急事必须找他。郝强摸头不知脑，说了声抱歉便回撤。

县纪委的人正耐心等候郝强，他伸手去与来人握手，但对方的态度冷淡、生硬得完全是例行公事。不友好的肢体语言，分明表达出来者不善。后来发生的一系列动作，证明郝强的判断正确。来人以命令的口吻要求郝强打开办公室，咄咄逼人的威严，容不得他多想，取下腰带上的钥匙照办。他要去给他们泡茶，来人严肃地说："你不要去忙这些了。坐下，我们要问你问题，你必须老实回答。"来人喧宾夺主坐在郝强的宝座上，他则选择对面的椅子上汇报。坐直身子，郝强说："各位领导，请问有什么需要我配合的？"来人说："你前段时间是不是收了一张银行卡？"郝强嘘了一口冷气，想起了这件事，要不是纪委的人来提醒，他还把这事忘记了。他答道："是。"来人问："放在哪里？"郝强起身，从办公桌里拿了出来，交给纪委的人。"确定是这张吗？"郝强点头："确定。""你知道这里面是3万元钱吗？"郝强惊呆了，自己何德何能会收到这么大一笔横财，这下跳进黄河也洗不清。他只能如实说："不知道。"纪委的人不再问什么，说了声："你跟我们走一趟。"

郝强被纪委带走的特大新闻像陨石坠落撞出碎片和灰尘在大气层，以光速在全乡上下传遍。传得最起劲的，莫过于成学思。其他人最多是两人或几人偷偷耳语，互相打探是个什么情况。谁都拿不准，万一郝强清白无辜，回来不收拾那些口空说怪、手空抠癞的人才怪。成学思拍手称快，看到了郝强的笑话。逢人就说，他早就发觉郝强不是好人，平时装正经，背地里干的全是儿死女绝，男盗女娼的坏事。这下好了，完蛋了。活该！

成学思们幸灾乐祸。人心不古，江湖险恶，郝强咎由自取。

2002年，厄运缠身，郝强遭遇灭顶之灾，党籍丢了，工作丢了。传说，这还是组织开恩，念他曾是区委书记，在基层摸爬滚打多年的缘故，仅给了组织处理，没再追加处罚——移送司法机关处理。要感谢组织高抬贵手，放过一马。

第五章……

出名

昨天的故事，今天的历史。郝强收起翻阅后随意丢在地板上的各色笔记本，打捆。他打算找个地方，一把火把它们统统烧掉，化为灰烬。办公室本没有什么有用和有价值的东西，他随随便便收了收，回望一眼走出房间。

五〇、诀别乡机关

再见了，乡政府。这时，郝强看到了院墙上的乌鸦，发出凄凉而干涩的呜呜声，仿佛来为他送行。他捡起一块石头，想想终究没有扔过去，何必去跟一只鸟过不去。

一夜回到解放前。郝强深夜回到家里，脸脚不洗，有气无力躺到了郝胜的床上（郝胜上私立学校，封闭管理，周末回家）。鞠南伊问他是不是病了，他没有回答。再问，他说了句你不要管我。蒙头就睡。眼睛闭上，并不代表睡着。他脑子从得知处分结果起，一刻没有空闲过。他的人生规划彻底搁浅。原来的如意算盘是，在县城买了一套商品房，城里有了个窝；老婆鞠南伊前年也调进县第二中学，进了城。自己在乡镇再工作两年，跟组织上汇报，争取到一个县级部门当个局长。老婆孩子团聚，皆大欢喜了。但是人算不如天算，一件小事把美好愿望打得七零八落。他一直在思考，是谁在如此短暂的时间知道这件事，而且还向纪委精确举报。他一向尊敬人理解人帮助人，没有与人结仇。

一一排查，他认为最大的嫌疑莫过于天天见面的人。尽管没有真凭实据，也不想弄个水落石出，但他相信自己的直觉。他觉得自己很冤，这张银行卡，不是他主动要的，他也不知道里面有多少钱，更何况他就放在办公室从未打算取出据为己有。他要去问行长是个什么情况再论。办案人员说他是受贿，他坚决不承认。他主观上从未有过这种想法，他的家庭成员中全是平头百姓，没有一人不清白。接受纪委调查期间，他想过托人情，找已调市级部门当局长的李义夫说情，可惜远水灭不了近火，保护神已然失灵。没有办法，援手尽失，弯起背壳挨打。

郝强思前想后，无法入眠。捱到第二天天明，他才迷迷糊糊睡着。鞠南伊进来问了句“你今天不去上班”，没有应答，她出门去上课。时醒时睡，眠到中午12点，鞠南伊放学回来。“郝强，你还怪了，不去上班，窝到屋里干啥子？”郝强没想好怎样给她说自己的事，难以启齿：“这两天累了，人有些不舒服。”“那去看病噻。”“不用，休息一下好多了。”他从床上坐了起来，开始编剧，“我今天下午回老家一趟，妈带信来说家里有事。而且乡上事也多，估计这几天回不来就住乡上。”“就你们事多，我没有事？”鞠南伊还嘴。

郝强回家是真，他想在农村住几天，调养心情，静静思考人生的下一步该怎么办。乡上有事无事与他没有瓜葛了，他已不是乡机关人员。

见郝强平白无故的出现，何会兰好生诧异。“郝强，你一个人回来，为啥子不带鞠南伊和郝胜？”

“他们都要上课。我呢，前段时间工作任务重，天天加班，搞累了，请假休整。我好长时间没回来了，就打算住两天家里。”郝强似乎天生具备编剧神功，随时随地可以讲故事。

“你回来住，妈高兴。”何会兰忧心忡忡，“郝强，我问你个事，你别骗我。”

“我什么时候骗过你。”

“郝强，我听到有人在悄悄议论，说你犯了错误。是不是真的？”

自己的污点，极速传播，真是应验了“坏事传千里”，连母亲何会兰都有耳闻。“妈，你听到什么了？”

“说是你占了公家的财物，开除了。”

郝强的头“嗡”一声闷响，他差点回答“是”，但还是不想当着母亲的面承认，他怕她承受不起打击。“妈，那都是别人瞎说。”

郝才亮坐在门外抽烟，听到母子对话，极度生气，实在憋不住好多天吐不出的难听话。他推门而入，指着郝强，破口大骂：“郝强，你个不要脸的，都到这个时候了，还在说假话骗你妈。你是人吗？”

郝才亮横刀直入，何会兰惊吓不浅：“郝才亮，我跟郝强说话，有你啥子事？”

“跟我是没事。”郝才亮失落，气愤，“他个龟儿子被戳脱了，还在这里说别人说瞎话。我看他才是睁起眼睛说瞎话。”

“郝强，你跟妈说实话，你老汉说的是不是真的？”

郝强痛苦地低下头：“爸爸说的没错，我不是乡政府的人了。”

郝才亮说：“何会兰，听到了嘛。他亲口承认了，你放心了。我昨天去赶场，乡场上的人都在摆你宝贝儿子的事。我回来跟你说，你还不信。”

的确没有说错。昨天，纪委到瞿义乡宣布郝强处分决定。正好郝才亮去赶场，赶了一会儿，便进入小酒馆喝二两老白干。一分钟不到，听到有人神神秘秘低头议论什么，他没在意，反正酒馆的人天南海北，瞎吹胡侃，多的是。当听到郝强的名字被反复提到，他才尖起耳朵听，越听越不是滋味。虽然他一直反对郝强到乡上工作，但有人说郝强的不是，他还是不乐意的。他走了过去，把桌子一拍，怒目而视，说：“你们不要背后乱说别人的坏话。人家好好的，又没惹你，说这些咒人的话起啥子作用。”那人说：“你算老几，我们说话不关你的事。”“就关我的事，郝强是我儿子。”郝才亮理直气壮。那人说：“你儿子成了贪官，你还在这里要啥子威风。”郝才亮那听得这话，一把抓住对方的衣领，说：“你嘴巴跟我干净点，信不信我今天送你上西天。”眼看要打架，酒馆老板跑过来，把两人分开，说：“有话好好说嘛，不要动手脚。打到哪个都走不脱。”那人还不省嘴，口中念叨：“你不要在这里凶，有脸各人去乡政府问。”

郝才亮从来不去乡政府找郝强，但他听到街头巷尾的叽叽喳喳，忍不住去了趟乡政府。一提到郝强的名字，被问到的人都支支吾吾。索性去乡政府办公室打听。办公室的人问清他的身份，跟他说了实话，并说郝书记冤枉。

郝才亮没有心情赶场了。但他装着什么事都没有，跟平时一样，该做啥就做啥。他不知如何跟何会兰说郝强的事。到了晚上吃饭，郝才亮隐隐约约说："听人说郝强可能犯了错误。"何会兰问："是啥子错误？"郝才亮说："莫问了，你今后就晓得了。"何会兰说："你反正对郝强有意见。"郝才亮破例没跟何会兰争论。

不承想，事隔一天，郝强自己回来了。真相必然大白，隐瞒纯属徒劳。

何会兰亲耳听到郝强说被除了名，失去了工作，她像爬山爬到一半突然脚打滑，滚下了杂草丛生，乱石林立的山脚。唉声叹气了两声，昏死过去。

郝才亮用手掐住何会兰的人中，刀子般的目光直刺郝强："你还不滚，要等到把你妈的尸收了才走？"

到哪里去？家这两天是回不去的，郝强亲口给鞠南伊说过自己要在乡上住几天。

有家不能回，老家不留他。如此落魄，错在何处，去向何方。

五一、夫妻生嫌隙

摸黑进城，城里已是万家灯火，街上行人稀少，多数人停止白天的奔波、忙碌，像倦鸟归林回到了温暖的家。郝强如今没有了工作，断了收入来源，不敢奢华，找了一个收费低廉的小旅馆住下，算是抵"在乡上住几天"的数，把鞠南伊应付过去再说。

郝强趁天没亮起床，在早餐店吃了稀饭馒头，又带回一包，便躲在房间不出来，看电视、睡觉，饿了啃冷馒头充饥。

过了三天偷天换日的地下生活，郝强从小旅馆撤出回家，佯装若无其事如同平常一样，早上起床，用餐，搭车上班，下午回来。生活工作极有规律，看不出任何破绽。其实他夹着个公文包出门，不可能去乡政府，那已不属于他的地盘。他的地盘现在转移到了县城一个背街小巷的又破又旧的茶馆里。他煞费苦心选择这么个地方，是他认为的狡兔之窟，因为一般有点脸面的人是万难不来这里的，这里尽是些退休工人、老街坊、进城赶场的农民，叫花子，算命先生，三教九流，无所事事的人在此出没。郝强心中为自己选中好去处窃喜，喝茶廉价，上午下午各一块钱，中午在茶馆煮二两面就当午餐。更妙的是这里没有人会认识他，不怕露馅。难得这么清静，泡杯茶找个旮旮旯旯坐一天，听茶客们吹牛，聊天，冲壳子，倒还有趣。只是委屈了他，昔日高高在上的区委书记、乡党委书记，鞍前马后，前呼后拥，人前何等风光，而今眼目下，蜷缩到阴暗角落，苟且偷生，黯然失色，令人唏嘘和惋惜。

偷偷摸摸过日子，鬼鬼祟祟避熟人——郝强居然喜欢上了这种生活状态。起初不适应，过后倒觉得这也没有什么不好，茶馆里那些人没有锦衣玉食、远大志向，不照样过得开心快乐，自得其乐。对没有想法的人来说，尸位素餐，行尸走肉，从未认为是在侮辱他，他才不这样想。只要眼前有饭吃有酒喝，足够了。

郝强与茶馆的老头，闲杂人员同处一室，同喝一茶，这是一种不想见人，不愿被问起被人同情的自我麻醉，也是失业后寻求新路的思想乐土。郝强一如前日走进茶馆，依旧坐在角落里的“老位置”。一个小头目样的干部进来，后面跟着一个中年人。茶馆老板点头哈腰出面迎接。小头目说：“老板，我们是县上组织的市场检查组，想向你了解一些情况。请支持配合。”老板说：“你们问就是了，我把我晓得的给你们说，不清楚的我不能乱说。”小头目问：“茶馆生意好不好？主要是哪些人群来消费？一杯茶收多少钱？”正当小头目与老板交谈时，郝强本能地转头看了看这些人在干什么，这一看把他吓得半死。亲爱的岳父大人——鞠庭和同志像个跟班或秘书正手捧本子认真做笔记。郝强像受了电击，身子弯缩，头颅深埋。可惜顾头不顾尾的竹鸡，露在草丛外的屁股太过显眼，何等有趣。鞠庭和一边摇笔杆子，一边打量茶馆内部陈设和茶客多寡。坐早茶馆的人稀稀拉拉，有限的茶客中，他望见一个身影，似曾相识，但又不相信会是。他直直地走了过去，轻轻地扣了扣桌子。那人只顾低头喝茶，就是不抬头与他对视。鞠庭和问：“你是郝强吧？”郝强躲无可躲，只想自己有孙悟空遁形的本事，迅速消失不留一粒尘埃。这是不可能的，郝强尴尬了，极为狼狈地现出原形。

鞠庭和、熊铁男押送郝强回家。鞠南伊被熊铁男的电话从课堂强行请了回来。

原来坐主席台上的人坐在台下，一辈子坐台下的人坐在了台上。这个世界反了。熊铁男坐沙发中间，鞠庭和、鞠南伊分坐两边，郝强则矮人一等坐客厅的小板凳。这阵势一拉开，与公堂有一拼。

熊铁男好久没有与郝强切磋嘴皮子功夫了，今天总算逮住了机会。不好好理论理论，就会口舌生锈。“郝强，你给我们说说，为什么上班时间在茶馆里？你的身份适合到那里去吗？”

郝强无言以对。

鞠庭和使出和事佬本色，在旁边卖力敲边鼓：“郝强，有啥子事你说嘛，说了话明气散。”

郝强还是没有张嘴，他比谁都痛苦，这些连根拔起的事，既是惩罚，更是丢人丢尽的事，不知如何说才好。

熊铁男穷追猛打，步步紧逼：“郝强，敢作敢为，不要当哑巴，你还是不是一个男人？”

“郝强，爸爸妈妈在问你话，你不说你会把人急死。”鞠南伊看不下去了，“你平时在会上稿子都不要就讲一两个小时，这会说一两句都说不出来，你在外面被人封了喉，是不是？”

郝强心里在滴血，他不怪屋子里不断逼他的三个人。他们满眼的确是一头雾水，根本看不明白他的所作所为。太反常了，不是一个区乡干部，一个公职人员，一个党委书记的作派。但是他也是好面子的人，受到如此处理，他于心不甘，于心不认，他其实是怕失去他们。而一旦他把处分结果公布，必定见光死。他想拖一天算一天，拖一天长一天，直到拖不下去为止。他想今天应该是到了要说出来的时候了，管他是死是活，终有一天要让他们知道。豁出去了，说就说。

“爸爸，妈妈，南伊，我对不起你们。实不相瞒，我已被开除党籍，开除公职。”郝强如释重负，忍了好久的话终于说了出来。他静静地看着花花的麻麻的水磨石地板，听候发落。

没有人响应。问话的三人惊呆了，张大嘴巴，竟说不出一句话来。屋子里此时静得像世界失了声一般。

熊铁男打破寂静，不问为什么，直接发出咆哮：“郝强，你个大骗子，从你跟鞠南伊谈朋友开始，我就看你不是好人，是在骗人。出了这么大的事，还瞒着我们。不是今天被发现，你想要瞒到什么时候？你还装起一副苦大仇深的样子，你以为哪个会来救你？做梦去吧。”

老好人出场，说：“哎呀，熊铁男，莫吵莫闹，有话好好说嘛。”

“说，脑壳缩（说）到肚子里。”熊铁男愤怒至极，“走，跟这个大骗子没得说的。”

熊铁男起身离去，门摔得颤抖，鞠庭和在后面紧跟，差点把头夹到。

鞠南伊哇哇大哭，唱歌练就的肺活量此时派上用场，无比响亮而悲怆。郝强无以安慰，他找不到恰当的词汇适合此情此景。只有用原始的哄婴儿睡觉的办法拍拍鞠南伊的肩背。可是鞠南伊不买账，反手一巴掌击中郝强的手背，“滚远点”。哭声依然，比前阵更悲切，像死了她亲爹亲妈一样哭得悠长、哀怨、伤感。

郝强站立一旁，不知所措，只好任由鞠南伊哭去。哭累了，鞠南伊不哭了，进卧室，“呯”的一声把门关上。这一关犹如关上了心门。从此，郝胜住校时，郝强仍然睡儿子房间；郝胜回来时，他睡客厅沙发。

郝强与鞠南伊开始同一屋檐下的分床生活。不说话不交流，更不做成年人运动。鞠南伊照常按时上班。郝强虽不再躲躲藏藏，但无事可干，整天无聊。每天买菜煮饭，成了他的大事。鞠南伊把他当作一个煮夫，进屋端起碗便吃饭，啥都不管。郝强不上桌，等鞠南伊吃完他才去收拾残汤剩水。

形同陌路，互不理睬，熟悉的夫妻遇上陌生的德行。

五二、遭人嫌弃

郝强出门买菜，在农贸市场门口遇见瞿义乡副乡长沈超然。虽然自觉脸上无光，但他念及同事情谊，仍像见着同志般喜滋滋要跟人说话，沈超然全然没有听到。他又叫了声“沈乡长”，沈超然仍然无任何反应，只顾快速往前走，像前面有便宜可捡。郝强自责声音太小，错过难得的与熟人交谈的机会。直到又一次擦肩原区上同僚副区长谢继量，郝强这才深刻地体会出什么叫人情薄如纸。那天，郝强在街上与谢继量迎面相逢。还有五米远的距离他就开口喊谢继量的名字，谢继量目光斜向一边，像耳背没有应答。他又喊官名“谢区长”（撤区后谢到乡上当乡长，区长比乡长大），谢继量昂首从郝强身边走过，连余光都没扫他一眼。郝强转过身来望着谢继量匆忙的背影，千真万确是他。瞬间冒出来的屈辱如同堆积如山的垃圾场散发的恶臭，熏得郝强捏住鼻子捂死嘴巴也闭不到屎味。恶心，让人情断尽，意难平，夜未央。郝强联想自己成为自由人后的遭遇，总算明了，一些势利眼，视他如瘟神，在刻意避开他，嫌弃他。

无官一身轻，轻倒轻了，身价一夜贬值，轻如鸿毛。相对到龄免职的人说，一种正常谢任，人们视之为自然。而像郝强因为犯错下课，形同自杀的去职，有人便会嗤之以鼻，瞧之不起。表面是同情，心里骂该遭。想人倒霉的人多了去了。动物世界，莫不如是。每每此时郝强会想起亲眼目睹过的场面，与今天他的处境何其相似——母狗被人杀死，满地是血。小狗不但不去保护母亲，扑咬杀狗之人，反而去舔食地上的血迹，津津有味。母狗煮熟，人食肉丢弃骨头，小狗又去抢啃剩骨。同类并不怜悯同类，本性使然。

像有了社交恐惧症，郝强一般不出门，或者减少出门，怕遇见熟人。有时即便见到熟人，他再不会如从前主动相认，而是高昂头颅，目光朝前，以骄傲之姿走开。万一他认别人，别人不认他，何必让自己难堪、受伤。

这种故意制造的傲气，是郝强寻求自我保护的心理应激反应机制。不仅在外面他是这样，就连回到家里，也有了轻微表现。他尽管天天给鞠南伊做饭，鞠南伊先吃，他吃剩菜剩饭——郝强受处分后在家里两人唯一的默契。此外便是死一般的沉静，像放默片，无声、静音，零交流。郝强越来越敏感，总感觉鞠南伊认为他没有工作，煮饭是必然，她吃饭也是当然。他在外没有地位，在家也无席位。鞠南伊看不起他，是在可怜他。心情阻塞，郝强买菜做饭，开始抛锚。也就像一个讨厌工作的人一样，当天和尚撞天钟，应付了事。不管鞠南伊爱不爱吃，他随便买随便做，当完成任务。鞠南伊已发现好多次，郝强做的饭菜不是咸就是淡，不是有沙子就是有黄叶。她起初以为是郝强不小心，还是强迫吃下去，反复出现类似情况她就不这样认为了。她认为是郝强闹情绪，不想干了。

终天有一天，郝强惹毛了鞠南伊。郝强又端上这种毛里毛糙的饭菜，鞠南伊吃一口就吃到沙子，把牙硌疼了。她把筷子一丢，碗一甩，大发雷霆：“郝强，你这是存心的吗？煮个饭沙子都没淘干净，你想把人整死吗？”这是两个月来鞠南伊跟郝强开口说话。

“你爱吃就吃，不要在那里横挑鼻子竖挑眼，我又不是你的专职厨师。”郝强也不认错。

鞠南伊跳起来，指着郝强说：“郝强，你到底有用还是没用？你现在要搞明白自己的身份，不是区委书记、党委书记了，就是一个失了业的人。在家做点家务就好好做，不要端起原来的架子，这也做不好那也做不好。”

原来舞台上的百灵鸟，今天唱出的歌声不是动听的旋律。鞠南伊的话戳中了郝强的软肋和痛处，不亚于在他有伤的脚上又踩一脚，伤上加伤。郝强的颜面撕得稀巴烂，男人的尊严彻底打翻在地：“鞠南伊，你不要说那么难听的话，老子是不是区委书记、党委书记，都跟你没有关系。你放心，老子失了业，不会在你面前下跪讨饭吃。宁愿饿死也不会求你。”

“老子”满天飞，不分男女，在气愤的时候用起来特别提劲。“老子稀罕你来求。”鞠南伊硬生生顶回去。

郝强摔门而出。鞠南伊没有去追，她蹲下喑哑哭泣。

负气出走，情侣、夫妻吵架中常见的套路。走的时候潇洒，走出去之后到哪里潇洒，还是有技术含量的。郝强从家门出来，气惨了气疯了。满街瞎逛，熟悉的街道仿佛不曾见过，川流的人群少了微笑的面孔。清冷、孤单、伤感、落寞……难以名状的感受。郝强结束街头路演，重新回到住过一回的小旅馆。把自己暂时安放在这里，索性关掉手机，唯一与外界联系的工具成了聋哑人。他要静下来思考今后的人生。

鞠南伊一个人在家，没有郝强的日子开始还没有啥，过了几天，总觉得缺了什么。她反思是自己说了过头话，伤了郝强的心。她给郝强打手机，那边关机，发短信，不回。她不断打不断发，郝强处于失联状态。她失望了，郝强不理她了。不理就不理，鞠南伊越想越不是滋味，本想赔礼道歉，反转变成赌气。

鞠庭和、熊铁男来了。自从与郝强争吵过后，他俩未登过门。但还是不放心，又厚着老脸上门。见鞠南伊孤零零一个人在，熊铁男便问：“家里就你在，郝强呢？”

不问还好，一问就把鞠南伊问哭了。熊铁男不高兴，说：“哭哭，就知道哭。你倒是说话呀。”

鞠南伊这才止住哭声，肩头还在抽搐：“前几天我跟郝强吵了架，他就走了。我联系不上他了。”

这还了得，也太欺负人了吧。熊铁男火冒三丈：“郝强这个不要良心的，自己出了事，把工作搞脱，找不到地方出气，把家里的人当出气筒。还算人吗？我早就看他不顺眼，趁早离了算了，早离早脱祸根。”

“郝强真不是个好东西，把南伊这辈子坑苦了。”鞠庭和也是火上浇油。

“爸妈，我的事你们不要管。”鞠南伊愁眉苦脸说道。

“什么不管？你是我的女儿，我要管到底。”熊老师大义凛然，丝毫不顾为人师表的模样，“我们掘地三尺也要把他找到。再狡猾的猎物，也怕猎人的长枪。”

说到做到，熊铁男调动她所有的人脉资源，甚至不惜动用跟政法部门有关的学生家长，全城搜索郝强。不出两日，郝强在小旅馆被熊铁男捉住。郝强很意外，熊铁男能在这样偏僻的地方把找到他，有如神探。

“郝强，我们找你找得好辛苦，见到我和你岳父也不说声谢谢。”熊铁男冷冷地说道。

郝强看到熊铁男那副死猪般的脸，顿生反感：“有你啥子事？你在那里瞎起哄。”

“哟哟哟，你硬是认不到人了。说走就走，也没得个礼貌。”熊铁男酸不溜秋地说，“郝强，我跟你明说，家就是家，不是旅馆，想住就住，不想住就走人，哪有那么便宜的事。今天你必须说清楚，这段时间为什么要这么做？”

“我不跟你说清楚，你会不会把我吃了？”郝强反唇相讥。

“郝强，有话好好说嘛，莫一个钉子一个眼。”鞠庭和劝道。

“有什么好说，你们想怎样就怎样。”

“你是不见棺材不掉泪，鸭子死了嘴壳硬。”熊铁男不把郝强打倒在地誓不罢休，“我看你是不想和南伊过日子了。你不想过，我们早就不想过了。”

“这个话，是你说的，还是鞠南伊说的？”

“是我说的，也是南伊的意思。”熊铁男咄咄逼人。

郝强决绝地吐出每一个字：“好，从今天开始，你我大路朝天各走半边。今后，咱们井水不犯河水。”

熊铁男、鞠庭和费尽心机找到郝强，但没有找回他的心。尽管这不是郝强的真实想法，但他还是铁了心与鞠南伊分道扬镳。他什么都没要，郝胜也判给鞠南伊。他直言不讳地给鞠南伊说：“我不是跟你离婚，我是跟你父母离婚。”

五三、面临生存危机

净身出户，郝强毅然决然走出家门。这一走，就没有回头路。无业游民，连落脚的地方都找不着，身上仅有的私房钱只出不进。孤家寡人一个，形同墙壁上挂甲鱼四脚无靠。他感到了前所未所的危机，照这样下去，必将面临流落街头、沿街乞讨的境地。

何去何从，颇费思量。

郝强找到一个房屋中介，一问租金，三四十平方米的房子租金比他一个月的生活费还贵。又要吃饭又要租房，短期还能承受，长期万万不能。他又问了几家中介，好像他们是串通好似的，房租都便宜不到哪里去。跑了一天，房子没租上。眼看天黑下来，晚上的住处成了必须解决的燃眉之急。

郝强举目四望，街道依旧，店招闪烁，人流穿梭，一派安详、和谐、有序的市井画面，随着夜幕垂挂徐徐展开。没有因为郝强个人的落单、无助、失败，有丝毫改变。他是茫茫人海中微不足道的一粒尘埃，有则无碍，无则勿念。他在街头足足站了一刻钟，看车通过，看人经过，无聊之极。看到最后他甚至怀疑，这世上有人这类动物的存在，意义何在？假若世上没有人，又会是个什么样子？人何其渺小，何谓胜天？而他，当下在偌大个城镇，连个立锥之地都没有，一张床无处安放，他有什么出息？不如一头撞向迎面疾驰而来的汽车，一了百了。何必留在世上丢人现眼，让人看笑话。

就这么厌倦人世？又舍不得。郝强定定神，狠狠地打了自己一巴掌。不再胡思乱想，心一横，解决当前问题。他清空大脑，大步流星走向小旅馆。第三次来，已然成了老顾客，身份证不用掏直接入住。在外奔波了一天，郝强脸脚懒得洗，仰躺在床上。两眼看着天花板，白䍺䍺的一片，一只蚊子落在上面，显得异常孤单、打眼。郝强盯着蚊子看，分明看到那就是自己。说不定什么时候被人一扇子拍上，就印成一朵不朽的花。郝强不想让蚊子死在屋子里，他爬起来，打开窗户，撕下墙上的一张美人画报，折成扇状，站上桌子，轻轻扇动。蚊子受到惊扰，飞离原处。郝强满屋子搜寻半天，蚊子粘在墙角。他不停扇动画报纸，蚊子嗡嗡两声，懒洋洋极为不舍地飞出了窗户。郝强放心了，关闭窗子，躺回床上，接续这段时间关于人生的哲学思考。

固守困局，还是低谷攀爬，郝强走到十字路口，急需自救。他想过去他没有虚度年华，他努力奋斗过，也得到了回报，但是一不小心，得而复失。这是人生的遗憾，也是人生的悲剧。不怨谁不恨谁，唯愿重新站立，坚韧不拔。每个人都有摔跟头、走弯路的时候，爬起来，拍拍灰尘，继续前行，潇洒走一回。英雄好汉，即使撞得头破血流，也不轻言失败。

虎落平阳被犬欺的窘境，别人都能挺过来，而今一无所有的“下滩人”也可以。郝强想通了，该求人时必求人，不求人的人世上难找，也难成事。过去当区委书记、乡党委书记是被人求，目下情势逆转，是他求人。彻底放下过去，放低身段，只管目的，不管手段和过程，什么尊严、人格，见鬼去吧。

自我封闭，断绝外界联系，郝强像生了霉，这跟他的秉性不符。他记得有人说过，有三天没有人跟你联系，你就该主动向外打电话出去。对，主动出击。人不找我，我找人。

郝强把电话打给了发小盛小海，铃声响过两声，对方接了。“喂，小海，我郝强。”

盛小海接到这个电话，又惊又喜：“郝强，好久没联系，你怎么想起打电话了？”

“哎呀，本人落难，没有脸面给你打呀。”郝强尽量把话说轻松些，“这段时间你在忙啥子？也不来看看本人。”

“郝强，你莫说见外的话。你我兄弟一场，只要用得着我的地方，尽管开口说就是。你现在在哪里？”盛小海讲义气。

“我在旅馆。”

“在哪个旅馆？我过来看你。”

“算了吧，已经很晚了，明天再说。”

“不晚，你告诉我地方，我马上就来。”盛小海是很真诚的。他刚从乡里回到县城买的商品房里。

郝强把地址给了盛小海。盛小海出门，顺便买了一瓶白酒和下酒菜花生、卤牛肉、猪蹄来会郝强。小旅馆在县城不显眼的地方，盛小海费了好多口舌才问到这个地方。一见面，盛小海就说：“郝强，你怎么住到这么个屙屎不生蛆的地方，这未免太委屈你了吧？”

“小海，你先坐。待我慢慢给你说。”郝强把盛小海迎进房间。

“郝强，我带了点下酒菜，好久没在一起了，喝一杯。”盛小海把小旅馆的搪瓷茶缸倒上酒，递给郝强一盅，自己端一盅。

“难得你想得这么周到。”郝强接过茶缸。

盛小海说：“来，先碰一个。”

一人喝了一口，盛小海又叫吃菜。以手为筷，两根指尖掐了一块牛肉丢进嘴里：“嗯，味道不错，郝强你也来一块。”

郝强跟着吃了一块小的。盛小海说：“郝强，我刚才的问题，你还没回答我。你说说现在你是个什么情况？怎么在这里住上了？”

“哎，说来话长，一句两句说不清。”郝强叹息道。

“我今晚专门来听你说，你想怎么说就说吧。”

郝强像讲别人的故事一样，把他离开乡政府后遭遇的人情冷暖，被人看不起，以及岳父岳母误解、掺和导致离婚，以致无处可去的事，全盘搬出。他没有一点情绪波动，譬如愤怒，感伤，叹息……

盛小海简直想不到，短短的两三个月，郝强就完成了从牛市到熊市跳楼跌价的姿势转换。他不敢想象，一个曾经别人包括他本人艳羡的人上人，转瞬之间成了一个居无定所蜗居陋室入不敷出失去收入的无业人员。人生的角色扮演，比六月的天气阴晴变幻还要快。“郝强，事情都到这个份上了，你我无力改变，就认吧。但是不能就这样倒下去，还是要奋斗，要勉励自己，不输这口气。”

“小海，很感谢你来看我。我都这个样子了，你还能来，看得出来你是我真正的好兄弟。”郝强喝了酒感慨万千，“不过，你放心，我一定会活出人样来，让那些看不起我的人看到我郝强除党政工作这条路，还可以找到另一条活路。”

“郝强，你精神没垮，这是最重要的。路也是人闯出来的，我支持你。”盛小海举缸与郝强碰，喝了一口，“你呢，明天就不住旅馆，我腾一间房给你住，免费，你现在正缺钱。我们一家多数时候住乡上，平时我的房子就交给你管理了。”

“这又得感谢你。”

“感谢啥子，我的今天还不是你当书记时关照的。”

两人一人一半把一瓶白酒干掉，盛小海没有回去，在小旅馆跟郝强挤着睡了一晚。

盛小海兄弟般的豪情，是郝强败走麦城以来最有温度的一夜。他不禁想起前两天他准备去考察一个项目，临行前找一个过去经常称呼他“老大”的企业朋友借下车用，装点门面，绷面子嘛，麻别人以为他有实力。话刚出口，那人便说他要带车出差。郝强理解，哪知第二天郝强就在一个场合与他不期相逢。彼此尬聊秒断，从此不想再见。朋友口中的“老大”也不过是得意时的假情恭维，失意时的天大笑话。

郝强有了住处，暂时不为晚上住哪里发愁。摆在面前的是，他急需考虑挣钱养活自己的事。他左思右想，选择开一个餐馆入手，门槛低，风险小。既熟悉，过去他经常进出这些场合，又是人人必须，人以食为天，天天要吃饭，更是一个投资少见效快的短平快项目。

找门面，搞简装，订桌椅，买餐具，请厨师，打广告……所有工作，郝强亲力亲为，不分白天黑夜地干，一个朴素、整洁的店面出现在了县城的一条人员流动较大的街道旁边。虽然只有六张餐桌，但郝强取了个好听的名字：奋勉餐（模仿成都名店“努力餐”）。

奋勉，振作努力之意。这既像在鞭策自己，又像在激励所有来吃饭的人。

不知何时郝强看到“奋勉”这个词，像夜色阑珊处依稀见到理想中的绝代佳人便奋不顾身地爱上了她。当招聘干部时常挂嘴边，他以“她”鼓励自己，他也配用“她”来贴标签。而今失去正式干部身份，他更希冀携手“她”来伴随以后的漫漫人生路。

店小，开业一点不马虎。郝强请来了“夕阳红”老年舞蹈队，先在各条街道载歌载舞宣传；快到中午12点，回到店门前挥舞，锣鼓响，歌声亮，奋勉餐的店招广告在空中飘扬。郝强厚着脸皮请来一些亲朋好友捧场；盛小海将麻纺厂的中层以上干部用小客车拉到奋勉餐凑人气；老年队也留下用餐。大家给足面子，每张桌子坐得满满当当。郝强到每桌敬酒，还不忘说“今后请多多关照”“大家来奋勉餐请客一律优惠”之类的话。盛小海以朋友身份也帮郝强打通场，大口敬酒，卖力拉回头客。

奋勉餐，开起来了。第一个月，生意不错，多数是来参加开业的人，客喊客，客带客，把生意火起来。但郝强很快发现，客源在递减，有时一天中午和晚上加起来不过五六桌，有时三四桌。到后来，一天一两桌都有过。郝强急得上火，想过不少办法来吸引客人。不知何故客源数就是上不来。达不到桌数，就得亏钱。郝强坚持了大半年时间，不得不关门，他亏不起了。

五四、满脑子做生意

郝强不会轻易投降，他憋着一股劲，做生意挣大钱。他站者、坐着在想生意的事，连睡觉做梦也离不开生意，生意充斥着他的脑子。

新的生意何在？有事无事，郝强就在街上逛，他不是一般人的那种闲暇逛街购物吃东西，而是观察哪个生意好，哪个生意差。半个月的街头调研，郝强得出的结论是：服装生意好。他到处筹钱，租门面，进货，开张营业。他把服装店依然冠上“奋勉”两字，叫“奋勉衣”。轰轰烈烈开业，但“奋勉”没有给他带好运，服装生意并非他想象的那么简单。这里面水深得很。他知其然不知其所以然。他搞的调研是一个假观察、伪了解。单从一件衣服算账，他可以把进价一百元的衣服，标价卖四五百元，一件衣服可赚三四百元。但是进货量预测不精确，所有赚的钱全都在存货里。如果存货销不了，变不了现，等于不赚钱。除非有人把整个店接管，但凡做生意的人都不是傻子。郝强死马当活马医做了大半年服装生意，做不下去，以亏本大甩卖把店打了出去。

做什么亏什么，郝强很沮丧。他怀疑自己是否是做生意的料。路在何方？

找不到方向，郝强重回困局。苦苦挣扎，厄运不穷，颗粒无收。郝强对自信严重怀疑。他想找一个算命先生求一卦，看自己到底有无发财命，如果有就咬牙坚持，无便趁早改弦更张。他是唯物主义者，对目标的笃定终究战胜了半信半疑的悲观。人啦，在对未来无法判断和预期的时候，最爱胡思乱想，依赖外界寻求一点心理安慰。处在顺境没有人会去算命，想算命的多半是心里有事，身处窘态和逆境的人。郝强就属于后者，他被踢出体制外以来就在苦恼、彷徨中过日子，整天想破脑袋都在想挣到钱打个翻身仗。让世人重新认识他，说他行。

盛小海拉上麻纺厂的几个生意合作伙伴喝酒，给他解闷。喝得差不多的时候，盛小海说："郝强想做生意，做了两个，都亏了，很郁闷。你们也是做生意的，给他出出主意，做什么好？"一个人说："现在生意是做亮了的，没有什么生意好做。依我看，你如果跟官场熟悉，找个政府的项目做，一点力不费，坐到赚钱。"说者无意，听者有心。郝强茅塞顿开——无奸不商——典故可以今用、活用。太实诚是做不了生意的，过去一年，他在这方面吃的亏不少。他在基层官场圈子混过，何不从这当中挖掘点什么。

一个自由人，无职无业，生意没做好，郝强倒学会了不要脸，只要能挣到钱，只要不犯法干什么都愿意去尝试。他在县水利局守候了三天，终于等到赵柚。"赵局长，你好忙，总算把你见着啦。"

"哦，郝强，你什么时候来的？有事吗？"赵柚早就听说郝强出了事，受到了严厉的处分。

"赵局长，不瞒你说，我找你肯定是有事。"郝强不隐瞒自己的来意，先说出来让赵柚有精神准备。

"你说说找我要办什么事？"

郝强并不急于把想说的事说出来，而是像当年祥林嫂讲阿毛的故事一般，又重复一遍从处分到离婚，到做生意失败，他想打点苦情牌。"其实也没有什么大事，就是想在你这里找口饭吃。"

"郝强，你直说，只要我能办的，一定办。也算是我在你困难时伸出的一只援手。"赵柚很豁达，也乐于助人。

"赵局长，我现在没有钱，想求助老领导给我一个项目做，也许能挣点钱为今后做新的生意打基础。”

赵柚想了想，说：“项目要招投标，你对这些程序是晓得的。这样吧，有一个中小河流治理项目已走完招标程序，我想法给中标单位做做工作，请他们让一半出来给你做。”

郝强感动得泪花在眼眶里荡漾，就差没有成为洪水泛滥，狂泄不羁。

赵柚兑现了诺言，郝强如愿拿到了项目。但是他没有公司，没有队伍，更没有资金和技术，面对到手的项目，像耗子啃南瓜——摔不起头。看到项目和利润在招手，金钱的诱惑胜过困难的阻挡。郝强急中生智，想到一个办法，不需自己直接经手，只需转手给有能力做的人，就行了。而且在项目未实施前直接提取一定比例的利润，留一定比例的好处给接手人，利益共享，岂不省事。事实上，他的这波动作，早有先行者和紧跟的后来者。工程承揽过程中，已然成为了一种不合法但合实际且很常见的操作路数。尽管相关部门不断出台规定禁止，但收效不大。

老天开了眼，郝强不费一枪一炮，轻轻松松赚到了他做生意以来的第一桶金，且验证了找钱不费力，费力不找钱。郝强第一次拿到一笔“巨款”，手抖得拿不稳钱，说话结结巴巴。有了钱，心底踏实多了，短时间内他不会为一日三餐发愁。

居安思危的紧迫感和危机感，郝强是有的，他心里比谁都亮堂，没有新的进账，早晚会坐吃山空。

郝强的眼睛每天一睁开，就在不知疲倦地观察。看报纸，看电视，了解上级出台的政策；搜集各种经济信息，综合分析；与生意人打交道，跟他们学习做生意；暗访工业、商业、服务业、建筑业等实体企业，感悟产业、产品的优劣。他得到的启迪是，宏观知晓，微观试水——贪大图洋，一锄头挖个金娃娃，乃做生意的大忌。

郝强是务实派，他缺乏实力瞎整胡掰，也缺失野心横冲直撞。他输不起。缜密分析后，决定从小项目做起——页岩砖项目。他是有充分理由的。伴随城镇化率提高，进城的人会越来越多。人要住房子，人多要的房子就多。而修房造屋离不开砖瓦。为建筑业做配套生产，前景可期。而且，这一行投资相对较少，技术要求不高，符合他囊中羞涩的根本实际。

看准了方向，着手选址落地。郝强每天往乡镇跑，比较交通、原材料（页岩）、用工、市场等，看过的地方均未能入他的法眼。古房乡，原瞿义区所辖乡，郝强当区委书记时多次踏勘。他记起这里有个砖厂，顺道去逛逛。厂主生重病，管理不善，垮了。破败，萧条，昔日红火的俊模样荡然不存，他为之惋惜。郝强看问题与别人不一样，不是看砖厂眼前的外观和表象，而是看砖厂现有的资源和优势，未来的潜力和商机。

他决定出手，但别人未必会放手。

郝强辗转数日找到住在医院，正缺钱治病，自身难保的厂主，与他谈判买卖砖厂的事。本以为很简单的买卖，厂主不要，他要，一个愿打一个愿挨的事。哪知，郝强自我介绍，刚说出买厂的想法时，一句"不卖"把郝强堵得接不起话。厂主虽然病得不轻，但看得出他对自己一手建起的厂子，要叫他放弃，还想不通，舍不得。郝强还想游说，厂主请他走人："你别看我病了，等我出院后还要把砖厂搞起来。"

郝强吃了闭门羹，怅然若失。他不知怎样才能说服厂主把砖厂卖给他。他等不起，他要把仅有的一点老本由死钱变成活钱增值。自己去谈不成，可能是他跟厂主不熟。不如换个方式，找个熟人去说也许能行。他想到了古房乡党委书记钟同新。钟同新欣然应允郝强这个老上级的拜托，而且拍着胸膛说："没有问题，我认识厂主，建厂时我还给他很多的帮助。"钟同新带上礼物去医院，看望病人。"老董，董老板，我才听说你生病了，来看看你。"老董费劲坐了起来，有些感动，党委书记来探视够有面子的。"都一年多了。开始误诊，当胸膜炎治。出了院，在家待了一个月又不舒服，再到医院检查，医院说是肝上的问题，动了手术。住了一段时间院，回家。医生叫我随时要来复查。这一复查又住了进来。这一年，我都在跑医院。""我说怎么没有看到你到乡政府来过，原来是跟医院打交道来了。"钟同新开导道，"哎，没什么，哪个吃了五谷不生百病，听医生的要不了多久就好了。"老董有些泄气："我看难啊，这么配合治疗，效果都不好。估计是生了重病，医生和家属瞒到我的。""千万别那么想，有病治疗就对了。只是不要太劳累。"钟同新安慰几句，想起了当说客的任务，"哦，我看你那个砖厂现在停工了，不准备开了吗？""我生病就把砖厂给耽误了。唉，想起都可惜。""我说老董，轻松点，干脆把厂卖掉赚点现钱算了，何必要自己去经管。”“钟书记，那是我拿命换来的，我这个病就是办那个厂落下的病根。”“我有个朋友想买，可以多出点钱，你看如何？”钟同新说得很直接。“钟书记，感谢你的好意，我真的不想卖。”钟同新同样没有说成，他很不好意思地把情况给郝强反馈，郝强硬是不明白老董都病成这个瓜模样了，为什么还要把一个破厂当金宝贝。

连续两次遭拒，买卖进入死胡同。郝强跟盛小海说到这种僵局，盛小海说：“妈的，我给你出个馊主意。我们明的不行，来暗的。反正老董要死不活的，我给你找两个社会上的兄弟到医院跟他直说，行要卖，不行也要卖。”郝强阻止道：“用黑社会的手段去威逼一个病人，强买强卖，于心不忍，要不得。”盛小海对郝强不屑一顾，说：“做生意心不狠，趁早莫走这条路。”郝强说：“买不到厂，我想就换个地方搞。只是这要增加投资，难度更大。”盛小海白了郝强一眼，简直拿他没辙。

郝强对老董的砖厂失去等下去的耐心，开始另谋出路。他打算就在老董砖厂附近重起炉灶，新建厂子。他正要给钟同新打电话商讨这事时，电话来了，像心有灵犀似的。“郝书记，你好。”钟同新始终是这样称呼郝强这个早已不存在的职务。郝强便接过话说：“同新书记，我们两个硬是巧啊，我正拿出手机给你打电话，你就打过来了。”“你打电话有事吗？”钟同新问。郝强嘿嘿两声：“我想请支持一下，我的砖厂还是放在你们乡，就选在老董砖厂附近。那里页岩资源丰厚，交通也方便。”“你不用新选址了。我给你打电话也是说这事，我是来告诉你好消息的，老董托人来找过我，现在想卖厂了。”郝强心里骂道：“他妈的，早搓球去了”。

老董躺在床上输液，他明显消瘦许多。钟同新轻轻叫了声：“老董，郝书记来了。你们谈谈吧。”老董没精打采，头左偏右偏几下，说：“这个厂是我花了心血才建起的，说不要就不要，心里放不下。”郝强怕他又反悔，直接疏导说：“你这个厂放在那里还不是烂在那里，一分钱挣不到。不如卖了，收点现钱多好。”“要不是我是癌症，我还不会卖。现在没有钱治病，不得不卖厂了。”老董虽说想卖厂，实属出于无奈。郝强循循善诱：“你现在住院要用钱，厂放在那里不生产，发挥不了作用，这才是可惜。”“你能出多少钱？”看来老董真的松口了。“你开个价。”郝强说道。老董说了一个数字，在郝强预想范围。郝强当即说：“你是爽快人，我也是痛快人，不砍价了，就按你说的价格成交。”

郝强拿出来之前拟好的合同，填上成交价，双方签字画押。

尽管郝强费尽心思收购了老董的砖厂，但乡上村上的人，以及他的熟人，并不看好郝强买这个破厂，认为他傻。

五五、一门心思办厂

砖厂接过来，郝强立即请人进行复产的规划设计，概算总的投资规模，并把工程量一项一项列出，按图施工。不出所料，要做的事比想象的多出数倍。水、电、煤，可以将就现成资源用；主要原料页岩，就地取材……而火烧眉毛的事——差钱——不解决掉这个问题，当属没抓住头等大事。

郝强见门便进拜访了几家银行，没有一家看好他和他的砖厂。来来回回跑了十来天，跑得辛苦，一分钱未见着。还有县城最后一家银行未去，他不打算放弃，并在心里默默祈祷，老天保佑，贷款顺利。他冒昧推开行长的办公室，坐在硕大办公桌后的人正在上网。

“金行长好。”郝强进门前是做过功课的，打听过银行掌门人为何人，“打扰你，我叫郝强。”

受到意外惊扰的金行长抬起头，冷凌凌的目光直射过来，又似乎想起哪里不对，面容突然之间友善起来：“哦，是郝书记吧，欢迎。今天来有什么好事？”

金行长男生女相，肤白貌美，身材匀称，戴一幅金丝边框眼镜，文静且内敛。行长与郝强有过交往，那是他当区委书记时，发展乡镇企业找过该银行融资。也算是老相识，说起话来就方便得多。

“找你不用说就是钱的事。”郝强顺着金行长的话说，“最近我在建一个砖厂，想从你这里借点钱。”

“你们过去是讲信用的。有借有还，再借不难。上级号召发展乡企，我们当然要大力支持。”

“金行长，高瞻远瞩，是我们乡镇企业的财神。”

“你们这次要贷多少款？”

“大约需要30万元流动资金。”

“郝书记，人熟理不熟，要有抵押物我们才能放款。你们用什么来抵押？”

“我没有其他资产，就用我买的砖厂可以吧？”

金行长听着有点不对劲，问：“郝书记，你今天到底是给乡上的乡镇企业，还是你个人贷款？”

“我个人贷。”

“你个人贷？你是书记，不能经商办企业。”

说了这么一阵话，与地方松散关联的垂管行业的金行长误解了郝强，还以为他是乡里区里的领导。郝强也意识到这其中的误会，他没有遮遮掩掩，脱光衣服在金行长面前裸奔。

标准的难题，这下轮到金行长犯愁，贷与不贷都不好决定。他只好说：“郝书记，我既为你惋惜，同时也佩服你创业的勇气，但是我现在还不能说能不能贷款给你，我与贷款业务人员商量一下再回复你。”

郝强知道，任何人遇到这种情况都不会擅自表态。但金行长并没有把话说死，至少还留有一个豁口。郝强是不会退缩的：“金行长，你贷不贷款给我，我都很感激你。不过，看在我们过去有过交情的份上，我今晚请你吃个饭，你一定要赏光。”

“不必了吧？你现在还在创业，钱不能花在吃喝上。”

“那你是看不起我这个落难之人。”

金行长抹不过面子，答应了下来。

晚宴选择在县城最好的饭店，菜品是饭店的招牌菜和高档菜，酒备的茅台，郝强清楚舍不得孩子套不住狼。金行长倒实诚，并不摆什么架子，比如故意拖延，而是准时带着副行长、信贷科长诸高管出席。郝强在饭店门口满面笑容把一行人接到，前边带路，一路说笑着进到包间。

金行长理所当然被推到上席正首就坐，郝强挨着金行长右边的位子坐下，几个副行长、科长按他们的官方排位依次入坐。

一俟众人坐妥，郝强便通知服务员上菜。他殷勤地拿上金行长面前的分酒器把酒酌上，又同样周到地给桌上其他人倒好酒。郝强最后给自己也满上："金行长，各位领导，我先发个言。今晚备薄酒一杯，感谢银行各位领导过去对瞿义区、瞿义乡的关心，对我的照顾。今后还望继续关心。我敬大家一杯，我先干为敬。"

郝强仰脖子酒进嘴。所有人也跟着干杯。第一杯酒下肚，郝强请大家动筷，又用公筷夹了一块三文鱼放进金行长面前的芥末盘，可谓无微不至。吃了一阵菜，郝强请金行长讲话。掌声响起，喝彩跟起。金行长清清嗓子："郝强郝书记今晚请大家喝酒，我本意是不来的，但敌不过盛情，破例参加。这里我借花献佛，祝同志们事业有成，家庭有爱，生活有乐！"

喝酒场合，基本套路都是先集体后个体，交叉敬，编理由敬，喝到最后就是一片混战。酒一瓶瓶地开，菜一道道上，不计成本。郝强这时还没昏头，他大致扫描一下桌上桌下，包里的银子估摸只够酒钱。赶紧趁大家互相敬酒正欢的当口，偷偷溜出包间，掏出手机拨通盛小海的电话："小海，我正在请银行老总吃饭，你快带点钱过来，我没有那么多，不然一会结账时走不到路。"

郝强收起手机，若无其事地回到包间。"郝强，你刚才到哪里去了，我找你喝酒。"金行长带着醉意说道。

"我去上洗手间了。金行长该我敬你。"郝强提着分酒器像淋茄子苗一般斟满酒。喝酒的好处在于清醒时说不出口的话，这个时候就说得出来。兑现了是真话，不认账是酒话。理由完全可以随机选取。"金行长，你认不认我这个老弟？"

金行长舌头打卷卷，但还说得明白："认。哪个说的不认？"

"金行长认我这个老弟，我就来个豪华杯，我把这分酒器里的酒全喝了，以示对金行长的无限敬意。金行长你就一小杯。"郝强没等金行长张口，直接把酒倒进嘴里，然后潇洒地亮出分酒器的底来，一滴不剩，"金行长，当兄弟的耿不耿直？"

金行长兴致被吊起来，大叫一声："耿直。"

"信不信得过我？"

"信得过。"

郝强呵呵地笑了两下，嘴巴凑到金行长的耳边，轻轻地问道："金行长，那我那笔贷款可以批下来吧？”

“批。就凭你当过乡党委书记、区委书记我就敢批。更何况酒风看作风，酒品看人品，今晚你表现不错啊。”斯文的金行长有了江湖脾气。

郝强听到贷款有了着落，心里乐开了花。他当即血一涌，心一横：“金行长，你是我的好大哥，我再喝个豪华杯，以表达我此时此刻无比激动的心情。”

金行长豪气地说：“好，郝强，我陪你喝。”

两人你来我往，喝到勾肩搭背，称兄道弟。

盛小海赶到时，酒宴已散，就剩郝强一个人趴在桌子上。

盛小海帮郝强把餐费结清，便扶着郝强下楼。一出饭店大门，冷风一吹，郝强翻江倒海地吐了盛小海一身。安静不到半晌，吃进的酒肉从喉咙源源不断涌出，胆汁吐了出来，不知哪里的血也跟着点缀在秽物里。郝强呕吐了一阵，口中不断念叨：”贷到款了，贷到款了……“

企业有了钱，如同人输入了救命的血液，可以活下来。郝强督促工人不分白天黑夜加班，修理、安装设施设备，整修窑洞，准备原材料，打扫卫生……三个月时间，恢复生产。工商局注册时，郝强登记厂名为：奋勉砖厂——试将“奋勉”进行到底。第一窑砖烧制出来，郝强热泪盈眶升腾起成就感来。他拿起一块热乎乎的砖块，敲了敲，结实的嘣嘣声，仿佛听到数着崭新的人民币发出的哗哗响。

好听的哗哗响还未听闻，麻烦事却接踵而来。这天，郝强正在砖厂临时搭建的办公室与客户谈事，外面突然闹喳喳。有人来报，一个村民遭砖厂工人打了。郝强出门，办公室门口已围了二十多个人，全是砖厂所在村的村民。郝强问发生了什么情况？一个白胡子的老农站出来说：“我儿子被你们砖厂的人打伤了。”郝强说：“人呢？”老农说：“还在挖页岩的地方困起的。”再一问，事情的经过并不复杂。砖厂工人取页岩，老农的儿子跑去阻止，说是占了他家的承包地，事先没说好赔偿，不准动土。工人说他无理取闹，想敲榨老板的钱财。老农儿子说：“你妈个丘二，有什么不得了，叫你们老板来。”伤了自尊的工人，牛劲上来，说：“老子今天动了看你敢怎么样。”一个要动，一个不让，拉扯之间，工人用力一推，就把老农儿子搡出一米远。不偏不歪，头正中地上的一块尖角石头，血流了出来。爱看吵闹的农民便吼，砖厂工人打死人了。老农赶过来，看到儿子满脸血糊糊，立即拉上亲友来找砖厂老板说理。郝强不问谁的对错，命人把伤者送到乡医院治疗。

郝强请老农派亲友一道去乡医院陪护，他蛮横地拒绝，说：”人是你们打伤的，有个三长两短，我要找你们算账。“郝强叫围观的人回去，老农不准，说：“你还没给我们一个说法，我们不得走。”郝强耐心地劝道：“现在伤者才去医院，等治好后，我们再来划分责任也不迟。反正我也不会跑，厂在这里，搬也搬不走。”这群人哪听得进郝强的话，非要给个结果才离开。郝强没有办法，秀才遇到兵，有理说不清，给钟同新打电话求助，直到钟同新拉着村支部书记来，并作为担保人才解了围。

郝强去看望伤者。医院已对他进行了全面检查。医生告诉郝强没有大问题，受的皮外伤。郝强心里有了数，嘱咐伤者安心养病。但纱布包得严严实实，只剩半边脸露在外面的伤病号，打扮到这程度了，仍不顾伤痛还不忘向郝强提出，耽误了他干活，要给他把损失补上；还要给营养补助；还要……郝强听得心烦，又不好发作，只能安慰又安慰，叫他养伤要紧，伤好后解决也来得及。

老农隔三差五带人来砖厂找事，郝强不给他一个处理结果他就不走。每次郝强都要讲很多大道理小道理，讲得口水变白沫，老农才会在他人的哄骗中依依不舍地离去。更恼火的是，住在医院的老农儿子，伤已痊愈，赖在里边不出院。歪歪道理一条，不解决好不出去。

遇到赖皮，郝强束手无策。他求助钟同新、村支书出面居中调解，大家视伤者为弱者，视老板（郝强是身背几十万贷款的负翁）为强者，强者赔钱弱者理所当然。因一起纠纷，医疗费、误工费、营养费、护理费、青苗费、土地占用费……杂七杂八的费用算下来，郝强两个月出的砖白干，在替人打工。

五六、天佑勤劳者

办厂，看起风光。而风光的背后不知挨多少棒棒。办好小小的一个砖厂，郝强可谓全部身家押在上头。拿出当党政干部的所有经验来应对，依然感觉像一个笨蛋、白痴。官场与市场，完全不在一个频段上。资本是逐利的，商人不是慈善家，发财才是梦想。取之有道是良心商人，取之无道是黑心商人。商人无数个，总会遇到不良不纯者。

郝强这两天就为一个建筑商赊账不付恶心。砖厂复产，郝强派人到各建筑工地、村组农户、城乡要道和人员密集场所打广告，以尽快打开销路。这种方式便捷管用，广告效应迅速放大，买砖的络绎。有个体零售有大户批发，有现买有赊销。长远考虑，郝强当然希望卖大客户，销量稳定，资金回收快。宏图建筑公司，口口相传县内知名度高，信誉好，符合郝强想象中的大客户公司。宏图公司与郝强洽谈购买条款，郝强没做过多考察，就应承下来，签订合同。其中一条，先供砖后付款，以两个月为结算周期。郝强加大马力生产，按合同给宏图公司把砖运到工地，头一个周期彼此合作愉快，货到款付。从第二个周期，货到款未付，宏图公司承诺下个周期一齐付清。可是周期到，宏图公司并没有兑现承诺。郝强去催问，宏图公司经理王度波不但不见，反而还找人带话威胁郝强，再催就不要他厂里的砖。郝强忍气吞声，怕失去大客户，继续供货，但没能感动王度波。郝强惊慌了，再这样下去，流动资金无法回笼，原材料供不上，工人工资发不出，水电费付不起，贷款还不了，企业必将陷入恶性循环，不久就会停摆。

郝强这才知道商海深如秘境，不吃两口水，不知海水的咸味。吃屎的把屙屎的欺到，赊账的比要账的牛逼。郝强哭笑不得，进退两难。打官司，不仅时间拖不起，而且可能会赢了官司输了钱；不打，又能拿欠帐人咋样？不要脸自有不要脸的办法收拾。一个给郝强供煤的老板，看郝强整天焦头烂额，便两肋插刀，站出来说："你把这事交给我去办，不信姓王的不拿钱。"郝强不无担忧地说："莫搞出人命来。"煤老板拍着胸膛说："我也是懂法的。"

煤老板说话算数，第二天带了三十多个挖煤的工人进城，径直到县政府大院上访。两个工人走前排，手举捆绑在竹杆上的"还我血汗钱"黑底白字大横幅，声势浩大走进政府大门。值班保安想阻止只能靠边站，因为咱们工人有力量。煤炭工人站在政府办公楼下高呼，我们要见县长，父母官要替民做主。县政府副县长刘湘菊出面接见，说："你们人太多，按信访条例，只能选五个代表座谈。"煤老板与工人互相交换了一下眼神，便跟刘湘菊说："我们要见的是县长，不是你。你说了算不到数。”刘湘菊解释：“我就是县长派来的，他全权委托我来处理。”煤老板与工人们商量，先去谈，谈得拢好说，谈不拢就不走。于是煤老板一人，再挑选了四个精明强壮的工人作陪衬，跟着刘湘菊屁股后头参加座谈。进去前，煤老板大声对工人们说：“你们原地休息，我们先去谈，我们没出来你们不要散。”

县政府二楼一间小会议室，刘湘菊客气地让大家坐，并叫工作人员给每个人倒上茶。“你们是哪个乡的？反映啥子事？”

“我们是古房乡煤厂的职工，已经有四五个月没有发工资。我们强烈要求宏图建筑公司把我们的血汗钱支付给我们。”煤老板陈述缘由。

刘湘菊轻言细语问：“宏图公司是怎样欠你们钱的？”

“宏图公司欠我们乡奋勉砖厂的货款，奋勉砖厂欠我们的货款，我们现在不仅发不了工资，很快就面临关门。刘县长你说你们县政府该管不该管？”煤老板振振有词。

“你们这是三角债，要钱也不该你们来要，你们只能向奋勉砖厂要。”

“奋勉砖厂委托我们向宏图公司要账。今天要不到账，我们不回去，就在县政府住下来等。”煤老板丝毫不让步。

刘湘菊看来访者态度强硬，不得到解决不会收兵。她安排工作人员通知县建设局局长、宏图公司王度波来县政府开会。座谈休会，等人。

二十分钟后，人到齐，会议继续。刘湘菊将上访者的诉求复述了一遍，说：“建设局、宏图公司谈谈你们的想法。”

王度波态度极端不耐烦，开口就不买账。“我们不欠煤厂的钱，你们找错了人。”

煤老板也是能说会道之人：“王经理，你是不欠我们的钱，但你欠奋勉砖厂的钱，这总是事实。奋勉砖厂差我们的钱，安排我们来收账，找你也错了？”

“你不要说那么多，冤有头债有主，要钱轮不到你，叫郝强来要好啦。”王度波根本不认黄，横起跑路。

“别忙别忙，王经理你说郝强，是哪个郝强？”刘湘菊插话。

“我只晓得他开砖厂的，其他不了解。”王度波莫名其妙地答道。

煤老板抢过话题说：“郝强都不晓得，人家原来是当区委书记、乡党委书记的，比多少人神气。”

“哦，原来是这样。”刘湘菊尽管吃惊，但又感到一丝安心，“好，你们继续说吧。”

“王经理，你是大老板，可以耍赖，我们奈何不了你。但是，我们有一群拿起无绊绊提起无底底的人，你不怕我们也不怕。明说，除我们五个在会议室的人，还有几十个穷哥们就在楼下等今天会议的结果。”

王度波不信邪：“你在威胁人嗦。我今天就要看看你们能搞出什么名堂来。”

煤老板也不讲理了，硬碰硬上：“王经理，今天要么你把钱拿出来，我们走人；要么别怪我们胡来，跑到你的工地，占二十套房子抵欠款。”

刘湘菊见两人你来我往，说得各奔东西，马上示意暂停：“唉唉，你们两个都少说两句。先听听建设局的意见。”

“我也才听说这种情况，没有想到更好的方案。”建设局长谦虚有余，作为不足，“王经理，他们目前开工的项目多，资金周转困难，这是客观事实，也可以理解。砖厂没有钱给煤厂，煤厂来找建筑公司，要三角债，这也可以理解。这是一个死结，怎么解决，我还真想不出更好的办法。”

刘湘菊不满意建设局长的回答：“建设局你们拿一个直接的意见出来，不可以吗？”

“我们实在不好提，最好由他们自己商量个办法。”建设局长说了等于没说，地道的一个耍滑头。

这样扯过去扯过来，终究会闹个不欢而散。刘湘菊另辟蹊径，她先把煤炭老板叫出会议室外，说：“你们来是寻求解决问题的，肯定不是来闹事的。我想我们还是要务实点，不能提过急的要求。大家都让点步，可不可以给宏图公司一个宽限期，一个月，由他们去筹措资金支付欠砖厂的钱。也算给王度波一个台阶下。”

煤老板说：“刘县长，我们不想来给县政府添乱，是宏图公司太不守信用，逼我们来的。既然你说给王经理台阶，我们同意。但刘县长你要作为担保人，而且这还要看王经理同不同意。还有宽限期只能半个月，奋勉砖厂和我们已到等米下锅的时候了。”

刘湘菊让煤老板回到会议室，又喊出王度波：“王经理，今天的情况你看到的，他们达不到目的不会善罢甘休。我刚才把牵头人找来单独沟通了，他们愿意给你们半个月宽限期支付货款。他们作了让步，我们应该往中间走，用这宽限时间想法筹钱把该给的货款偿还。我愿意做你们的担保人。”

“刘县长，我们也是一时遇到困难，正在渡难关。你说的我没有意见，只是到时万一不能兑付，我就更加被动，你这个担保人的脸会被弄脏。”

“相信你有这个能力。”

半个月后，刘湘菊监督，宏图公司把货款支付给郝强，郝强又将欠煤厂的钱转账给煤厂。结局圆满，只是郝强没再跟宏图公司合作。这里要说说刘湘菊，并非陌生人，正是当年同郝强一起考上招聘干部的那位青涩女生。先当乡妇联主席，后来当副乡长。郝强出局的这四五年，刘湘菊赶上培养女干部、年轻干部的浪潮，一年一个台阶，小步快跑，由副乡长、乡长到乡党委书记，三个月前晋升为副县长，分管国土、建设工作。

与郝强同年进入乡政府的招聘干部王大勇，从搞民政工作起步，目前也当上了瞿义乡乡长。

乡镇陆陆续续招聘的干部，已然成为基层政权机关领导干部的主要来源以及工作人员的骨干和中坚，以至后来这些人中有的当上了县级部门的负责人，更有出类拔萃者像刘湘菊一样走上县级领导岗位，甚至更高位子。

办厂兴业，从来不可能一帆风顺。酸甜苦麻辣，只有自知。郝强一路煎熬，遇到的难事、怪事、悲事、惨事，犹如割韭菜，割了一发又一发。好在他坚强地活下来了，没有破产，没有害人害己。

好运是老天给苦心人赐予的玄妙之物。2008年，汶川特大地震，近十万同胞瞬间消失，数万间房屋顷刻倒塌。郝强同所有人一样，为之扼腕叹息。机遇来了不由人。灾后恢复重建，建筑材料一时紧俏，上级号召各地支持。但物以稀为贵，有钱不一定买得到货。砖大幅涨价，砖厂等着拉货的车辆通宵排队。奋勉砖厂昼夜加班，产品依然供不应求。郝强发了笔大财，这一年的利润是他前几年利润之和。天上掉馅饼，郝强幸运接到了。

有了钱，郝强是知道怎样花的，当然到了这个年龄也不会乱花。他首先把购房的按揭款提前还清，并且在思考把活钱投入什么行业。

五七、组建集团公司

2008年的汶川地震，除生命和财产遭受巨大损失外，还直接影响了房地产行业，一度时期市场低迷，房价一降再降，购房者寥寥无几。等待、期待还有降价空间，买涨不买跌，这种普遍存在的“好了想再好”的购买心理，不知让多少人失去机会。等到涨价时出手不及，又后悔不迭。唉，早知今日，何不下手。与市场心理博弈和与市场规律遵循的时机把握，考验一个人的智慧和胆识。如若在价格跌到谷底正要反弹时，果断而放手一搏，这人必定是高人，挣得盆满钵满，绝不是吹牛不打草稿。

郝强无意之中成了这样的高人。他从汶川地震发生以来，密切关注市场的无常变化，并从无常中发现规律和商机。砖厂给他带来意想不到的丰厚利润。他虽然一度兴奋，但又看到两种不同的市场景象在眼前变幻莫测，灾区恢复重建如火如荼，而非灾区的房地产却萎靡不振，像霜打的茄子一夜之间蔫了。郝强所在的县域属非灾区，县乡的房子无论采取何种促销手段，收效甚微。郝强不是经济学家，但他这段时间在抢经济学家的饭碗，他把砖生产好、销售好之余，观察灾区和非灾区两个反差极大的社会现象。分析来分析去，他按自己的思维方式找出了说服自己的“革命道理”：灾区建房是政府补助，个人主体，刚需；而非灾区，房在人在，买与不买，并不着急，纯粹个人行为。但这是暂时现象。老百姓犹豫不决，市场停滞不前，对房地产市场唱衰的声音不绝于耳。地方政府财政多半是土地财政，要用钱等不起，即便低价仍要推出几幅地块上市。但一些开发商此时不看好未来，并不愿意冒险。

郝强反其道而行之，成立一家名为“奋勉房地产开发公司”介入。他到处游说，找了几个商界朋友陪跑打配合，报名参加拍卖，几轮叫价，不见竞拍的硝烟和激烈，轻轻松松便成功购得地块。他出师得胜，打了一个比围标还漂亮的中标仗。

郝强进军房地产的号角，正式吹响。新手上路，胆子比老司机大。土地拍卖程序走完，签合同，缴纳土地出让金、税费，郝强依法拿到商住地使用权。

没有歇一口气，席不暇暖，着手规划设计，开发建设。别人劝他不要这么快去建设，先放一放。但郝强有自己的算盘，房地产市场不景气，水泥、钢筋等建材销售困难，价格低廉，正是大量购进的机会。整个房屋的造价降低。一旦市场回暖，利润空间可观，说不定还是暴利。但想法归想法，要启动建设，需要大笔流动资金。郝强把土地买下后，手上没有现金流。这是一个现实且必解的难题。

郝强坐下来与盛小海“共商大计”。“小海，我买这几块地，我想尽快动起来，但我跟你说实话，把土地款交了，就没得建房的钱了。有什么办法快速筹钱来启动建设？”

盛小海这些年在麻纺行业打拼，接触了不少各类商界人士，鱼龙混杂，啥人都有，见得多，好的经验学了一些，实的计谋懂点皮毛，阴的招数也晓得一二。“郝强，搞房地产我不是内行，但我跟一些开发商有些交往，从他们的摆谈中，我听出了一些门道。对你有没有用我说不准。”

“你说来给我听听，也许从中会受到启发，找到灵感、点子。”

“那些开发商，表面看起来很有钱，其实他们的钱都投到项目中去了，真正叫他们拿好多现钱出来还是有难度的。”盛小海把听来的当故事摆给郝强，“每个开发商都有被猪圈板子卡到脚取不出的时候，没钱也是到处想方设法筹集。”

“没有钱，他们一般采取什么办法找钱？”郝强急切地问。

“啥子办法？还不是巫师日仙娘，是法都想尽。”盛小海笑笑，“正当渠道当然是找银行，也可以找风险投资。如走不通，活人总不能被尿憋死。那就啥子法子都得用上。最常用的，民间借贷。说白点，借高利贷。”

郝强心领神会，没钱要打有钱的主意。砖厂抵押，土地抵押，贷款，但距离开工建设，资金缺口还像鳄鱼张开的嘴巴大得惊人。郝强动员盛小海集资，以高息（比如月利率1%及以上）吸收资金。盛小海出于对朋友的支持，给他集了5万元，还当起吹鼓手帮助郝强做宣传。郝强如法炮制，吸引亲戚朋友集资投钱，亲戚朋友又发动亲戚朋友加入，你连我我连他，上线发展下线，下线发展下下线。前面集资人的利息用后面进来的人的钱支付，资金链形成。郝强以高息为噱头集到了一大笔钱。他无师自通，还想出了更多的筹集流动资金的招数。比如承建商垫资把房子修到二楼，始得付钱；水泥、沙石、钢筋等建材供货商，售后三个月支付货款。转嫁资金压力，为自己赢得时间差空间差。

刘湘菊带着国土、建设、安全、银行等部门检查建筑工地，郝强昨天便接到通知，说有县领导要来检查工作，所以远远望见一群人从几辆小车里涌出来，便忙不迭地垂手而立脚手架下。

久别重逢的两人紧紧相握，似领导与下属，似朋友与兄弟姐妹。“郝总，祝贺你有了自己新的事业。”县领导先开口问候。

“领导见笑了，你们才是干事业的，我这里就是一个小摊摊，挣点饭钱。”郝强不无苦涩地答道。

“郝总，郝书记，你是我的老领导，还要感谢你当年的关怀。”刘湘菊发自内心地说，“你不当我的领导后，我还不习惯呢。”

“好汉不提当年勇。刘县长，你是县里的领导了，还请今后多多关照。”郝强摇摇头。

像是郝强提醒了什么，刘湘菊当真问道：“郝总，有什么困难提出来，我会尽全力协调解决。”

“困难目前没有，有了我一定来给你增加点工作量。”郝强不想让刘湘菊背上思想包袱，而且他的众多苦恼和内心恐惧不会轻易暴露给昔日的熟悉的下属，他仅有的可怜的自尊心不答应。

刘湘菊笑言：“郝总，说话算数，咱们一言为定。”

郝强心里的压力外人是难以体会的，时常睡到半夜忽然惊醒。他是拿性命担保与市场对赌。一旦资金断链，后果不堪设想。比如，参加集资的人、承建商、供货商收不到钱，把他五马分尸，把他祖坟挖平，都不会解恨。

初涉此行，郝强的算盘，会如意吗？地震过后一年余，房地产市场突变，开始价格小幅上扬，不到半年发疯般暴涨。当初没买房的人，捶胸顿足，大喊后悔没下手，怎么就不买一套，而今一转手就翻倍，眼睁睁看到发财的机会跑了。郝强笑了，大笑了。如今土地价涨几倍，建筑材料翻番，房价升至连他自己都不相信的地步，离谱，可怕。他当时买的地放到眼下，不开发建设，仅把地抛售，也要赚上亿的钱。现在开发出来，以低造价卖出高销价，想不发财绝对是说假话。郝强赌赢了。等醒悟过来的人，也像郝强一样高额集资搞开发，死的多活的少，还给社会、给政府留下一大堆扯不清理还乱的烂摊子。

郝强在房地产市场登场亮相，一鸣惊人。挣了钱，有了别人无法企及的独特优势，以钱生钱变得容易起来。以后的事，风调雨顺，一路高歌猛进，所向披靡，渐次坐上了房地产的头把交椅。产业不局限做大房地产、砖瓦，还跨界到农业、服务业、煤业。

十年荆棘载途，无言花开数度。2018年秋季，郝强把名下公司整合为一个团体公司：奋勉集团。

盛小海接受邀请加盟进来，当上了集团副董事长，兼旗下农业发展股份有限公司总经理。同学黄冬、张青万、谢玉婉进到集团下属公司，分别有了相应岗位。好些原来的同事、老乡投奔而来，郝强因材施用，各得其所。

郝才亮一反常态，拉上何会兰，说要来给郝强的公司打工，他们冠冕堂皇的理由是“反正公司在招人不如招自己人”。其实老两口上门的真正目的——劝说郝强结束单身日子，把鞠南伊和郝胜接回来，要不再讨一个老婆照顾生活——郝强不置可否。

组织架构完备，郝强设想集团公司将来上市。

郝强踌躇满志，仿佛蓝图指日可待。不承想税务局找上门来，说有人举报他这些年有严重的偷税漏税行为，必须配合调查。

税务局的人前脚迈出大门，盛小海来报，农业发展公司资金窟窿巨大，估计为高管挪用、贪污所致，请示郝强如何处理。

盛小海离开，建筑公司传来有三名工人不慎坠楼死亡的坏消息，亟待善后。

……

离开体制内的生活这些年，郝强尝过百样滋味。遭白眼、被冷落、烦心事、望人穷、绝境处、悬崖边……随时随地存在和发生。天天过着被人用枪顶着头的日子，提心吊胆。郝强如同隔着铁丝网外的一只觅食的小鸡，看似自由自在，说不定某天网里的老虎蹦出来，招呼都不打一个，便一口被吞。

从不惑之年起，郝强不知何故爱好上了散步。他不规定固定时间、线路，仅以日行万步计数。到如今跨入知天命，依然如此。周末上午，郝强处理公事后，信步走出门，沿着县城老城墙散步，无意之中走到县一中大门口——国家级重点中学，遗憾未曾读过，何不进去看看。进门左边即见到一个有年代感的足球场。漫无目的的郝强像突然间找到了兴趣点。受了刺激般地冲进空濛、柔绒、方正的球场内，索性放下屁股坐在草坪上。环顾四周，他像发现新大陆似的快意，鹅黄或浅绿的小草昨日被人肆无忌惮地践踏，倒伏的草儿们经过一夜的露珠滋润和拉扯，像没事似的站立起来，活得跟无伤一般好。

抬头凝望太阳大公无私发射出的道道亮光，郝强好想大声喊叫：我就是他妈的一根草！如若不是在校园里，怕惊动莘莘学子，他真会这样歇斯底里。

跋

——意犹未尽的话

小说《奋勉》写完，便像扛在肩上的担子急着放下。但隔了几天，又觉出有意犹未尽的话还要说。

地球人都知道，地球表面有山川、湖泊、河流、海洋、高原、平坝、沙漠、动物、植物等各类庞杂的形态，更有唯一一种拥有意识的高级生物——人类——及其必不可少的居所。伴随居所的稠密与稀疏，人类活动的频繁、栖止的迁徙和进程的演化，地球上于是出现了农村和城市的分野，两个本是供人衣食住行的地方，却像不同的物种朝着相反的方向循着自身规律渐进式地发展开来。城市似烙烧饼般一圈一圈长大，人口不停歇地流向城市，形成高密度聚集的势不可挡的趋势。其吸引力、渗透度和扩张性，犹如滔滔江河席卷而来。世界变化如此多端，以致于发展到今天城乡一体，叫人眼花缭乱，让人不明就里，认识世界极富挑战。而农村地广人稀，块大无力，改造数年依旧原始、粗陋、萧瑟，仅有自然风光、生态环境、有机食品好过城市，可引以为骄傲的资本，但基础设施、公共服务、文化教育、医疗卫生、技术人才、工商业态诸项便宜和资源，源源不断堆积城市，锦上添花至无休无止。城镇化率不断攀升，城市人口超过农村，已衍生为无法阻挡的覆水难收之势。农村渐次被冷落、忽视、鄙薄和忘却，像弃婴，人人不想要，个个看不上。中国农村在这个奔流不息的历史长河中打上了深刻的落后、荒置、寂寞印记。从传统农耕社会走过来，城市的出现和兴盛就是一个古老文明孕育出的新兴事物。走着走着，农村丢失自我，城乡差别拉大，城里人和农村人优越感、舒适度、福利待遇的强烈反差，自然促使天下农民升腾起要当一个城里人的人生宏愿。

农村人进军城市的通道何在？固守土地，尽其本分，当然好，欲另择它途，便拥堵和狭窄不堪。进入20世纪80年代，中国开启了改革开放的大门，阵阵清风吹来，人们呼吸到新鲜空气，精神振奋，燃起希望。世代务农的青年人试图冲破历史、社会和政策编织的桎梏，实现城里人的梦想。而梦想之路何其坎坷和艰辛。考大学中专，金榜题名是正途，但难度不压于穷书生娶富家小姐当老婆；参军提干算门路，须碰上屈指可数的好运加身；当工人，也是路径，前提是城市户口绝对优先……细数走出农村的途径，理论上有，但稀少且金贵。一代又一代苦闷的农村青年，渴求跳出农门，农转非，吃上商品粮。实为当时大势所趋、人心所向的集体诉求和社会共识。

1982年全国党政机构改革，自上而下铺开，历时三年。县一级机构改革从1983年下半年进行，1984年春完成。这次改革，不仅提出了废除领导职务终身制，精简职数和编制，更是喊响了干部“四化”（革命化、年轻化、知识化、专业化）标准。而农村乡镇机关与此极不匹配，干部文化低，整本素质弱，多数人为以工代干，或接班顶替，干部人才青黄不接。实行干部人事制度改革势在必行。所以1984年，是特别的一年。这一年，招聘干部政策应运出台。一种与国家正式干部有本质区别的人事制度——签订招聘合同，三年一周期续聘，工资与正式干部相同，但农民身份不变，不转户口，承包地依然保留。当年一批高考落榜回乡知识青年，村干部，乡镇不脱产的业务、技术人员，退伍军人，通过组织推荐、自愿报名，考试、考核，政审、体检，破天荒地择优录用到乡镇工作。以后逐年招聘，乡镇干部队伍得以不断充实和壮大。这个群体是庞大、多姿、精干和有为的，犹如满天飞的山雀洒向广阔的基层农村。

小说《奋勉》正是书写的这样一群从农村走出来的青年人，带着彷徨、苦恼、迷惘，赶上时代赋予的大好机遇，当上了半工半农的招聘干部。他们忍辱负重，发愤图强，扎根基层，为农业现代化、农村大发展、农民奔小康披星戴月，风雨兼程，奉献青春和力量。又为乡镇财政的捉襟见肘和小团体利益，冒犯纪律法律的威严，加重农民负但，损害群众利益，撕裂党群、干群关系，其伤之深之痛多年后方才愈合。尽管如此，正是招聘干部陆陆续续的补充和加入，枯槁、乏力的乡镇干部队伍平添了无限生机与活力。经受岁月的洗礼和实践的锤炼，他们慢慢地要求严格，本领提高，经验丰沛，绝大多数人成为乡镇工作离不开的骨干和中坚，并且成功实现“聘转录”（聘用干部吸收录用为正式干部的简称）逆袭，当上梦寐以求的国家正式干部，“农转非”变身城里人，尝到了商品粮的高级和甜美。一些人走上了区乡领导岗位，一些人成为县级部门负责人，甚至特别优秀者提拔为县级及以上领导。当然，在长途跋涉和急速行进中，必然有掉队者。有个别因过错被解聘的人，还有犯错受到党纪政纪处分，以致开除公职者。但是他们骨子里不屈不挠的精神特质，又铸就了振作努力的宝贵品质。遇到困难和挫折不退缩不服输，始终用招聘干部的担当和坚忍，打拼出一番新的事业，开创出一片新的天地。

招聘干部的奋斗历程，就是一部农村基层政权“编年史”，有个人攀爬向上、勤奋精进的命运抗争，更可放大到一级乡镇政府运行的历史轨迹上来客观理性回望。这段历史不可或缺，不可磨灭，值得记住，更值得记忆。